香樟树下

李廷宪　著

安徽师范大学出版社
·芜湖·

图书在版编目(CIP)数据

香樟树下 / 李廷宪著. —芜湖:安徽师范大学出版社,2018.1(2018.10 重印)
ISBN 978-7-5676-3119-9

Ⅰ.①香… Ⅱ.①李… Ⅲ.①长篇小说—中国—当代 Ⅳ.①I247.5

中国版本图书馆 CIP 数据核字(2017)第 219037 号

香樟树下　　　　　　　　　　李廷宪◎著

责任编辑:陈　艳　陈贻云
装帧设计:王　彤
出版发行:安徽师范大学出版社
　　　　　芜湖市九华南路189号安徽师范大学花津校区　　　邮政编码:241002
网　　　址:http://www.ahnupress.com/
发 行 部:0553-3883578　5910327　5910310(传真)　　E-mail:asdcbsfxb@126.com
印　　　刷:虎彩印艺股份有限公司
版　　　次:2018年1月第1版
印　　　次:2018年10月第2次印刷
规　　　格:700 mm×1000 mm　　1/16
印　　　张:20.75
字　　　数:345千字
书　　　号:ISBN 978-7-5676-3119-9
定　　　价:63.80元

目　录

第一章 谁写的匿名信

　　老百姓反映情况有两种形式：一个是大字报，另一个是匿名
信，前者已经被明令封杀了，后者还在闹腾着各级大大小小的
领导。

县社派人查孔主任的问题，口口相传的信息传得真快！

　　一九九二年的冬至，这个冬天来得有点早，前两天就飘下一场雪，路
面上结了薄薄的一层冰，阳光躲进云层，路上行人稀少。这一天上午，县
供销总公司调查组一行三人，在公司总经理傅达人亲自率领下进驻西河供
销社。总公司收到匿名来信，举报西河基层供销社主任孔文富作风霸道、
经济混乱。整封来信一百多字，没有时间、地点、证明人，举报人贴着8
分钱邮票就把举报信给寄来了。

　　在总公司党政联席会议上，见无人发言，傅达人开始点将，说道：
"范总，你工作重心在缫丝厂，据说你是从西河出来的，与孔文富共事过
一段时间，孔文富你熟悉，你说说看。"

　　范总范小亮，供销总公司副总经理兼县缫丝厂厂长。范小亮只好接
话："凭我对孔文富的了解，他工作作风上确实有点刚愎自用，经济上倒

不至于有什么问题。我看这封匿名信没有实质性东西，我不赞成把这件事捅到县纪委或检察机关那里去。孔文富曾经是基层社的先进典型，典型出了问题我们自己脸上也无光。西河基层供销社的问题是孔文富年龄大了，该退休了，组织上应该给孔文富物色一个接班人。"

范小亮的意见得到与会人员的认同，大家建议傅总亲自去一趟西河。球又踢回来了。傅达人到任县供销总公司不过三个月，眼前一大摊子事，他也不想把事情弄大。之前他在棋盘乡任党委书记，做了一辈子的乡镇基层干部，终于在退休前调到县城，本以为可以享两年清福混到退休，可不承想，这供销社已经不是他印象中的供销社，这里连最基本的生活保障都成问题。难怪有的乡镇书记宁愿去某个局做一个副职，也不愿来县供销社任正职。前不久，傅达人去江城市供销社参加会议，得知春谷县供销社是全市8个社中最穷的社，他们潜心办的缫丝厂好日子没过两年，就麻烦缠身了，与广东合作的山芋粉生意又被骗了，县社的经费目前是捉襟见肘。经费主要来自基层供销社上缴的管理费，到任时财务告诉他，说全县13个基层社，1991年只有3个基层社足量上缴，西河供销社便是其中之一。1992年眼看要过去了，还没有一个基层社缴管理费上来。如果不是县农资公司勉强撑着县供销社的工资，只怕吃饭也保证不了。

当下经商的人太多，在春谷中学任教的傅达人儿子傅天在父亲临来西河任职时，要他在西河帮忙推销一批新年挂历，傅达人把儿子臭骂了一通："赚钱也不看对象，基层供销社饭都吃不上了，还要你美女挂历？"下面基层社的困难情况他是知道的，西河可能要好一点，但在市场经济大潮面前，基层社这只计划经济的小船又能好到哪里去？他从内心里是同情孔文富的。他决定亲自去趟西河，以调查孔文富问题为由，替孔文富物色一个接班人，不管孔文富有没有问题，孔文富都要退下来了，据说他的退休报告在县社已经压了两年。这样做，既对西河基层社的职工有个交代，也能确保西河的管理费按年上缴。

这后一点可能是他此行的主要目的。天生一个累命，这是傅达人老婆对他的评价。他之前的累，累的是工作；而他现在的累，累的却是生活。他要为县社的31名在编职工、37名退休职工的基本生活奔波，早知道这样累，还不如在乡下，累得有尊严，累得快乐。

接待傅达人的是西河供销社代理文书张大群，文书田小宝据说到南方会他的诗友去了，走的时候招呼也没打一声，留下一张纸条，上面只有一句话：别了，我心中的供销社。他父母说："怎么劝也拦不住，说他的诗友都到南方去了，他得去，他也要下海。"诗人？这年头谁看诗？要是有人说你像个诗人，那一定是在嘲讽你。如今连乡镇的土鳖也紧赶慢赶着去南方下海。张大群30岁不到，个头不高，脸上写满了精明，说："洪主任交代了，叫我们在办公室等他，他到批发部处理一点事，10分钟保证赶来。"

傅达人对办公室门口的两棵香樟树赞不绝口，说它夏天遮阴、冬天挡风，一进门感觉就暖和和的。这香樟树应有年头了。张大群说这是西河供销社的吉祥树，听老辈人讲它有110年树龄了，眼下镇上街道拓宽，办公室拆迁，香樟树怕是保不住了。傅达人感叹不已，说可惜了。根据他在乡镇工作的经验，乡镇的决策基层社是阻挡不了的，虽然基层社不隶属于乡镇，但乡镇总是有办法对付基层社的。

傅达人想先跟张大群去了解情况，可对方一再解释他是被洪主任临时抓差的，供销社具体情况他也不清楚。张大群没有告诉傅主任，县盐库经理亲自来结两年来一直没有结的盐款，这会儿正在批发部，洪主任还不知在怎么笑脸陪客呢。洪主任是老实人，要他耍赖真是难为他了。张大群请求接待盐库经理，说县社领导来了他怕，洪主任居然说："领导又不是老虎，不会吃了你，县社领导来查孔主任，我就是让他们等。"张大群望望洪解放感到很惊讶，这似乎不是往日那个一切按领导意思办的洪主任。

洪主任没有马上来，傅主任在办公室倒是接待了两拨人。一拨是西河中学来人拿着孔主任签了字的条子要钱，一拨是退休员工来要求发工资的，说是孔主任撂挑子不干了，请求县社上级领导帮忙解决他们的吃饭问题。

张大群向西河中学贾校长介绍道："这是县社来的主任，姓傅，主任是正主任，孔主任不管事了，有情况你向傅主任反映。"

贾校长说："我姓贾，但说话办事是真的。教师节已经过去这么多天了，供销社赞助学校的1000块钱一直未到账，几年来一直是这样赞助的，今年孔主任签了字，可财务说账上一分钱都没有，这么大的供销社我不信1000块钱拿不出。算上这一次，我已经跑了四趟。傅主任你帮我们跟吴会计说说。"

傅达人很有耐心："贾校长，实在对不起，县社正在对孔文富同志进行审查，等审查结束后你再来怎么样？"

3

贾校长谦恭地说道："好，好。你们先审查。依我看，孔主任年纪大了，你们应该让孔主任退休让小张经理干。领导不妨考察一下小张经理。"

张大群连忙阻止道："贾校长，这话可不能乱说，你想拿到钱但不能害我！"

送走贾校长，10多个退休员工闯进来，领头的是一个矮个子女人，嗓门大得很："一辈子跟着共产党，没想到到老没人养。听说县里大领导来了，我们要反映问题。"大群上去拦住，说道："快嘴婶子，你看领导才来，你们……"

矮个子女人是快嘴孙小凤，她其实还不到退休年龄，今年虚岁50。去年她哭着找孔文富，说没有承包人愿意带她一起干。孔文富说道："天塌不下来，哭什么？我早就知道这一拨承包，有的人要没事干，这些年我一直拦着，不搞人员自由组合式承包，只是怕拦不住了。上级领导要深化改革，柜组负责人早就盼着这一天。摆明了，自由组合承包，有三种人没有人愿意带着他一起干，一是特别聪明的，二是特别笨的，三就是像你这样嘴快的。承包人怕聪明的管不住，笨的让他吃亏，怕嘴快的泄露了他的经营秘密。形势发展得连我也拦不住了，只好人员自由组合。我看你快到退休年龄了，索性办个提前退休手续，退休工资虽然少点，你自己想办法开个店，日子肯定不比现在差。"就这样，孙小凤加入了退休行列。

只听她对张大群喝道："一边呆着去，你承包了液化气站，赚大钱，发大财，我们一分钱拿不到，日子不过了？！"大群吓得不敢吱声。

孙小凤继续说道："领导你评评理，孔老大讲的是不是人话？我们找他讨工资，说没有饭吃找党，党在哪里我们在哪里。孔老大竟然说：'找党，找我干什么？'我说：'找书记就是找党，你是书记不就代表党？'孔老大竟然说什么书记与党不能画等号，说什么他已经服务我们十多年，现在服务不动了，管不了，不想管了，竟然要我们向县社反映，换一个主任与书记，看能不能给我们发工资。这不是屁话吗？想管就管，不想管就不管，是不是共产党的书记了？别以为我们不知道，这段时间孔老大通过借款的方式给在职的变相发工资，我们也要求他借款给我们，在职的吃饭，难不成我们不吃饭？"

傅达人知道她说的孔老大是孔文富，群众爱把单位一把手称为老大。傅达人知道现在各个基层社的退休职工都在呼吁要吃饭、要工资，他已经听说了城郊供销社1987年就停发了退休职工工资，现在他管辖下的其他基层社已经没有一个社在发退休职工工资的了，相比较而言，这里退休职工只是半年没有发工资，已经算不错的了。基层社这些退休职工的工资谁又能解决得了？这些职工的日子怎么过？想到这里，傅达人的头皮又发麻了，最近他的头皮老麻，是不是该上医院看看。只听矮个子女人继续说："我们不管，一个单位找一个单位的头。孔老大不想管、管不动，县领导总要管我们吧。"

来的退休职工开始七嘴八舌嚷嚷起来：有的说叫洪主任干；有的说还是孔主任干，洪主任不行；有的则说要让年轻人出来，比如大群就能干，孔主任也是想叫张大群出来干的。

傅达人说道："各位老同志，县社怎么能不管呢？"这时候他感到明显底气不足，县社怎么管？县社几十个人吃饭他都管不好、管不了。不过他还是硬着头皮说道："大家的吃饭问题要两条腿走路，一是靠孩子，俗话说养儿防老。二就是靠单位。我代表县社在这里给你们保证，我们这次来就是解决西河供销社的一把手问题，一把手问题不解决，我们就不离开西河，一把手问题解决了，就有人管你们了。你们先忙去吧。"

县社领导既然这样说了，退休职工觉得是要给领导时间与空间。孙小凤临走时强调："傅主任，我们在这里先知会你一声，据说有人要到库房抢货，在职的如果抢，我们也要抢。现在供销社没有头了，只能自己救自己了。"

退休职工走后，张大群说道："没办法，退休职工遇到事情立马想到找组织，在职的现在开始遇到事情自己想办法解决。"

傅达人问道："小张，许多人都推荐你来接孔主任的班，你怎么想？"

大群连忙推辞道："傅主任，这么多张嘴要吃饭，我哪有这本事？孔主任不干，洪主任可以的。"

傅达人听了在心里感叹：在乡里做书记时，要是想提拔哪个人，那个人马上赶着表忠心，可是眼前这年轻人不但不为之所动，甚至别人推荐他，他居然说别人要害他，难道还要我求着他去做这个主任不成？

洪解放从批发部库房赶到办公室面见傅主任。傅达人不悦道："洪主任，你的10分钟真长。"洪解放脸红了，赶忙解释道："给人拖住了，走不了，对不起，对不起。"

昨天下班前，孔文富来洪解放办公室说，这次领导来调查他的事，他回避不上班了，以后也永远不会来上班了，一切事情听凭洪主任全权处

理。孔文富眼神里充满着悲伤，语气却很坚定。临走时孔文富交代了两件事。

第一件事，他递给洪解放两把钥匙。他说一把是批发部库房钥匙，里面大约有十几万块钱的货，这些货一部分可以分给员工处理，员工的工资本月肯定发不了，这算是一个补偿；一部分给股东发红利，承诺股东的红利至今没有兑现过，虽然股东们没有谁说过一句话，可他这个主任心里总堵着这件事，即使发一个糖果也要表示一下。"这件事将来全靠你去完成，钥匙只能在你手里，谁要也不给，即使是县社主任要也不能给。"孔文富说。"银行以及一些供货单位来讨钱，一个字：拖。欠一块钱是欠，欠十块钱也是欠，人不死，债不烂。至于县社的管理费有钱就给，没钱那也没办法。欠张二华的5万块钱，也只好对不起他了，他不是申请要入党吗？他这个发了财的个体户，也不在乎区区5万块钱，就算为供销社做点贡献，如果组织上以后批准他入党，就算他交的党费吧。"

现在批发部库房有两把锁，一把锁的钥匙在批发部经理张承宗那里，另一把钥匙在孔文富这里。孔文富已经规定：只有两人同时到场，库房门才能打开。

另一件事是他与许荷花签约，他已经把西河供销社门前的两棵百年香樟树转让给许荷花，条件是许荷花所在的合作社给西河供销社18位退休的老职工每位每个月发60块钱生活费，共发3年。这两棵香樟树的归属牵动多少人的心，如今终于名树有主，只是谁也想不到会归于许荷花名下。孔文富强调，为了不引起事端，这事暂时保密，直到第二年春天许荷花移栽时再公布。老孔最后的话很伤感："我们这一级组织怕是难以作为了。"

嘱托完这两件事，孔文富又给洪解放一把钥匙，这是镇上临街的一套房子的钥匙。他说他最大的遗憾是当初没有放洪解放与蒯玲玲走，要是让他与蒯玲玲走了，也不会遭现在这份罪，早在县城享福了。孔文富说他当主任十年了，如果说有谋私，也就是谋了两套房子，他给自己留了一套，另一套给洪解放，算是这么多年合作共事的一点酬劳及表示。他说："你放心，房子所有的账目都抹平了，谁也查不出来。"

一个领导如果想抹几万块钱账，那是太简单了，何况他的女儿还是主办会计。孔文富把话说到这份上，洪解放想推辞这把钥匙也是推不掉的。他表示他会按孔主任的意思办。"有什么事我再向你汇报。"洪解放说。他在心里暗自琢磨：这匿名信谁写的呢？越忙越添乱。难道自己日子过得好，就不管别人了？8分钱邮票，让领导和我们这些人跟在后面折腾。其实他心中已经有答案：匿名举报是潘主任或潘主任指使人所为。西河供销社的人都知道，孔潘两个人斗来斗去十来年了。

洪解放安排县盐库经理在批发部办公室见面，是因为他没有孔主任跟讨债人软磨硬泡的本领，他就是想让对方看看仓库里还有货，西河是有偿还能力的，只不过资金周转遇到些问题。

盐库经理老丁说道："洪主任，就2000多块钱，我不信你们拿不出来，你总不能让我又一次扑空吧。"

洪解放说道："丁经理，账上实在是一分钱没有，不信你们去会计那儿查。"

老丁说道："现在会计的账能说明什么，好多企业都是两本账，我听说你们上个月还发了工资。"

洪解放说道："上个月的工资东挪西挪才发下来的，丁经理你再宽限我们半个月时间，保证把你的盐款给结掉。"

好不容易才把盐库经理给哄走，路上，洪解放又让农业银行西河办事处主任黄大头给拦住了，黄大头说："怎么听说孔主任不干了，你们孔主任真不地道，我把款子贷给他，以后的款子他居然不从银行账上走，我一找他要钱，他就跟我耍赖皮，今天推明天，明天推后天。你们不知道我在银行也有我的难处，到处铺摊子搞建设，到处开公司做生意，一个个张开手只知道找我要钱，不还我钱，我又印不出票子。我看孔主任老了，他不干你干，你不要学孔主任，你只要把利息还掉，我还可以贷款给你。听说你们库房还有一批货，要不你把货抵一部分给我，帮我救救急。"

洪解放说："黄主任，话你都说到这份上了，但凡有钱我立即打给你，只是县社主任在办公室着急等我，银行款子的事我们下次再谈。"洪解放急忙推掉黄大头返回办公室。

在办公室，洪主任刚坐下来聆听傅主任布置审查孔文富事宜，一个矮墩墩的胖子冲进来，说："领导们都在这里，个体户搞假我们也就认了，没想到你们公家也卖假烟。"

洪解放说道："别激动，有话慢慢说。"胖子从黑塑料袋里拿出五条云烟，说前几天从批发部进了十条烟，没想到居然是假烟，厉声问道："退不退钱？不退我去找工商部门，找派出所。"洪解放不敢怠慢，立即吩咐大群带胖子去找张承宗，把事情妥善解决好。傅主任在旁边担心：基层社

的麻烦事真不少，难怪有人叫大群做主任，大群说不要害他。孔文富如果马上退下来，谁又愿意来接这个烂摊子？

县里来人查孔文富，潘有志坐在他开的欢喜酒家里心想：谁写的举报信？他与孔文富明争暗斗，如果不算镇政府共事在内也已经整整十年，近几年他虽然主要精力在经营饭店，供销社遇事，他的口头禅是："我不管，问孔主任去。"他每天只是到大楼上午下午各走一趟，权当散步，但只要有与孔文富有关的话题，人们自然会集聚到他的欢喜酒家。欢喜酒家是西河供销社的第二政治中心，是与孔文富对峙的桥头堡。可是，关于孔文富的举报信他却一点也不知情。现在写孔文富的举报信不是在帮孔文富吗？让他就此从一堆乱摊子中解脱出来。这是谁干的蠢事？不过，这也是夺权的一个机会，他叫他的小儿子："去把你秦叔、周叔与成哥请来。"

"秦叔"，大名秦国富，潘有志的军师，西河供销社唯一正儿八经上过大学的人，一般人称他为"秦大学"。他当年在北京化工学院读书时，因为在团小组学习会上发了句牢骚，导致人生出现转折，被打成了右派，与女朋友分了手，被赶回老家务农。所幸"文革"结束后，右派平了反摘了帽，秦国富被安排在西河供销社做了物价员，这份工作曾让他的乡邻羡慕。在一段相当长的时间里，西河镇几千种商品定什么价，全凭他秦国富一支笔，不按他划的价卖，马上会有人找你麻烦。这几年改革让他感到失落，从价格双轨制开始，慢慢地就没有人到他这儿划价了，只要一个愿买，一个愿卖，定的什么价格就与他这个物价员没有关系了。现在大部分时间他都没什么事，在办公室一次次翻看已经看了很多遍的报纸，有时被孔文富喊去帮忙干点零活，所幸每月还能拿到工资。他近来有些焦虑：看这样子，工资以后可能发不下来了。他与潘有志走得近，是因为他的办公室与潘有志的办公室门对门，潘有志大事小情，拿什么主意总想听听他的意见，他也不拿什么架子，有一说一，两人一直处得很好。

"周叔"，大名周大发，西河供销社生产资料门市部经理。在周大发看来，这个时代该他"大发"，可是孔文富这块大石头压得他发不了。市场放开搞活，供销社各个门市部以及下面的采供站都受到冲击，只有他所在的生产资料门市部仍然受到国家政策的保护。供销社实行承包以来，孔文富一直坚持生产资料门市部与批发部不发包，他手上抓着这"两张牌"不放，说要用这"两张牌"保证一些职工的基本工资，后来不得不让生产资料门市部承包，他又把生产资料门市部的承包基数定得特高，让他想发财也发不了。潘有志会做人，每次周大发带人去欢喜酒家吃饭时，账挂在供销社账本上，走的时候往他口袋里塞上一包烟，外加5到10块钱的现钞。这样的领导他才拢得住人。

"成哥"，大名成小勇，西河供销社中心门市部职工，欢喜酒家的兼职保安。因为他的老婆李小俊是潘有志保的大媒，并且是他把李小俊从镇中心小学调到供销社的。现在李小俊悔到脚板心，当初要不调到供销社，在中心小学依然是铁饭碗。人没有前后眼，那时供销社多火。成小勇与潘有志自然走得近、走得勤。成小勇需要潘有志作为靠山，潘有志需要成小勇这样的年轻人在前面冲锋陷阵。基层社的第四轮改革，即租壳卖瓤，商品是瓤，供销社的牌子是壳，每个人一个柜台，自己养活自己。成小勇的工作重心逐渐移到酒家来，并拜了潘有志做干爹，两人关系就更为亲近了。

潘有志沏好了茶等着这三个人的到来。成小勇是最后一个到的，大大咧咧地说他刚起来，早饭还没吃，要干妈给他下一碗面条，多放点辣椒酱。潘有志说："不知谁写了匿名信，县社傅主任亲自到西河调查，预计很快要找我谈话，叫你们来是想听听你们的意见，这次一定要把孔文富拉下马，再踏上一脚，让他臭名远扬。"周大发说："孔老大现在对头多得很，政府有人想写他的匿名信，银行有人想写他的匿名信，退休职工想写他的匿名信，就连我也想写他的匿名信。不就8分钱买张邮票嘛，怎么也让他添添堵。"

孔文富最近的日子不好过，凡是西河供销社的职工都知道。

刚提拔做了镇长的汪小满发话了：要扫清小城镇建设的拦路虎。这里的拦路虎指的便是孔文富，其他人想拦不愿拦，更不敢拦。汪小满说孔文富当了供销社主任，胆子变大了，敢与政府讨价还价。据说汪小满给手下人下了死命令："小城镇建设是镇党委、镇政府多年来的头等大事，谁也阻拦不了。我不管你们采取什么方法，元旦前必须把供销社老办公楼拆掉，办公楼前的百年香樟要他们想办法处理，不处理我帮他们处理。听说那两棵树很多人想要，开的价钱不低。你们找我要办法对付孔文富，我没有，我只要结果，办法你们自己去找。我要是看不到这个结果，你们就不要干了。"

银行现在总是跟在孔文富屁股后头追债。银行这段时间也在闹钱

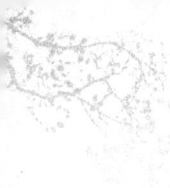

荒。上级要紧缩银根，怎么缩得回来？眼下这形势，是个人便想做生意赚钱，做生意要本钱，都想找银行借本钱，就算银行有印钞机，一天24小时开着也应付不过来。除了中央银行，恐怕其他银行都缺钱，一个小小的乡镇信用社更是想尽办法回收贷款。西河供销社是西河信用社最大的贷主，黄大头就差没有跪下给孔文富磕头，可孔文富说："要命一条，要钱没有，你要我还钱，就先贷款给我，我赚了还你。"黄大头说："孔主任，孔文富，你什么时候成了无赖？"孔文富却说："这年头只有无赖才能生存。"

秦国富说道："是谁写的匿名信已经不重要了，重要的是我们要不要来收拾这个烂摊子。"潘有志连忙说道："这也是我的想法。你先说说这个主任还有没有当头，如果有油水又有名头，老秦，你是大学生，有水平，我们支持你担任主任。"秦国富自知不是当主任的料，尤其在计划经济向市场经济转型的背景下。前几天，孔文富也把他叫去，问他愿不愿意接西河的乱摊子，他当时就拒绝了。孔文富在他面前一直是冷冰冰的，在一起说话总共不超过三句，两人纯粹是工作关系。他知道这一切是因为他跟老潘走得近，孔文富早把他划到敌人阵营。敌人的朋友就是敌人，这种思维在当时太正常了。

从潘有志来供销社后，每年春节都把秦国富这个寡汉条子接到家里过年，遇到事情总是第一个征求他的意见。他感激潘有志对自己的尊重与照应，自然成为潘有志的智囊。但秦国富理性上又觉得孔文富不容易，与潘有志同年，才来供销社时英俊魁梧，这几年老的，背也弯了，头发也白了，与潘有志站一起，其苍老相立马显现出来。他在内心其实挺敬佩孔文富的，为了西河供销社一百多号人操尽了心，说孔文富鞠躬尽瘁一点也不为过。

这次谈话孔文富脸上居然有了笑容，说知道秦国富会拒绝接西河供销社的乱摊子，现在谁也不会接。秦国富当时奇怪孔文富为什么说自己累了，还让他转告潘有志，说这些年来的争斗一点意思也没有。孔文富要他说说看，在他心目中，他这个主任十年来做得怎么样？秦国富瞅着对面憔悴的主任，不想破坏主任的心情，只是说道，西河人都知道，主任是一心为大家好的。

秦国富没有跟潘有志提起这事，他想看看究竟是什么原因导致了主任的变化，现在看来是匿名信的原因。既然潘主任点了他的名，他说道：

"如今的供销社虽然没有计划经济时那么吃香了，但是这个位置还是很重要的。潘主任，我肯定当不了这个主任，你呢，由于年龄原因也不适合当了，我看小勇当这个主任适合。"

成小勇忙说："不行，不行。我在学校里小组长都没有当过，部队里副班长也没有干过，到供销社我也一直受别人领导，一天官都没有做过，哪能做得了主任呢？"

潘有志说道："小勇，听听你秦叔说，没有当过主任有什么关系，有我跟你秦叔在后头帮着呢。"

周大发附和着："还有我呢。"周大发心想："成小勇能干，我也能干。如果真让成小勇干了，我要赶紧表态，这样承包基数肯定能够下调。虽然承包基数没多大用了，但较起真来他不敢不认账。"

秦国富继续说道："乱世出英雄。当今的供销社就要有小勇这样的人出来收拾，中国人欺软怕硬，退休的人可以大着胆子找孔文富要饭吃，绝不敢找小勇要饭吃。现在当主任，既不需要考虑什么级别，也不需要做什么民意考核，只要县社发个任命通知书，简单得很。县社的任命也好办，这次为什么县社主任亲自来西河？明摆着谁当西河供销社主任他都无所谓，只要保证管理费上缴。管理费上缴其实也没有什么困难，批发部里还有一批货，估计值一二十万。"

周大发在一旁补充说："主任办公室门前的两棵香樟树，据说值好几万块钱。"秦国富知道香樟树孔文富已经处理完毕，不过他不打算在这里公开这件事。他继续说道："我们还可以与县社谈判，让管理费打个折。我觉得潘主任现在就可以去找傅主任，向他推荐人选，下午傅主任便会找小勇谈话的。"

成小勇听了这番话，兴奋得脸上发光，没想到快四十的人了，还能捞个官做做。前不久，西河街上有瞎子摆摊算命，那瞎子拦住他，说他天庭饱满有官运。他当时怎么也不信，心想中桃花运差不多，做官怎么可能？想骗老子的钱。没想到还真给算准了。

潘有志问道："如果傅主任为这事咨询洪主任，洪主任反对怎么办？"

秦国富说道："那就用第二套方案，叫小勇带几个兄弟把货扣了，就像有的国家闹政变，造成既成事实，逼傅主任承认。"潘有志说道："好，这两套方案我们都做准备，我先去找傅主任。"

周大发与成小勇离开时各自揣着自己的心思。秦国富目送潘有志离开的身影，心想："孔主任，我只有用这种方式来帮你解脱了。"没有孔文富的西河供销社会怎样呢？他的心情突然低落下来，可能不久西河供销社就会关门停业。这些天来，供销社要关门的声音不绝于耳，谁能想到这个曾经令职工骄傲、令外人眼红的职业今天居然会落得如此结局——工资都发不出来了。接下来该怎么办呢？

第二章 两个"干事"空降

　　西河镇位于春谷县城南25公里处，境内山峦起伏，遍布沟壑。响水自荷花塘发源，流至合河口与漳淮二水汇合。三条河流至合河口合而为一后总称漳水。漳水横贯而过，沿孔村、西岭等地东下汇入长江。西河镇在漳水之西，因此得名。西河自古就是商品集散地，明末清初时期商贸繁华，店铺相连，辐射三县十余乡镇。

　　上午8点，文书刘德草在他那间办公室兼卧室的房间里将日历撕掉一页，显示新的一天：公元一九八二年三月十五日，农历二月初二。他来到隔壁会议室，打开门窗，让阳光照射进来。根据安排，西河镇供销社新领导班子的第一次会议定在8点半。他这个供销社的文书既是供销社的管家，也是供销社的杂役，供销社杂七杂八的事他不做便没人去做。这之前他没有任何怨言，以后难说，这次班子调整对他的情绪多少是有影响的。

　　这次供销社班子调整，据说他也是考察对象之一，但却最终没有如愿。在供销社老主任时代，谁不知道供销社的家是他在当着。说起老主任，那是一个传奇人物，早年是占山为王的土匪，后来加入了抗日队伍，

令敌人闻风丧胆，新中国成立后不久他就开始担任西河供销社主任。西河没有人敢不买老主任的账。论官，当然是西河镇书记最大，可是论行政级别都比老主任低，老主任他是行政17级，西河镇历届书记最高的也只有行政18级，本届书记只是行政22级。西河镇的书记虽然走马灯似的换，无论换了谁，在老主任面前那也得恭恭敬敬，上任的头天都得来朝拜。书记们心里其实都想换掉老主任，只是逮不着机会。在他们眼里，西河镇供销社就是矗立在西河镇下街头的"独立王国"。

老主任的短板是他不识字。老主任发起火来敢在西河镇上街头咆哮："奶奶个头，老子要是识字，混到现在不是个市长也是个县长，还窝在西河听你们差遣？"西河镇上街头是西河镇的政治中心，西河镇的领导们看到老主任咆哮连大屁也不敢放一个。

供销社原来的文书是老主任的通讯员，不识字。这搁以前的话，不识字不打紧，可是到20世纪60年代末70年代初，文书又是学文件又是读报，祸从口出，随时都可能犯错误。犯个小错误有老主任罩着，可真有了大错误老主任想罩也罩不住，加上还要到处求人帮助写批判稿、通讯稿之类，由于这些原因，老文书无论是谁劝他都说不干了。老主任看老文书铁定了心，只好任命刚刚招工来的刘德草接手。

老主任果然慧眼识人，这刘德草平时就爱写写画画，见人那是有大有小的，天生是干文书的料。一年不到，上上下下都说刘文书好。在西河有这样的说法，说西河供销社的舵有老主任掌着，跑腿的事由年轻的刘德草张罗，这种配合是珠联璧合。这个说法有的人说源自刘德草某次酒醉之后的放言，不过对于这种说法从何而来，人们并没有兴趣知道，但人们基本认可珠联璧合的说法，包括老主任也是这样认为的："西河镇供销社作为全县最大的基层供销社，在职职工73人，加临时工100多人，这么大的摊子不就是一个主任和一个文书管得妥妥帖帖的吗？10年来上级领导连一个错误也没抓到。"随着老主任年事已高以及身体状况等原因，老主任越来越倚重刘德草，老主任嘴上挂的也是那句人们熟知的话："你办事，我放心。"

有了老主任信任，刘德草在西河供销社是要风得风、要雨得雨。他印象最深的是：老婆第二胎给他生了个大胖儿子，镇上大街与他住的村口各摆了一张方桌，随礼的人络绎不绝，红色的签名礼单连接起来足有几十米长，他准备的两箩筐红鸡蛋早就不够派发。谁不想沾沾喜气，巴结这位口袋随手便可以掏出各种票证的实权人物。所谓"没有人熟也图个脸熟"，说不定什么时候谁家办个红白喜事，紧俏物资都要找文书呢！这两元钱的随礼花了一点不冤。票证时代，你就是乡镇书记又怎样，有钱照样买不到东西。

这次晋升失败有点出乎刘德草的意料，其实也正常，基层供销社的官帽子是由政府"批发"的。2月10日，刘德草记得是女儿小学开学的那天，县委组织部来了三个人找主任谈话，下午下班的时候，老主任拐到他办公室用暗示的口吻说道："小刘，好好干，组织上现在强调干部年轻化。供销社是你们年轻人的天下了。"他当时激动地说："主任，这怎么行？年轻人没有你们老革命掌舵干不了任何事。"老主任说话直："年轻人想当官，要求进步，也不是坏事。这段时间千万不要闹出什么岔子。"在组织部工作组考察研究配备供销社班子这段时间里，他一直小心地做人做事，揪心地期待着结果。

"刘文书，早啊。"第一个到会议室的是镇中心门市部经理洪解放，依然是熟悉的那套黄军装，黄帽子，亲切的眼神，看起来精神抖擞。

这次调班子，洪解放的升职是众望所归。他清楚：虽然自己在老主任那里印象分高，但老主任向组织部推荐的第一人选必定是洪解放。洪解放就是样板戏中"高、大、全"类的英雄人物在西河镇供销社的现实版，三年前他从部队连长转业到供销社做门市部经理。老主任对洪解放那是赞赏有加，在各种场合多次说过："洪经理，解放军大学校培养出来的那就是不一样。供销社姑娘们看洪经理眼睛都不转一下，凭你们谁能守得住，只有老洪守得住，老洪的眼睛像西山泉的水一样清澈，看到底也看不出一点点花花肠子的东西。这样的人让人信得过。"

洪解放跟刘德草同年，都属牛，可在老主任那里，洪解放是老洪，刘德草一直被称为小刘，刘德草虽然为此有点不爽，但洪解放做人做事的那份诚意令人折服。在供销社定班子的时候，刘德草寻思着洪解放任主任，他就屈居做个副主任。可结果洪解放却只做了副主任，他还是做文书。这要是以前，老主任说了算，可西河镇老主任说话现在不算了，回春谷县城养老去了。

"领导好，来支烟。"接着到会议室的是五金柜组的实物负责人老范，本届供销社班子的"黑马"。老范其实比刘德草还小3岁呢。据说，他在毛头小伙子时就被称为老范，少年老成。老主任说老范是天生的商人。这是

15

夸他呢，还是贬他呢？刘德草认为贬的成分肯定多些，因为商人有"奸商"的含义。老范每次见到刘德草总是叫他领导，说他才是西河镇供销社的真正领导。刘德草以前听到这话心里很受用，但今天觉得很刺耳。

老范这次脱颖而出，据"西河地保"孙小凤披露：老范走了后门，他的中学女同学就是时任县委组织部副部长，本次工作组组长林翠翠。刘德草一想到以后要对自己曾经的下属尊称为"范主任"，心里就觉得堵得慌。孙小凤调侃道："你们不是要求我们堵后门吗？有本事你们堵组织部的后门，那才是最大的后门。"刘德草自认为没有能耐堵组织部的后门，并佩服孙小凤这番话。

供销社新掌门孔文富带着主任的气场进了会议室。这是一种无形的气场，比如看到茶水、烟等物品都备了，孔文富连声说"好"是气场；在座的人赶忙起身致意是气场，老范腰弯得甚至说卑躬屈膝也不为过；他与在座的人握手传递着一种力道也是气场。坐下来后，孔文富说："门口这香樟树真漂亮，前人栽树后人乘凉。"说起香樟树，刘德草接口道："西河供销社成立的时候就有了香樟树，是老主任移栽的，说是供销社的吉祥树，老主任搬到县城住了，临走还跟香樟树告别，说是让香樟树老兄弟护佑这块土地。"

"怎么老潘还没来？"孔文富觉得做领导就应该掌控话题。

"是不是找不到地方？我去迎迎。"

正说着，供销社新任副主任潘有志带着歉意进来。"德草，我来了。"老潘进门连连道歉，第一次会议就迟到了。"老婆非要我理发，说二月二理发，一年都没有灾星。哪有这回事？可老婆的话又不能不听。遇到理发店的张老三，干事又认真，非要把我拾掇清爽，说开会才有精神。这个张老三也是的，理完发连钱也没收就把我从理发店推出来了，说领导理发不要钱。这当了供销社的官就不一样。"刘德草想，占公家便宜这种事怎么拿到这里说，他明显看到孔文富不屑的神情。

西河镇上街头空降到供销社的两位主任先后到了。对这一"空降"，供销社上上下下都不满意但也无可奈何。老主任得知信息后不满道："上街头终于管住了下街头。政治要想管住经济那是有太多的办法，派个人来管你是当官的最拿手的办法。西河政治中心倘若控制不了票证怎么能睡得着觉？现在他们可以安心睡觉了。我到站了，我到县城抱孙子养老去了，你们好自为之吧。"

潘有志与孔文富两人都是镇上的干事。孔文富是宣传干事，潘有志是文教干事。镇上这段时间正在精简人数，供销社换班子，两个人都提出了申请。这次班子的职数是三人，一正两副，孔文富的主任定了，洪解放的副主任也定了，另一个副主任的人选在潘有志和老范之间二选一，很长时间僵持不下，最后女部长拍板："西河镇供销社原来是区供销社的架子，一正三副也可以，反正不吃财政饭。"部长担心僵持的结果是把她推荐的老范平衡下去了。组织考察及人事决定的内幕在供销社已经是公开的秘密。

"开会了！今天是二月二，龙抬头，好日子，春回大地，万物复苏。新班子工作开始了。这是我们班子的第一次会议，德草以后算班子成员之一，参加会议做好记录。德草表现不错，去年的茶叶保存到今天还很香，真是有心，有心做事总是有回报的。"

孔文富显然是不满意潘有志的第一次会议迟到，任何理由都是一种借口，理发怎么能成为迟到的借口？他要明里表扬刘德草暗中批评潘有志。刘德草想抬头看潘有志及其他主任的表情，又怕不妥，埋头做记录，心里想道：吩咐人准备了半斤好茶给新领导品尝这着棋走对了，生活中有谁会喜欢一个怨妇？一个成熟的男人不能喜怒形于色。今天的会议主要是工作分工，显然孔文富在会议之前做了备课与思考。

"可能大家知道，供销社是我向组织申请来的，在镇里我做了20年的干事，干的都是伺候人的事，在我的天命之年，有幸到供销社与诸位同仁一道踏踏实实干点实事。来之前我调查过，供销社摊子大，是一个可以干事的地方。有人把我们下街头称为西河镇的经济中心，我看不为过。4万多西河镇居民的吃、喝、拉、撒、睡，都在我们的业务范围之内。我把业务分为三大部分，它们分别是服务于以全镇居民、村民为主体的中心门市部业务部分，包括百货大楼、批发部、生产资料门市部、农副产品收购门市部、废品回收门市部。服务于部分村民的业务部分，直辖的三个村门市部，全镇10个大队即10个行政村的代销部以及代销部下面的代销店。上级委托代管的业务部分，包括新华书店、工农食堂、工农旅社、合作商店、食品厂、酱豆业、工农浴室。我们的服务触及西河的每一个角落。来供销社时镇上高书记跟我说：'供销社打个喷嚏，西河镇就要感冒，你可不要让我经常感冒。'我们一定要做好工作，不让领导感冒。这一点，我在高书记面前是做了保证的。当然也不能让群众感冒，我听说有些人对我

跟潘主任空降到供销社有意见，说外行怎么能领导内行？还请洪主任代表党支部出面帮我们做做工作。"

刘德草不敢直视孔主任的眼睛，生怕孔主任说是他讲的。他心里确实有这样的想法。只听洪主任说道："党支部书记是潘主任，听潘书记的安排。"

潘有志说道："上级党委还没批复，等上级党委批复了再说。"

孔文富只是预备党员，前两天支部改选，洪解放首先提议推举潘有志任支部书记，说镇上干部水平高。其他人准备推选洪解放的，既然洪解放开了口，大家也都只好附和。

孔文富说道："批复没下来之前，洪主任你人头熟，你先找一些有影响的人谈谈，有助于我们新班子工作。关于分工，我是这样考虑的，大家看有什么意见。洪主任负责行政与人事工作，在中心门市部经理人选没有产生之前，继续负责中心门市部工作。潘主任负责各村门市部的工作兼管党务监察工作。范主任负责业务工作，主要是与外界的业务往来并负责代管部分。我负总责，各位对我负责。分工不分家。"

接下来是一阵短暂的沉默。这是一种简洁而又不失霸气的分工，这种霸气刘德草认为洪主任可能没有，他刘德草也不会有，这是只有政府机关下派的干部才会有的霸气。都是镇上下来的干事，你看，就是当了主任、副主任也不一样：孔文富高高大大，身穿崭新的中山装，精气神十足；潘有志畏畏缩缩，好像没睡醒似的。难道这就是老主任说过的"权力是男人的春药"？这种霸气刘德草已经领教过了，昨天李聚财派人扭送一个投机倒把分子到供销社，关在办公室等候处理，孔文富来后叫刘德草通知领导班子开会，在办公室，投机倒把分子找孔文富搭讪，孔文富与那人讲了几句话后，竟然不跟任何人商量就把他放了，说什么一个收购山芋粉的哪里算是什么投机倒把分子。

既然分工很清楚，大家还能有什么意见呢？只见潘主任睁开眼睛，说道："老孔，我没有你那么大的干劲，虽然我们俩同庚，过去都是'干事'，干了一辈子事，但总该享几年福。我到供销社来就是为了让孩子有个着落，我不想往村里跑，分工你看是不是能调调？"潘有志表达得很直白。

"供销社的人你又不熟，业务你又不懂"，只是这些话潘有志说不出口。见其他人都在注视着自己，孔文富问道："你想怎么调呢？"

"怎么调是领导的事。"与会的人听得出其中的含义与愤懑：主任那么好当？他见众人都沉默，便说道："我与洪主任工作对调一下，洪主任年轻有为，以后还要挑更重的担子。我就在镇里不下去了，中心门市部经理也不要找人，我这个副主任兼中心门市部经理得了。"

"洪主任，你看呢？"第一次主任会议，孔文富的第一次分工就被人搅了场子，心里虽然不爽，但还是把球踢给了洪解放。

"我没意见，孔主任，你定。"

"好吧，潘主任兼任中心门市部经理，洪主任负责行政、人事及各村代销部工作。下午4点在百货大楼召开中心门市部全体职工会议，由德草同志通知。这个会我想邀请组织部或镇党委的同志出席，他们说有事来不了，反问我：有红头文件还不行吗？没有上级领导站台，我们自报家门，请各位准备好下午的发言。"

接下来是办公室的分配，孔文富说道："我提议抓紧建一个三层的办公楼，现在办公条件太差了。目前困难克服一下，我是主任，怎么也得有一间办公室。洪主任、范主任合用一间，就先把这间会议室改造一下。潘主任暂时就在中心门市部办公。"洪解放、老范虽然觉得两人在一间办公室有些不便，但也只能这样。老潘心里隐隐有些不快：这不是把我摆在单位二级负责人的位子上吗，让员工怎么看我？但他又不好明说。

孔文富继续说道："我现在想强调一下供销社的制度问题。我们的前任是老革命，行政17级，镇上高书记也只是行政22级，我跟老潘都是行政23级，你们两个可能还没有行政级别。我们没有办法跟老主任比。他往那里一站，谁也不敢动坏心思，他凭的是权威，凭的是魅力。我们这些人要靠制度管人，同时避免犯错误。德草，我问你，你管供销社公章过去有制度吗？"

刘德草小心翼翼地答道："管公章还真没有个制度，只要主任说给谁盖章我就给谁盖，有时主任不在，别人催得急，我也就盖了。"

"这肯定不行，不该盖的章盖了，就会给单位带来不必要的损失，这个责任谁来负？据我所知，有的柜台现金一个星期都没有入账，有的物品损益审批很随意。我们要把具体的制度建立完善起来，让每一位实物负责人、部门经理、分管主任、主任明确自己的权限与责任。有的人说新官上任三把火，我没有三把火，只有这一把火。"

刘德草觉得这才是今天会议的主题：每个人的权力都是有限的，只有

他主任的权力才是无限的；每个人都有责任，他主任的责任就是监督每个人负起责任。这些年在老主任那里权限责任不清，也没有见出过什么问题，这不吓唬人吗？刘德草比较新老主任：老主任嘴巴厉害，动不动就骂人，但心慈着呢，他把每一个员工都看作好人；新主任嘴巴也厉害，但看样子不会骂人，估计心硬得很，你看他在今天会议上分工、分房子、定制度，一招一式都透着玄机，他把每一个员工都看作坏人，要防着。老主任的这一页书翻过去了，新主任的时代来临了。

孔主任继续说道："修订制度的问题，每一个分管主任都备备课。我们几位主任都是接手新的工作，我们都要学习，尤其要学习时事。中央的新闻联播每天必须要听一次，这要作为一项学习任务去完成。今年的中央一号文件，农村开始包产到户，我有一种预感，它将对我们供销社产生冲击，至于是怎样的冲击，冲击到什么程度，我现在还不清楚。我们都是西河供销社的当家人，要当好这个家是不容易的。当前有两项紧要的工作，一是关于职工子女的顶职问题，二是服务于春耕生产的有关安排。据说子女顶职这是最后一茬了，到9月30日截止，以后就没有这个政策了，要把这个消息通知到所有家庭。这两件事哪一件做不好，职工都要戳我们的脊梁骨，甚至赶我们下台，都马虎不得。"

三个副主任就自己所熟悉的业务方面加入了最后两个问题的讨论，时间过得很快，转眼就12点了，孔文富觉得上午会议的任务基本完成，于是总结道："顶职工作主要由洪主任负责，洪主任要与县社及兄弟基层社多联系，掌握新要求新动态，另外办公楼建设也由你牵头。潘主任要尽快适应中心门市部工作，保证春耕期间的市场供应。范主任要保证货源。大家看，如果没有事，上午的会就散了。"

刘德草已经开始佩服新主任了。他想道：我怎么就没有注意中央一号文件呢？我怎么就不重视新闻联播呢？你看他主持会议一句废话也没有，我做得到吗？县委组织部与镇党委安排孔文富做供销社新主任绝对有道理。他庆幸上级给供销社派来了能干的领导。如果以后自己能接孔主任班做供销社的第三任掌门人，他也要像孔文富一样侃侃而谈。他对自己有信心。

下午上班时，孔文富在办公室门口通知刘德草第二天早晨陪他去西岭村，看望李聚财。李聚财是供销系统的名人，市人大代表，服务乡村的老模范，他挑着货郎担走村串户的事迹登过报，受到过许多领导人的接见。

　　说话间，刘德草忽然觉得眼前一亮，供销社"四大花旦"之一，批发部的乔启萍袅袅婷婷上楼来。批发部就在主任办公室楼下。"孔主任，还记得小乔吗？"孔文富只见来人穿着件白色的连衣裙，头上挽着乡镇很少见的高高的发髻，挺拔的小腿露出白皙的皮肤。"记得，记得，乔启萍，西河知青之花，你在供销社？办公室坐。"

　　"老领导就会笑话我。"孔文富和刘德草的办公室离得不远，乔启萍回眸朝刘德草笑了一下，随即将办公室房门掩上了。新主任刚上任，乔启萍就粘上来了，两人肯定有戏，以前如果没有，以后也必定会有。古人说美女爱英雄，当今英雄是谁？就是掌握权力的男人。办公室的隔音效果不好，刘德草觉得不适宜在办公室待下去，于是下楼找人捎信给李聚财及西岭村书记、村长去了。

第三章　开会是员工的节日

开会是员工的节日。下午学习，牌子往店门口一挂，当天便可早早下班。没有家务事的年轻人早早在会场找个位置，领导在上面读报，员工在下面热闹，一个小时后会议结束，大家各自逍遥。

西河供销社中心门市部的主体是百货大楼。西河镇的百货大楼曾经是西河的地标式建筑，方方正正坐落在西河街的中心。西河的上街头是政府大院，下街头是电影院、小学、中学以及供销社办公楼。西河人说上街转转，就是上百货大楼看看。大楼共有三层，一楼二楼营业，三楼办公兼库房。

吴红芳的纱布柜台在二楼。她柜台实物负责人的身份是上半年才确定的。可别小看实物负责人的身份，虽然只管着四五个人，每个月也只比别人多四块五的职务补贴，可在吴红芳看来，这是她人生价值的体现。这里面既有她的机遇，也有她的努力。论资历她在纱布柜台5个人中最浅，她有8年工作经历，先是做了两年民办教师，后因为多子女照顾招工进了供销社，被分配到当时的大队现在的村代销点，后托关系调回百货大楼，在纱布柜台满打满算还不到3年，中间还包括生孩子在家呆了将近半年。吴红芳曾经希望有一天自己来做柜台实物负责人，她认为她当时的竞争对手是她现在的准妹夫袁中青。

袁中青是那种话不多干事实诚的人。原柜台实物负责人刘妈妈喜欢他，让他做自己的助手，她甚至想把自己的女儿嫁给他，可是女儿怎么都不愿意，说不喜欢"闷头驴子"。刘妈妈心里过意不去，总想给他找个好姑娘。吴红芳把自己的妹子红英介绍给中青，红英比刘妈妈女儿俊百倍，供销社的人都说中青艳福不浅，只是委屈中青得叫吴红芳姐了，虽然中青比吴红芳年长两岁。刘妈妈为此也让吴红芳做了助手。吴红芳比中青心细，而且每次盘点后剩余的布她都想办法把它送给刘妈妈，一来二去，她从刘妈妈的第二助手变为第一助手。刘妈妈生病期间她正式代理了实物负责人一职，刘妈妈一走她就转了正。现在纱布柜台所有的好处是她这个实物负责人的了。

吴红芳接到通知：下午提前一个小时下班，中心门市部的员工在3楼会议室开会。听说是宣布新任中心门市部经理人选，是镇政府派来的一个副主任兼中心门市部经理。吴红芳对这一消息心里不解也不痛快，门市部副经理周晓兰当着她的面发牢骚："洪经理干得好好的，换什么？政府派来的就有能耐？红芳，在柜组里找个人出出新经理的洋相。"

吴红芳清楚洪解放在中心门市部有很高的威信。尤其女同胞对他都很有好感，他几乎是这栋楼里每一个姑娘与少妇梦中的情人。当他与她们擦身而过的时候，她们心里都会有一种抑制不住的冲动与兴奋，期盼着眼神之间的对接与交流。虽然每每这种交流使她们失望，但她们已将其转化成信任与尊敬。她们每天只要看着他与自己一道上班、下班，就有一种心满意足的感觉。眼下洪经理要离开中心门市部，离开百货大楼，女同胞们心里肯定会不舒坦的。

这几天百货大楼业务不忙，吴红芳见袁中青身边没有顾客，走过去，问道："中青，这些天跟红英还好吧？"

"芳姐，好着呢。"袁中青在西河基层社属于文艺青年一类，早年腿有点残疾没有插队，招工从县城来到西河，下班后人前拉拉二胡、人后写写日记，不惹事，只干事，人缘那是个个说好。现在袁中青正忙着找房结婚，对红英他确实有点自信心不足，但也没觉得两人关系有什么危险。他现在满脑袋瓜想的都是早有房，早结婚。

"洪主任是你的酒友，他不当我们经理了，你们男同志没有意见？"

"领导的决定我们能有什么法子？"

"有意见你们男同志可以提。"

袁中青知道未来的大姨姐要他在下午会上放炮，要求洪主任继续留在中心门市部。他心想：周晓兰是副经理，又是党员，她怎么不说？让他说，这不也是难为他吗？他从来没有抛头露面过。

下午袁中青到三楼会议室时，会议室已经非常热闹了，烟雾缭绕，一片嘈杂。西河供销社老主任虽不识字，但学习绝不含糊，到月就要学习一次。每次到了学习日，各个门市部门口挂一个纸牌子：政治学习，停业半天。讲是半天，其实也就个把小时，文书读报纸，一定是《人民日报》，老主任指定读《人民日报》，说这才是中央的声音。文书在上面读报，下面怎么吵他也不管，老主任眯着眼听着，当他站起来宣布散会的时候，你只要留意手表，肯定正好一个小时，神了。学习是神圣的，没有谁会缺席，学习结束大家都有点恋恋不舍，觉得相互间交流没有尽兴，女人们则觉得手上的毛线活没干什么，一个个盼着下次学习早点到来。

会场上有许多约定的圈子。女人有女人的圈子，男人有男人的圈子。大圈子又分若干小圈子，如：女人圈子中又有姑娘的圈子、少妇的圈子、中年妇女的圈子。女人来开会手头一般都有个活件，钩个花打个毛衣之类，她们手不停、嘴不停，忙得很。开会时女人圈子中最受欢迎的无疑是"西河地保"，又被称为"臭嘴"的孙小凤。前两天西河到处都是花花绿绿的传单，孙小凤绘声绘色地说政府四处没收这些传单，据说上面印着一些反动口号，可是有些农民舍不得上交这些擦屁股的纸，居然冒着被打成反革命的危险。

男人圈子当中最近异军突起的是老右派、老骚哒子秦国富的"鼓经"圈。秦国富既有"秦大学"的雅号，也有"老骚哒子"的诨号。年轻人喜欢听他吹牛，喜欢听他讲"西门庆"、黄段子。"老骚哒子"的名号不知谁先叫的，很快便传开了。有人笑他："老骚哒子，你又没有搞过女人，你怎么知道这些东西？"

"你怎么知道我没有搞过女人？我搞女人还要跟你说啊。我就是没有搞过女人，没吃过猪肉还没见过猪跑？"问得说话人无语。

老骚哒子座位旁正好有个员工上厕所去了，袁中青挤了过来。只听老骚哒子神秘地压低声音说："兄弟们，都接过吻吧？"显然他不想把声音传到其他圈子去。最近《大众电影》接吻封面是热门话题，秦国富对热门话题跟得很紧。

周围都是成年人，即便像袁中青这样的也在谈朋友，且都到了谈婚论嫁的阶段，谈论这个问题没什么不好意思的，但周围的人只是笑笑，都没有正面回答。他继续问道："你们知道什么是接吻吗？"

有人说道："就是电影《庐山恋》张瑜与郭凯敏对嘴被遮的画面。"

有人说道："接吻不就是吞嘴吗？"

老骚哒子说："对，就是我们当地说的吞嘴，'吞'这个字很形象，注意它不是嘴对嘴碰一下，嘴碰嘴只是亲，接吻是舌头与舌头的接触，你要把舌头伸进对方的口腔，舔并吮吸对方的舌头。你们晚上回去试试，那滋味是不一样的。嘘，开会了。"

孔文富吃喝了好几声才让会场安静下来，这还是供销社员工给新主任好大的面子。孔文富亲自主持会议，宣读了组织部关于供销社领导班子任命的红头文件，通报了供销社新班子的分工情况，并宣布洪解放不再担任中心门市部经理，由潘有志兼任。下面传来一阵唏嘘声。

孔文富说道："这里我表个态。从镇里出来时，高书记跟我开玩笑说：'老孔，你"恐文富"可以，不能"恐财富"，共产党人现在可以大胆地讲财富了。'我说行，以后叫我孔喜财，我要让我们供销社员工在西河镇先富起来。"这句话大家爱听，会场顿时爆发出热烈的掌声。孔文富很满意自己把头炮打响了。

接下来洪解放讲话。

洪解放站了起来，依然是平实的军人风格："各位兄弟姐妹，感谢你们3年多来对我担任中心门市部经理工作的支持，感谢你们向上级组织部门推荐让我升官做了副主任，我要更好地为你们服务，报答你们的信任。以后我虽然不担任中心门市部经理了，但我们还在西河供销社这个大家庭里，我们还会经常在一起喝酒、吹牛。潘主任潘经理是镇政府派来的，水平比我高，今后你们在潘主任潘经理的直接领导下将会取得更大的成绩。"

接下来是潘有志的就职演说，孔文富与洪解放都得到掌声，对他压力很大："员工同志们，你们中的年长者我差不多都认识，大家都是西河人，早不见晚见，即使名字叫不出，也是面熟。年轻的我可能认不全，但你们应该认得我，起先我在西河小学做教师，后期担任了西河小学校长，在西小念过书的不知还记不记得我。后来我调到政府，从事教育管理工

25

作。这次党和政府为了体现以经济建设为中心，加强对供销社的领导，把孔主任和我都派到这儿。这儿不能有闪失，西河镇居民的吃、喝、拉、撒，西河镇农民的生产资料及其农副产品的收购都是由我们供销社承担的，我们可以自豪地说，我们是西河的生活中心。我们的工作很重要，很光荣。有一首歌赞美当一名石油工人多荣耀，我觉得做一名基层社员工也很荣耀，你们的荣耀写在你们每一个人的脸上。"

潘有志讲话时下面不时有回应，虽然声音不大，但只要注意还是能听到，"他是自己要求到我们供销社的"，"重要、光荣，也不能当饭吃"，最刺耳的还是"'半吊子'话有什么好听的?"

潘有志觉得此处应该有掌声，他感到有些失落，加大了嗓门继续说道："我听见了有人叫我'半吊子'，没关系，你们以后可以叫我'半吊子'主任或'半吊子'经理。在西河能够做个半吊子就很不简单了，有谁敢拍胸脯说自己是'一吊子'? 我怕他'半吊子'都没有。我们西河供销社是全县最大的基层供销社，西河百货大楼在基层供销社中那也是最大最好的百货大楼。有人说我们是驴子拉屎外面光，我是坚决不同意的。我来供销社时有人跟我说，说我们有些员工服务态度不好，我跟他们说，这在全国都是一个普遍现象。有人说我们员工在酒坛里随便舀酒喝，喝完后倒水掺进去，我说你们肯定看走眼了。我说这话什么意思呢? 就是要我们的员工做基层供销社中最好的员工，发扬以前的成绩，对顾客的一些抱怨与误解我们要用行动去消除。"

潘有志是有意识地刺激一下洪解放的，都说你的经理当得好，其实有许多问题，只不过你当老好人不愿管罢了。孔文富虽然也觉得有必要刺激一下洪解放，免得他得意忘形，但是又觉得在就职演说这样的场合说这样的话有点过了，不过他乐见潘有志与洪解放之间出现矛盾。他用眼角瞅瞅洪解放，脸上依然挂着笑容。孔文富问范小亮要不要说几句，范小亮心里想说几句，又怕说不好，推辞今天是宣布中心门市部经理调整，不说了。孔文富说好吧，以后说的机会多得很，于是宣布大会结束。

袁中青在会场上没有站出来发难潘有志，有人讲"半吊子"他也都不吱声。他不知道说什么，另外他马上结婚分房子可能还要找潘主任帮忙，他也不想得罪这位新主任。这新主任还是政府派来的，反对新主任不就是反对政府吗? 周晓兰、芳姐一再用眼神示意他，他转过头故意装作没有看到，芳姐怪就让她怪好了。

供销社职工食堂坐落在百货大楼一楼靠漳河边的院子里，院子中间是个篮球场。晚饭时人照例不多，也就七八个，只有秦国富不喝酒，其他人老规矩，一人面前一大碗酒。这种散装酒是日杂柜组老张提供的，他每天下班时用军用水壶装两壶。日杂柜组两个大酒坛，每坛200公斤，喝几斤酒，兑点水，多大的事？哪个供销社卖酒不都是这样。

在供销社食堂吃饭的职工没有酒量但却练出了酒量，一碗酒至少有半斤，现在谁喝下去也不会有什么反应。几个人在一起喝酒图的是热闹，图的是心情，至于有没有菜是不讲究的。对于男同胞来说，谁当他们经理无所谓，但新经理在公开场合扬言断他们喝酒的路子是不行的。"我就不信这散装酒他能看得住"，"哪儿有卖酒的自己掏钱买酒喝"，"喝，喝，别睬他"。

一碗酒两碗饭下肚后，袁中青骑自行车去他女朋友家。自行车就放在食堂院子里，出院子门，只见周晓兰男人——西河中学的黄老师拎着一大篮子衣服去漳河里洗。黄老师与他打招呼："小袁，又去女朋友家问安了？"袁中青没有停下车，说道："黄老师，怎比得上你这个模范丈夫？你每天这样，成心不要我们供销社的男人们过好日子。"黄老师说道："没办法，谁叫我娶了你们供销社女人做老婆。"

女朋友吴红英家三间土坯瓦屋在下街头挨着205国道，几百米路抬抬腿就到了，但供销社的青年到哪里都是要骑自行车的，这是供销社人的面子。吴红英今年20岁，在家排行老三，上有姐姐、哥哥，下有一个弟弟。3岁时父亲过世，母亲虽然改嫁，但继父在船上工作常年不在家，母亲拉扯4个孩子以拖板车为生，现在孩子们终于长大了，茅草屋也换成了瓦屋，生活有所改善。

吴红英18岁时她姐姐把她介绍给袁中青。18岁，于别的女孩子来说，对爱情、婚姻可能已经有了自己的主见，可吴红英长期以来生活艰难，一直以来像男孩一样保护着弟弟，对爱情、婚姻也一直懵懵懂懂，她没有反对母亲与姐姐为她做的选择，她只是在这个男人每次到来时尽量消极地避开他，就这样一晃就是两年。两年来，每到传统佳节，袁中青就以女婿的身份提着礼品送节，虽然相关的手续没办，但他的身份已经被这个家庭默认。

袁中青来的时候吴红英正在吃饭，他一眼看出红英今天做了头发，刘海那里弯弯的。他打了招呼就在堂屋找个小板凳坐下。袁中青每天都来这

里报到，这家人对他也没有特别客气。红英母亲一边吃饭一边问中青房子有没有找好，中青说正找着呢。婚期定在国庆节，可到现在婚房还没有着落，眼前最急的是连打家具的地方都没有。

之前，袁中青姐姐说："你急，她们家里的人比你还要急，你女朋友这么大了，一张床还摆在母亲与继父的房间里。"姐姐不提这事便罢，提了他更着急，谁愿意自己女朋友这样？

红英母亲继续说道："中青，你这孩子太老实，这年头老实人总是被人欺负，你找你芳姐，要她帮你去要房子。"

袁中青说道："阿姨，我知道，我明天去找芳姐。"其实他已经找过芳姐。芳姐家里就有一间空房子可以打家具、漆家具，可芳姐说这房是她姐夫单位的，他应该找供销社要房子，这年头不吵哪有房子？可中青就怕吵。芳姐是不是怕房子借了，结婚后他就永久占了？他跟芳姐解释，他现在住的两人集体宿舍到结婚时就归他了，他已经跟室友说好了。芳姐这边不松口，到底是姨姐，要是自己亲姐用不着自己多说。袁中青为芳姐做了不少事，就是芳姐现在住的房子也有他的功劳。

去年年底，刘妈妈要搬到镇政府去，她丈夫在政府分到一套新房子，供销社多少双眼睛都盯着刘妈妈留下的两居室，已经有好几个人私下跟刘妈妈打了招呼，可芳姐跟刘妈妈关系多铁！为了避免纠纷，芳姐与刘妈妈约好，过了夜里12点刘妈妈就搬家，袁中青拖着板车把刘妈妈家的东西搬到上街头，凌晨又把芳姐家东西搬到刘妈妈老房子里。一夜没睡，他累得直不起腰，临近进九的时令，他的衬衫可以拧出水来。

第二天早晨人们起来发现刘妈妈老房子已经换了主人。这种私相授受不经组织同意调房子虽然被反映到领导那里，领导也说要芳姐搬出来，但最后不了了之，谁愿意动真格的呢？个别有可能有机会分得这套房子的同事，想通过武力的方式找芳姐的茬，芳姐不怕，芳姐及她夫家人多，在小镇上家里人多怕谁？芳姐把袁中青推到前线，暗示这是考验他对芳姐家族感情的时机，保护芳姐的房子是他义不容辞的责任，可是自己借芳姐空置的房子用一下，她怎么能这样呢？

他也找了刘文书向供销社借房，刘文书正为没有进供销社班子而心里窝火，遇到他这样的老实人自然是泻火的机会："要房子你找我干什么？找主任，找经理。"袁中青心里纳闷：平时跟我们称兄道弟温文尔雅的文书，今天怎么这么大的嗓门？"你要什么房子，你不是有本事帮你姨姐抢房子吗？你自己也去抢一套。"也许是看到他的窘态，刘文书收住火，说道："供销社现在哪有房子？房子能留得住？你看我，不也是住在办公室？"

他想想也是。可是后来芳姐说："你不要听他的，他住办公室是有原因的。办公室多好！下班了附近没有人，做什么事多方便呢。"芳姐暗示他文书住办公室是为了偷情方便。

吃完饭，红英母亲要英子不要收拾碗筷了，陪中青出去走走。红英在家里没有自己的房间，家里两个房间，一个是哥哥与弟弟的，另一间是母亲与继父的，只是继父经常在船上不回家，她就住在母亲房里，继父回来，她就在堂屋临时搭个铺。红英在家里是没有自己的空间的。因此，这对年轻人要谈情说爱只有到外面去。

早春的田野是宁静的。按说一对青年男女在晚霞下漫步是多么浪漫的事，可是红英与中青却前后隔着一段距离，是那种没有语言交流的单纯散步。一方面是中青他不知道怎么去哄女孩子，他从心里是喜欢红英的，他想表达这种喜欢但却非常吃力。他会吹口琴，会拉二胡，文艺宣传队表演他是乐队的骨干，好多女孩见到他都投来敬佩的目光，这种目光他在红英那儿一次也没有看到。红英敬佩欣赏的目光他看到过，那是在她女友杨华家里，杨华的男友，一个中师才毕业的西河中学语文教师，跟她们讲曹雪芹的故事，她听得是那么投入、专注，几乎忘记了在一旁等她的自己。他知道她的感情不在他身上，但就是舍不得放弃她。他知道红英愿意嫁给他，纯粹是因为他供销社职员的身份。

"今天做头发了？"

"你看出我做头发了？门口的几个姑娘发了疯似的，非要拉我去县城里开洋荤烫头发，差点没有赶上下午最后一班车，回到镇上又怕大人骂我们妖精，在塘边用水把弯的头发粘直。真是花钱买罪受！"

"头发做得好看。现在姑娘们时兴烫头发，只是你做不做都好看。"他心里有点惊奇：笨拙的他居然也会说女人爱听的话。

夜幕悄悄降临，天空缀满星辰，田野显得空旷与温馨，欲望在中青心中澎湃。中青加快走了两步，抓住红英的手。红英挣不开只好由着他抓着，可是田埂上路不好，走着走着两人便停了下来，中青自然地将红英拥在怀里。他们之前也有过身体接触，拉拉手，隔着衣服蹭蹭胸，他甚至亲过她，他在这边激动得要命，而她却冷冷的，每次都闭着眼睛、咬着嘴。

他确实到现在还没有真正体会到亲嘴是什么感觉。他今天有一种冲动，就是想体验老骚哒子所说的舌头接吻的感觉。他试图用舌尖撬开红英的嘴唇，可是红英的一句话让他放弃了努力："酒气冲死人了。"是啊，今天怎么能喝酒？不喝酒他又怎么敢亲她？

他松开红英，内心里响起影片的那句台词：只要心诚，石头也会开出花来。他们就这样一声不吭地走着，直到把红英送回家。他心里有点烦，见时候还早，回宿舍取出笛子来到漳河边找块石头坐下，流逝的河水听着他吹《在那遥远的地方》。

借房的事突然有了转机。跟他一起学拳的小罗从县城回来，他俩在厕所里撞见了。小罗是西河供销社驻县城的业务代表，供销社目前的进货环节是由各个门店的实物负责人将需要的货物报给驻城代表，再由驻城代表去县各大公司及批发站采购，安排车辆送货。

小罗说道："老弟，最近瘦了，结婚了没有？"

"妈的，急得头发昏，打家具没有房子。"

"就这件小事，你怎么不找我？中午请我喝酒。"原来小罗有间房子在西河，他现在常住县城，房子空着也是空着，可以借袁中青一用。真是踏破铁鞋无觅处，得来全不费功夫。

第四章 手心手背的肉还是有差别的

> 二华从进中学开始眼睛就瞄着顶职了。他属于早熟一类,把应该用在学习的心思用在了其他地方。他很早就开始投资父母的感情,他认定父母在手心手背的选择上肯定会有差别的,他要把自己的劣势转化为优势。

西河镇的下街头是西河镇的"学府区",西河中学与西河小学隔着街,门对着门。西河中学每个年级3个班,6个年级共18个班,在校有千余名学生。肖志强在高二(2)班,下午他显得很兴奋,没有往日的疲惫。他写了个条子下课时传给他女朋友——同班的许荷花,约她下午放学后老地方见。老地方是许荷花借住的西河小学的一间教师住房。许荷花来自西河镇邻近的杨柳乡,为了学习方便,她姨婆安排她跟她表姨李小俊(其实就比她大一岁)合住。她表姨去年顶职,学校分给她一间单人房。这间单人房既给许荷花学习提供了方便,也给她约会提供了方便。她的表姨每次见到肖志强来时,总是懂事地离开。

肖志强中午放学回家,母亲肖引娣告诉他学不上了,顶她的职到供销社上班。在小镇上想考大学那是很难的,母亲知道凭儿子的实力考不上大

学。肖志强早料到母亲在某一天会把顶职的指标给他，只是没有想到会来得这么早。他虽然有一个年长一岁的姐姐在供销社做小工，但肖志强知道，即使父母亲两个人都退休，母亲也不会让姐姐顶职，因为他还有一个弟弟肖志文。家里是母亲当家，甚至他们都随母亲姓，父亲是倒插门的女婿。据说在自然灾害那年，父亲上镇掏粪，饿得晕倒在街上，是肖志强外婆救了他，见小伙子长得俊俏，就把小女儿许配给他，并要他跟肖志强外公学手艺。肖志强外公是供销社食品厂的大师傅，肖志强父亲勤勉又不多话，不久就在供销社转为正式职工，现在成为供销社食品厂头牌大师傅。母亲说，父亲也打算退休，让小霞顶职，说小霞两只伤感的眼睛让他看不下去。小霞是肖志强的姐姐。母亲说："都退了，一家人不吃饭了？"父亲解释，退了凭手艺开个糕点小店，生活应该没有问题。母亲断然说道："不要说了，你知道给不给开店，再说政策说变就变。你看，顶职政策搞了几年，现在又不许搞了。你老老实实的给我上班。"

马上可以结束早已厌倦的读书生涯，肖志强再也用不着上课时百无聊赖地呆坐在那里，像听天书似的看着老师在黑板上演算着化学方程式，祈求下课铃声早点响起。他也用不着为了东抄西抄作业，要从家里偷一些糕点进贡给同学。他要成为全班53个同学中第一个上班拿工资的人了。别了，西河中学！别了，学生生活！

诚然，这里也有他留恋的东西，那就是他与许荷花的恋情。这一对被同学们称之为"金童玉女"的年轻人的情感火焰是在高一下学期被点燃的。他记得是镇政府（那时候叫公社）派人找他与许荷花完成一项政治任务：朗诵一首诗。军区副司令要旧地重游，沿着当年新四军皖南事变突围的路线走走看看。地方对副司令的接待工作很重视，西河镇得知副司令夫人是文艺界的，决定搞一台文艺晚会。他的语文老师写了一首诗：《四十年一回眸》，推荐了他与许荷花朗诵，说他两人形象俊美，口齿清楚。任务完成后，他俩就偷偷好上了。

放学后，他俩先后来到荷花表姨的单人宿舍，许荷花关严实了门窗，肖志强已经急不可耐了，搂着许荷花就要亲。"别急，先说事。"因为今天不是他俩约会的日子，许荷花定了他俩只能星期六下午约会，许荷花说见面多了肯定要出事。肖志强盼着每天都是星期六，见亲不着许荷花，他只好说道："我要上班了，我妈让我顶她的职"。

"什么时候？"

"我妈说，快则十来天，最迟也就在今年9月。"

"这么快呀?"

"快了好，快了我就能拿工资，就能分房子，就能早点把你娶回家，用不着在别人的房子里偷偷摸摸。事说完了，快让我过过瘾。"肖志强搂住许荷花，把嘴唇贴上去，手开始伸进许荷花的衬衫里。两人的呼吸渐渐粗重起来。

肖志强低声道："花儿，我忍不住了，把你的它给我吧。"

肖志强抱起许荷花把她摔在床上，许荷花极力阻止情人的进一步举动，"别……别这样。"像今天这样的疯狂也不是没有发生过，但她都成功化解了，坚守着最后一道防线。可今天他显得更加粗野，她好像也没有了往日的坚决。

两人关系的实质性突破也就在几分钟内完成，被单上呈现一摊猩红的血迹。肖志强一时显得手足无措，许荷花呜呜地哭起来。肖志强慌了，抱着许荷花，说道："对不起，对不起，我也不知怎么了，我一定会对你好的，我一定会娶你的。"

许荷花擦干眼泪，说道："你回去吧，我要把被单收拾一下，让表姨看见丑死了。"

肖志强回到家，跟母亲说道："妈，明天是星期六，我想请我女朋友来我们家玩玩。"

母亲正在做饭，看看眼前这个大小伙，眉眼像他父亲，可是行为却与他父亲不像，这小子居然高中才念一半，就要把女孩子往家带。不过做母亲的能原谅儿子的荒唐行为："我儿子真能干，女朋友都找好了，哪里人?"

"我的同学，家在杨柳铺。"

"怎么? 农村人? 那不行。"儿子的对象问题让她感到突然，儿子长得俊俏惹女孩子喜欢这她知道，且引以为豪，她对未来的媳妇也有许多想法，但她也知道时代不同了，媳妇的选择是儿子拿主意，父母包办行不通的，她只有一个条件: 不能找一个农村户口的媳妇。

肖志强见母亲在忙，没有说下去了。他想母亲只要见到漂亮能干的许荷花，一定会喜欢这个媳妇的，再说，自己都跟她干过那事了，母亲能那么狠心吗? 被单上猩红的血迹时刻提醒着他，一定要尽早把地下的恋情变为地上的恋情，这是一个男孩的责任，不，是一个男人的责任。在家里母

亲是一直宠着他的，是他先把肖家的门户给立了起来。晚上他又去找许荷花，跟许荷花约好了明天在他家里见面。

星期六上午风和日丽，许荷花把自己拾掇干净，去供销社门市部买盒点心来到肖志强家。肖志强父母和他姐都上班去了，肖志文看着哥哥领着个美女进屋做个鬼脸就跑去了，家里只剩下他们俩。肖志强想亲热，许荷花说："别闹，让我把家里事做完。"只见她麻利地把家里换下的没洗的衣服以及床单放进脚盆，拉肖志强在旁边陪着说说话，她熟练地使用肥皂、搓衣板，一大篮子衣物很快就被她搞定，她叫肖志强找棒槌来并陪她下河去。路上遇到左邻右舍疑惑或艳羡的目光，他觉得不好意思，而她却大大方方用目光相迎。

晾晒完衣物，她又开始整理房间，因为母亲与姐姐都在上班，顾不上家务，房间凌乱，家具蒙着一层灰尘。许荷花说道："志强，你们家抹布也太脏了。"肖志强看看许荷花洗抹布拧出的黑水，也觉得是有点脏。许荷花打扫完卫生已到中午，她又开始做中饭。这时肖志强父亲下班回家来，看着一个陌生的漂亮女孩与他儿子在房里说说笑笑，忙前忙后，心里知道是怎么回事。肖志强的父亲平时在家话不多，说话当家都是肖母。今天他回家看见家里搞得清清爽爽，又吃着未来儿媳妇做的可口饭菜，眉眼里堆满了乐。肖志强想，父亲这道关肯定是过了，只是母亲这道关难过，可是这么能干漂亮的儿媳妇她不要，要谁呢？

肖志强的母亲到家已是晚饭时分。上午有好事者来报喜，说她漂亮的儿媳妇上门了，照这样，明年她就可以抱孙子当奶奶了。她听了真窝火，喜从何来？有人说女人没有社会等级，漂亮与妖媚便是她身份与门第的标志。这种说法肖母是绝不赞成的，漂亮能当饭吃？而且在她看来，她这么俊俏优秀的儿子娶一个漂亮媳妇很正常。她不能允许自己有一个农村户口的儿媳妇，因为这将使她的孙子，不，子子孙孙都是低人一等的农村户口。

她决定中午不回家，眼不见心不烦，让他们折腾去，她这一关是过不去的。下班后，她又故意耽搁了一段时间，走到家门口，浓浓的鸡香味扑鼻而来。她推开门，志文就迎上来，喜滋滋地告诉她："哥同学荷花姐来了，荷花姐可真了不起，在裁缝那里做衣服，裁缝都不收她的钱，说她是模特。她今天做了好多好多事，爸叫宰了一只老鸡，晚上有鸡吃了。"这时只见一个修长少女羞羞立在自己面前，如果不是那双球鞋看着土气了些，还真挑不出眼前这位农家少女的缺点。

"阿姨，您好。"

志强则赶紧介绍说："妈，这就是许荷花。"

她"嗯"的支应一声算是与许荷花见过，然后去灶屋洗手，出来时只见肖父抓着酒瓶子在找酒杯，她说："干吗？"

肖父答道："今儿高兴，志强陪我喝两杯。"

"不过年过节喝什么酒？不喝，我晚上找志强有事。"

"好，不喝，不喝。"饭菜已端上桌子。可是一家之主肖母耷拉着脸，整个晚餐的气氛立即就有了压抑的感觉，鸡香虽然浓烈，志文都没敢动筷子，志强想说些什么缓和气氛，也不知说什么，许荷花想给未来的公婆夹鸡腿，又怕被拒绝弄得难堪，就这样闷闷地吃完了饭。

吃完饭，肖母把志强、荷花叫到她房间，关上门，说道："我是急性子，有话憋不住，荷花，你别怪阿姨，阿姨不赞成你与志强的结合。"

荷花听了低下头，志强急了："妈，你……你怎么这样？"

肖母继续说道："志强，你马上要工作了，按照供销社的传统，3年才能出师，三五年都结不了婚，你这样不耽误人家荷花了吗？"

荷花道："阿姨，我们现在年纪都不大，我愿意等志强三五年。"

肖母急了："荷花，我怎么跟你说呢，你硬是跟志强，就害了志强，等你们有了孩子，这孩子按照政策就是农村户口，孩子上学、找工作都得受影响。"

"难道农村户口就不能嫁人了？我不管她是不是农村户口，她已经是我的人了，我这辈子就要娶她。"志强嗓门大起来。

母亲嗓门也提高了："肖志强，你知道什么？我丑话说在前边，你要是娶她你就娶她，顶职我让你弟弟顶，你们俩想上哪就去哪，不要在我面前晃悠，你不是我儿子，我也不是你妈。"

许荷花听到如此绝情的话，失声跑出去了，肖志强跟着追了出去。肖母看着儿子消失的背影，心想：志强从小是个听话的孩子，在家里她从来是说一不二，难道真是儿大不由娘？不让志强顶职说说气话可以，还能真不让他顶职？可一想到自己的孙子是农村户口，她的心必须硬起来，这是肖家子孙后代的大事，她必须用顶职的杀手锏让儿子败下阵来。

今天是张二华母亲50岁生日，张二华一早就乘车去了县城，用他从高一开始到现在打零工的钱买了台黑白电视作为生日礼物送给母亲。母亲最

近迷上了连续剧《上海滩》，晚饭吃完，有时都来不及洗碗，就为了赶到邻居王阿姨家看《上海滩》，主题曲一响，就像学生听到上课铃，农民听到出工哨子，好多人拢来，在王阿姨家堂屋前14寸黑白电视机旁蹭电视看。王阿姨家也习惯了，还把凳子搬出来让大家坐。

张二华初中同学杨六子，家里贫寒，初中没毕业14岁就给人拉板车，二华跟他是好朋友，上高一二华16岁，他每到周日就跟六子拉车，早晨从西河出发拉车到县城，一天两个来回，走120里路，挣个三五块钱，这是真正的血汗钱，两年下来，口袋里竟也有了403块钱。二华二叔张承宗是西河供销社下辖的大闸门市部经理，托他的关系在城里花了318块钱买了一台14寸金星牌黑白电视机，二华决定在母亲50大寿时扛回来，给母亲一个惊喜。

当二华汗流浃背放下电视机，兄弟小华欢呼雀跃，母亲眼中噙满了泪花。二华高中物理学得不错，屋后架起竹竿绑上天线，三下两下电视机就调出图像来了，今天晚上家里人可以坐在自己家看电视了。张二华的母亲感到很幸福，现在有多少男孩子记得母亲的寿辰，而且精心买了这样贵重的礼物，孩子还不到18岁。大儿子大华今天也把女朋友带回家了，现在两个人正在厨房里忙碌，说今天不能让寿星忙乎。她知道两兄弟都等着顶她的职，想到这，她不禁心里有些沉重，只是老头子说，车到山前必有路，今天先过踏实了再说。

大华是初中毕业16岁进的供销社，做了9年临时工。今年初，有人给他介绍了也在供销社做临时工的水娣，这水娣的父亲是镇政府的厨师。两人恋爱非常顺利，双方的父母见了面，择定了良日，准备年底把事给办了。

晚饭一家人高高兴兴。二华说："爸，今天晚上你要让妈坐中间的藤椅，她今天是老寿星。"

"好，好，你妈坐中间的藤椅。"二华的父亲张承光答应今天让出家庭宝座——象征家主的藤椅。张承光兄弟四人，父亲取名希望他们能"光宗耀祖"，结果只有老二承宗当了芝麻粒似的小官——门市部经理。显然靠他们光宗耀祖是不可能了，他们甚至连想也没想过要光宗耀祖，不过他们在家庭里家主地位是稳固的。

"我就坐这儿，你爸的藤椅我坐得不舒坦，只要你们心中有我，妈就知足了。"

大华打开一瓶潍溪高粱大曲，这是他今天带来孝敬父母的："爸，我们今天不喝'山芋汤'了，喝潍溪。妈，你今天怎么也得喝一小杯。"

"好，妈喝一小杯。这是好酒，可不能洒了。"

喝酒中自然又谈起电视的事。二华说："妈，家里买电视你不要跟别人说去，免得到家里看电视人多吵吵嚷嚷。"

"好，妈不跟人说。可是你爷爷、你叔叔婶子他们总是要说的，明天请他们吃顿饭，也要他们看看你买的电视。"二华的爷爷在小叔那里过，幸福需要与他人分享，肉埋在碗底吃有什么意思。

二华又说道："妈，再过10年，你老60岁时，儿子给你买一台带彩的电视祝寿。"

大华不以为然："二华，你就吹吧，带彩的电视别说买不起，就算你有钱，你也买不着啊，它要凭计划，要票。"

二华与大华杠上了："既然现在黑白的能买得着，10年后彩电也能买得着。就是要票，我就不信我搞不到票。"

也不知是高粱大曲酒性烈还是其他原因，二华父亲竟然喝多了，伏在桌上不言语。大华显得有点着急，水娣今天来，其实是有话要说的。

晚饭后，二华说："妈，你今天歇着，去看电视，碗儿子来洗。"

大华说："妈，我跟水娣有事要跟你和爸说。爸，你醒醒。"

张承光抬起头，不情愿地睁开眼睛，目光痴痴的。

大华说道："爸，妈，今年是最后一年允许顶职了，不知二老是怎么考虑这事的。"

老两口互相看了对方一看，华母说道："我和你爸，两人退一人，家里还要吃饭。至于你和二华谁来顶，你爸说谁就是谁。" 手心手背都是肉，她要把球踢出去。

可大华不依不饶非要她表个态，这边则是二华企盼的眼神。她说道："大华，你现在在你小叔合作商店干得不是挺好的吗。"

大华说道："妈，我就知道你偏心二华，二华还在中学读书，他还可以考大学。我现在只有上班。我在供销社都上了9年班了，可还是临时工，临时工单位说不要就不要了。就算不是临时工，合作商店那也是集体单位，是泥饭碗，怎么能跟供销社的铁饭碗比呢？我不管，我是老大，妈，你要首先考虑让我顶职。"

水娣看着二老沉默不语，接个话说道："阿姨，我爸的职准备让我顶，我与大华的婚事年底就办了，大华总不能比我混得还差吧。有一句话我不知当讲不当讲，大华这次如果顶不上职，那就得到我们家当上门女婿，住到我们家去，家里以后就不要指望大华了。"

水娣的话听起来让人不舒服，但也不是没道理。说真的，华母还没有想过什么泥饭碗、铁饭碗，在她看来只要有饭碗扒就可以了。老头子可能早就料到现在这个场面，因此想用酒精麻醉自己，避免现场表态。他曾经为这事征求过他弟弟承宗的意见，承宗说道："哥，这是你的家务事，我不好说。过去皇帝家继位，一种是长子继位，另一种则是能者、贤者继位。哪种继位都有道理，就看你的选择。你怎么选择我都支持你。"

华母说道："华子，你爸爸看来酒还没醒，明天说吧，电视剧要开始了，水娣，走，我们去看看。"

水娣显然不满意未来婆婆的拖延战术，但也无奈，托词有事要回去，大华送她走了。

38

第五章　新领导的四张脸

要是通过脸能看出人的内心，那这样的领导也没啥水平。

西河供销社新领导上任没多久，有好事者给他们画了脸谱：孔文富一张苦脸，洪解放一张笑脸，潘有志一张红脸，范小亮一张花脸。

孔文富一张苦脸不苟言笑。他认为领导应该有一种威严，威严来自对权力的掌控。任何单位的一把手为了履行职责并保证执行力都会进行权力的布局，对此不能简单将其理解为卧榻之旁岂容他人鼾睡。用人上的"五湖四海"，绝对是业界的理想状态，谁不想用自己最熟悉、最亲近的人，这种权力布局对于一把手而言，他会根据自己的风格与形势需要，有的公开，有的隐蔽，有的进展迅速，有的进展缓慢。孔文富的权力布局无疑是公开且迅速的，他不喜欢拖泥带水，也不会根据别人的眼色行事。

他提出的议事规则表明了他主导供销社事务的态度。针对潘有志提出的议事规则：供销社所有的大事应该是供销社党支部先拿出主导意见，然后交供销社行政讨论并执行。孔文富说道："这样还要我供销社主任干什么？东西南北中，党是领导一切的，这个原则肯定是对的，只是基层供销社主要是做业务工作，业务工作的主导意见当然由主任提出。只有党务工

作才由党支部提出主导意见。"潘有志问道："你说供销社的人事工作是党务还是业务？"孔文富答道："供销社的人事既是党务也是业务，总之，我认为议事规则应该是，供销社的党政一把手先进行沟通，拿出主导意见交党政联席会议讨论并执行。"孔文富他只是预备党员，供销社党支部书记是洪解放，委员分别是潘有志与刘德草。孔文富的议事规则显然更符合实际，所以得到通过。

孔文富的女儿孔松月担任供销社主办会计就是人事上的一个重要安排。这对孔文富来说也是机缘巧合。孔文富刚上任不久，主办会计邱来娣便提出调动要求，其实她早就提出过要求，在基层供销社做主办会计很辛苦的，每周要有三到四天到各村门市部、代销店去盘点对账，邱来娣家在县城，经常星期日的休息时间她也回去不了。孔松月是西河中心小学的会计，女儿得知父亲到供销社任职，自告奋勇请求替父亲管账。一把手的权力可以说四个字：管人管钱。在有的人看来，管钱的重要性甚至超过管人，把钱袋子交给自己的女儿有什么话说。女儿调进来是没有问题的，其他几个副主任虽然心里极不情愿，因为他们的报账都在孔文富的掌控之下，但他们犯不着在这样一个敏感的人事问题上与一把手呛着干。

邱来娣原来联系好了去县百货公司做财务，可是现在百货公司进不去了。县百货公司与基层供销社本来是同一个婆婆，归商业局管，现在则分属两个婆婆，基层供销社归县联社管。而邱来娣不知听谁鼓捣了，反而不着急调动了，孔文富只好找他在县粮食局做副局长的妻弟，安排她进了县粮站做会计。邱来娣高高兴兴地走了，孔松月高高兴兴地来了，学校是清水衙门，怎比得上供销社吃香喝辣的呢？

掌控各种票证体现权力的拥有。票证是计划经济的一个重要表现形式，更是权力拥有的一种象征。来供销社的时候，镇高书记找孔文富谈话，说其他乡镇的自行车、缝纫机、化肥等紧俏物资的票证都是由乡镇掌握，西河因为以前老主任强势，一直是由供销社发放，现在乡镇打算收回。他连忙说："书记千万不能这样做，我一去你把票证收走了，供销社的人怎么看我，我以后怎么在供销社开展工作？我保证乡镇领导将来有什么需要我优先供给。"

高书记看他态度坚决，不再提票证的事了。孔文富找到刘德草，把镇领导的想法与他的表态简述了一下，说道："德草，以前供销社的紧俏票证怎么发的我不管，今后供销社的紧俏票证由我亲自掌握，你只对我负责。"刘德草连连说："我保证听主任的，孔主任说发给谁我就发给谁。"

他权力布局的第三步棋是升级几个门市部，让它们从中心门市部中分离出来，升格为供销社的二级机构，与中心门市部平起平坐，使中心门市部的权限只限于百货大楼。他相信洪解放不会对他的权力产生威胁，只会唯他马首是瞻。范小亮目前来看既没有这个能力也没有这个想法去挑战他的权威。唯一的威胁来自潘有志，这个老潘嘴上说到供销社混混日子，心里肯定是不甘的。他之所以要兼任中心门市部经理，不就是想把自己架空，绊自己的马腿吗？

为此，在每周主任例会上，孔文富都强调："我们要以改革的精神推动供销社的发展，改革精神是什么？就是松绑、放权，让基层单位有更多的自主权与积极性。我通过这段时间的调研，发现批发部、生产资料门市部、废品收购门市部、农副产品收购门市部工作性质相对独立，但却有两个婆婆，一个是供销社的大婆婆，还有中心门市部的二婆婆，它们基本上没有自主性。这与改革精神是背道而驰的。我建议，升级这些部门，这些部门的负责人今后都称为经理，直属供销社，中心门市部则集中精力把百货大楼经营好。"主任这一符合改革精神的建议大家还能说什么呢？

关于权力布局，他认为：这是为了更好地承担责任，供销社出了任何事情都是我负全责，如果没有至高无上一切我说了算的权力，我怎么负责？

乔启萍对此评价道："你们男人有两样东西是不可以与人分享的，一是手中的权力，二是所喜欢的女人。"乔启萍与他这一段时间接触显然多了起来。

孔文富说道："对我来说，只有权力不愿与人分享，而所爱的女人愿意与人分享。"说完用诡异的眼神望着乔启萍。

乔启萍则说："我说的是男人，谁知道你是不是真的男人。"孔文富有一副男人的身板，高大而结实，虽然年龄大了些，但是仍然透着男人的魅力，乔启萍在故意挑逗她的上司。

孔文富说道："是不是真正的男人，总有一天会让你知道的。"他跟乔启萍认识已经有些年头了。乔启萍属于那种让男人见了难以忘怀的女人：清纯且勾人，说话没遮没拦，让你充满想象。他那时是公社的五七干事，负责知识青年的插队落户、招工招生工作。他第一次在小王村知青点见到乔启萍，就把这个名字深深烙在记忆的一角。

"孔干事，你怎么才来呀？你老不来看我们，我们都有意见了。"

"这不来了吗？"

"来了就快摸摸我们寂寞的心灵。"

"别，你们是高压线，别害我吃枪子，你们看得摸不得。"孔文富自认为自己男人的定力还可以，这一个个女知青像花一样，自己每天在花丛中行走，有人说幸福死了，其实他是痛苦死了。每朵花只能看，不能摸，不能采。面对各种挑逗，纵有摸的、采的强烈冲动，你也得给它压下去。那时候的乡镇五七干事是真正的高危行业，他能够半夜敲门心不惊平安无事走过来，这不是一般男人能做到的。

孔文富没想到在供销社见到乔启萍。乔启萍原来就在供销社批发部工作，又一次成为他的属下。乔启萍是县城的插队知青，知青回城后招工又分回到西河供销社，前年结婚，丈夫在镇工商所，现在有一个一岁的女儿。他和乔启萍之间如乔启萍所说："孔主任，我们真有缘分，我怎么也摆脱不了你对我的领导。"

终于有一天，他和乔启萍有了身体的接触。那是五月的一天下午，天气暖了，乔启萍穿着一件白衬衫配着百褶裙、高跟鞋，像个明星似的来到他办公室，突然她曾经的一句话"快摸摸我寂寞的心灵"，让他产生了摸摸对面这位美少妇的渴望。乔启萍显然也有所察觉，因为孔文富的眼神变得怪怪的。"孔主任，你在想什么呢？"

"要我说吗？我想起了我们第一次见面你开玩笑的话，'快摸摸我寂寞的心灵'，我一直想摸，一直不敢摸，现在真想摸了。"

他也不知道怎么回事，他只知道自己一向谨小慎微，尤其在情感问题上，他一直是隐忍不发，今天居然有这样大的胆子，竟说出赤裸裸调情的话。也许是在对方勾人的眼神的鼓励下，多年蕴积的情感像火山爆发。乔启萍抓住主任的手，嗲嗲说道："主任，你真坏。你要想摸就摸呗。反正现在也不是高压线了。残花败柳一个，你想摸哪儿就摸哪儿。"

有了这样的认可，孔文富伸手把乔启萍拉到自己身边，摩挲起美人柔软白皙的手臂，并轻轻地用嘴吻了一下。尽管孔文富直到今天为止还没有对除了妻子以外的成熟女性有这样亲密的身体接触，但他的手却熟练地伸进她的胸部，他没有解她的衣扣，他知道今天只能是一个热身行为，要有深入的接触还得寻找新的机会。即使这样，摸着细腻圆实玉脂般的乳房，还是让他激动不已，他的下身自然地发生反应，他也感到对方身体的震颤，女人，你如果得到她的许可，其实她是很受用男人的抚摸的。今天就点到为止吧，他怕继续下去局势难以控制，他停止了动作，让双方的情绪恢复正常。

乔启萍整理了一下胸罩与衬衫，回到原来的座位，说道："主任，你可要对我负责呦，我现在已经成为你手下最亲的子弟兵了。"作为回报，他提议让乔启萍任批发部经理。

当你拥有权力，事情便找上门来。中心门市部的杨梅上门投诉废品门市部的侯有果。"孔主任，向你汇报一件事情，我天天晚上睡不着。"当时洪解放与范小亮在他办公室，奇怪杨梅睡不着也来找领导。

孔文富问："你为什么睡不着？"

"你不晓得，侯有果他们天天晚上床搞得叽叽呱呱响，我就在他的楼下，头顶上叫个不停怎么睡得着？我上去敲门，要他们小点声，他们骂我，说要不要我进去看看。我小年轻管不了，你们做领导的不能不管吧。"

几个主任相视一笑，明白了杨梅住在侯有果楼下，单人宿舍的隔音效果不好，三尺小床三下两下摇动木榫就松了，侯有果又是今年才结的婚，晚上床上的动静大了，这不响才怪呢。孔文富答应帮杨梅去说说，并问有没有跟潘主任汇报，杨梅说也跟潘主任汇报了，潘主任说宿舍的隔音效果只有孔主任才能解决，找孔主任比找潘主任更管用。

当然，更多找上门来是谈公事的。驻城代表小罗押货回来，五金柜组的新任实物负责人李志朝居然拒收配给他们柜组的货物。

小罗气呼呼找到孔文富，说道："主任，这事你必须帮我解决，不然我这个驻城代表干不了了。"

"怎么着，威胁我？不想干就不干了。"

"主任，我不是这意思。"

孔文富知道小罗的父亲是县商业局副局长，他本人在县里也是熟人多、路子粗，必须杀杀这个年轻人的傲气，树立自己的形象。

"你什么意思？"

"我驻城代表干了三年，还从来没有人敢拒收我的货。"

孔文富问道："这件事你应该找潘主任处理，你怎么找到我这里了？"

"潘主任说了，说这事他处理不了，要我直接找你。"这是副手的优势，他不想管的事他可以推到一把手那儿，你享有权力，你就得处理麻烦事。

"我问你，李志朝为什么拒收？"他知道李志朝会揽事，他刚上任，李志朝就给他家搬了一台14寸的黑白电视机，说是柜组的样机，先放在主任这儿试看。李志朝他熟悉，"文革"时，这小子曾经与几个红卫兵抄他的家，还扇了他一个耳光。这么多年过去了，李志朝肯定早已忘了，他忘不了。一生中，他只被一个人扇过，这个人他忘得了？来到供销社，他就一再提醒自己，忘记被打的耳光，不再记恨曾经给他带来噩梦的人，因为那只是时代的错误。现在一个单位共事，他又是领导，当然要大度点，他听见了李志朝这个名字就在提醒自己。李志朝已经瞄上了范小亮实物负责人的位置，他看着李志朝安天线、调试，屋前屋后来回跑的样子，提示这个小个子先去找范小亮，做通范主任的工作，由范主任提出五金柜组实物负责人的候选人："你可以暗示是我叫你去的。"

潘主任管着中心门市部工作，他不方便直接插手一个柜组负责人的任命，而由范主任在会上提出，他就可以说上话了。就这样，李志朝如愿当上了五金柜组的实物负责人。

"他说收音机不是他要的那个茉莉花的牌子。"

"你为什么不按实物负责人提供的牌子供货呢？"

"县批发站的人说茉莉花牌子不好卖，我不是替供销社着想吗？"

"好卖不好卖不是批发站的人说了算，也不是你说了算，而是实物负责人说了算，小罗，我跟你说，你这个驻城代表就是各个柜组实物负责人的代表，他们要什么货，你就给他们供什么货。"

小罗知道理是这个理，只是这样一来，自己在供销社的地位与面子就没了，心里憋屈得很，说道："算我错了，算我错了行了吧。"转身哐的一声把门关上，走了。

小罗刚走，有人门也没敲直接推门进来了。来者是个与自己年龄相仿个头不高的女人，大咧咧在他对面椅子坐下，说道："你是新来的主任吧，我是供销社的张妈，别人都这样叫我。早就想来看你，怕你忙。今天顺道过来了。我来找领导给孩子们求个饭碗。"

刘德草听到孔主任这边的声音有点大，赶紧过来给孔主任解围，只听他说："张妈，你看孔主任刚来，好多紧要的事等着处理。"

张妈没等刘德草说完，接话道："文书，你这话我听着不舒服，你们事紧要，我的事不紧要？我今天还不走了。"

"你的事紧要，紧要。"刘德草满脸堆笑，显然不愿得罪眼前这位小个子女人，眼睛瞅着孔文富寻求指示。

孔文富说道："张妈，你有事说，我听着。"张妈是 5 个孩子的妈妈，她大女儿享受多子女政策，当年没有下放照顾进了供销社，二女儿前年顶了她的职也进了供销社，眼下三姑娘、四姑娘一个高中毕业、一个初中毕业就要在家没事做，原来丈夫的职预备留给儿子小五子顶，可是小五子今年才 14 岁，不符合 18 岁顶职的条件，明年又不给顶职了。

张妈妈说道："我现在在家急得饭都吃不下，我们夫妻俩都是供销社的人，有事不找领导找谁？我找潘主任，潘主任支我找孔主任，你们当领导的管不管我们职工？"

孔文富说道："供销社职工有事找供销社领导反映情况是对的，你要给个时间让我们讨论一下再给你回话。你看好不好？你也不要太着急。你的三个孩子他不也是我们的孩子，孩子们的事我们会解决的。"

张妈临走时还丢下一句话："主任说的话我爱听，我先回去，不过丑话我说在前头，这个事解决不好，我只好领着孩子们到主任家吃饭。我儿子进城顶不了职，没有人养，老主任你得给我们养老。"

刘德草对着张妈的背影说道："主任，你不知道这个张妈在供销社可是出了名的。她女儿在供销社只要有什么事，她就冲到前头来。有一次她在老主任办公室说：'你们不要找我女儿麻烦，要找找我，你们要陪睡觉，我陪你们。'说完就要脱裤子，如果不是老主任手脚快，她真就脱下来了。"

他见主任若有所思便继续说道："主任，供销社职工子女就业眼下确实是大难题，供销社现在是人满为患。这几年落实政策、安排复转军人、待业知青等，在编人数已是 1978 年的两倍，还不包括临时工。现在这中学生考不取大学又很多，他们的父母就会找单位要饭碗，单位领导解决不了，他们就会闹得领导做不成事。在他们看来，领导就应当操这份心。"

孔文富说道："人们已经习惯了把单位领导当作家庭的家长，谁来当西河供销社这个大家庭的家长都不好当呀！组织上把我派到这儿，就赋予了我家长的责任。我们必须用新的思路去解决人满为患的问题，使供销社职工子女有班上，有饭吃。这样他们才会听你的话，做好自己的工作。你把今天的情况向洪主任他们通报一声，我们过段时间专门研究。"

洪解放一张笑脸，他认为同事之间不需要那么严肃。

洪解放天天骑着他那辆破自行车下班回家。他家在大闸村，离街 4 里

多路。他刚出街口便被年轻的女裁缝蒯玲玲拦住了。这蒯玲玲的家也就是她的缝纫铺，就在街口路边，三间瓦屋，一间住房，一间缝纫店铺，一间是她腿有点瘸的丈夫开的知青代销店。这蒯玲玲的缝纫手艺在镇里小有名气，每天忙得很，但从未影响过洪解放下班经过她家门口时那束期待的目光。这目光洪解放是不敢与之直接对接的，他觉得比他所在门市部的年轻女性还要喷火。

蒯玲玲说道："洪经理，我店里烟没了，还是要烦洪经理找批发部给我丈夫小店批点计划。"蒯玲玲代销店因为缝纫生意好，买烟的人就多了，烟总是不够卖，洪解放每次都尽量帮助她，他也说不清怎么回事，看她那双眼睛，他就难以拒绝。"好吧，我明天跟他们说说。"

洪解放是1968年当的兵。据说参军前，当时大队的"铁姑娘队"队长主动要求嫁给他，不要他家里一分钱彩礼，条件就是在入伍前把婚事办了，洞房入了。洪解放家里穷，虽然姑娘长相一般，但人家不要彩礼，而且马上过门，这样的好事洪家自然同意。洪解放第一天拜堂成亲，第二天他就跟老婆依依惜别，走进军营。很快传过信来，他一枪中靶，在没有任何思想准备下，便升级为爸爸。他虽然只有小学毕业，可在当时的部队算得上是一个文化人，于是很快便得到领导的赏识，后成为连长。他脾气虽好，却不知怎么得罪了有家庭背景的副连长，副连长一次带人从一个战士的床上搜出几十发子弹，他就此因为管理不善而离开部队。

洪解放转业进了供销社，老婆就不再务农了，在村里推荐下进了村代销店，不拿工分拿工资，着实让村里一帮娘们羡慕，说她眼毒，男人吃商品粮不说，自个儿也把脚洗干净了上岸不跟泥巴打交道了。老婆做农活是一把好手，做生意也丝毫不差，没有半年，算盘打得啪啪响。洪解放一女一子，他在外面忙忙碌碌，老婆在家操持家务、教育孩子、经营小店，去年终于把茅屋换成了三间青砖灰瓦的瓦房，在村里也算"瓦屋一族"了。他的家离镇上四五里路，每天都可以看他穿着一套褪色的军装，骑着单位的一辆旧自行车上下班，很少有休息日。这不仅仅是因为忙，也是因为家里根本用不着他操心。

他提了副主任，成了西河供销社的"二把手"，甚至可以说是一把手，因为他是西河供销社的党支部书记。当潘有志提出供销社议事规则是党支部提出主导意见时，他头脑清楚得很，他这个书记迟早是孔文富的，他甚至在孔文富面前说，帮他把书记的位置看住。因为基层社按惯例是主任兼党支部书记，只因孔主任预备党员的身份而让他暂时代理，他是不能够与孔文富分庭抗礼的，头彩是孔，他没想过自己当主角。丈夫升了官，老婆自然欢天喜地。女人虽然没有上过学，但是知道男人提了级，就会涨工资，她就会有更大的面子，办事就更方便。其实他心里清楚，他现在虽然提了级，可是权力比过去更少了点。他在做中心门市部经理时，镇上各门店有什么事就来请示他，老主任说过："有事找洪解放，他就代表我。"他去找老主任汇报工作，老主任说："解放，你不要老来烦我，你们年轻人现在不学着当家，到真让你当家你还不会呢。"

他发现新主任与老主任是完全不同类型的，大事小事都喜欢你汇报，觉得这才是做副手的对正职的应尽之道。好在洪解放曾经是个军人，服从命令已经是他的习惯，想听汇报就汇报呗。

他现在分管各村的供销部，要经常往乡下跑。分工的第二天他就与刘德草陪孔主任去西岭村看望省人大代表李聚财。那天，他们3人骑着自行车到西岭村村部，只见村书记老夏、村主任老姚早在村口等候，村部的砖墙上甚至还贴上红标语：欢迎供销社领导来西岭村指导工作。

这是一个高规格的相当于镇领导的迎接标准。这让孔文富很激动，他之前作为镇的五七干事与宣传干事多次来过西岭村，何尝有过这样的礼遇？镇干部都不愿去西岭村，这里的村干部资格老，因为新四军谭支队曾经在这儿驻扎过，见过各种层面的干部，镇里一般干事来了他们只是派个对口干部接待了事，孔文富以前每次来时，老夏、老姚从没有露过脸。孔文富清楚地记得，他曾经安排一个知青小组去西岭村插队，西岭村没有人来接，他打电话给老夏，老夏说："老孔，你就不要叫城里学生跟我们农民抢饭吃了，你知道我们这里田少，农民自己都没有饭吃了。"他把这事反映到公社书记那里也不了了之，最后这组知青被安排到其他村去了。

中饭是村里招待的，村里是接到刘德草通知后，按照以往接待老主任的规格做了准备：特意派人上山打了野货，又吩咐人下塘捞了鲜鱼，酒也是瓶装的高粱。新中国成立后，老夏就是西岭村的书记，60多岁了，是镇上有名的老书记，"文化大革命"时西风大队改成东风大队，造反派来到西岭大队要把它改成东岭大队，他拿了一把砍刀，说："我看谁敢改？西岭在云岭的西边，怎么跑到东边去了？"

饭桌上，老夏激动地说："田在我手上，以前是把它集中起来走集体化道路，现在把它分下去，我是脱裤子放响屁，一分到底。说什么联产承

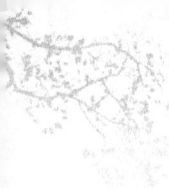

包责任制，就是单干，只不过上头人不敢说单干，我敢说。其实单干没有什么不好，单干了大家都用心种田，都吃饱肚子有什么不好。只要是共产党天下就行。你们供销社不管是以前的老主任，还是现在的新主任，都是我们西岭村尊贵的客人。"那天要不是洪解放、刘德草酒桌上特别能战斗，他们3个人现场都要栽，刘德草已经舌头不做主了，竟然当着主任面说："主任，你满意不满意他们今天的安排，你要是不满意，我们以后有的是办法弄死他们。"

刘德草的办法无非是票证。老夏在酒到好处似醉非醉时说道："老孔，西岭村有两件事还要求你，一件是西岭村田少，化肥的计划少，到时一定要想办法给我们漏一点计划外的。另一件是西岭村人穷，你把我们的甲种烟票都给换成乙种烟票。你要是答应我，就喝下这杯酒。"

老夏喝下酒后在他耳朵旁悄悄说道："我跟你说句实话，我们这里分田不难，分山难，我担心的是以后继续分，这山怎么分？那时我恐怕不干了，让后人操心去。你儿子结婚要木材打家具，跟我说，我帮你弄，山一分，就弄不到了。我亲家的小儿子想要一辆永久自行车，到时还要烦你帮我弄一张票。"

那天晚上他们睡在李聚财家。西岭村代销部负责人李聚财以前就是靠一副货郎担活跃在乡下，服务农民受到赞扬而被评为省劳动模范，一年前，又因为在基层服务表现突出，被选为县人大代表及省人大代表。这两年他年龄大了，不挑货担了。李聚财今年59岁，他说他今年准备退休让小儿子顶职，其实他小儿子在西岭村做临时工站柜台也有十来年了，儿子老实，到现在还没对象。李聚财把他儿子领到孔文富面前说道："这就是我不争气的小儿子李建农，三位领导，我李聚财为党工作三十多年，从没有提过个人要求，今天觍着脸请领导考虑等我儿子顶职后把他调到镇上去。我这个臭小子29岁了，本事不大，心还不小，这里的乡下姑娘没一个让他看上的。"

洪解放看着孔文富，知道主任在，他这个副主任不宜表态。孔文富说道："我印象中，全省基层供销社只有你一个省劳动模范，又是人大代表，几十年如一日坚持基层第一线，现在这个要求我看不过分。老洪，这事你负责办。"

那天有一件事让孔文富很尴尬。李聚财问刘德草："小刘文书，几天前，山东一个酒厂的业务员到我们这儿收购山芋粉，我们把他送到镇上，这个投机倒把分子你们处理了没?"

刘德草瞟了瞟孔主任,见主任没有表情,说道:"那人说他只是来这边看看,我们也没抓住他收购的把柄,只好把他放了。"

李聚财听了似乎很激动:"小刘文书,你到底嫩了点。两位主任,我们供销社吃的就是统购统销的饭,农民种的棉花、加工的山芋粉、养的蚕茧、做的茶叶以及各种土特产品,都不能由农民自己直接拿到市场销售,必须由基层供销社中转,才能进入流通环节。而农民需要的各种农业生产资料、日用品等也必须经过基层供销社才能由厂家流入农民手中。国家不允许一切不经过中转环节的行为,为此设立一个专门的罪名,叫投机倒把罪,用以惩治这类行为。供销社的人是绝对不允许有人破坏统购统销的。"

其实人是孔文富叫放的,刘德草当着孔文富的面不敢说。孔文富对投机倒把一直有一种不同的看法,正常的搞活经济,得到老百姓拥护的行为就不能看作投机倒把,因此在了解情况后,孔文富就叫这个山东省某县酒厂的采购员走了,双方还互相留下了联系方式。现在听李聚财这么一说,孔文富觉得不无道理,自己的屁股确实应该坐在供销社这一边,他对自己的行为也觉得不妥,仓促了,他本来是想与老代表沟通这件事的,现在干脆以这种方式道歉道:"老李到底是老供销人,看得比我们远,想得比我们深。我们供销人确实要时时刻刻绷紧这根弦,保护统购统销。德草,以后这样的事不能掉以轻心,要立马汇报。要看到现在包产到户,生产队的组织形式不在了,新形势下怎么维护统购统销政策比以前更困难了,这时候我们得更加小心与用心。"

刘德草心里委屈:主任你这样说,好像人是我放走的。没办法,下级必须给上级兜着他该兜着的东西,这样上级才会给下级机会。

第二天,洪解放又陪孔主任去县城拜会县社领导,其中县社农副产品经营指导股长陈股长,是跟他一道从部队转业的,他们是一个团,只不过陈股长是营长。当孔主任请他多去西河指导工作时,这位陈股长竟说了句顺口溜:下乡检查不吃苦,有的吃有的赌,每天还补8角5。"有这样好的事,我怎么能不去?"在上级机关办公楼里听到这样的话,洪解放隐约发现孔主任眼睛里流露出鄙夷之色,他感觉自己此刻丢了面子。

洪解放的老婆知道他近段时间在筹建供销社办公楼,说道:"我表弟到处在揽活,你做哥的不能不管。"他老婆的表弟第二天一早在他上班前就赶来了,给他捎带了二瓶高粱大曲。两人客套一番,洪解放说道:"长话短说，你报个价，砖木结构，600个平方的三层楼房每平方的造价是多少？"表弟报完价后，他说道："我再问问别人，你的价好就让你做。"表弟立即表示："价格还可以再商量。"

他询价后知道表弟报的价在谱，准备把工程交给表弟做。这时，孔主任带了一个人进他办公室。"老洪，工程定人了没有？"

"主任，这不正在找吗？"

"我介绍一下，这是我们供销社的洪主任，这是县建筑队的卞队长，卞队长是我亲家介绍过来的，县建筑队的施工质量应该是有保障的，他们的报价如果合理，我看可以给他们做。卞队长，你跟我们洪主任谈。"

县建筑队的每平方米造价比表弟的报价贵20元，600平方米就要贵12000元，这个数字不算小，而且表弟的意思价格还可以往下降，县建筑队却说目前的价格已经无法下调了。只是表弟是干个体的，质量能不能保证自己心中没底，还是避这个嫌疑吧，贵就贵一点。把工程最后交给县建筑队做，他还有一层考虑：卞队长是孔文富的亲家介绍来的，孔文富的亲家是孔松月的公公，孔文富最近把孔松月从镇中心小学调到供销社任主办会计，不让卞队长干让谁干，谁干不都要结款不都有麻烦吗？

潘有志一张红脸。他一天两顿酒，老婆要他中午不要喝酒，说脸红让人看了不好，还说孔主任、洪主任多厉害，喝再多的酒脸不红。他说："厉害不厉害不在脸红不红。我现在就是一个字：混！三个字：混日子。脸红怕什么，看谁敢说我。"

让孔松月担任西河供销社主办会计，潘有志是投了赞成票的。他曾经想阻止孔松月进供销社，他找到邱来娣，说服她去不了百货公司就不要走了，邱来娣是个党员，要她想想组织的利益。可是邱来娣还是走了，他也想通了，让孔松月来吧。他记得一句话：让一个人灭亡，先让其疯狂。父亲签字报销，女儿付钱做账。这父女俩想不疯狂都难。所以潘有志在主任办公会上带头表态："小月，我是看她长大的，小姑娘聪明，我做镇文教干事时就知道她在小学做会计做得很好，到我们这儿做会计不会有问题。"当然他的赞成也有条件，他在会议上提出把孔松月同事——西河小学的李小俊老师调进供销社，她是百货大楼员工成小勇的女朋友。他非常得意自己的发言，既然孔松月调入供销社势在必行，那么李小俊你就不得不让进。

"一山不容二虎"，他知道他潘有志要想在西河供销社混下去，他就不能是虎，他就得是猴，不，是狐，狐假虎威，必须借助虎的威势。现实中人容易看到虎的存在，因为虎给人威胁，其实狐比虎聪明，狐的生存之道比虎更值得敬佩、学习。他就是西河之狐。

他也想做虎。孔文富只是一个预备党员，没有资格做供销社党支部书记。在支部委员的选举结束后，他、洪解放、刘德草三人当选，洪解放说让老潘当书记，他也没推辞。上报镇党委的文件上，他是书记，洪解放是组织委员，刘德草是宣传委员，可是镇党委的批复却让洪解放担任书记，他却成了组织委员，这令他失望至极。

他清楚地记得高书记的谈话："老潘，你与孔文富都是政府的干事，这次任命孔文富做主任，你做副主任，主要是党委认为，孔文富比你更适合做一把手的工作。老潘，你别太在意这事，工资你还是跟老孔一样，级别也跟他一样，只是责任他比你更大一些。党委考虑到工作需要，认为洪解放比你更适合做供销社支部书记。党委和我都相信，你会做好老孔的副手的。"

这个副手的感觉他现在找到了，就是狐的感觉。权力真能造化人！孔文富在镇里做干事的时候，对领导与同事都是唯唯诺诺、小心谨慎，那就是一只狗，他太能忍了，可是爬到供销社主任的位子，脾性全变了，说话做事近乎不容置疑的霸道。这才多少天时间？竟让一个知天命的中年人完成了从狗到虎的性格转变。

他想杀杀孔文富的锐气。孔文富私放山东酒厂采购员的消息传出后，他要求支部联系上级党委按党的要求对孔文富进行处理，最好有个处分决定。没想到支部8个正式党员在下面跟他交流时都说这件事很严重，可是一到会上都避重就轻，甚至老党员李聚财也没有了平日的激情，只是淡淡说道：主任这件事做得确实考虑不周，下次再也不能犯这样的错误了。弄得他一个人慷慨陈词，显得很不入流。孔文富虽然在会上做了检讨，但他知道，这对孔文富没有丝毫的杀伤力。

他知道党委不想一山二虎，担心二虎相争导致供销社利益受损，所以才不让他做供销社的支部书记。现在孔文富这只虎是虎虎生气。孔文富以改革为名义，迅速地把批发部、生产资料门市部、废品收购门市部和农副产品收购门市部从中心门市部分离出去，成为供销社独立的二级机构，他曾试图以拖延的方式来阻止，但是一个副手对一个强势的正职的阻挠注定是没有效果的。现在他的管辖区域限制在百货大楼了。即使在百货大楼，

孔文富也伸手过来了，跟他提过好几次，抓紧修改现金入账制度、物品损益审批制度、物品调价审批制度等，那意思很明确，就是权力集中，集中在他孔文富手中，把最后的审批权攥在手中。

混日子要有一个好根基，他好不容易在中心门市部立下脚跟。他记得初到门市部日子有点难过，他甚至后悔当时为什么决定到中心门市部来。在这里他不仅要面对着孔文富咄咄逼人的态势，还要应对百货大楼这帮娘们带理不理的眼神，这帮娘们还在计较他把她们的梦中情人赶走了，尤其是她们的头——大楼副经理周晓兰，办公室就在自己隔壁，很少过来，来了简单几句汇报完了便匆匆离开，眼睛也不朝他望。最早向他靠拢并且表忠心的是负责统计的秦国富，这个被大伙称之为老骚哒子的人办公室在他斜对面，估计是瞅着周晓兰下楼办事去了，溜进他办公室，样子很谦卑，怎么让他坐都不肯，说自己年轻，在领导面前应该站着。他以为两人年龄相仿，可一问自己却比对方大了整整十二岁，但他还是叫他老秦。

老秦说道："听说潘主任要抓劳动纪律？"

他说道："是呵，我发现有的人上班迟到、早退，可能有的人还旷工。太不像话了。这样的劳动纪律不抓怎么行？"

"问题是抓到迟到、早退、旷工的员工你怎么办？"

"抓到了当然处分了，该扣钱的扣钱。"

"迟到、早退、旷工的员工毕竟是少数，敢迟到、敢早退、敢旷工都是有关系或者是狠人头，可能你砍他们的刀没下去，他们砍你的刀已经到了。"

他这个西河之狐为什么这一点没想到？也许是太想证明自己的存在了。可是抓劳动纪律的事他已经跟周晓兰交代了，并且在员工中放过风，说出去的话怎么收回来呢？真可谓是骑虎难下。

老秦见他不言语，知道他的心思，说道："潘主任，真还有个机会在眼前。我们都知道有两种权力影响资源的分配，一种是你手中握着的显权力，它直接影响公共资源分配。还有一种隐权力，它间接影响公共资源及其他资源分配。当今的隐权力主要是两种，一是能吵能闹，左右民意，影响资源分配。二是能打能狠，降伏民众，也影响资源分配。而后者的力量尤其大。我们供销社的成小勇就是一个狠人头，也是经常迟到、早退、旷工的主，你要是把他摆平了，就没有人敢迟到、早退、旷工了，你的威信就树立起来了。昨天，成小勇的奶奶过世，他回家奔丧去了，正好给我们提供了一个机会。"

"他怎么没有在我这儿请假呢？"

"他去哪儿从不请假，过去洪主任由着他，他所在的柜组也不敢拿他说事。潘主任，你如果代表供销社去吊唁，晚上在那里守个夜，那就是给了成小勇天大的面子，这以后谁要是在供销社不听你的，他得掂量掂量。"

潘有志听了，觉得事不宜迟，吊唁的用品反正大楼里有现成的，他又取了两床喜庆的被面，记在单位的账上，要老秦陪他一起去。据说有十来里路，车子还不通，他俩甩开腿上了路。好不容易走到村头，按照习俗，要先炸一通鞭炮，提醒死者家属，有吊唁的人来了。他们炸完炮后到成小勇家门口，有点奇怪，怎么静静的，没有人迎出来。进门才知道，小勇奶奶昨天死了，今个早晨又活了。成小勇父亲在得知是小勇单位领导后赶忙过来招呼，见主任一脸尴尬忙说："不碍事，奶奶今年78岁了，死是喜事，活过来也是喜事。"

小勇父亲要留他们吃饭，潘有志看天色已晚也不再客气。家里早备了菜与酒，这顿酒因为没有时间的约束喝得很久。小勇父亲在杨柳乡文化站工作，喝酒、吹牛都是一等一的，天南海北，与潘有志甚是投缘。小勇父亲说："我家小勇恐怕给你们领导添麻烦了，我知道我家小勇的熊脾气。小勇小时一直在奶奶身边，身体不好，经常受村里小伙伴欺负，性格有些内向，当兵后，学了点拳脚，身体也强壮了，三句话说不上来，就要动手。我骂过他多少次了。"

"小勇不错。现在供销社大多是青年人，小勇在青年中是很有号召力的，有点脾气在青年人中正常，结了婚，有了孩子，小勇就会更好。我顺便问一句，小勇的女朋友有没有找好？"

"还没有呢，谈了好几个，有的被他气走了，有的被他打走了，28岁的人了，他自己不急，他奶奶急，这不，奶奶死了又活过来，恐怕就是孙媳妇没着落，不闭眼。"

"这个你放心，小勇的媳妇我来介绍，包你满意。"也许是受酒精的刺激，潘有志就把小勇的婚事大包大揽了下来。冥冥中真有一股神奇的力量在左右着一切。这边孙媳妇有了着落，那边小勇一脸悲伤地跑来说，奶奶这一次真的走了。

大家又开始忙碌，把撤去的灵堂重新布置起来。潘有志坚持要守灵，说要在老人家灵前说说她孙媳妇的事，让老人家放心，一路走好。老秦见

主任不去休息，自己也不便离开。小勇父亲见劝不走两位，拿了一盘象棋，说用它来消磨时间。潘有志说："我先去老人那里跟她说说话，她的孙媳妇包在我身上，你们下，我一会儿来看棋。"他们就这样守了一夜没打盹。按照习俗，老人还要在家停放一天才送上山，他们还要留下来，成小勇父亲说什么也不同意，说领导工作这么忙，不能再耽搁了，公事要紧。回来的路上，他与老秦盘算供销社有没有合适的人选介绍给小勇。

老秦说："大家都叫我老骚哒子，我是看对象的，我只跟男的说说荤段子，这谁跟谁谈朋友的事我真不关心。"

这说媒拉纤的事他潘有志可一次没干过，不过，没关系，他老婆这方面在行，家庭妇女不上班，家长里短不知说成了多少对媒，他这才有敢打包票的底气。

从小勇家回来后，老婆唠叨，说他昨天离家也不打个招呼，家里一直等他吃饭。他正色说道："以后我没有回来你们先吃饭，别等我。"他跟老婆说起保媒的事："这件事，老太婆你真的要用心，只许成功不许失败。"

"老潘，眼前现成就有一个，邻居小李老师不就很适合吗？她妈妈知道你现在到供销社做主任，昨天还对我说供销社有适合的男孩子帮忙介绍一个。小李老师今年21岁，去年顶她妈妈职，在中心小学做教师，她妈妈说女儿就想嫁给供销社做媳妇，她自己也不想做教师，最好也能调到供销社来上班。"

真是得来全不费功夫。小勇上班后与小李老师一见面，居然就对上了眼，小勇爱小李老师文文静静，小李老师爱小勇有男人味。两人很快就黏糊在一起，手牵手看电影、下馆子、轧马路。现在又正好借着孔松月的调动，搭一个便车解决了李小俊的要求。成小勇现在成了他潘有志绝对的"马前卒"。他从他奶奶死后回来上班硬是没有迟到早退过。周晓兰很诧异，在潘有志面前说："主任，我佩服你，你一来大楼，成小勇怎么就像变了一个人似的。"现在还有谁敢迟到早退？潘有志觉得在中心门市部可以放心地喝茶了。

范小亮是一张花脸。他记着林部长的话：凡事要小心，不要多说话。

三十而立，范小亮三十岁做了西河镇供销社副主任，激动了很长时间。他老婆说他祖坟冒烟了，可不，他这个职务如果是转业军人对应着营长级干部。供销社老主任，他曾经觉得那就是大人物，文书在他眼中那也是领导，这丝毫没有调侃的味道。他在西河供销社工作将近10年，算得上老员工，在五金柜台做实物负责人也有5年。这些年，哪家结婚娶媳妇不都想要一台"蜜蜂"牌缝纫机及一辆"凤凰"牌或"飞鸽"牌自行车。想要不一定能要得到，在西河，如果谁与范小亮的关系亲密，那谁得到的可能性便大多了。范小亮还有一门拿手的活——修收音机，谁家的收音机坏了，他会义务拿回来晚上倒腾。现在做副主任，还是有人把不响的机子送到柜台，那时候机子只要响便行了，有点噪音不算什么。

　　范小亮没有想也不敢想做供销社的副主任，他的副主任严格上是被他的女同学林翠翠绑架的。林翠翠是西河人，却是在县城读的中学，范小亮家在县城，与林翠翠同班，两人之间并没有情感上的联络，只有隐约的好感。范小亮插队招工分配至西河，他在西河唯一的熟人只有林翠翠，林翠翠家离镇上又不远，他有事无事就去翠翠家转转，命运没有让他们成为恋人而是很好的异性朋友。林翠翠恢复高考后进入了一所师范专科学校，毕业分配到县中学做了语文老师，并兼任了学校的团委书记，很快被县委分管组织的副书记看中，提拔她做了县委组织部副部长。这些年来，林翠翠西河家里许多物资的供应都得益于范小亮的各种票证的提供，林翠翠结婚时家里各种难弄的物件也有范小亮的贡献，包括打家具的木材。范小亮做这些事时没有任何功利的想法，纯粹朋友之间的帮忙，他绝没有想到林翠翠会成为管干部的领导，他的行动成了有意义的感情投资。对林翠翠而言，这种日常积累的感情更为难得，她觉得还这份情的时间到了，这才有了范小亮的脱颖而出。面对范小亮登门拜访致谢，她说道："小亮，你跟我还客气什么。作为老同学，我现在关心的是你要争取更大的进步，现在组织上很重视培养年轻干部。你入党申请书还没写吧，回去就写，交给组织。要争取入党，到时我才好帮忙调你回县城工作。我要求你这个副主任必须要做好，你做不好，我多没面子，你是我向组织推荐的。"

　　入党申请书他按照林翠翠的指点，晚上回家后写好第二天就交给了支部组织委员潘主任，潘主任拍拍他的肩膀，笑着说："范主任将来一定有大进步。放心吧，我们一定尽早解决范主任的组织问题，也请范主任支持我中心门市部的工作。"

　　他觉得潘主任比孔主任好处。他与洪解放的那一间办公室刘德草拖了两个星期才操办好，刘德草找人搬走了会议室的乒乓桌，换了两张办公桌。在这之前，他又不好去门市部五金柜台上班，只好在乒乓桌上翻报纸，等孔主任带他去与他分管单位的负责人见面。报纸给翻得了无生趣，

孔主任忙得没顾上他，见了面只是说："别急，我忙完手头事就来找你。"他到邮局给林翠翠打电话问怎么办（他觉得这个电话在办公室打不方便），林翠翠说："这是领导在故意晾晾你呢，你耐心等等吧。"他急得慌，干脆把人家托他修的收音机带到办公室，在乒乓桌上支起电烙铁干起私活来。孔主任忙完过来了，要刘德草通知范主任主管的单位负责人明天上午在他办公室开会。

西河就巴掌大，供销社代管部门的头头脑脑面儿都熟，只是叫不出名，对不上号。他们与孔主任年龄不相上下，在西河镇个个都是人精似的有头有脸的人物。范小亮特地拿了一包江城市产的顶级烟站在主任办公室门口，进一个人发一支烟。这包烟是一个修收音机的人春节时送的，他留着没舍得抽。关于抽烟当地有一首歌谣：农民抽着大铁桥，普通人猫对猫，公社干部水上漂，县里干部前门的锡纸包。这猫对猫指"玉猫"牌香烟，水上漂指"东海"牌香烟，"大前门"的锡纸包则是人们心目中的高档烟了，而江城市产的烟比"大前门"还要贵1角多钱呢。不知谁说的一句："我们今天抽的是范主任上任的喜烟。"有的人接着说，喜烟应该成双。很快，主任办公室便被这种烟特有的香气笼罩起来。

在老主任管事的时候，对代管部门的态度是多一事不如少一事，现在孔主任、范主任喜欢那种汇报的感觉，代管部门的头头当然会跟上新的形势。就在范小亮忙忙碌碌的时候，潘主任来到他办公室："小亮主任，你帮我打个电话问问你同学，这份文件什么意思？"

原来是昨天到的县委组织部的文件，当时孔主任看了，送到洪主任的办公室，洪解放不在，孔文富表情凝重，一个字也没说就走了。组织部文件大意是：自1982年6月10起，组织部不再考察、任命基层供销社干部，基层供销社干部将由县供销社考察、任命，最后报组织部备案。他看了这份文件当时不觉得有特别之处。眼下他跟潘主任一道去文书办公室，拿起电话拨给他的副部长同学，他同学说这是根据省委组织部文件精神下发的，干部归口管理。潘主任在旁边也听到了，说："这不是组织部任命的干部还能称之为干部吗？我们给组织部踢出来了。"

孔文富怕范小亮有情绪，安慰他说："组织部的文件只不过让基层社换了一个婆婆，工资也不改变，我们该干吗还干吗。"

范小亮担心的是他不再是官了，担心他的官路自此堵住了，虽然还不能称他为官迷，但他年轻，自然有理想与追求。他曾骄傲自己的身份，难道这么快官梦就破灭了？他又跑到邮局给林翠翠打了个电话，结巴地问对方新文件是否对他以后的工作有影响，问的不着天不着地的。林翠翠说只是基层供销社干部不归组织部管了，但县联社干部仍然归组织部管理，鼓励他好好干，不要受干扰，以后还是有机会调到县城工作的。老同学显然知道他的小九九，他这才心里踏实些。

林翠翠还一再告诫他不要陷在现有的事务圈，要熟悉供销社的业务管理。当初孔主任提出为了发展的需要，供销社新成立批发部、生产资料门市部、废品收购门市部、农副产品收购门市部、食品厂、酱豆业、新华书店等二级机构，他首先表态支持。他主动要求分管批发部工作，他感到孔主任好像对由他分管批发部不太情愿，但一个溺水的人抓到一根救命稻草是不会放的。

他说道："我觉得批发部的业务与我分管的工作很接近。这些天大家都比我忙，我头脑里盘算着孔主任交给我分管的供销社业务我怎么做呢？我把它整成8个字，大家看是否合适，进货恰当，存货合理。进的货恰当，营业员就好卖；存货合理，资金周转就有了保证。孔主任肯定希望有一个人管这些事，我认为这就是我的任务。我们供销社的进货出货主要是批发部操作的，所以我请求分管批发部。"

洪解放觉得范小亮说得有理，潘有志觉得孔文富自己想直管批发部，不愿意让其得逞，两人都表态支持范小亮分管批发部。既然这样，孔文富只好表示认可，他说道："今天本来只是想就几个二级机构独立务务虚，至于分管与几个部门负责人留待下次会议讨论，这样准备更充分些，现在范主任提出分管批发部，洪主任、潘主任都同意，我看那就把批发部先定下来，由范主任分管。同时，把批发部的经理也定下来，便于范主任开展工作。批发部现在的实物负责人刘云芳这一次要退下来给孩子顶职，她建议由乔启萍做新的批发部经理。我觉得可以，你们意见怎么样？"大家没有什么意见，顺利通过了对乔启萍的任命。

刘德草记录乔启萍的任命时心里很不痛快。这个骚货，以前在自己面前"文书、文书"喊得亲热，媚眼直抛，现在新主任来了，傍上新主任，眼角也不朝他睃。可惜他没有发言表态权，要是有，他要好好地贬她一通。但静下一想，真有发言权自己敢贬吗？

洪解放要通报两件事。一是顶职报表做好了。"这次一共11名员工子女顶职，基本上都符合规定条件，只是年龄上有的差一点，其中差得最多

的是张进成，14岁，身高不足1米5，初二的学生，按道理供销社不能招童工，可他是张妈的儿子，任你怎么说，她非得报这个小儿子，说是张家的独苗。我跟孔主任汇报了，孔主任说报就报吧，让他预顶职，孔主任预顶职的主意好。先把上级批文拿下来，班还由他老子上，等孩子16岁后再给他接班。"另一件是办厂的事。"上两周大家提议办草帽厂，孔主任叫我去找大王村两个民办教师担任技术员，她俩提出'明媒正娶'的要求，即有调令或者是相当级别的红头文件才肯来。"

张妈在孔文富办公室要求解决子女就业问题之后，主任办公会上刘德草介绍，供销社的就业空间越来越小，几乎没有岗位可以安插人了，解决岗位的办法只有走商办厂的路。此时，镇里办厂，村里也办厂，不是想赚钱，就是为了提供就业岗位，让人有事做。人人有事做，当领导的麻烦便少了。这搞供销的人要办一个什么样的厂呢？刘德草说办草帽厂怎么样，大家眼前一亮，说在谱。镇东头大王村才起步的草帽厂，由村里两个民办教师带着大家干，生产的草帽不愁销的现实让主任们信心满满。"大王村能办的事我们就能办。"

潘有志他之所以到供销社不尴不尬做这个副主任，说到底是为了孩子，他的二儿子明年年初要退伍，他的三女儿明年高中毕业，都要找饭碗呐。现在孩子们的饭碗已经跟父母单位联系在一起。他所在的镇政府难以满足孩子的就业，为此他选择离开政府。他在离开时请求保留的干部身份，没想到刚离开就随着组织部一纸文件没了，如果孩子的就业再遭到威胁，那就两头空。因此，潘有志对商办厂态度积极。他听到洪解放转述的民办教师的要求，立即说道："这两个民办教师不是说空话故意掐我们吗？农业户口怎么能调到镇里，谁敢发这样的红头文件？我看不求她们，死了张屠夫，不吃带毛猪。"

会议室改成了办公室，主任们开会只好暂时在孔主任办公室，期待的目光一致投向孔文富。孔文富说道："草帽厂是供销社办的第一个厂子，为了安排职工子女就业，我们之后要办更多的厂，草帽厂这个头必须开好。我还是倾向请民办教师来入伙，这样成功的风险小，将来竞争压力也小。民办教师提的要求正常，这时候不掐你什么时候掐你？办一个她们想要的红头文件有困难，但也不是没有可能。我们可以申请若干个知青门市部，请县计划委员会下一个批准的红头文件，商办厂的工人都是知青门市部的职工。如果把供销社的正式员工比喻是全国通用粮票，那么知青门市部的员工则是供销社的地方粮票。"

范小亮立即说道："主任这个想法行。"

潘有志则说："她们也不是知青呐。"

范小亮说："她们可以算作回乡知青。"

孔文富接着说道："我们立马要做两件事，一是与县计划委员会的人接洽，拿到批复，这个工作我想请范主任出面，找你的同学林部长，西河人为家乡做贡献也是应当的。组织部找人比我们方便，官帽子捏在他们手中，当官的最怕的不就是个帽子？另一件事是准备招工，把今明两年初中、高中毕业的供销社职工子女登记造册。招工时我们可以搞一个形式化的考试，这样对计委的人也有个说法。这个工作请德草同志做。"

范小亮来到县城找林翠翠，这是他首次以西河供销社副主任身份踏上他儿时熟悉的土地。林翠翠在知道他的来意后说道："你们这位孔主任确实厉害，要你来找我对他是稳赚不赔，事情办成了是他用人得当，功劳记在他簿上，办砸了，是我们没用，今后你在供销社不好混。"他还真没有想到这些，望着他求助的表情，林翠翠说："罢，晚上我请计委李主任在凤凰墩宾馆吃饭，当然是西河供销社买单，如果他们单位有人要买自行车之类紧俏货你可得应承着。"

"那是，那是，来时，孔主任都关照过了。"他小心翼翼地回答，他发现他在林翠翠面前怎么如此谦恭，似乎林翠翠现在已经不是他的同学，而是他做官的老师与交际的依靠。

第六章　掉瓷的脸盆

　　　　　钱货两清，出门之后，概不负责。

　　张二华请了孔松瑶、肖志强、田小宝在工人食堂吃晚饭，他说他们是高二（3）班的"顶职四人组"。他们四个人填了招工表，在镇医院体检后，上课不上课已经无所谓，只需等上面文件批复。

　　张二华终于说服了父母亲，把顶职的指标给了他，他要与"顶职四人组"共同分享。对张二华而言，他的顶职确实不容易，他的哥哥与嫂子为了这个顶职指标已经与家庭决裂。他庆幸他长期对父母感情的投资有了结果。父母亲的天平向他倾斜也与他的宣传策略有关。父母亲认可了他说的：哥哥已经做了9年临时工，做满10年就可以转正，他的同学肖志强的父亲就是临时工转正的，另外就是哥哥已经有了饭碗，而他还没有饭碗，他顶职对于家庭而言是多了一个饭碗。作为父母亲当然是希望家庭增加一个饭碗。

　　西河镇此时还只有这么一个饭店，外地来人及年轻人下馆子都在这里，因此生意不错。经理魏老五看到孔松瑶来了，立即跟到包间，他要向主任的千金表达忠心。他原来只是浴室的服务生，是孔主任来了看他顺眼让他做了经理，他现在管着工农旅馆、工农浴室、工农食堂、工农水炉四个单位，十几个人听他吆喝。他现在主要精力在工农食堂，不仅仅是因为这里忙，这里的油水也多，至少他的一日三餐用不着花钱了。他手头明显比过去宽裕多了。他对郑胖子说："给瑶瑶他们加一盘猪肘子，记在我账上，再给他们打一斤酒来。瑶瑶，有什么吩咐你尽管找你魏哥说。"

"谢谢魏哥。"

张二华说道："还是瑶瑶面子大，让我省钱了。瑶瑶，你顶职在粮站，我们三个男生可都在供销社，在你爸爸的麾下，到时都要托你庇护了。我提议我们的第一杯酒敬瑶瑶，为我们心目中的女皇、女神干一杯。"

肖志强这段时间情绪极差，他没有想到许荷花脾气这么倔，怎么劝都不管用。许荷花说："既然我们之间注定没有结果，就让我们早点收场。我不信供销社永远这么红下去，我不信孔松瑶他爸能当一辈子供销社主任，我不信我一辈子都是农村户口，我不信离了你肖志强我许荷花就活不下去了！"乡下妹子的温情脉脉怎么突然就没了："你能够不听你妈的吗？你能放弃你的顶职指标吗？"他确实都不能，他前所未有地感受到自己的懦弱。今天的酒他喝得比较猛，他想改变自己的懦弱形象，可是他的酒量不行，脸已经通红。

孔松瑶说："别给他喝了。"

肖志强不同意："倒……快倒上。"

张二华继续倒酒，说："对，男人不怕醉，醉了也没事。"

田小宝说："志强，只要有了工作，男人何患无妻。你要是因为许荷花不嫁你就发愁，我们这些'三等残废'不要愁死了。"社会上当时流行把身高一米七以下的男人称之为"三等残废"，田小宝只有一米六五。"志强，我们俩喝一杯。"

孔松瑶说："志强，你一个大男人再这样下去我们可都瞧不起你了。其实你妈也没错，娶一个农村户口的女人，以后的麻烦很多。许荷花知难而退对你们俩都好。"

肖志强何尝不知道他们说的道理，他只是在情感上还难以割舍。他什么也没解释，就是喝酒，终于趴在桌上起不来了。孔松瑶说："我们不喝了吧，送志强回家。"张二华去结了账，与田小宝一人一只胳膊，架着肖志强一脚高一脚低地把他送到门口，尾随在后的孔松瑶上前敲开门，见是肖志强母亲，说道："阿姨，志强今天跟同学们吃饭，喝多了点，我们把他送回来了。"孔松瑶他们看着肖志强父亲和他弟弟扶着肖志强进门，与肖志强母亲告别离开。

第二天一早，肖母问儿子："昨天晚上送你回来的漂亮女孩子是谁？"

志强答道："同班同学，供销社孔主任的女儿孔松瑶。"

"儿子，妈看她对你特别关心，妈妈看人眼睛很准的。你要是把孔松瑶追到手，妈妈睡着了也笑醒了。你安排一个时间请她来家里吃饭，让昨天晚上送你回来的另两个同学当陪客，你要谢谢他们。"

在这个档口，肖志强显然不愿违逆母亲，他约了这个饭局。孔松瑶说："同学之间这么客气干什么？也不过年过节，吃饭免了吧。"张二华听了立即说道："要我去做电灯泡，我不干。"田小宝则说："吃饭的好事当然得去，不吃白不吃。一个好汉三个帮，朋友就是电灯泡。"

张二华说："志强，饭我们去吃，话我可要跟你说，瑶瑶做朋友可以，做老婆真的不适合。你妈要是看上了瑶瑶，要她做儿媳妇你可要拿定主意。"

田小宝说："你真是废话多，好像老肖抢了你的女朋友似的。"肖志强又去约孔松瑶，说："华子与小宝都说好了，就差你点头了。"这样就把饭局敲定在星期天晚上。

母亲显然很重视请瑶瑶吃饭一事，她要志强代她上一天班，她把家里清洗整理一下准备迎接贵宾。

肖母领志强到她所在的百货柜组，把他介绍给柜组的同事，说儿子马上就要来顶职上班，明儿家里有点事，留志强在这儿跟大家实习学学。实物负责人万建梅说："肖姨，你有事你忙，一个班大家代一下就是了。"肖母说道："眼下潘主任抓考勤，我这个老脸丢不起。志强反正马上就来上班了，主任知道了也不会怪的。"

万建梅说："肖姨，那行，我叫李萍萍明儿带志强，给他说说注意事项什么的。萍萍，过来，脸红什么，志强交给你。"

肖志强把今天的代班看作是他职业生活的第一天。当被母亲叫醒时，他发现他已经睡过了，他埋怨母亲为什么不早点叫他。他赶紧梳洗，扒了一碗稀饭，便去了百货大楼。大楼门还没开，门口已经有顾客在等候了。他抬起手腕看看手表，这是父亲的表，昨晚他把它戴在自己手腕上，他说用它来提醒自己明天早早起来，做好上班前的准备。8点零3分，上班时间过了3分钟，只听大楼里面有人在开门了。

62

香樟树下

他随着人流涌进大楼来到百货柜台。同事们陆续到了，叫吴劲的男同事点起一根烟，据说这是他的工作习惯：抽了烟上班才有精神。抽完烟他接着转身去泡茶。万建梅与李萍萍在不紧不慢地擦柜台，谁也没有去注意或去感受柜台前顾客等候的眼神与心情。肖志强觉得内急，便急急去厕所，他赶回来时同事们仍是上班前的准备工作状态。

一位年轻的女顾客在柜台前等的时间长了，不乐意地说："能不能快点，我们回去要干活。"

吴劲大声回答道："现在又不是在生产队干活，自己家的田地早点干迟点干有啥区别。不要催，就好了。"

业务开始了，肖志强先在旁边看着，他发现他的"师傅"李萍萍还真不简单，跟自己年龄相仿，手快，眼快，话虽然不多，眉眼里透露出一份自信与干练。只是他的"师傅"眼睛不敢与他这个"徒弟"目光对接，只要一对接她马上便会移开，显得慌乱。他想：我是你的"徒弟"，你怕什么呢？胆怯的"师傅"（他心里这样称呼）尽心尽责，不做业务时就向他介绍商品的价格与买卖注意事项。

如果不是下午发生的事他会认为这一天的代班生活过于平静：一位顾客拿着一个脸盆说上午来买的，准备给女儿出嫁作陪嫁用的，背面有一不起眼的芝麻点，掉瓷了，他说当时没注意到，回家老婆发现了，要他来调换。肖志强发现这个顾客已经在这儿等候了一段时间。

只见他小心翼翼地说："师傅，麻烦你帮我调一下，要不是做喜事用我就算了。"

李萍萍迎上前去，说道："怎么回事？这个产品不是我卖的，你在谁手中买的？"连续的发问，有点咄咄逼人的气势。

"是在刚才那位男同志手中买的。"只是这吴劲不知又去哪里了。

"他有没有说过'检查仔细，出门不认账'的话？"

"说过的。"

"那不就结了。"

这时顾客脸上明显沁出汗珠，以哀求的口吻说道："师傅，麻烦你，麻烦你。"

李萍萍显得不耐烦了："这是不可能的事，我们怎么知道是谁弄掉的瓷？"

"我不管，瓷不是我弄掉的，你得帮我换，你换不换？"对方意识到哀

求不行，举起了拳头威胁。肖志强抓住对方的拳头，说道："你想干什么，想撒野？"对方一看肖志强高高大大年纪又轻，知道来硬的不行，就说："你们不给换，我老婆也不让我活了，我就撞死在你们这儿。"说完就用头去撞柜台。肖志强眼疾手快一把抓住他。

这时看热闹的人越聚越多，万建梅说："萍萍、志强，你们带这位顾客去潘主任办公室，听潘主任处置。麻烦各位散开，我们做生意了。"万建梅遇到这样不要命的主，只好把问题向上移交。

潘主任在办公室看报纸，听完双方的陈述，他要李萍萍、肖志强回柜台去，他与顾客谈谈心。他问起顾客哪里人，女儿什么时候出嫁，女婿做什么的，看起来一点也不着急。顾客心里着急，他要回去向老婆交差。

"主任，我这脸盆你到底换还是不换？"

"换肯定是不行，你不要着急。我们有个规定，商品出门就得自己负责，不然，顾客自己把商品弄坏了都找我们换，那我们不早关门了。我们都怕老婆，不要笑。既然你老婆这样逼你，我想一个办法，我家里正准备买一个洗脸盆，有个小黑点也没有关系，不如你把这个脸盆卖给我，我把钱给你，你重新去买个新盆，但这次你一定要选好。我家里只要一个脸盆。"

顾客千恩万谢地走了，这件事就这样被处理了。事后潘有志把万建梅找来，要她把这个脸盆拿走。万建梅说："还是主任这样变通处理好，我们当时不给他退货，就是怕给其他人开了头，主任的水平就是比我们高。"

下午4点半，万建梅对肖志强说："小肖，你的第一天实习结束了，你可以回去了。"

"还没有到5点。"

"没事，我们也不可能到5点下班，你先走吧，马上我们就都走了。"

肖母在菜场买了肉买了鱼，又挑了只老母鸡，隔壁的刘婶问道："肖妈妈，今天又不是过节，买了这么多好菜，来贵客了？"

"志强有几个同学来家玩。"肖母用平静的声音压抑着内心的激动。

"是女同学女朋友吧？"

"可不能瞎说，客人是我们供销社孔主任的女儿，跟志强同学。"

"那是要好好招待。"

母亲为了孩子的事那是真上心，肖母昨晚还叮嘱女儿与小儿子，要他们今晚吃饭不要上桌了，对丈夫说："你最好也不要上桌，让他们年轻人呶五喝六去，大人在桌上他们拘束，如果他们非要请你上桌，你在桌上坐一会就下来。"

母亲对肖志强说："别总拉着长脸，妈妈不喜欢看，别人也不稀罕看。爱情跟婚姻两码事，婚姻讲的是务实，电影里说漂亮的脸蛋长不出大米。松瑶那里你抓住机会，今后日子你就好过。即使你与孔主任女儿没有缘分走到一起，你也要利用好你与她的同学关系，在供销社里好得到她爸的照应。我听说了，孔主任最疼他这个女儿。傻儿子，妈妈不会错的。"

说来也怪，肖志强听母亲说要他追孔松瑶后，对许荷花的情感释怀了许多，似乎梦里微笑的眸子就是孔松瑶的。三位客人是一道来的。孔松瑶既不愿先到，也不愿后到，她约了他们在工农食堂集合，张二华说空手去人家里不好，提议带点水果，他们找了一家水果摊，称了几斤苹果与橘子，张二华付钱，孔松瑶、田小宝在一边闲聊，田小宝神秘地要借一本书给松瑶看，免得这些天在家闲得慌。二华付完钱，说："小宝，不要用你的手抄本毒害无知少女。"松瑶问："谁是无知少女？我知道的比你们多！"并立马要去小宝家。小宝说："我还没抄好，抄好了明天给你送去。"松瑶问什么名字，小宝说是《少女的心》。松瑶听了不禁脸红了，她早听人说过这是一本最黄最黄的书了，女主人公是个破鞋，有许多床上作呕的细节。以前有人推荐给她看，被她拒绝了，现在她还真想看了，因为她是成人了。

说话间来到肖志强家门口，张二华把水果给孔松瑶说："还是你提着，到时候肖妈会表扬你。"果然，肖母见到水果直夸松瑶比志强懂事，孔松瑶想说这是二华买的，可二华眼睛却瞥到一边去了。

几个中学生在同学家喝酒也都知道有所节制，但晚餐的气氛很好。肖父在桌上坐了一会就下去了，他们四个人谈兴甚浓，没注意到肖家人在灶边吃饭。四个人从初一一直同学至今，读书期间不觉得什么，马上要离开校园，以前的一切仿佛都亲切起来。田小宝此时就是一个活宝，几两酒下去，率先表演起胡传魁的唱段"有枪便是草头王"。二华与松瑶也借着酒劲分别表演刁德一与阿庆嫂智斗的唱段。

肖母看几个人酒喝得差不多了，她走上桌来要掀起最后一轮高潮。她往玻璃杯倒满一杯酒，估计有三两酒，说道："阿姨不会喝酒，你们来了阿姨高兴，阿姨敬你们一杯酒，我喝掉你们随意。"说完，一口把玻璃杯的酒喝光了，喝得连她儿子都鼓起掌来。肖母意犹未尽，继续说道："你们拉帮结组我赞成，老百姓在社会中生活没有朋友那就不行，没有朋友人家欺负你。瑶瑶做组长我看行，我就喜欢瑶瑶。你们帮瑶瑶，瑶瑶帮你们，大家互相帮，在西河就不会吃亏。"

吃完饭，肖母要志强送瑶瑶回去，志强提出与二华、小宝一道送。二华说："我们与瑶瑶一个在东头，一个在西边，志强，你就承担送美女回家的光荣使命吧。"志强与瑶瑶感觉到了众人的意思，一路显得沉闷，瑶瑶在前，志强在后，志强一直想鼓起勇气上前与瑶瑶搭讪，但心里仍有许荷花的阴影，到了瑶瑶所住的镇粮站，瑶瑶说："我到了，志强，你回吧。谢谢。"瑶瑶没有邀请他进去坐坐，他只好返回，他责怪自己把这次机会给错过了。

瑶瑶到家时，孔文富已经等得有点心急了。瑶瑶是个懂事的女孩，待人接物他都放心，只是她只要晚上不在家中不在身边，他的心里总是不踏实。女儿在这个年龄，是决不能出任何差错的。孔文富在窗口边看到男孩返身走了，没有任何亲昵的举动，这让他对这个男孩有了好感与信任。他走出卧室，说道："瑶瑶，怎么不叫你同学到家中坐坐？"

"我为什么要请他到家里坐？"肖志强一路居然不跟她说话，这让她心里很不痛快。她直接进了自己房间并把父亲关在门外。

第七章　刘德草摊上事了

> 西岭村农民拿尿素票买不到尿素，砸了农资门市部柜台，消息很快传开了，西河镇党委书记高守余说道："砸得好，看谁敢拿农民不当回事！"

招工报名在刘德草办公室，张妈妈是最早来的。她说她儿子、女儿这次问题都解决了，现在不时兴喊万岁，否则她要上街喊"孔主任万岁"。看她千谢万谢、笑比哭难看的表情，刘德草只想早点打发她走，这样的人不仅看了不舒服，还不能惹，惹不起。张妈妈帮三姑娘、四姑娘都报了名，并且要文书以后多关照。刘德草自然跟她打哈哈。听说这次招工可以享受"供销社的地方粮票待遇"，张大华他们这些员工子女中的老临时工也赶来报名。刘德草请示孔主任，孔主任说让他们报，给他们另外造一个册子。这报名的热情就跟眼下的夏日天气一样，让刘德草忙得汗流浃背。吴红英也来报名，她姐姐吴红芳是西河供销社的"四大花旦"之一，吴红英比她姐姐还要养眼。夏季正是美女身材展示的季节，他的眼睛不知该放在什么地方。只听吴红英说道："刘文书，帮我报个名。"

西河供销社职工资料刘德草是了然于胸。他不忍心拒绝对面的美女，但必须拒绝："小吴，你不符合我们的招工条件。"

"什么条件我不符合?"

"条件是非农业户口、供销社员工的未婚成年子女。"

"我是非农业户口，我姐姐在供销社，未婚夫也在你们供销社，我们结婚证都领了，我还不算你们供销社家属啊!"

"结了婚的人不招。"

"谁结婚了? 订婚不算结婚。我不管，我要上班。"

孔主任听这边声音嘈杂，走过来看见一个秀气的女孩子在与刘德草理论，怕影响其他人报名，他把女孩子叫到自己办公室，问问情况。女孩子在他办公室丝毫不怯场，说道："孔叔，我是吴红英，松林的同学，我还记得松林参军的时候，你还帮我们照过照片。"他想起了，他小儿子孔松林参军前，说他有几个同学要来家里玩，叫他把单位照相机带回来照几张照片。那天来了六七位同学，他儿子好像对眼前这个女孩子有点意思，照相时总喜欢她站在自己旁边。他听了女孩子陈述情况后，说道："小吴，报名的地方你不要去了，我给你报名，回家后也不要说这件事，过段时间会有人通知你来上班。"

刘德草摊上大事了! 是他的红颜知己给他惹的事。在他没有进入供销社班子的苦闷日子里，是他的红颜知己给他安慰。蓝花花是个军嫂，她丈夫在部队已经是副营职了，据说正营家属就可以随军。蓝花花在生产资料门市部，结婚5年了，丈夫每次回来都很努力，希望播下革命的种子，可不知是田的问题，还是种子问题，她的肚皮就是不见鼓起来。丈夫一走，她就孤单一人留在这镇上。那个年月是个女人就想做军嫂，其实真的做了军嫂挺辛苦。这结过婚的女人与没结过婚的女人她不一样。上班的时间好打发，下班了一个人在这个小镇上还真无聊。刘德草以办公室为家，他虽然有家、有孩子，家离镇上不远，骑上自行车20分钟不要就到家了，但他不常回家，老婆都习惯了。供销社有他的一间房、一张床，他是自封的"大众情人"，让大众快乐就是他的工作。他与蓝花花走到一起，既有生理的需要，也有精神的需要。

蓝花花最崇拜他的是他字写得好。"你的字就像书上刻的，不管写得多快都那么好看，我就喜欢看你写字，我的字就像'鬼画符'。"

蓝花花崇拜他文章写得好，她常常是他起草的公文或写的通讯稿的第一读者，她看了以后总是情不自禁地说："写得真好。"有一次，她丈夫信中写了一首诗，她拿来给他看了，说请他代写一首诗回应："不能让我家那口子瞧不起我。"她把他的诗给丈夫寄去，丈夫回信夸她的写诗才能。她说："草，这是你的功劳。"

蓝花花还崇拜他说话风趣幽默，说跟他在一起，时间没感觉就过了，她说："草，要是没有你，我都不知道这日子怎么过。"在蓝花花眼里，刘德草什么都行。男人是需要崇拜的，尤其是需要女人崇拜。"花，你说我什么都行，是不是说我床上也行？"

"去，没脸没皮的。"蓝花花红着脸。蓝花花是军婚，他和蓝花花的事要是追究起来他得吃不了兜着走。可是只要他和蓝花花不说，谁又来追究呢？蓝花花是绝对不会说的，她在等随军的通知，通知一到，他们之间就会画上圆满的句号。

这段时间刘德草心情不好，蓝花花晚上常常过来陪他。镇上的人休息得早，除了少数几户看电视，晚上九点很多人都上床了。供销社老办公室位置也偏，蓝花花摸黑到这里没人发现，她有房门钥匙，开门后不用开灯她就能直接摸到床上，她知道她的情人没有睡，在不言不语中等着她。他是她生命中的君，至少现在是。她能很快找到他饥渴的嘴唇，开始他们之间无声的快乐的功课。她希望用肉体的快乐清扫情人精神的不快。功课结束后，他们会有短暂的语言交流，然后各自睡去。第二天一早，蓝花花离去，这时他可能醒着也可能沉睡，如果醒着，他们会用眼神道一声再见。

刘德草的心情终于有所好转，由于领导风格的变化，他从一个有权势的文书回归到普通的文书，虽然心不甘情不愿，但是他必须正视这个现实。蓝花花可以不喜欢这个正襟危坐、不苟言笑的孔主任，一两年后她拍拍屁股随军去了，他还要在孔文富的手下继续忍辱负重。他必须尽快地站到孔文富的阵营一边，孔文富是一个强势的一把手，潘与孔明显在斗法，洪与范各代表了一股势力，他只要与孔文富保持一致，他就会得到孔文富的权力赋予，从而满足他对权力的渴望。

为此，刘德草提出了商办厂的思路：先办一个投资少、见效快、技术含量低、人员安排又多的厂子，取得经验，再办更多的厂。他说他们的商办厂还应该与农业有关，服务于农民，草帽厂就具有这样的特点。孔主任夸他有思想、有水平，本来主任办公会他只是个列席的记录人员，现在开会，孔主任会问："德草，你有什么好的想法？"他现在跟主任跟得更紧了。吴红英报名不符合报名条件，可是主任让他悄悄以供销社家属子女条

件报了名，并且呈报县计划委员会，主任的所有指示他都不折不扣地执行了。

没有想到花花给他惹了事。1982年入夏尤其是立秋以来，西河街上最紧俏的票证是化肥票。人们一开始还想跟有关人员套近乎，后来发现即使在生产资料门市部员工那里努力也是无功而返。人们心理逐渐平衡，票紧张得很，都弄不到也就没什么。只是这些压力都转移到孔文富那里，说供销社主任弄不到化肥，谁相信？

孔文富把刘德草叫到办公室，说："德草，你知道生产资料门市部是我执意要亲自管的二级机构，生产资料是供销社最不能出问题的部门。老潘一心要管，我怕他给我惹事不敢让他管。化肥今年紧张，这段日子我都不敢上街，熟人开口就问我有没有票，我们又不生产化肥。我这些天晚上都睡不好觉，担心出事。一出事，领导要找我们，老潘也要找我们麻烦。你这段时间主要盯着生产资料门市部，一天跟他们结一次账，把用过的票收回来，保管好。这件事绝对不允许出差错，出了错就是我们两人的责任。"

刘德草听得出话外音，出了差错就是他刘德草的责任，领导是不会有责任的。也有很多人找他要票，他以主任把发票的权力收走的借口加以推辞，没有办法推掉的他会适量给1张票，说只有这些，请他们见谅。他特佩服镇里高书记，领导就是领导，孔主任要他送50斤尿素票给高书记，防止他有什么人情往来。高书记说，共产党干部公事公办，不要这些东西，还要他转告孔主任，镇里想统管化肥票等票证，只是为了工作不受影响，现在还是供销社管票证，只要支农工作做好他保证支持供销社工作。

这种风格多高！再看潘主任可差多了，给他50斤尿素票他还嫌少了。潘主任半开玩笑地对他说："德草，你得水、得草，也漏一点给我们吧。"今年化肥票特紧张，他觉得情况在意料之中，过去生产队种田，上级分多少化肥就多少斤，突然田分配给个人，化肥多少直接影响今年粮食能收多少，而且能不能搞到化肥票还涉及农民的面子。因此，化肥票大战既是粮食大战，也是面子大战。

当他每天临下班前准时出现在生产资料门市部时，门市部经理周大发便领着他去库房转转，把流水账本拿出来给他翻翻。大发经理比他年长几岁，说道："文书老弟，我算服了你，你负责的工作态度是我们供销社的第一块牌子。你难道不能两天来一次？你看天这么热，要不，我明天把票送到你办公室去。"他说道："经理老哥，免了，主任要我每天来看看，我敢不来？不到仓库转转心里不踏实。"

终于今年化肥销售任务圆满完成了，仓库里化肥销售一空，他跟大发经理结完账，向孔主任报喜，孔主任连连说好，竟然一点岔子没有出，鼓励了他一番。他以为这事就这样了结了。没想到第二天临近中午，生产资料门市部张喜子跑来跟孔主任与他报信，这张喜子一急就结巴："主任，不好了，门市部被砸，周经理被打了。"孔主任看他结巴急得脸通红，摆摆手，示意他不要讲了，带上门，一声不吭去了门市部，刘德草与张喜子在后面紧紧跟着。只见门市部门口聚了很多人，听说供销社主任来了，大家主动让开一条道。只见4个青年农民手拿着扁担，站在被捣碎的玻璃柜台前，气势汹汹要化肥，周大发手捂着腰，脸上似乎也受了伤，显得特委屈，孔主任一来立即成了双方的倾诉中心。

情况原来是这样：4个青年农民上午买尿素，营业员说一两都没有了，并且说不知他们的票是真的还是假的，这下可把农民给惹火了，当场就砸了柜台，周大发上来劝阻，被火气正旺的青年农民打了。

孔文富说道："你们哪村的？"

一个青春痘特别多的青年答道："西岭村的。"

"西岭村的夏书记、姚主任我们最近在一起吃饭，他们与我们供销社关系一直很好。你们有化肥票，当然应该给你们化肥。但你们也不应该砸柜台伤人，你们说是不是？你们不要急，怎么解决这个问题，我提两个方案，你们任选一个。一个是你们给我们几天时间，我们到其他供销社调剂400斤尿素给你们，你们知道仓库现在没尿素了。另一个方案是你们看在我们与西岭村长期良好合作的份上，把这个票保留到明年，明年我们可以每100斤票增加20斤票作为补偿，打人的事我们也不追究了。"

4个青年农民一合计，显然难以抵抗追加20斤票的诱惑，同意选择后面的方案，临走之前他们要孔主任给他们写了个字条。孔文富送走这些人后，对他的属下们说道："你们收拾一下，刘文书陪周经理到医院看看，下午你们两人再一起想想问题出在什么地方，下班前，刘文书到我办公室汇报。"说完，他头也不抬地走了。

刘德草陪周经理到镇医院检查，庆幸无大碍。两人中饭也没吃，便在周经理的办公室盘账。他清楚每年入库的化肥数与发给各村化肥数有一个差额，供销社的人都知道有这个差额，但不知道其确切的数字。这个差额

便是供销社领导掌握的机动数，这几年来由刘德草负责安排。票是由上级统一印制的，差额的化肥是由回笼票购买的。今年孔主任明确要由他来安排差额。关系户总共安排了1900斤，其中尿素640斤，化肥1260斤。孔主任安排他自己与镇高书记及其他政府干部300斤尿素，800斤化肥，安排几位副主任及周经理各50斤尿素，安排他文书40斤尿素另加50斤化肥，门市部的其他5位职工每人50斤化肥票。还剩余160斤化肥票，这些票都给了孔主任。回笼票都收在他这里，他想把回笼票给主任，主任说，他不是供销社的保管员。他只得根据孔主任的计划把票送到各个领导及职工手中。潘主任看到票时说："我不要，你把我的票给老孔。"嫌给的票少了，刘德草再三劝说潘主任才收下票，他是第一次体会到文书不好当，也许是过去的文书太好当了。

他跟周大发又盘了次账，没有发现什么问题。大发说："文书老弟，你办事这么细心怎么可能错，你回去数数回笼票看少不少？"他回到房间打开锁着的办公桌，一数，回笼票果然少了400斤尿素票。他马上想到肯定是蓝花花所为。这两年他每次都给她200斤尿素票，这次只给她20斤，因为主任只分给他40斤。花花当时就不满意。现在怎么跟主任解释呢？说花花所为等于明显公开了他与花花的不正当男女关系，这是绝对不行的，只能说他的房间去的人太多太杂，既是办公室又是卧室，他的房间一般门都开着，不知什么时候有人在他房间偷走了400斤尿素票。

孔主任听他解释后立即问道："是不是小蓝拿的，你有没有问她？我可听人说你们两人关系很好。"

他立即辩解道："主任，可不能这样说，小蓝是军婚，你这样说我死定了。我跟小蓝只是普通的同志关系。她可能只是下班后没事到我那里次数多一些。我问过她了，她说不是她拿的。"

孔主任说道："如果你确定不是小蓝拿的，那我们请公安出面侦破，这件事不能这样不了了之。"

他知道这是主任在吓唬他，400斤尿素票公安不会查，查也查不出来。这事只要他与蓝花花两人咬紧，是查不出所以然的。他说道："公安恐怕要主任亲自跑一趟，我们去报案，他们恐怕不会来。"

晚上，花花来了，承认是她拿了尿素票。她说："这几年你都给我200斤尿素票，今年只给我20斤。往年是家家只有分把田自留地，今年田分了，我娘家、婆家都有六七亩田，我又在生产资料门市部，20斤尿素票给谁也不够用，还要被他们骂。我只好在你抽屉偷偷拿了400斤尿素票，看看你什么反应，结果是你没有出卖我。我以为你知道了，就没事了，我才把它交给了娘家与婆家人。你现在把我卖了，票我怕也没法还你。"

这种状况是他预料到的，他现在跟花花只有约好，任谁问都不能说，没有其他法子了。潘主任肯定是要拿这件事做文章，找主任的茬子，主任会怎样？主任会保他的，因为他现在跟主任在一条战线上。女人呐，有时候你拿她就是没有办法，你搂着她睡觉快活，可是她迟早会给你带来大麻烦的。

吴红英就要上班了。想想挺有意思，为了考试她到处找人借《半月谈》杂志，镇里的《半月谈》被借完了，袁中青就跑到县城为她借了几本，没借全，她说考不取要袁中青负责。许多内容她都背熟了，可是考场上乱哄哄的，先是抄书抄杂志，后是你抄我的卷子我抄你的卷子。监考的刘文书不知跑哪里去了。一道小学数学应用题考场里的人都不会做，一个个便把卷子交上去了，偌大的西河小学教室最后只剩下她一人，她想用中学设方程的方法试试，做了半天不得头绪，刘文书来催她交卷子，她是最后一个交卷子的。考试成绩没有公布，但据说她考试的总分最高，她知道那是因为她每次都是在别人交完卷子后，再把个别她认为绝对正确的答案填在试卷上，避免被别人抄了去。

她家在205国道旁。她去年高中毕业在家渴望着上班，近一年来她只是偶尔做做帮供销社糊糊纸盒子缝缝麻包之类的杂活。她羡慕姐姐、未婚夫那样每天到点上班到点下班。最后是孔松林的父亲实现了她的愿望。她记起中学读书时，班上同学叫她和孔松林分别是N与M，据说是因为孔松林魁梧像字母M，吴红英苗条像字母N，并且M是2个N。所谓"男人的一半是女人"，这两个字母又紧连在一起，寓意着他们将来会生活在一起。因此M、N成了他们在中学的绰号之一。尽管同学们叫得厉害，他们之间倒没有实质性的联系与表示。孔松林高二去部队参军，曾邀了几个同学去他家照了几张照片，她也是被邀对象之一，可到军营后就没有什么他的消息了。眼下她要嫁人了，M与N将是她心中一段美好的记忆。下午，她做完家务，搬张小椅子在房门口织起毛衣，这是她未婚夫的毛衣。

突然，县城的客车在她家门前停下，车上走下一个年轻的军人，只听对方喊道："吴红英。"她从椅子上站起，这不是孔松林吗？绝对不是梦境。毛衣在手上滑落下来。只见孔松林大步走到她的面前，拾起毛衣放在

她手上，两只手眼看就要碰到一起，这时只见另一只手迅速伸过来，挡住那只手下落的弧线，耳边响起吴红英熟悉的声音："哎，哎，干什么？"袁中青像个救火队员似的突然出现在他俩面前。

两个男人的眼睛里分明闪着不友好的目光，吴红英介绍道："这位是我的同学，孔主任的儿子孔松林。这位是我的未婚夫袁中青，在供销社工作。"

孔松林立即伸出自己的手，说道："袁师傅好。"

袁中青不习惯握手的礼节，说句"小孔，你好"便阴沉沉背过身进屋去了。

袁中青的待人礼节吴红英早就习惯了。她说道："松林，退伍回来了？你在部队两年还没到，这么快就回来了？"

他想说"就是为了你才要求提前退伍回来的"，但是他说不出口。她的未婚夫在房里盯着呢。她比以前更秀美了，可还是以前的N吗？她有未婚夫了。他参什么军？结果回来一切都变了。几分钟之前，他还在想象他与她见面的激动情景，因此在客车上一看到她的身影他就迫不及待叫停客车，他要下车，他不知道正是他急切的近似恐怖的声音才让司机刹车。可是他的回答却没有激情，显得如此平静："是的，我退伍了，我在车上看到老同学，就叫车停下来打个招呼。我回去了，下次再见。"

吴红英目送着孔松林离去，袁中青走出来，说道："你这个同学看来跟你关系不一般，退伍回来先想着跟你打声招呼。"

"你说什么，你怎么这么早下班过来了？"

"我不早过来，老婆要被人抢走了。"其实他是上班时听人说他老婆招工的文件批复下来了，赶回来报喜的，可是看到退伍军人要握他老婆手的那一幕，他报喜的心情没了。

吴红英报名之后，心里不踏实，歇几天便要中青陪她去问刘文书，刘文书说她名单报到县里去了，孔主任说话果然算数。袁中青知道，这是孔主任看在他儿子与红英同学的情分上。孔松林这个名字早刻在他的脑海中，一直难以忘记。有一次，芳姐拿了一封信给他，说是红英的，要他下班后捎给她，这是来自部队的信件。他跑到厕所撕开信，偷看了信的内容。写信人就是孔松林，信里只是说说部队情况，很累很辛苦之类，可以断定红英与他绝无情爱的纠葛。他后悔不该撕信的，可是已经撕了，他把撕的信作为大便纸给处理了。之后孔松林再没有来过信，他却一直惦记着孔松林这个名字。

吴红英招工他心里也高兴，可孔松林退伍回来让他心生警惕。他知道吴红英对他不满意，现在又被供销社招工，自己原来在红英面前唯一的优势也不在了。比比孔松林，自己无论是形象还是家庭背景都相形见绌，难不成爱情保卫战真的开始了？好在结婚证书已经在握，他不会让人抢走自己的新娘。他还得敲打一下自己的准新娘："英子，你的招工批复下来了。"

"真的？那太好了。"

"可是有人说你招工不符合条件，有人要写你的人民来信。"

"谁说我不符合条件？"红英一听，火腾地上来："你们供销社的招工条件就不对，员工子女可以招，家属为什么不可以招，家属也要工作，也要吃饭，没有家属哪有子女？你告诉我谁要写人民来信，我找他说理去。"

袁中青没想到红英这样问，他只是想吓唬红英，谁会在他面前说写红英的人民来信呢？如果说真有人想写人民来信，那个人就是他自己，目的是让红英远离孔松林，让红英为了保住工作对自己有所顾虑。可红英以攻为守，让他猝不及防。他只好支支吾吾说供销社人多，以红英不认识为由回避过去。

草帽厂开业那天，刘德草叫人从大楼拿来6挂千响的火炮，所谓六六大顺。孔文富指示要把大王村的领导都请来，感谢他们对供销社工作的支持。刘德草觉得孔主任与老主任的风格差异很大，孔做人做事虽然霸道，但是具体工作很细致。供销社这次对大王村确实礼周情到。大王村的草帽厂虽然被供销社草帽厂吃掉了，使大王村损失了一个村办企业，可是几个村干部的家属都得到进供销社草帽厂的机会，村干部家属自是欢天喜地，即农村人说的糠箩跳到米箩。供销社还收购了大王村的旧机器，承诺以后化肥供应予以照顾。草帽厂厂长蒯老虎给每一个参加开业庆典的领导一顶崭新的草帽，副镇长汪小满直夸草帽质量不错。因为蒯老虎是汪小满引荐的，汪小满要蒯老虎好好干，不要给孔主任、刘主席丢脸。蒯老虎满口答应，说草帽厂现有9台机器，13个人，他是唯一的男同志，他要在半年内再增加9台机器，他还不是党员，但他要努力，争取成为名副其实的党代表。

第八章　老人老办法，新人新规定

最近有一个流行的说法：老人老办法，新人新规定。

县社下发基层供销社体制改革文件，指名要基层社的一把手参加体制改革工作的培训会议，要求各基层供销社年底前完成理事会与监事会的组织架构。会上县联合社主任说根据中央文件精神，要恢复供销社集体所有制性质，把所有权还给农民。这基层供销社主任听了，在下面一个个都坐不住了，要不是主任的"官帽子"攥在县社手里，恐怕早就闹翻了。所有权怎么能是农民的？

有人站起来说，这样的改革进行不下去。县社主任老韩说道："进行不下去也得进行，请大家不要忘记供销合作社的名称，合作是这个经济组织的基本性质，跟谁合作？就是跟农民合作。供销社成立之初就是集体经济性质，在1958年及1965年以来供销社两次改变性质，使其从集体所有制演变为全民所有制，这次改革属于拨乱反正，其意义虽然我也说不清楚，但中央这样做肯定是有道理的。老人老办法，新人新规定，即现在职工的全民所有制身份及干部的干部身份不改变。"

孔文富不以为然，问道："我们基层社主任是听社员代表大会与理事会的，还是听县社领导的？"

老韩说道："你们不要笑老孔问的问题简单，其实很有意义，根据理事会章程，你老孔当然是理事会主任。目前基层供销社的资产主要是国家的，你老孔是国家干部，是共产党员，你说你应该听谁的？随着改革的深入，基层供销社的资产逐渐变成社员共同拥有，这时候肯定要听社员代表大会的，只是那时候你老孔恐怕已经不是这基层供销社的主任了。改革将是一个比较长的过程。"

孔文富说道："我老孔现在已经不是国家干部了，上次组织部文件说，我们不归组织部管了。"

"老孔，归谁管只是一个组织程序，你归我们管，我们归组织部管，组织部只不过是为了减轻管理负担委托我们管理。你不是国家的干部是谁的干部？"

最让基层供销社主任们所不能接受的是，文件居然要求增资扩股，不能用摊派的方式，要农民自愿认购。五里供销社主任老胡当场嚷嚷："说增资扩股就是废话，农民当年入股供销社，至今拿不到分红，得不到利，一家一户的股本也打了水漂，现如今又要他们认新股，真把农民当傻子。"

老韩见老胡情绪上来了，知道这也不仅仅是老胡的想法，忙说："老胡，上面与县社也没给你一个扩股的指标，你急什么？当前最紧要的就是把董事会与监事会的组织先恢复起来。"

孔文富虽然对搞理事会、监事会这一套做法不理解，但执行却不含糊，并让他的下属再次见识他清晰的工作思路与独断、老道的工作作风。他回到西河立即传达了会议精神，并且成立了工作领导组，他任组长，其他副主任任副组长。工作组下设三个小组：人事组由洪解放负责，会议材料组由刘德草负责，会务组由范小亮负责。"年轻人多做点事吧，我和老潘在一旁掌掌舵。"

孔文富说根据县社要求，要加强理事会、监事会章程的学习，成立三个学习小组，洪、潘、范各任一个小组组长。孔文富问道："我们供销社以前的股金清册还在不在？"

刘德草回答："现在不全了，我差点就把它扔了，1968年失了一场火，只抢救出部分股金登记册，那时候我还没到供销社来，我来了后整理东西发现了，问老主任怎么办，老主任说扔了吧，这东西占地方也用不着。我想扔掉了到时候还要找我负责，还是把它搁在那里。没想到，还真派上用场了。"

孔主任说："不全的资料比没有的资料更不好办，如果一部分人可以凭此拿到股金，而另一部分人拿不到股金，那后果会怎样？我们要知道，农民的习俗是宁有一村不有一家。现在我们要口径一致，就说股金清册给烧了，发股息的时候只凭股权证书。"

在这次会议上，孔文富根据工作需要提议让文书刘德草担任工会主席，近段时间主要精力负责草帽厂及后续商办厂的管理事宜，新顶职的肖志强代理文书。理事会、监事会属于新生事物，几位副主任觉得说不上什么，但对人事变动都稍感意外。

潘有志看看洪解放，见他没有发言的迹象，便说道："德草任工会主席，我没有意见，只是最近理事会、监事会要成立，换一个中学还没毕业的小青年来做筹备工作，我怕会误事。"洪解放与范小亮也接着表达了同样的担忧。

孔文富不为所动，坚持道："我知道你们都是为我好，其实任何工作少了谁也都没什么，西河供销社没有我孔文富，或者是没有洪书记，没有潘主任，供销社就不行了？我看照样行。再说，肖志强只是做代理文书，做不好还是让他回去。理事会、监事会的筹备工作，他也只是跑跑腿，材料工作刚才不是说了嘛，还以德草为主。"与会的人听了这番话都有所触动，刘德草忙说："主要是我搞，主要是我搞，我与小肖文书共同来搞。"

肖志强代理文书立刻成了西河供销社的头条新闻。肖母得知消息后说道："强强，你一上班就当官，这是哪辈子修的福？妈要你跟松瑶好没错吧。"

78
志强说道："妈，你看我当文书，这副行头不行吧，你怎么也得给我买块手表，做套西服。""买手表没问题，妈给你买个上海牌手表，西服要做就做毛料的，这个星期日你陪妈去，要不，你把松瑶叫上。"

供销社的新办公楼建成启用了。一楼是文书办公室、商办厂办公室以及接待室，几位主任办公室与会议室在二楼，三楼则成了草帽厂的厂房。老办公楼给了批发部，乔启萍成了孔主任老办公室的新主人。刘德草带着肖志强去县城采购了新的办公设备与用品，说新楼要有新气象。采购什么，怎么花钱，包括中午在哪个饭店吃饭都听老文书的，肖志强纯粹一跟班的。刘德草的尿素票危机不了了之了，在供销社的他仍然感觉自己是一人之下，百人之上。

　　尿素票危机虽然高书记很恼火，但也没有什么后续手段，恰逢孔主任与潘主任的两位公子从部队退伍，两位主任的注意力集中在如何安排他们工作，在老办公楼开的最后一次主任办公会上，刘德草说道："感谢主任们对我的信任，让我负责商办厂这摊子事。我有个建议，供销社现在摊子大了，事多了，急需要一辆客货两用的汽车，以后运货不求人了。正好松林、昌胜回来，组织上派他们学个驾驶，工作岗位就挂在我们商办厂办公室。"谁都知道，驾驶员是当时吃得开的职业，在人们心目中，所谓"四个轮子一把刀，白衣战士红旗飘"。驾驶员到哪里不吃香的喝辣的？

　　在场的人不得不佩服刘德草，一个建议解决了两位主任最烦的心事。两位主任用沉默表示了认同。范小亮说："这个建议好，批发部每次运货找车子不是长久之计，客货两用，我们出去有事也方便。"刘德草心里想道："你们都方便，两位公子直接在我管理之下，我是更方便。"

　　志强请松瑶看电影，顺便约她周日上县城。镇上有一座让当地人引以为豪的电影院，它不仅大而且音响效果好，据说建它的时候，公社书记是个电影迷，指示要把剧场建成全县最好的，让附近四乡八镇的人都到这儿过瘾。每逢好看的新片上映，这里就成了青年的节日，是青年谈情说爱聚会的场所，而本次热映的《勿忘我》对青年情侣的视觉冲击无疑是巨大的。志强与许荷花曾经多次来这里享受爱情甜蜜，灯一熄，俩人的手便可以握在一起，感受彼此的心跳与体温。志强与二华他们"顶职四人组"在顶职审批期间没事做也多次光顾这里。志强与松瑶两个人单独行动这是第一次，电影院里两人不敢造次，正襟危坐专心看着银幕，直至散场。

　　走出影院，松瑶说道："强子，听说你们供销社有个职工，他的人生经历与今天电影的情节相似，他被打成右派送回乡，一个上海插队知青爱上他，被他拒绝了，拒绝的原因也是和电影一样，是年龄之间的差距。在我看来，男女之间的爱情不应该有年龄的阻碍。"

　　志强说道："我也这样认为。只是男人在这种年龄差距面前，可能有更大的生存压力，他用逃避爱情的方式逃避压力。"

　　松瑶说道："男人为什么不能用挑战压力的方式去迎接爱情呢？其实有的压力是男人自己背负的，它压根儿不存在。对真正的爱情而言，年龄、身份、地位都不应该成为阻碍。强子，你认为电影中男女主人公的感情会不会随着时间的流逝而恢复？"

　　志强说道："我想是不会恢复的，时间的流逝只会让他们之间的情感

逐渐淡化，过去了的东西只会永远过去了，你看我们供销社的老右派与上海知青的情感不就如此吗?"他知道松瑶的这个问题肯定有所指，松瑶想知道他对许荷花现在的态度。前不久，他想与许荷花见面做一次分手意味的告别，许荷花不同意见面，说为什么要增加分手的痛苦。这也与《勿忘我》影片的结尾情节类似。

肖志强送松瑶回家，约星期日早晨坐8点钟班次的车去县城，在车站见面，不见不散。

星期日一早，松瑶把自己拾掇清爽便要出门，跟母亲说到县城逛逛。母亲问她是一个人去，还是跟别人一道去? 她说:"一个人去还怕丢了?"

孔文富说道:"去吧! 女孩子关在绣房的时代过去了，这么大的女孩子应该让她在外面跑跑。"

松瑶临出门时说道:"还是爸爸懂女儿。"

孔文富看着女儿的背影，说道:"听到了吧，你不懂女儿! 问她是不是一个人去，问得真多余，大姑娘家家，会一个人逛县城吗?"

他来到松林房间，松林还在大睡。松林提前退伍，在他没有丝毫精神准备下，回到家里把黄挎包一扔，说自己退伍了。这让他很恼火。可想想退伍也没什么，早退晚退都是退。儿子吃不了苦耍不了滑，天生不是当兵的料。儿子当这个兵说到底是为了让孔文富自己觉得有面子。

家庭出身使得他多少年秉承着夹着尾巴做人的原则。他的父亲是一个所谓的"末代地主"，一直在田地里摸爬滚打，靠自己的辛劳与省吃俭用攒了几个钱，终于在新中国成立前从一个破落地主手里捡便宜式地买了几十亩地，还没来得及高兴就被戴上了地主的帽子，这个帽子真的沉重啊，不仅他的父亲从此没有了笑容，而且他也一直因此而直不起腰。

他和他的父亲都有一点野心，只不过他父亲的野心是买地，要给子孙们积下一笔可以谋生的田产。他父亲给他取名"文富"，希望他"由文而富"。他的野心则是做官，做一个为民拥护的地方官。他高中还没毕业，由于家庭再也不能提供经济的支持，他从县城中学退学回到西河，在乡政府谋了一份差事。他的学历与水平在当时的西河那是最高的，他想自己完全可以做官，可是这个想法是无法圆的梦，尽管他非常努力，这种努力甚至使他丧失了人性，他为了与地主分子的父亲划清界限，他将近20年没有回去看望父亲，甚至在父亲离开人世的时候，他也没有回去奔丧，留下终身遗憾，而此时他与父亲只有十里路之遥。

正因如此，在"反右"与"文革"中他才免受冲击。在这个小镇上，他的官位一直停滞在干事。他先是文化干事，继而是"五七"干事，而后是宣传干事。他知道他之所以永远是干事，而不是书记或主任，不是他的能力或品德有缺陷，只是因为他是地主的儿子。他一直在憎恨他那可怜的父亲：都要解放了，你买什么地？害得我永世不能翻身。

"文革"结束后，他看到人生的希望：首先是他的大儿子松涛在恢复高考后的当年就考取了北京大学，那是他第一次真正扬眉吐气，他儿子是春谷县的高考状元，高考状元是他的儿子。小儿子松林不想当兵，他也想像他兄长一样，上北大或者是上清华，可是父亲帮他报了名，儿子在"一人参军、全家光荣"的口号中稀里糊涂进了部队，是儿子给了老子前所未有的翻身的喜悦。很快，他个人的入党申请又得到批准，他成了拥有上千万党员的执政党的一员。如果不是干部年轻化的声音从中央政府媒体传出，他的西河地方官的梦想可能真会实现。现在他这个供销社主任在西河街上那也算得上一个腰板挺得直直的人物了。

可人总有不顺心的事，孔文富回到家觉得气氛闷闷的。妻子让女儿顶职自己在家操持家务，不知是因为离开岗位不适应，还是生理上进入了更年期，还是他最近跟乔启萍走得近有人在妻子面前传了话，他在家的时间不多，妻子跟他没几句话。他对妻子说过："你要是在家闷，出去打打麻将。"可妻子没反应。松林回来心情不好，不愿见人，不愿跟人说话，在为他心中的女人那个叫吴红英的同学有了未婚夫而郁闷。据说国庆节二人就要结婚了，结就结呗。"儿子，天下好女人、漂亮女人多得很，只要你有实力，你有好的工作，她们会抢着到你身边。"孔文富这样安慰儿子。松月经常带着外孙回家，看来不满意她的夫婿一赌赌到半夜。好在瑶瑶心情不错，家里气氛不至冷清。他想：两子两女，大儿子没管自成人；小儿子他插了一手看来插坏了事；大女儿来不及管，她自己谈了一个杀猪的，当时吃得开，现在不满意；小女儿看来进入了爱情状态，他得把好关，所以他把肖志强放在身边，他要亲自考察。

李建农顶职被安排在生产资料门市部，现在周大发肠子都悔青了，当初是他找孔主任要的人。他说："蓝花花眼瞅着要随军，这张进城还是个孩子，就算他两年后再来上班，16岁上班能做什么？供销社数生产资料门市部忙，我没有人手怎么行，到时候你别怪我又给你添麻烦。"这顶职基本上是一个萝卜一个坑，走一个人来一个人，谁不想自己门市部人多一个，上班轻松点？孔文富突然想起他答应李聚财，安排他儿子进镇上班。李建农就这样来到生产资料门市部。

周大发看到李建农30岁模样，不缺胳膊少腿，又是干事的年龄，又是省劳动模范的儿子，满心喜欢。上班一个星期，他发现他错了，这李建农根本不是干事的人，他就是一个木头菩萨，可木头菩萨他也只得供着。

有人说，李建农是让高考给考傻了。恢复高考后，他参加了5次高考，因为数学太差，每次总分总是缺那么几分落榜。他老子李聚财说："儿子，怎么也得给老子争口气，你老子在镇上也算个名人，家里没个大学生还行？今年考不取明年考，总有考得取的一天。家里事你不要管，代销部上班你就挂个名，也不用去，老子把你做的事都代做了。"今年他说什么也不考了，他说他就不是高考的料。上班他倒是按点来按点去，可不爱说话，一个营业员不说话那还是营业员？别人怎么说他便怎么做，还经常找错钱，算错账，做事让人放不下心，根本指靠不上。

李建农到镇里上班没地方住，孔文富要洪解放想想办法，洪解放说："我要是镇里有房子我就让他住，可我没有。我们供销社真的要给青年职工盖栋宿舍楼。"

孔文富同意给青年职工盖宿舍楼，可远水解不了近渴。洪解放只好想办法。他想起秦国富住一个单间，秦右派摘帽安排工作时，是他给安排的房子，让两人挤一下，秦国富兴许会给一个面子。果然，秦国富听洪解放提起这事满口答应。"不就是加张床吗，两个人住还热闹些，只是不能有女人搅和在里面。"洪解放的面子秦国富肯定会买的，是洪解放安排他搞物价，说他是供销社的知识分子，不能让他站柜台，要坐办公室，这让他在人生的几十年里第一次从内心里感受组织的温暖。洪解放事后了解，李建农住进去后，这两个人在一起处得不错。

秦国富是怕李建农有女朋友后两个人就合住不了了。秦国富内心拒绝女人，用他的话说"曾经沧海难为水"。可是李建农还没有女人，用他的话说"女人与他没缘"。因为没有女人搅和，就没有利益纷争，两个人下班后在食堂喝完酒、吃完饭，回到这12个平方的房子里其乐融融。李建农话不多却是一个很好的听众，秦国富上班的时候大多时间没事，把办公室的一张《参考消息》熟记在心，回来对着唯一的忠实听众口若悬河。

有时两人在床上摆开棋盘，杀得难分难解。李建农是赢多输少，李建农的优势是在高考复习期间曾专门研究过棋谱，心中有许多定式。每当进入定式时刻，他的话便开始了："多么蓝的天哪，走过去就会融化在蓝天里，一直往前走，不要往两边看，明白吗？从这儿跳下去！朝仓不是跳下去了吗，唐塔也跳下去了，现在你也跳下去吧！你倒是跳啊！"这段《追捕》电影的台词他记得很熟，这时候你根本看不到那个木讷口笨的李建农，而是神采奕奕的李建农了。

周三下午，中心门市部学习理事会、监事会章程。中心门市部周三下午的学习制度是潘有志来后开始的，参加者是门市部的中层干部，即柜组的实物负责人与三楼坐办公室的人。潘有志上班除了上厕所时附带到一楼二楼转转，其余的时间就是在办公室看看报纸。他觉得大楼的生意有自己的惯性，他管不管一回事，它会按过去的惯性正常运转。而他作为供销社的副主任、党支部的负责人、中心门市部经理，他应该更多关注干部的政治学习。

不承想，中心门市部的政治学习经田小宝的一篇通讯报道，成为全县单位政治学习的典型，这样政治学习制度不想坚持也得坚持下去。今天正好有内容学习与讨论，不至于往常读报把读报人的瞌睡都读来了。每次读报读文件都是秦国富，他在北京上过两年大学，一口京腔普通话任谁都觉得他在这里是人才埋没。

秦国富的章程一读完，周晓兰便等不及地说道："这是谁吃饱了饭没事干，供销社现在不是干得好好的，又要换什么新牌子、搞什么新章程？"

"听说理事会一搞，供销社就成了集体企业，是不是？"这是吴红芳的声音。

"供销社本来就是集体企业，现在只不过是拨乱反正。"这是李跃进的声音。

"放你妈的屁，反正要群众拥护，这样做只能是反错。"

"周经理你怎么骂人？"

"我就骂你怎么了！"

李志朝觉得应该转换话题。"你们听说了吗？我们供销社职工现在有四种身份，分别是全民制身份、大集体身份、小集体身份、临时工身份。"李志朝说他那一批招的工都是全民性质，吴红芳妹妹招工的性质属于小集体性质，而张大华则是临时工性质。"不知你们是否知道自己的身份性质？"

"这有什么区别吗？"万建梅问道。

"区别大呢，全民与大集体性质那是全国粮票，可以在全国内调动。而小集体只能是地方粮票，临时工可能地方粮票都算不上。全民与大集体之间也有差别，调动时，全民可以调全民单位，也可以去大集体单位，而大集体则不能去全民单位，只能去大集体企业。比如蓝花花她随军，只能到她丈夫军营所在地方的集体企业工作，她进不了政府机关。"

"好了，这些东西我们就不议了，我们听听大学生国富同志怎么看待理事会与监事会章程的。"潘有志担心如此讨论下去会脱离主题。

"要论对文件的理解还是潘主任深刻。"秦国富谦卑地说道。

"秦大学，你就不要客气了，跟我们吹吹。"吴红芳说道。

"我说的不知对不对。我领会理事会、监事会章程，其核心主要体现在三性上，即组织的群众性、管理的民主性、经营的灵活性。而这三性又以组织的群众性最为基础、最为重要。按党与政府改革的思想，是要把供销社退回原点，让供销社从现在的国家所有回归农民所有。我预计这是新的农业合作社模式，它将取代现有的供销社模式：通过农民的集资，农民的管理，达到真正为农民服务。大家不要紧张，这样的改革我估计至少要三十年左右，到时候我们可能都退休了。目前的理事会、监事会更多的只有一种形式的意义。"

散会后，与会人员只有秦国富没有走的迹象。潘有志示意秦国富坐下来。秦国富说道："潘主任，门市部最近有个传闻，说供销社个别领导隐匿股金清册，这样的内幕消息不知怎么就传出来了，估计传播者想给个别领导制造点麻烦，事与愿违，这种传播反而使供销社员工拥护这样的领导，因为隐匿名册保护了供销社集体的利益。理事会、监事会马上要召开了，根据理事会、监事会章程，这是以后的权力中心，门市部只有取得更多的席位，才能保证门市部的利益。我有个建议，一是设法终止这个传闻，二是门市部在近期可以搞一个技术大比武活动。门市部现在大多是新员工、年轻员工，他们或者是部队退伍，或者是知青招工，或者是近两年顶职上岗，在销售技术上相当欠缺，大比武只要一开展，门市部的形象保证就上去了。"

潘有志没有想到传闻会是这个结果，感觉秦国富是在为自己着想，连忙说应该考虑门市部有更多人进理事会、监事会。秦国富继续说道："我想办法去制止传闻继续传播，技术比武活动可以交给周晓兰去组织。周晓兰是自家事不想干、公家事不嫌多的人，领导越叫她干事她越跟在领导后面跑得起劲。你只要准备好适当的奖品，在活动期间为活动提供必要的条件便万事大吉了。"潘有志当即要秦国富起草一份文件，把技术大比武活动列为门市部当前头等大事，赶在理事会、监事会召开之前完成。

果然不错，周晓兰对她负责的技术大比武的事很上心，很快她就有了技术大比武的计划。在潘有志的办公室，她说道："潘主任，职工们技术大比武的热情可高了。我的初步想法是：纱布柜组比扯布的速度、精确度，比新货进仓的验码速度。针织柜组比成品衣服的折叠和包装，比内衣、内裤的尺码及报价，比床上用品的拆装及洗涤方法和使用方法。百货柜组比拆装热水瓶胆及安全使用，比各色各款纽扣的大小号分类及报价和材质的说明，比各种所售商品的使用说明。五金柜组比各种收音机的使用、产地及保养说明，比自行车、缝纫机的使用、产地和保养及报价，各种规格的五金产品的使用与用途。日杂柜组比包棱角包，比散装商品的称量及精确度。要求是门市部五个柜组人人参加。首先是参加本柜组的比赛，在有余力的情况下可以参加其他柜组的比赛，参加其他柜组比赛的成绩是今后门市部内部人员调剂的重要依据。"

周晓兰所讲的这些比武内容，潘有志听起来觉得新鲜，有的不甚明了，好在领导也不需要明了，到时候只要出场就行了。他当即表态，需要什么条件尽管说。周晓兰说其实不需要什么，只要领导关心就可以了。潘有志说："好，领导精神关心那是必须的，领导物质关心也是不可少的。我们要给职工提供一个下班后练习、学习的场所，三楼会议室这段时间就是练武的场所，到时候我们再给职工们提供一顿夜宵。"

周晓兰说道："有领导这样的支持，大比武一定能圆满成功。"

张承光一边喝着"8毛烧"（当地产的8毛钱一斤的散装白酒），一边与二华唠叨："这就对了，做生意也是有技术的，你爷爷做了三年学徒，给师傅倒尿壶倒了三年，三年后才允许你爷爷站柜台。你爸那会儿虽然没那么讲究了，那也是13岁你爷爷就让我跟他学着包棱角包了。"

"爸，你这话我听了不下于10次了。"

"听了10次你还不是你，叫你包棱角包你包了没有？我跟你说，这次比武你要给你爸争口气，你跟别人不同，你爷爷、你爸爸那都是老生意人，你比武比不过人家说不过去。这次比武你至少参加两个柜组，一个是你现在的纱布柜组，另一个是日杂柜组，包棱角包那是做生意的基本功，你爷爷过去包棱角包那可是一绝，棱是棱，角是角，棱角分明，怎么丢怎么甩，都不得破不得散。两个柜组你都要争取拿第一。"

张二华吃了晚饭便去门市部三楼会议室，不仅仅是父亲给自己定下了目标，他也想在这次职工技术比武中露露脸，他知道如果得了头名对自己绝对没有坏处。周晓兰见了他，说道："二华，来得早嘛。"

"周经理早。"

"不早怎么为你们提供服务？你看这是准备的两个新汽灯，镇里发动机晚上一停，我们的汽灯就亮起来，一前一后各一只汽灯，保证比电灯还亮堂。我已经给各个柜组准备了练习用的材料，如包棱角包以及裁布用的旧报纸、各种说明书、次旧水瓶胆及壳子等，你们看看还需要什么，尽管提。"

"周经理想得真周到，我想问一下，比武拿到第一名，我们转正期是否就可以缩短？"

"那不行，一年转正是谁也改变不了的。"

男女职工们陆续进来，其中一个人满身酒气地问道："周经理，打擂台赢了加不加工资？"

"加工资是不可能的，加工资潘主任说了不算，孔主任说了也不算，恐怕要国务院说了才算。"

"不加工资打擂台有什么劲？"

"潘主任说了，要给参加打擂台的人以及优胜者发放称心的奖品。"

会议室很快就热闹起来，这种男男女女在一起叽叽喳喳的氛围让在场的人很愉快，尤其是镇里小水电发电的电灯熄了，门市部的汽灯亮了，更增加了来练习的职工的体验与乐趣。这种乐趣在夜宵开始时达到了高潮。供销社食品厂的麻饼一人两个，女职工吃一个还可以带一个回家，食堂师傅拎着燃着的煤炉进门来，只听秦国富喊道："还有肉丝面哦。"

"不要挤，拿碗，排好队，每人都有。"

让人垂涎的肉丝，让人难以抵挡的葱花香，谁还挪得动脚步？供销社人的快乐与幸福顿时写在一张张脸上。不知谁说道："这样看来，供销社的擂台得年年打，月月打，天天打。"有人还想下楼弄点酒来，秦国富忙拦住："明天8点钟还要开门上班呢，吃完夜宵大家还是抓紧时间休息吧。"

门市部开展大比武活动训练的事很快传到孔文富那里，技术大比武提高职工的服务意识与服务水平，无疑是一件好事，可潘有志没有向自己汇报就干起来，这显然令他不悦，尤其是安排夜宵那更是添堵，即使只有半个月时间,那也是一笔不小的开支。潘有志是吃准了他不敢不批,不批这笔开支在上级那儿他交代不了,在职工那里也必然是孤家寡人。

洪解放来办公室汇报两件事,一件是理事会、监事会推荐人选名单,另一件是如何回应有人的退股诉求。说起来理事会、监事会要经过社员代表大会选举,其实选举不过是走过场,谁进入理事会、监事会关键是他能否进入推荐人选名单,在选票上有他的名字。孔文富要洪解放负责选举的人事安排,一方面,洪解放是党支部书记,组织人事是其本分;另一方面,洪解放不揽权,安排谁,他会首先跟自己商量,这样,自己有什么想法,都可以用洪解放的意思表达。

洪解放说道:"理事会人选我这样考虑的,你是理事会主任,老潘、老范担任理事会副主任,委员德草算一个,他是工会主席,代表工会组织,李聚财以及大闸门市部经理张承宗作为基层及老职工的代表,青年团书记小万作为青年代表算一个,女职工现在有两个人选,一个是门市部副经理周晓兰,另一个是批发部经理乔启萍。"

孔文富确定的自然是乔启萍,理由是门市部与批发部级别一样都是供销社的二级机构,乔启萍是经理,周晓兰只是副经理。再就是批发部在供销社的重要性越来越大。洪解放负责监事会,拟在镇里请一位副镇长担任监事会主任,洪解放任常务副主任,孔文富说,监事会其他人选让洪书记定。

洪解放说他在村里宣传即将召开的社员代表大会精神时,有农民拿出了1952年入股及1962年入股的股金证书,请求退股,说这些年都没有按期分红,既然入股自愿、退股自由,他们要求先把以前的股退了,他们才可能买新股。洪解放拿出两张社员股金证。

1952年版本的股票正面为浅黄底色,正中是大大的红边白底带投影的"股票"两字,上方正中为国旗麦穗齿轮图案,下方是西河供销社及股东姓名、入股时间、入股金额的字样,旁边是供销社主任印章。股票背面是注意事项及入社的义务与权利。

1962年的股金证简单多了:白底,印着两排红字"西河供销合作社,股票",下方是姓名、性别、年龄、工作单位、住址等基本信息,接下来是每股股本,最下方是理事会主任印章、财会章、西河供销社章及日期,背面是注意事项。

股民们最关心的是分红、清股、扩股。全民所有制恢复为集体所有制，恢复农民对供销社的所有权。独立核算，自负盈亏，扩大农民资金的比重，偿还历年积欠的红利，不需出多少钱，社员可以优先购买紧俏物资，享受社员待遇而参与集体经济的行为，属于合作经济范畴。作为合作经济组织，企业不是企业，事业单位不是事业单位，机关不是机关。站在财务角度，多盈多分、少盈少分、不盈不分，盈余分配经理事会提出方案，经社员代表大会审查批准后执行，并报上级联合社备案。社员股金分红一般为当年盈余的10%至15%，恢复基层社1957年前的民主管理办法。

李志朝到孔文富办公室报告："周晓兰在门市部门口骂大街呢。说有的人什么东西，插队的时候就往人家怀里靠，送上床让人家搞，老娘的屁股比她的嘴巴还干净！还有脸当理事。"

孔文富脸上露出不悦："妈的，打狗还看主人！你这不是明显跟我对着干？"可是他又不便表现出来，于是不露声色说："我知道了，你回去上班吧。"

李志朝走后，他打电话给潘有志，说道："老潘，周晓兰是怎么知道她没有进理事会候选人名单的？还在门市部门口骂街，素质太差，供销社还要不要形象？她还想不想干门市部副经理了！你们门市部要严肃处理这件事。"说完，就把电话机挂了。

潘有志叫来周晓兰，说道："老孔这一次是真发火了，你说你跟乔启萍较什么劲。较劲总得注意时间与场合，不要忘记你是门市部副经理。"昨天下午开的主任会，讨论的理事会与监事会推荐候选人名单，下班后他跟周晓兰说了，结果周晓兰今天早晨就捅出来了，这不是把他给卖了。

周晓兰说："我看不惯乔启萍那股骚劲，就想出出她的洋相，也没想那么多。"她意识到自己可能做过了，这个一贯爱撒泼的女人低下头。潘有志说道："你回去写一个书面检查，保证以后不再犯类似的错误，等候组织的处理。"

孔文富检查材料的准备情况。刘德草把初稿任务交给肖志强，当肖志强穿着崭新的西服站在门口低着头时，孔文富想骂人但骂不出来，他清楚社员代表大会的工作报告以及给镇领导准备的讲话稿必须要刘德草亲手去准备，新任的代理文书只能跑跑腿，扮演个衣服架的角色。

无法考证肖志强穿西服是否为西河供销社最早的一个人，关键是西河供销社人心目中肖志强是最早穿西服的，西河供销社的西服风尚由此开始了。肖志强这套藏青西服其实就出自女裁缝蒯玲玲之手，肖志强的西服无疑成了蒯玲玲缝纫店的活广告。有人说并不是蒯玲玲的西服做得好，而是肖志强的骨架子好，他是西河街的唐伯虎。开玩笑的人说唐伯虎点秋香，谁是秋香呢？有人笑道：怕是松香吧。肖志强母亲听到这样的玩笑也不避嫌，乐呵呵应承道："我家志强怕是要招为驸马了。"

在外人看来肖志强少年得志不该烦恼，其实不然。他这个代理文书在人们眼中是高高在上，他私下自嘲就是一个打杂的、跑腿的、看门的。他不敢跟别人说，甚至不敢跟他现在的女朋友瑶瑶说。他在家横草不拿，在办公室却要一人打扫卫生。孔主任见他从来都是一副公事公办的脸，不苟言笑，有事吩咐他："小肖，把这份材料送到大楼门市部给潘主任。"说完看也不看他便回自己办公室去了。没有事的时候更难受，一个人在办公室寂寞地守着，不到下班动不了身。每当这时他就想他的前任刘文书这些年是怎么过来的。

最让他烦恼的是，他一个月工资并不比与他同时顶职的人高，都是18元5角。二华他们以为他当了文书，当官了，工资肯定要高一大截，工资发下来后让他很失望。他发现在他们楼上草帽厂的员工工资普遍比他高，吴红英与他几乎同时进这栋楼的，可是她凭缝纫机缝草帽第一个月就拿了35元。他记得他参加第一次主任办公会，刘文书在会上汇报说草帽厂要实行计件工资制，他不知道什么是计件工资，只听几位主任说计件工资恐怕不能搞，一搞乱了套。可刘文书说大王村来的两个技术员坚持要搞计件工资，说农村搞承包了，所有草帽厂都搞计件，不搞计件工资草帽厂就不办了。孔主任说："不要用不办威胁我们，只是工人招来了，不办草帽厂又能干什么？计件就计件吧，只是定额要研究好，不要让计件工资对供销社员工冲击过大。"现在他一个月18元5角，吴红英一个月35元，这个冲击还不大吗？

田小宝来他办公室，说："强子你他妈真享福，一个人这么大办公室，想怎么样就怎么样，我一天杵在柜台上，到你这儿还得编个谎说上厕所，真是人比人气死人。二华说了，工资领了都好几天，也没等到你请大家吃个饭，说你不请他请，明天下午下班后工农食堂见。"

他没有理由不去。工农食堂魏老五看见肖志强急忙笑脸迎接："文书，瑶瑶他们已经到了。"他到了包间，3人在玩牌，松瑶做庄，玩的是"10点半"，二华与小宝的赌注分别下了2分与5分，见志强来了，小宝站

89

起要志强参加，松瑶说不带他玩。他在旁边看，接连几次松瑶都在输钱，就说不玩了。二华说："你知道什么原因吗？这叫情场得意，赌场失意。"

二华吩咐上菜，要了2斤"8毛烧"，松瑶与志强1斤，他与小宝两人1斤。三杯酒下肚，二华来了情绪："上学时就想上班，上班了还真觉得烦，每天都得守着柜台动不得，一个月下来工资才18元，还不如我上学时星期天帮人推板车，几天就能挣18元。"小宝说："不知哪年哪月我们一个月能拿30元钱工资，一个月18元工资给我妈5元，只剩下13元了。这够干什么？"

志强想他的18元5角领到手没捂热，便让母亲收去了，只给他1元5角零用，说是帮他存着结婚用。她哪里知道一个青年男子口袋没有钱做不了人很难堪。不过志强知道他比他父亲口袋的钱要多得多，父亲口袋那真是布贴布。两个人说还是志强当文书好，行动自由，将来工资一定比他们高。

松瑶脸喝红了，找小宝要了一支烟，点着吐了个烟圈，说："别着急，一切都会有的，面包会有的。"她要与二华划拳，志强怕她喝多了，提议说不喝了吧。二华说道："强子，今天酒钱你付，我请客，你付账，准确地说是你签单。"志强说道："我签单行吗？"魏老五过来说："行，行，文书签单怎么不行？""照这么说，我以后吃饭不要花钱了。""那我们以后经常到这儿来潇洒。"

志强签完单，二华说："强子，辛苦你帮我们把松瑶送回家，我们有事走了。"

志强说："我们一道送松瑶。"

松瑶一把抓起志强的手，说："不要啰嗦了，我们走。"

田小宝望着他们的背影说："强子的福气也太好了，这边荷花刚撒手，立马跟松瑶牵了手，这种福气我们怎么就没有？"

二华说道："谁叫你爹妈不生你一副好身板。你看你这小身板，别说是二级残废，我看你三级残废都不为过。其实也用不着看志强红眼，我觉得松瑶做朋友做情人那是没话说，豪爽刺激还有靠山。可要真做了老婆，骄横跋扈你也受不了，志强苦头在后面。论做老婆，许荷花最好，可她的农村户口让人止步，找一个好老婆难！"

说完，二华、小宝分手各自消失在夜幕中。志强与松瑶借着酒劲拉起手说说笑笑来到松瑶家。松瑶姐姐孔松月跟志强打了个招呼，看来松月又与丈夫闹矛盾回娘家，姐夫王老三在一旁显得很无助。松瑶要志强到她房间去，王老三却一把拽住志强，说陪他一起出去转转。松瑶在房间门口喊道："肖志强。"孔松月跑到门口，对着他们的背影喊："王老三，你要是敢带志强去赌场，以后你就不要回家，死在赌场算了。"

王老三小声嘀咕："不要睬她们，姐夫跟你说，女人不能惯，你惯她们，她们说不定在你头上拉屎。"

志强说："姐夫，赌场我不去了，我口袋没钱。"

王老三说："陪姐夫散散心。"说完硬是把志强拽走了。

第九章　理事会、监事会召开

> 当年拎着十个鸡蛋、五斤米换来一张股权证书的村民，谁也没有把它当回事，谁也没敢想自己竟然是供销社的股东，现在要凭它去领股息，这可急坏了村民。

西河镇今天像赶集似的热闹，是因为供销社通知要兑现当年股票的利息。政府的大喇叭早些天就一天三遍广播了通知，要股民们今日持着股权证书到供销社办公楼前登记领钱。这些天西河镇的老百姓都在翻箱倒柜找股权证书，很多人失望甚至怨恨，说从领股权证书到现在都快20年了，中间谁也没有放一个屁，股权证书早就被当作废纸扔了，政府存心不给钱，想给钱，政府那里不是有底册，你照册子给钱不就结了。

因此，今天到镇上的既有揣着证书的，也有想碰碰运气的，以为没有证书说不定也能拿到钱。很快没有证书的人失望了，现场只凭刻着印的股权证书领钱，谁有证书谁就能拿到钱。于是有人想闹点事，说道："股民不能只拿利息，还应该分红，你们供销社这些年赚了那么多钱，不能只让供销社的人得好处。"这话显然有煽动性。

孔文富的嗓子已经有点哑了，现场太嘈杂，维持秩序不容易。他解释道："股民们是应该分红，可是这一次政府没有考虑，我想以后会考虑的。至于供销社的职工，他们也从来没有分过红，供销社职工也是多少年没有加过工资。我是去年调到供销社的，去年西河供销社一年共赚了35738块钱，这笔钱在今年1月1日被国家划走了，不信你们可以派代表看供销社的账簿。在这里，我请还没有成为我们供销社股东的同志们到办公楼二楼去办理手续，成为我们的新股东，以后我们一定会有分红的。"孔文富说完这话觉得有点后悔，自己有什么资格保证以后的分红，这不是欺骗老百姓吗？好在事后也没有人入新股。孔文富又觉得很失落，声嘶力竭请人家入股，居然没有一个人响应。

当年的股权证书基本上是两块钱一股，根据上级的统一规定，一股的利息是一毛钱。也有的股权证书记录的是5个鸡蛋或10个鸡蛋，有的则是5斤米或者是10斤稻，对于这些非典型性股权，供销社早就考虑了相应的利息。一共辛苦了两天时间，当年股权证书的利息发放终于结束了，西河供销社共发放了1252.3元钱。

张二华在大楼门市部职工技术大比武中获得日杂柜组第一名让人感到意外，因为他顶职上班才3个月零13天，他所在的纱布柜组比赛他得了第二名，袁成龙第一名。其他三个柜组比赛都是柜组实物负责人占了头名。日杂柜组实物负责人李跃进对本柜台的头名被别的柜组人抢去心里很难受，但他又不得不佩服二华的棱角包确实包得好，真的是又快又好，有模有样。到底是商人世家！范小亮、刘德草、周晓兰三人是比赛的评委，没有人对比赛的结果提出异议。

孔文富在比武结束后讲话，是秦国富提议的，说这个面子是必须要给主任的。潘有志去孔文富的办公室汇报了大比武的准备情况，邀请他到会指导并讲话。

孔文富借此抒发了他对技术大比武的感慨："有人说，做生意简单，是谁都会做生意。看了今天的大比武，我想我们的认识会发生改变，做生意不简单，做生意的也讲究技术。有人说，技术也不能给我们加工资，是的，今天你有技术我还不能给你加工资，但是我们正在改革，也许明天你的技术比别人好，我就会给你加工资。有技术和没技术最终是不一样的。我们每一个职工眼睛既要看到今天，更加要看到明天。在这里，我还想问一个问题：我们做生意的，最重要的技术是什么？这个问题我也没有想清楚，我们一道去想。我希望每一个职工一般的技术要过硬，而最重要的技术更要过硬。"

1983年2月5日，西河供销社第三次社员代表大会暨理事会、监事会召开。上午九点半，会议应该开始了，可还有三个村的社员代表没到，镇领导也没到，孔文富已经看了好几次腕上的手表，刘德草走过来说："主任，不要急，大冷天的，会议反正也没多少事，迟就迟点。小肖，你去政府看看高书记、汪副镇长动身了没有。"

高书记、汪副镇长姗姗来迟，说是被事情耽搁了，下属对领导开会迟到早已习惯了，反正一天的开会时间就那么回事。

汪副镇长讲话："同志们，西河供销社第三次社员代表大会暨理事会、监事会召开是西河镇政治生活、经济生活中的一件大事，高书记今天亲自到会表示祝贺说明了这件事的重要性。同志们都知道我们的农村改革正在取得成绩，现在供销战线改革也开始了。改革是摸着石头过河，这块石头是什么呢？那就是基层供销社更好地为农民兄弟服务，农民兄弟更多地支持基层供销社的发展。基层供销社与农民兄弟的关系这些年来一直是合合分分，分分合合，这一次我希望合了以后不再分开。听说，这次会议打算安排我担任监事会主任，当然还没有投票，以投票为准。如果我当选了，我表个态，一定不当挂名的监事会主任，要管起事来，这个事就是让入股的社员们参与分红。以前有没有分红我管不了，以后分不分红我要管。"讲到这里，下面是掌声一片。

下午要投票，中午吃饭原来没有安排上酒，可代表们不干，说喝酒不会误事的，不就是画个圈。有的甚至威胁说，不上酒可能真画不好圈。因为高书记有事走了不在这里吃饭，孔文富瞅着汪小满，汪镇长发话："老孔，今天十桌可以说是十全十美，让同志们喝点小酒放松放松吧。"

孔文富说道："听领导的，上酒，每桌上两瓶古井贡。"孔文富陪桌的人早安排了，四位主任加刘德草工会主席一人陪一桌，李聚财、周晓兰、乔启萍、张承宗以及草帽厂厂长蒯老虎，分别代表供销社去陪各村的社员代表。酒一喝起来，场面就难以控制了，两瓶酒很快就没了，因为每个人都能战斗，包括女同胞，坐在这里的女性喝起酒来也不含糊。孔文富吩咐每桌再上两瓶，接着又上了两瓶。孔文富终于宣布酒不再上了，不然下午真的开不成会了，投票画圈尽管是个形式，但这个形式仍然非常重要，看酒桌划拳行令，吆五喝六，杯盘狼藉，这下午的票还能不能投？

事实证明，孔主任的担心是多余的，虽然少数人喝趴下了，大多数人

香樟树下

还是能攥得住笔杆画个圈的，也能替那些画不了圈的把圈画了。选举如期举行如期结束，推荐人选都全票当选。

　　眼瞅着1983年春节就要到了，供销社上下都在忙碌着。按照孔文富的要求，批发部提前准备了充足的备货。批发部用20担大表纸换的涤纶布，据说因为便宜又不要布票卖得很火。农民对传统节日的重视以及农业的丰收使他们有了更强烈的购买欲望。肖志强他们一批坐办公室的人都被要求一有时间就到柜台帮忙。

　　孔文富想给农业银行主任老万打了个电话，约对方晚上吃饭。昨日刘德草给老万送去了供销社春节后的贷款计划：盖一栋职工楼，买一辆双排座的货车，建一个果酒厂，预计贷款额度15万。老万说供销社的盘子太大了，1982年一年总共只贷了10万不到，这年初一开口便是15万，说要请示县领导。孔文富跟老万很熟，老万女儿当年插队，招生指标还是在他手上过的。

　　电话接通了，孔文富自信满满直奔主题，老万在电话那头声音很大："老孔，你这个抠巴子才想起来请我吃饭。吃饭免了吧，你们那个工农食堂小餐馆，厨子手艺不咋样，免了免了。"孔文富没想到老万会拒绝，连忙说道："老万，我到供销社这么长的时间还没请你这个钱老大吃过饭，一年下来了我怎么也得表示个意思不是。"

　　老万说道："老孔，你要是真想表达意思，我有个建议，我小女儿看中你们门市部一件驼毛棉袄，紫红色的。你们打个8折卖给我，怎么样？""没问题，没问题。"孔文富放下电话，叫来刘德草，吩咐他去门市部取棉袄免费送给老万。

　　刘德草到门市部折腾了半天才回来，说棉袄让人买走了。孔文富说："我不是叫备足货源吗？"刘德草说："针织柜台人讲，奇怪了，去年进的同样的货没人问，后来就折价处理了。人们会算账，自己找裁缝做，料子加工钱不过10块多钱，买一件要30块。没想到今年进两件货，两天不到就卖光了。"孔文富说："怎么办呢？我已经答应老万了。"

　　刘德草说："主任，不要急，也许还有办法，有一件棉袄是我们供销社人买的，春节没到，肯定没有穿，只是这个人恐怕要洪主任或者是主任您亲自去做工作。"孔文富问这人是谁，刘德草说是吴红英，就是草帽厂那个计件工资拿得最高的女职工。"我刚才找了潘主任，请他帮忙做袁中青工作，换一件衣服或者退钱给他们，可潘主任说袁中青在家怕老婆，说

吴红英在草帽厂工作干得最好。吴红英上次招工的时候你知道，犟得很，主任，我怕我的面子不行。"

孔文富想了想，说道："那你去找洪主任，说我请他去做吴红英的工作，无论如何在春节前要把棉袄送到老万那里去。"说完他要去各门市部转转去了。

洪解放正好在办公室，知道贷款的事大，没有推辞便去找袁中青。这段时间他忙着处理沈老三贪污煤油的事，刚告一段落。沈老三在沈村代销点，前年供销社把在村里代销点工作的正式职工撤回镇上，只有李聚财与沈老三没有回来，李聚财因为是供销社的模范，年龄也大了，不回到镇上人们好理解，这沈老三不回到镇上人们一直揣着糊涂，沈老三自己解释是在村里蹲惯了，多自在呢，还可以种点小菜。贪污煤油的事一出，大家都议论原来他不回到镇上是为了牟取私利。

事情是这样败露的。沈村的农民去隔壁的王村买议价煤油，王村代销点售货员说一直没有卖过议价煤油，煤油凭票供应。沈村农民说，沈村代销点前段时间既有官价煤油，也有议价煤油，议价煤油一斤比官价煤油贵3毛钱。王村代销点售货员把这一情况反映到洪解放那儿，洪解放说道："这事在没有弄清楚之前，你不要跟别人说了，我到沈村去一趟。"洪解放骑车来到沈村，沈老三问主任来有什么事，洪解放说没事看看，洪解放便在代销点陪着沈老三上班，晚上沈老三请洪解放喝酒，沈老三也是当兵出身，两人称兄道弟，沈老三年长一岁，洪解放称其为沈兄。酒过三巡，洪解放说道："沈兄，最近你有件事做得不靠谱，有人告你了，可能要你丢饭碗呢。"

"主任，你不要吓我，是哪个狗日的放老子黑枪？"

"你不要问是谁，我问你，你的打煤油端子是不是只有9两5？你是不是卖过议价煤油？"沈老三的脸瞬间变了色，就地一跪，说道："主任帮我，实在是因为家里吃口太多，4个小孩，靠我一人工资，只能在买卖中短斤缺两贴补家用，千万不能让我丢了饭碗。"

洪解放扶起沈老三，说："容我想想。"

洪解放回到镇里，把情况向孔主任做了汇报，并提出自己的处理意见："沈老三这件事捅出去，他的饭碗可能就保不住了，沈老三本来家庭就困难，处理了他，他这一家怎么过呢？最近镇上不是要我们推荐一个人到镇'打办室'，我看把他推去算了，他人不在我们供销社了，事情不也就暗消了。"

孔文富思忖片刻，同意洪解放的处理办法，洪解放通知沈老三即刻办理相关手续，虽然极不情愿离开供销社，但沈老三也不得不去镇"打办室"报到。

袁中青是一个听话的主，他答应回家劝吴红英。袁中青经常借上厕所为由绕回家，吴红英见他回来并不觉得奇怪。袁中青说道："英子，你昨天买的棉袄银行万经理女儿看中了，想要。孔主任、洪经理说为了公家贷款，要你把棉袄让给她。"

棉袄是吴红英昨晚下班前买的。草帽厂这段时间不忙，每天只要上半天班，她去门市部转转，一眼就看中了挂着的紫红色的驼毛棉袄，结婚前她就想买了，只是没钱，上班让她手头宽裕了，狠狠心买下准备春节穿。新媳妇穿紫红色透露着一种喜气。听中青这样说，她立即答道："不可能。我不管谁来讲，衣服我要定了！凭什么我要让给她？瞧你无能的样子，我跟你说，别逼我让，逼我我跟你离婚。"

"什么衣服不是穿，非穿这件衣服，穿了要死。"袁中青见劝不动老婆，气冲冲摔门走了，怕老婆的人也是有脾气的。

过了一会儿，洪解放上门带着招牌似的微笑："小吴，在烧饭啊，做什么菜？"

吴红英冷着脸说道："主任来啦。"洪解放拉张椅子自己坐下，说道："小吴，不好意思，好不容易你买件称心的衣服，我们给你添堵了。"

这时吴红芳也进来了，劝妹妹给洪经理个面子，说："供销社员工都知道这事了，贷不到款不成你一个人的责任，怪你一个人了？你知道有人说你什么了？说你现在是有钱烧的，说供销社根本就不应该搞计件工资。"吴红英本来想算了，衣服给供销社得了，听姐姐这一说，火腾地上来了，说道："我就是不让怎么啦？计件工资凭本事，不服气、眼红叫他们自己来，你们看看我这双手，还像一个女人的手吗？像你们打打毛线、吹吹牛，工资照拿。我拿的钱是加班加点干的。供销社贷不贷款是领导的事，与我不相干，怪我什么，我好欺负？"

洪解放不生气，说道："是我们领导的责任。计件工资有人眼红是我们领导没有宣传好，供销社贷款我们也没有宣传好。供销社贷款新年买车盖房其实与每个员工都有关系，只是员工不知道。小吴，你第一年进供销社就很优秀，一定会支持供销社领导的工作，你有什么条件尽管提。"

吴红英这次算是领教了洪主任的磨功：你说什么都是对的，不与你冲突，帮你解决问题。她只好顺着台阶下来，说道："洪主任，过年是什么，过年不就是图一个好心情吗？我花这么多钱买一件自己喜欢的衣服你们却要我让出来，我心里自然不乐意。既然你们同意给我重买一件，我要求牌子一样、颜色一样、款式一样、钱一样，并且春节前一定要买来。洪主任，我给你和我姐一个面子，你要是达不到我的条件，到时买不来别怪我不好说话，我不是好欺负的。"

　　洪解放一一应承下来，拿了驼毛棉袄交给刘德草。刘德草说，就知道洪主任出马一定成功。洪解放交代了早点派人去满足吴红英的要求，并且交代不能把他给卖了。

　　洪解放下班途中被蒯玲玲截住了。蒯玲玲把他拽进裁缝铺，要他试穿一件藏青色西装。蒯玲玲说道："洪主任，这一年到头净麻烦你，我心里过意不去，这不镇里时兴西服，你一天到晚是一件黄军装或黄大衣，看不出主任的派头，我给你做了套西服，你试试。"他说什么也不愿意试，说黄大衣穿得舒坦，他的身子骨不适合时髦的服饰。蒯玲玲无奈地说："那你把西服拿走，这是给你做的。"洪解放说："我不要，你看着谁合适给谁。你要是没有事，我回家了。"

　　蒯玲玲说道："洪主任，我还真有事求你，只是你不要西服，我都不好意思开口。"洪解放说道："一码归一码，西服我不要，事情可以帮你做。"蒯玲玲说她小叔子明年成亲，女方提出要"三转一响"，即自行车、缝纫机、手表与录音机，这些都要票，只有找洪主任想想办法。洪解放说道："这事还真有点难办，我现在也不管门市部了。"看着蒯玲玲一双求助的眼睛，他又说道："你不要急，春节时，我帮你找几个人，你请他们吃顿饭，看行不行。"

　　吃饭时间定在初四晚上。蒯玲玲说："真的？太好了。"当地的乡风，正月初一、二、三是不到别人家吃饭的，初四请人来家吃饭最为真诚。一般人家春节备两份菜，自家的这份从三十吃到初三，另一份请客的从初四开始吃到十五。初四到别人家吃饭，也最给人面子，洪解放想凭他在供销社的人缘，初四邀几个人吃饭应该不成问题。洪解放别了蒯玲玲骑车回家去了。

　　百货大楼里每逢春节，杂货无疑是最忙的柜台。那些已经定亲或已经成亲的年轻人春节前后都要提着个糖包子拜双方父母。二华干什么事都学得快，虽然他嫌工资低动了不想干的念头，可是他的六角礼品包两天一学就有模有样。站柜台包包子是营业员的基本功，两毛钱瓜子的三角包、四角包、五角包，尤其以六角包最为难包。

这志强来柜台帮忙学了两天，什么样的包子角都出不来。万建梅说："肖文书，你是坐办公室的料，你妈在这儿时那可是我们柜组包糖包的好手，你不要包了，在一边帮帮忙吧。"中午二华与志强都没回去，在供销社食堂吃春节提供的免费午餐。

志强把二华叫到一边，找他借两块钱，他说明天影院放《三笑》，想请松瑶看，口袋一个子儿也没有。二华说，堂堂的文书怎么搞得这样惨兮兮的？说完掏出两块钱，塞进志强口袋，说道："你这是抱着金饭碗在讨饭吃。"看着志强不解的样子，他接着说道："现在供销社的各种票证不都在你那里，你只要拿两张票送人，零用钱不就有了。"志强说："那怎么行？"二华说道："好，那就算我没说。"志强说："就算我想用票证换钱，我也不知谁要。"二华说："这个好办，你每个月给我一条甲级烟票，10瓶大曲酒票，我给你5元零用钱。"

志强想起前两天孔主任把他叫到办公室说道："小肖，你知道你做这个代理文书，其他领导都不同意，都说你年纪太轻做不了，是我提议并坚持让你来试试。做文书看起来只是给领导跑跑腿，其实责任重。就说这个票证，有烟票、酒票、糖票、布票、缝纫机票、自行车票、化肥票、煤油票等，这些票直接关系到居民与农民的切身利益，出一点差错就会吃不了兜着走。"他敢用票去换点零用钱花花？他想先去问问前任刘德草，有没有换过钱？可他又不敢去问。

刘德草还真没有用票证换过钱，连这种想法也没萌生过。票证管理曾经是刘德草忙碌而又快乐的生活的一部分。他最早接触花花绿绿的票证的时候，晚上连觉都睡不好，怕被人偷了去。不管票证了，他在先前也没觉得什么，可到了春节他觉得反差很大，他真有种失落感，感到被人从权力中心踢出来了。他记得春节前只要给人一包甲级烟票，那人就会感恩涕零。西河镇供销社的各种票证在他的抽屉里，在他的口袋里，当他出现在西河街上的时候，立即会有许多人上前来套近乎，这让他很舒服，现在走上街居然没有人搭理。

老婆王月红在他面前嘀咕，说："糖坊至今没送糕点来，往年早就上门了，去食品站买肉竟然给了许多骨头……你不是说你是供销社的工会主

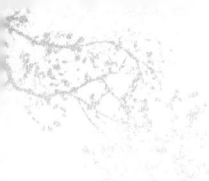

席，是供销社的领导了？我看怎么不如原来做文书吃香。"他向王月红吼道："烦死了，没送糕点不知道自己去买？"王月红吓得不吱声。她已经把今年队里分的田给她爸了，过了年她就要去供销社办的厂上班，她担心丈夫到时反悔。

刘德草昨晚跟蓝花花在一起。蓝花花说："草，明天就是三十了，你不回去我们在一起过一个年吧，我明年三十可能就在部队了。我们好了这么长时间还没在一起过一个年。"刘德草说："肯定不行，我们之间的情感注定见不得阳光，过年在一起那不要闹翻天了，说不准我还要为此吃牢饭去。花花，听话，明天早晨你去婆家过年，我们初四见面。"

上次回家一高兴刘德草答应老婆来供销社上班，这蓝花花还没走，怎么办？一想到这，他确实有点烦。刘德草在家里什么事也不做，连洗脚水王月红都给他打好。王月红不觉得委屈，她从早忙到晚，忙着两个孩子上学，忙着家务，忙着农活。她的心情一直很好，因为丈夫在供销社做文书，她这个干部家属处处受到村干部与村民的礼遇及照顾，这让她觉得有面子。女人在家里累点算什么，人活在世上累是一天，不累也是一天，累了睡觉还沉些。

刘德草虽然娶了个农村户口的老婆，却没有人们想象得那样悲观。他跟老婆刚结婚时每天下班都回家，几里路腿抬一下便到了。孩子上小学后，他是两三天回来一次。后来跟蓝花花好了，他一个星期回来一次。老婆也没说啥，她不惹事、不找事、只干事，一切都听他的。因此刘德草从来没有想过娶一个农村户口的老婆有什么不好，至少他目前还没有感觉到。

初一上午，按照习俗他要跟老婆与孩子去他岳父岳母家拜年，准备出门时，他的发小丁小林上门，居然还拎着一个礼品糖包子进屋，他只好叫老婆先走，他过会儿去。两人叙旧客套一番，丁小林说道："老草，听说你在供销社专门负责商办厂，我想投奔到你手下做事，不知哥哥愿不愿意拉兄弟一把。"

原来丁小林瞄上了果酒厂厂长的位子。丁小林现在是镇砖瓦厂的工人。果酒厂贷款额度批了，农行的万主任讲信用，驼毛棉袄送去的第二天贷款问题便解决了。果酒厂的管理人员、技术人员正在物色，这新年第一天丁小林就来毛遂自荐，看来他担心的果酒厂的厂长人选不会有问题。他对眼下的草帽厂厂长不满意，自己的同学做果酒厂厂长可能会好些。他要丁小林谈谈做厂长的思路。

丁小林说道："我没有什么路子，德草，你说怎么干我就怎么干。"

刘德草说道："你肯定得按我的路子干，只是我现在要听听你的主意。"

丁小林说道："依我想，先做汽水，做果酒的技术一下不容易掌握，汽水做起来简单，销路好，最重要的我们这儿有别的汽水厂没有的好水——山泉村的山泉，水是一等一的清甜，装在瓶子里透透亮，冲这水人们就会掏钱买汽水。"丁小林的想法他心里也赞成，大抵默认了让丁小林做厂长，只是不知道孔主任的意见，因为人选最终还是孔主任定，上次草帽厂的厂长就是孔主任定的。他不好在丁小林面前说这些，只是说他们研究研究尽早地给他回话。

对范小亮来说，这是他做"官"后的第一个春节，他早计划好了，林翠翠初二回西河时他要上门拜年。孔主任说过买点礼品，在供销社报销，作为林部长上次联系计划委员会招工批复的事的答谢。其实礼品不需要买，春节前镇里由供销社代管的几家集体企业分别都送孔文富一份年货，随便拿一份就可以了，只是孔文富老婆说，这些年货应该算私人的，送林翠翠的礼算供销社的，这公私不能混淆。代管企业送年货时范小亮一再推辞不要，因为他不久前才递交了入党申请书。潘主任说："小亮主任，你不是党员怎么行？我们党就要吸收像你这样的新鲜血液。"

他觉得他也应该入党，林翠翠就问过他是不是党员，这要求入党的人怎么能收分管单位的年货呢？可是送年货的人说，孔主任他们都收了，既然这样他也只得收了。

他到了林翠翠家，准确地说是林翠翠父母家——山泉村口的三间瓦屋。听到门口的狗叫，林翠翠迎出来，说："小亮主任，你来坐坐还带东西干什么？"小亮说："我来看看伯父伯母总不能空着手。"翠翠说："小亮主任越来越会说话了，只是这个棉袄有点不太像样。"小亮进屋看见镇里万俊达副镇长在，万镇长见他来了忙说："你们老同学叙，旧客让新客。林部长，我走了，下次再向你汇报。"

林翠翠送万镇长回来，范小亮告诉她自己写入党申请书了。林翠翠说这是好事，要积极向党组织靠拢。林翠翠要他把工作重点放在批发部，说个体经商户要成为一种市场力量与供销社竞争，批发部前景看好。范小亮现在对林翠翠是彻底地服了，人家对商业很是了解。范小亮说："孔主任想趁你回家过春节请你吃饭。"林翠翠说："你不说请吃饭我倒忘记了，我的一个老表要我出面请你们供销社领导吃饭，定在初四晚上，老表的意思先跟你透露一下，他可能是想到你们将要新办的果酒厂做厂长。你回去跟孔主任吹吹风。"范小亮出门时，只见镇里娄副书记上门拜会林部长，领导过节真忙啊。

香
樟
树
下

第十章　林部长家宴

正月里谁不想领导来家里吃顿饭，领导能来那是领导给面子。可要是领导请吃饭谁又能不到场呢？林部长的家宴怎么不安排在林部长家？虽心有疑问，但还是要出席。孔文富在备忘录里记下：初四中午参加林部长家宴。

孔主任家在镇政府大院里，三间不大的平房，孔松林退伍回来后，房间立即显得拥挤起来，可是春节倒显得紧凑与热闹。孔家姊妹三个加上大女婿在堂前玩牌，肖志强在旁边看着，只见大女婿王老三偷了一张牌被孔松瑶发现了，松瑶大叫说姐夫赖皮，不跟他玩，要志强上，可是松月不答应，说王老三一走就赌钱去了，今天哪儿都不许去，不想玩牌在旁边站着。

范小亮还是第一次到孔主任家来，孔文富在他的书房兼卧室里正给他大儿子孔松涛写信，松涛春节没有回来，之前家里收到过他的几封信，这是他最近一封信：

父母大人，你们好。我现在是戴着红校徽的北大老师了

（附上一张我戴红校徽的一寸照片），担任82级新生辅导员。开学一个多月来，我忙得晕头转向。我带的82级新生，与77级、78级、79级相比，既有天真烂漫的一面（一色的应届高中毕业生，不再有我上学时老子与儿子、老师与学生同堂的状况），也有新潮张扬的一面。他们虽然没有像社会年轻人那样留长头发、穿喇叭裤，拎着三洋收录机播放着港台歌曲满大街逛，却也是我行我素，甚至在听到老师说不中听的话时，竟敢拂袖而去，与我们当初以听老师的话为荣，在老师面前恭恭敬敬完全不同。学生变了，管理学生的方式也应该变化。

北大各项活动都走在前面，我们系跟文艺界走得很近。我不知道西河怎么样，我们这里抓精神文明建设抓得很紧。

这里跟父母大人汇报的是：我谈对象了，是朋友介绍的，对象是跟我一届毕业的本科生，现在分在北京的一个杂志社做编辑。说好了，今年春节我到她家去见她的父母，她家在山东。今年将是第一次春节不能与二老在一起过，明年我与你们的媳妇一道回家过年。

范小亮恭恭敬敬地说林部长出面初四请吃饭，孔文富说吃饭就吃饭呗，他好像还没从给儿子写信的情绪中走出来。范小亮说这里有两件事，一是林部长要推荐她的老表做果酒厂的厂长，让孔主任心里要有个思想准备，二是洪主任也约初四吃饭，时间上有冲突怎么办？孔文富说道："肯定以林部长为主，吃饭也要个人服从组织。你去跟洪主任打个招呼，叫他那边换个时间，果酒厂的事我再考虑考虑。"两人又说了会话，范小亮告辞回去了。

孔文富继续整理思路给儿子写信，写完后念道：

涛儿，大年初一，为父把自己关在房间里，给你回这封信。你上封信为父打算把它给烧了，父亲心里不踏实，你说清除精神污染，最重要的应该清除阶级斗争学说，这些话是不能随便说的，为父的这封信你看完后也把它烧掉。

家里来人不断，这种迎来送往让我不胜其烦，我叫你母亲在客厅守着，来了人，就说我出去拜年了。今年你不回家过春节，家里冷清了许多。你母亲一直在唠叨，担心你在山东女朋友家吃不好、睡不好，我说新女婿上门，还会吃亏？去年在乡镇要求精兵简政的氛围下，我主动请缨到经济第一线——镇供销社工作。这一步看来走对了。虽然忙一点，但日子很充实。长期以来，我们国家实行的是计划经济，乡镇供销社是计划经济链条中重要的一环，农村通过供销社进行统购，为工业生产提供原材料，统购最严的时候甚至农民手上的一个鸡蛋也要卖给村里的供销点。而供销社的统销，则是根据相应的计划，把工业产品与消费品提供给农民。最近的改革，似乎在开统购统销的口子，让农民有更多的购销自主权。只是，供销社仍然是购与销的主渠道。

涛儿，今年春节你没有回家过年，去山东你女朋友家见你未来的岳父岳母，这是你第一次不在家过年，我与你母甚为想念。你弟弟松林已经退伍，现在供销社做驾驶员。松林的情绪不是很好，当年不该让他参军，他的成绩高考虽上不了北大，但一般本科没有问题，是为父从自己的面子出发设计了他的人生，这种错误的设计已经无法挽回了。他从部队回来后，可能爱上了一个已婚的女人，你得空写信开导开导他，让他从消极情绪中尽快走出来。你姐姐松月已调到供销社做主办会计，你妹松瑶顶你母亲职在粮站上班，家中一切均好。

近一年来，父亲一直很忙，组织把供销社一百多口人交给我，我一天也不敢怠慢。你的几次来信，我每次回信只写了几个字就给耽搁了，只好把回信的任务交给你母亲。今天是大年初二，父亲不想在外面送往迎来，酒桌上推杯换盏，躲在家里跟涛儿谈谈心。你现在留校做了北大的教师，北大是什么地方？那是中国最高学府，学问的高地，多少人仰望的地方。为父以后要向你请教各种问题（其实早已经请教了）。

我以前最瞧不起商人了，却因为一部小说《乔厂长上任记》，激发了老夫聊发少年狂的事业热情，在以经济建设为中心的时代口号的鼓舞下，到供销社做了一名商业领导，想在知天命之年到"中心"做点实事，被人认可。现在确实是被人认可了，走哪里人们都笑脸相迎，恭请上座，那些阿谀之词听得让人起腻。

　　这就是认可吗？我反倒对自己不认可了（这真是奇怪，以前担心不被别人认可，现在却担心自个儿不认可自个儿）。每天所做都是家长里短的琐事，上不了台面，这就是想做的实事？为父想，难道就是为了这些琐事离开了所熟悉的工作？更重要的是，过去自己大大小小算一个在册的国家干部，现在组织部的名册已经划去了我的名字。我真有点后悔当初的选择。我已到了知天命之年，深究一下竟难以回答。何谓知，天意如何，命又在哪里？难道就是做好供销社一百多人的大家长？你母亲做一家之长我看了都觉得累，可现在这一百多号人有困难、有问题都来找单位、找主任，你解决了在他们看来应当应分，没解决他们甚至要在你面前抹脖子上吊。供销社要有困难与问题，你找到他们却是推三阻四，提这个条件、那个要求。更使我烦恼的是奖励人难，处分人也难。这就是我追求的为经济建设干的实事？

　　为父开心的是，西河供销社员工已经认同了我，他们说供销社有我他们放心。得到员工的信任，也算对我这一年来工作的认可。

　　孔文富拉拉杂杂写下去，直到女儿松瑶进来喊他吃饭，他才停下笔。

　　洪解放得知初四必须出席林部长牵头的家宴，赶紧通知蒯玲玲，蒯玲玲说领导忙，没关系，那就推迟一天。洪解放每到春节吃请特别多，不仅仅是因为他平时爱给人帮忙，还因为他没什么架子，只要有空谁请他吃饭他都会参加，这蒯玲玲请客往后挪一天，其他已经答应的宴请都得往后挪挪。听说是一位想做果酒厂厂长的人请他们供销社领导吃饭，他还真的要会会此人。大女儿年前发话了，书她是读不下去了，要到供销社上班。女儿正在读初三，今年16岁，他打算让她进果酒厂。

　　洪解放按照指定时间到达指定地点，孔主任他们先到了，主人热情迎上来敬上香烟，自我介绍道："洪主任好，我叫李胜利，在镇篾业社工作。孔主任是我的老领导，潘主任是我的老师，洪主任、范主任、刘主席我早就久仰大名。谢谢你们今天给面子，到寒舍坐坐。林部长昨天回县里有事，马上赶来。"洪解放想，这可是个会来事的主，来的人都支应着呢。洪解放只见桌子主位空着，显然是给林部长留的，孔主任次席，一套中山装一尘不染，表情严肃地坐在那儿。对面潘主任在谈笑风生，孔文富惊奇潘主任今天居然比自己早到。范小亮与刘德草坐在下方的位子，洪解放挨着潘主任坐下。

林翠翠到了，进门说给各位领导拜年，让大家久等了，与每个人握手后，她请孔主任无论如何要上坐，说这是必需的规矩，她自己在孔主任旁坐下。洪主任调到孔主任原来的位置，范小亮与刘德草也分别调到与洪主任、潘主任坐在一起。菜很快上桌，八仙桌摆得满满的。林翠翠端起酒杯说要敬大家三杯酒，敬完了她还得返回县城赶另一个饭局，门口的车子正在等着她。她说第一杯酒是祝愿酒，祝愿西河供销社发展好，祝愿在座各位领导家庭幸福；第二杯酒是感谢酒，感谢供销社各位领导多年来对她及其家人的关心与帮助；第三杯酒是介绍酒，介绍她的表哥，她大姨的孩子李胜利到果酒厂。她说估计还有其他人也想来，希望能在同等的条件下看在林翠翠的面子予以照顾。部长就是会说话，简单的几句话让范小亮彻底服了。林翠翠为了表示诚意把三杯酒都喝下去了，第三杯酒李胜利要帮她代喝，说妹子马上到城里还要喝，林翠翠说在孔主任、潘主任这些老领导面前这酒怎么也不能让他代喝。

送走了林翠翠，大家继续喝酒。李胜利喝酒果然了得，他陪在座的人各喝了两杯后，他还要以一个老知青的名义再敬孔主任，孔文富说他实在喝不动了，要旁边的范小亮帮他代喝，要是在平时，这酒是代不得的，今天范小亮只好与李胜利喝，潘有志还想阻拦，范小亮已经喝下去了。孔文富既然说喝不动了，酒席很快也就散了。

春节过后，吴红英上班，被告知她已经从草帽厂调出来到果酒厂担任配方员，她去问刘主席，刘德草说道："年底洪主任说你的手给草辫子弄破了相，要给你换个岗位。"吴红英问果酒厂在哪，刘德草说："你不要急，果酒厂正在筹备，你在家待着等通知，供销社在近期会把你们一批人送到江城市去培训。"吴红英听说这段时间有工资发也就没说什么，就回家去了。

吴红英的岗位调整其实是孔文富的主意。孔文富得悉吴红英草帽厂计件工资的一部分活是自己儿子松林下班后帮忙做的，便指示刘德草把吴红英调走，一方面是避免过高的计件工资造成供销社内部员工的攀比，另一方面也是为了维护松林的形象：一个未婚的小伙子，无私地帮助一个已婚的女子，成何体统？儿子可以对这种传言不理不睬不在意，但孔文富作为供销社的一把手不能不在意。

第十一章　江城学习

吴红英从江城学习回来，给家人打开一包"三孬子"瓜子，说是城里人爱吃的，"城里人说现在只有傻子才能赚到大钱。"姐姐吴红芳打断道："有些话不能瞎说。"

孔文富与刘德草亲自送果酒厂的学员去江城培训，洪解放也赶来送行，因为他女儿洪学军第一次离开父母出远门。供销社新买的双排座汽车已经启用了。孔文富指定潘昌胜今天出车，有意避开儿子松林。双排座汽车驾驶室可以坐4个人，刘德草要洪学军与吴红英两位女性也坐在驾驶室，可两位女性不敢跟领导挤，说要站在车斗看风景。孔文富说算了，让学员们都上车斗。

去江城大约3个小时路程，路况不太好，坐在驾驶室的人能感觉出颠簸得厉害，可车斗传来的却是欢声笑语。只听洪学军声音特别尖："我看见长江了，你们快看，几十条大船连在一起。"汽车已经行驶在江堤上，吴红英也是第一次看见浩瀚的长江、连绵的船队，如果她是学军这样的小姑娘，她也会不管不顾地喊几嗓子。

车终于在市中心的江城饭店停下。洪学军依然是一惊一乍，看见江城

饭店大厅悬挂的吊灯，叫道："真好看。"学员队的队长丁小林从口袋里掏出介绍信，开了三个房间，6个男学员两个房间，2个女学员一个房间。刘德草说："大家先把行李放在一楼的一个房间，我们抓紧时间吃饭，吃饭后孔主任带我们去江城果酒厂。"

车在江城果酒厂门口被拦住了，车不让进，人也不让进，学员们很吃惊：看门的老师傅真牛，孔主任来了居然也不买账，就算学员没面子，孔主任的面子也不给？孔主任也被拦在门口，看门师傅连个椅子也不搬。看门师傅打内线电话给刘德草联系的销售科长，被告知科长出差了，但是科长托付副科长接待他们，他们这才进得厂门。副科长了解他们学习的人数与学习计划，说："今天你先回去，我把你们的想法向生产科长汇报一下，明天上班时间你们就可以来学习了。"

他们只得回饭店，孔主任、刘主席在回西河之前召集学员开会，宣布了对学员的要求及纪律。孔主任说道："现在社会的治安状况不好，大家上街尽量集体行动，如果单独外出必须向丁队长请假。每一个学员必须无条件服从丁队长，这是铁的纪律。在江城期间，丁队长的话就代表我和刘主席，谁要是不听话，后果你们是知道的。"

丁小林用余光瞥了眼前的7位年轻人，心里颇为得意，是他请孔主任说的这番话。他刚刚从外面调进来，7位年轻人都是供销社员工的子弟或家属，他怕他们在外面不听他的，到时候出了事他担当不起。这次他虽然没有如愿担任果酒厂的厂长，却也担任了主管生产的车间主任。带队到江城学习，他在孔主任面前表态：绝对不出一点差错，把带来的人平安带回去。因此他请求孔主任一定要强调纪律，给他一把尚方宝剑。

当天晚上，丁小林把这些年轻人都留在饭店，他怕他们的心一旦玩野了收不回来。洪学军虽然极不情愿也只好早早上了床，说道："要是房间有台电视就好了。"吴红英说："你想得美。学军，你家里有没有电视机？"洪学军说："有一台12寸的。"吴红英说："不知我家什么时候可以有电视机。"两个人你一言我一语地闲聊，忽然，洪学军说："英姐，我感到床上有虫子在咬我。"吴红英说："我也觉得有虫子。"两人开始检查各自的被褥，很快就发现了臭虫。洪学军吓得嗷嗷直叫说找队长去，吴红英说："队长也不能帮你捉臭虫，要捉他也是捉他自己床上的。"

洪学军不理会，找到丁小林房间，要他陪她去服务台，服务员不以为然地说："哪个饭店没有臭虫？整个江城怕只有铁山饭店没有臭虫，有本事你去住，有钱你也住不上，那是给国家领导人住的。一个臭虫能吃你多少血，让它吃饱了，就不咬你了。"

丁小林也劝洪学军算了，洪学军只好回房间，学习吴红英捉臭虫，消灭了好几只臭虫，捉得正兴起，这时只听见服务员穿着呱呱响的木拖鞋，在走廊里提醒房客："熄灯了，熄灯了。"不一会儿，有人在外面把日光灯开关拉了，饭店陷入漆黑与寂静。她俩各自睡下。第二天早晨每个人身上都有几个又红又痒的肿包。洪学军强烈要求换饭店，丁小林说他一早起来查看了周围，果酒厂附近只有这一家饭店，想换也换不了。

吃过早饭他们一行8人步行去果酒厂。洪学军说："城里有公交车为什么不坐？"丁小林说："三四里路，腿抬抬就到了，公交车既花钱又不安全，扒手扒你们口袋别怪我。"吓得几个人都没敢吭声。谁贴身口袋里没有几十块钱？那是回家时在城里买东西用的，难道贴身口袋也不保险？走就走吧。

吴红英与洪学军学配方。她俩到配方室看见两个中年人，一男一女，男师傅给他们拿来两件工作服，女师傅则看也不看她们一眼。洪学军穿上工作服，虽然有点肥大，她仍然满意地说道："要是有相机，照张照片就好了。"吴红英拿起脸盆与抹布，招呼学军与她一起打扫卫生。这之后4个人在办公室里再没说过话，一直挨到下班。

第二天她俩来时办公室门开着，师傅们不知去哪里了，在她俩打扫卫生时，两位师傅从配方室另一个门后走出来，洪学军想进去看看，但是女师傅把门锁上了。男师傅见他办公桌上的杯子续了开水，说："看来你们在家很会做事。怎么样，在饭店住习惯吗？"女师傅立即呛声道："不习惯，住到你家去。"这话让人不好接，让男师傅觉得这讪搭得有点不好意思。第三天上班，洪学军猜测师傅们肯定在配方室里间操作，便拽住吴红英的手说："英姐，我们进去看看。"红英说道："师傅没有叫我们进去，我们进去怕不好。"

学军不想打扫卫生，显然在做进去还是不进去的思想斗争，最后她还是决定推门进去。推开门，只见室内只有紫外线光照射，学军听见低沉的声音："快把门关上。"学军关上门，眼睛渐渐适应了室内的光线，她看清楚了两个师傅戴着口罩，围着一个白铁皮大桶，手里拿着一个量杯，她想继续看，可师傅们的配方已经结束，他们带她离开了操作间，回到办公室，也不想给她解释什么。

在回饭店的路上，吴红英跟丁小林说，这里的师傅根本就不想教她们，都不跟她们多说话，自己偷偷配方。其他实习的人也同样抱怨。

丁小林说道："在西河镇，我们见到农民上街，不愿搭理他们，现在江城人不愿搭理我们，在他们眼中，我们又成了乡下人，农民二哥。这些工人老大哥其实也小气，怕我们学了技术抢了他们的饭碗。据说果酒厂的生产科长要求相关人员对我们不热情、不教学、不帮助。答应培训我们的是销售科长，可销售科长在厂里说话不顶用，大家尽可能学，学多少是多少吧。"

吴红英想：怎么也得学点东西再回去，她俩必须跟配方师傅一起进操作室，了解配方的整个过程。为此，第二天她俩提前一刻钟到了办公室，然后紧跟着师傅们前后脚进入配方操作室，女师傅看看她俩没说什么，男师傅吩咐她俩穿上工作服，用一种洗液洗手消毒（事后她俩才知道那是高锰酸钾），并帮学军戴好帽子，戴上口罩。她俩于是默不作声看着师傅们操作。吴红英觉得她好像回到中学化学实验室，洪学军则觉得闷，一句话也不让说，不好玩。显然这里是果酒厂的核心部分，果酒在这里配制而成。白铁桶连接着两根管子，桶里现在是凉开水；师傅们用量杯与天平勾兑一定量的彩色粉末（香精与色素）、白色粉末（糖精与细盐）、透明液体（食用酒精）、枣泥放进凉水里。配完方的液体经管道送到灌装车间去装瓶。整个配方过程也不过一个小时，吴红英与洪学军都觉得时间特别长。

配方后男师傅出去了，女师傅闷着头坐在办公室不知看什么书，洪学军不敢说话，注视着吴红英抹桌子。过一会儿，男师傅拎着一包药回来，说是家里孩子感冒，到厂医务室开了板蓝根冲剂。待女师傅上厕所时，男师傅从抽屉拿出两个陶瓷碗，叫吴红英与洪学军赶紧放进挎包里去，说这种碗每次去拿板蓝根都有，他家里已经有好多了，这两个就送给她们以后在食堂买饭用。下班回到饭店，她俩拿出陶瓷碗，同来学习的同事羡慕死了："你看我们，又脏又累，你俩穿着白大褂屁事没有，还有人给你们送东西，人比人气死人。"

洪学军笑道："气死你们。"回到房间，洪学军悄悄地说："姐，我看男师傅好像对你有点意思。"吴红英嗔道："瞎说什么。"洪学军说道："真的，上厕所时我偷听他跟人说，乡下的水比城里的水养人，乡里姑娘比城里姑娘俊俏，看看就醉了。"

正说着，有人敲门，洪学军跑去开门。门开了，"吴红英在吗？""英姐，有人找你。"吴红英诧异江城怎么会有人找她，见是孔松林，说道："你怎么来了？"

"我出车，路过这里，顺道看看。"吴红英给两人分别做了介绍，洪学军说："英姐，我怎么看都觉得你们俩是般配的一对。"

吴红英忙说道："学军，你又在瞎说，打你个花疯子。"

学军这一说让他俩觉得尴尬，吴红英问道："孔松林，你有没有吃饭？食堂现在肯定关门了。"孔松林邀她俩出去吃饭，吴红英说吃过了，丁队长不让她们出去，孔松林说："跟我出去没关系。"洪学军说："英姐，我们就跟松林哥出去看看，房间闷死了，说是到大城市学习，一次都没玩过。"吴红英只好下楼出饭店跟着孔松林来到街上。

江城饭店在市中心，这时街上灯火通明，行人攘攘，靠江城饭店这一侧的人行道上足有几十米长的排挡摊子，每个摊子上方都冒着热气飘着香味，只见卖老鸭汤的摊子人气最旺。学军说道："我肚子饿了，我要喝老鸭汤。"孔松林说来三碗，红英与学军找位置坐下，松林到另一个摊子买来油炸的臭干子。红英把自己碗里的鸭腿夹给松林，说："你晚饭还没吃，我们早就饱了。"

两人在那里推让，学军一边啃着鸭腿一边说："松林哥，你们要再让干脆给我吃。这臭干子香，老鸭汤鲜，早知道我晚饭不吃了，英姐，我们明晚还来吃。"红英说道："这事可不能让丁队长知道，学军，明天在谁面前你也不能说漏了嘴出卖了你松林哥。"学军说道："要我保密也行，我还要一个奶油蛋筒。"洪学军对昨天吃的江城蛋筒念念不忘，在西河吃不到它，在西河能吃一根冰棒已经不容易了。

松林给学军与红英一人买一个蛋筒，学军问："松林哥你自己怎么不吃？"松林说："吃了嘴发腻老要喝水。"红英知道松林其实是舍不得吃。学军要松林带她上街玩，红英说人生地不熟，晚上玩又不安全，还是回饭店吧。松林因为没有介绍信，开不了房间，说："没事，等会儿我到车上睡。先到你们房间坐坐，然后到驾驶室凑合一晚。"学军说："快要熄灯了，怎么办？"松林说："红英，我们上阳台上说几句话好吗？"吴红英说道："学军，阳台上江城夜景肯定很好看，你不想看吗？陪姐一道上去。"学军说："我才不去呢，松林哥也没有请我。"松林说："怎么会不请你呢？"

阳台的楼梯就在她们316房间的旁边，三个人上了阳台。虽然只是四

113

楼，可是江城饭店已是周围最高的建筑，阳台的面积不小，在此可以俯瞰江城市区蜿蜒的灯火，远眺长江来往的船只。学军人小鬼精，知道两人有悄悄话要讲，独自到一角看夜景。

两人沉默了一会，松林说道："红英，有一句话在我心里憋了很久，说出来你不要生气，红英，你有没有喜欢过我？"显然因为紧张，松林话说得有点结巴。

红英说道："松林，我该说什么呢？你在草帽厂给我的帮助一个谢字无法表达，所以我在你面前从未说过谢。"草帽厂在松林办公室的楼上，松林经常下班后上楼帮红英用缝纫机做计件活，使得红英的计件工资在厂里最高。红英知道松林的想法、松林的情意。可是她有资格喜欢松林吗？"在我有资格喜欢你的时候，你当兵去了，你当兵回来我又没有了资格。"

"其实，我不在意你有没有结婚。"

"你的家人在意，我在意。你父亲为什么把我从草帽厂调出来？他是不希望你与我继续来往。你的母亲、哥哥、姐姐、妹妹他们都会在意，我们能够敌得过他们？我也在意，我要是现在和你好，我在供销社怎么待下去？别人的唾沫星子还不把你和我淹死。松林，你的条件这么好，自身条件好，家庭条件好，你没有哪一样不好。我只是你生命中第一个喜欢的女人，可我已经不是当年的吴红英了。不，你让我说完，忘了我吧，忘记这个你生命中第一个喜欢的女人，这个与你无缘的女人。寻觅下一个你喜欢的属于你的女人。这样的好女人一定有很多。而我们之间，你不要有恩于我，我也不用觉得愧对你，永远做敞亮亮的好同学，好吗？"

阳台上异常宁静，彼此的心跳似乎都听得见。经过短暂的沉默后，红英喊道："学军，我们下去吧。"

他们下了阳台找服务员开门，女服务员看他们一男二女，警惕地说："你们干什么的，怎么到现在才回来？灯都熄了。"

红英解释说刚才怕吵了别人，上阳台说了会话。女服务员说："那个男的，你在这干什么？你不能进去了。"

松林立即说道："谁说我要进去了？我看她们进了房间我就走。"

松林走后，学军问道："红英姐，松林是你相好的吧，你俩怎么不亲一下？"

"你瞎说什么，真是骚丫头，你不是在一旁偷偷看着吗，我们手都没拉。"

星期日放假，在大家一致要求下，丁小林同意集体出去看一场电影。他们以为下午的票应该好买，可是到人民电影院门口，票已经卖完了，吴红英与洪学军在门口刚站定，便有小青年围过来，"妹子，我这儿有票，我们一起进去。""妹子，我的票位置比他好。"

吴红英在西河也遇到过类似的场面，可这是在江城，她顿时有种紧张、恐惧的感觉。洪学军虽然年龄小却不以为然，说道："有票怎么了？没有人想和你们一起看。"

"一起看个电影也不吃了你，走，走。"

几个小青年要把她俩往里拉，这时丁小林及其他几个男同事赶过来，喝道："干什么！谁跟你们看电影？"小青年们见状，只好散开。丁小林说没票，电影不看了，大家只得回饭店，洪学军连连说道："真是没劲。"

半个月的技术学习终于结束了。从大城市回去总是要带点礼品给亲人的，还得给隔壁邻居的小孩备些糖果。吴红英与洪学军上街看见许多人排着一个长队，有几十米长，心想这些城里人一定在买什么好东西，先排着再说。排在她们前面的是一个老人，她们一问才知道这些人是买"三孬子"瓜子，同时感到好奇：买瓜子怎么这么多人？居然瓜子的牌子叫"三孬子"！

老人见她们是乡下人，义务当起"三孬子"瓜子的讲解员："三孬子在家排行老三，这个人精明，人们给他起这个绰号是因为他过去在电影院卖1毛钱一包的瓜子，分量比别人足，因此说他孬，其实他是吃小亏占大便宜。谁不想在孬子那儿占点便宜，却不曾想便宜给孬子占去了。现在街上其他牌子的瓜子是每斤两块四，三孬子降价为一块七毛六，他这价格降了质量却不差，大家都来买他的，他的销量呼啦一下上去了，钱照样赚得不少。听说他每天用麻袋装钱，下雨天把发霉的钱拿出来晒。不过，三孬子马上可能要倒霉了，有人已经在市委贴了小字报，说报纸不该宣传三孬子，有个顺口溜批评《江城日报》：孬子瓜子呆子报，呆子报道孬子笑，四项原则全不要，如此报纸实胡闹。据说省里派人正在调查他雇工的人数，中央规定雇工不能超过7人，超过7人就是剥削，就是资本家，你们看，单凭这里卖瓜子的也不止8个人，据说他雇了一百多人，他现在的老婆比他小二十多岁。姑娘们，赶紧多买点瓜子，下次来恐怕就买不到'三孬子'瓜子了。"

两人听傻了。

第十二章　石城供货会

"真是开了眼界，供货会管吃管住，走时还捎给你带着。这些年来不都是谁手中有货谁是大爷，怎么突然变孙子了？这是不是给我们也提个醒，我们供销社的好日子也快没了？"孔文富从石城供货会回来后在主任办公会上说。

孔文富决定代表供销社参加邻省省城石城的新年供货会。他在主任办公会上说道："我不在家期间供销社由洪主任负责。听洪主任与小刘说，每次供货会主办方都准备很充分，信息量很大，我去看看。下次洪主任、潘主任、范主任你们轮流去看看外面的世界。"

参加新年供货会的人选由孔文富亲自选定。他们是百货大楼针织柜组实物负责人刘彩云、纱布柜组实物负责人吴红芳、日杂柜组实物负责人万建梅、五金柜组实物负责人李志朝、百货柜组实物负责人李跃进，还有批发部新任经理乔启萍。

潘有志与范小亮心里对此都有点不痛快，这种不痛快不只是他们没有得到参加供货会的机会，还包括孔文富把手伸进他们分管的领域。就算他是一把手，可他直接介入分管领导的分管范围，独自与分管领导的属下进行工作沟通，哪个分管领导心里会好受？可是难受也只能在心里忍着。一把手总是要不断尝试属下的忍受底线，从而确定与其对话及交往的方式。

供货会是近几年来厂家与商家直接对话的交易平台。西河供销社一年要收到十多封供货会的邀请函，在老主任执政时期，很少有人参加供货会，西河目前也只有洪解放、刘德草、刘彩云各参加过一次，老主任认为参加这样的会花钱又不管用。老主任曾说："乡里狮子乡里舞，供货会我们少掺和。"当刘德草又收到邀请函询问孔文富时，孔文富却认为应该有更多的人参加供货会。他说道："生意是在小地方做，但眼光不能局限在小地方。"他竟要亲自带着6个人去参加供货会。

孔文富确实是想借这个供货会看看商业风向。他从来没有经过商，他的家人也没有经商的，他的妻子在镇粮站做会计，那根本就谈不上是经商。他压根就没有想过在他人生50岁以后，他会成为一名商人。也许他刚刚到供销社时还并不认为自己是个商人。他当时只认为是来做实业的，来做一个虽然不入品，但是自己可以说话顶用的小官。现在半年多下来，局势稳定了，他得出去看看风向。

去石城没有直达车，他们一行需先坐车到县城，再转车到江城，接着坐火车才能到石城。大家很少出门，这次到石城这样的大都市，一个个心里都很兴奋与紧张。刘彩云说她虽然在太平县参加过一次供货会，可至今仍然稀里糊涂。她只知道参加供货会不吃亏，吃也吃得不错，住也住得不错，临走还有礼品。她记得她那次是发了一床床单。"各色各样的布，有的布从没见过，真漂亮。来了许多厂家，他们都问我要多少，可我来时主任只是说来看看，没有签单的交代。我只能一个个展台转转，我怕我什么东西都没买他们把床单收回去，离开供货会时我才知道我的担心是多余的。"

因为主任话不多，大家的情绪都比较克制。火车快到石城市了，李志朝说道："主任，这次我们跟你出来，能不能有一天时间让我们去石城这座历史名城的景点放松一下？"

"你们想看哪些景点？"

大家的情绪被激发了，有的说伟人陵墓肯定要去，有的说去孔子庙，有的则要看长江大桥，还有人说石城市中心的28层高楼有专门的旋转厅，可以俯瞰石城市全景。虽然都没去过石城，但大家心里对这座城市感觉并不陌生。

孔文富说道："你们都是西河供销社的骨干，平时很辛苦，这次带你们出来就是长长见识，这其中也包括看几个景点。这事由乔经理负责，来之前我已经让乔经理在经费方面做了安排。乔经理，你准备工作都做好了吗？"

乔启萍脸上有不易觉察的绯红。孔文富问"准备工作都做好了吗"，其实这句话还有他们两人才知道的另一层含义。孔文富对乔启萍亲也亲了，摸也摸了，只是实质性的一步还没走，这次两人都心照不宣，肯定会把握这难得的机会。来之前，乔启萍一是去出纳那里预借了款，二就是在私人物件方面准备了若干两性生活的用品。

"一切都准备好了，请主任放心。"

其他人是听不出乔启萍这里"一切"的所有内涵的，他们纷纷表示感谢主任的安排，以后主任叫做什么就做什么。孔文富感到满意，他既满意乔启萍"一切都准备好了"的回答，也满意五个柜组负责人对自己表的忠心。他既感到员工的可爱，一个很小的恩惠就能让他们满足，他同时也知道仅凭员工嘴上说说就相信他们对自己的臣服，那绝对是自欺欺人，他的智商不会低到如此程度。

到了石城市已是下午4点，他们按照会务组的通知坐公交车来到指定的宾馆，报到后每人发了个会议袋，袋里装有餐券和会议材料，材料内容不外是企业介绍与产品介绍。每个袋子里都有一张价值10元的购物券，注明在宾馆旁边的土特产商店使用。住宿由会务组统一安排，但最后结账是由参会人自行解决。乔启萍安排孔主任住一个单间，其他6人正好4女2男，住3个标准间。拿了房牌，他们就上了电梯，在电梯里经过好几次尝试，才让每个人都明白了操作方法：怎样开门，怎样关门，怎样到指定楼层上下。乔启萍在走廊说道："大家进房间后抓点紧，我们10分钟后集中去2楼餐厅用晚餐。"

其实没必要集中，因为晚餐是自助餐。"这大城市人吃饭也比我们先进，你看这自助餐多好，想吃什么就吃什么，既不浪费，也不用担心吃别人的口水。"万建梅说道，因为她姐姐是医生，多次在她面前说过，我们中国人目前的就餐方式不科学。

"喝的那是什么东西？像糖水一样，我怕喝。"李志朝说道。

"这你不懂了吧，那是可乐，贵得很，一小罐子比你一瓶大曲酒不便宜。我喜欢喝。"县糖烟酒批发部季经理请乔启萍喝过，谁都能听出来乔启萍的炫耀。

"可乐应该是你们女人喝的，我们男人还是要喝酒，这么多的下酒菜，没有酒喝，真是可惜了。"李跃进迄今为止对什么都满意，就是对晚上没有酒喝不太满意。主任说晚上喝得醉醺醺的怎么逛街呢？他想想也是。

吃完自助餐大家决定集体去看看孔子庙的夜市，于是上了30路公交车，孔主任叮嘱30路最后一班车是晚上11点，万一谁走丢了，记得上车下车的站名以及宾馆的名字，在这一时间之前赶回来。孔主任说道："最近治安状况不是很好，据说杀人犯'二王'潜逃到这一带，大家晚上一定要小心。"万建梅似乎害怕，孔主任又说道："只是提醒一下，其实，借'二王'胆他们也不敢来这里，大城市安全还是有保障的。"

孔子庙夜市果然热闹非凡，一个个商店开门迎客，更有许多个体户摆着地摊在那儿吆喝，还有的则把家里的竹凉床或门板搬到路边当作货架，构成了夜市店里店外不同的风景线。石城市的市民与外地的游客人头攒动。一开始，大家都非常小心，生怕走丢了，互相照应着。他们在乡下人面前是城里人，可是到了这真正的城里，他们也是地地道道的乡下人。然而商品的诱惑和不同的购买兴趣、购买任务及购买习惯很快就让这支队伍分散了。

年轻的吴红芳在地摊上为儿子买童装。在这之前她已经见识了别人砍价的本领，一笔生意往往都有几个来回的价格协商，在她们供销社那可是明码标价，没有讨价还价的余地。她在这个地摊前停留了较长的时间，表面上看她在挑选商品，实际上她在用眼睛、耳朵观察与倾听他人砍价的规律。在她觉得有了把握后，她才开始询价并第一次大胆地还价，一番讨价还价后成交。她付钱后开始还有一种成就感，接着又想摊主乐于成交的表情意味着价格还有下行的空间，这一想成就感又没了。突然她发现自己身边的同事都不见了，一丝恐惧袭上心来，她看看手表，才8点10分，时间尚早，可她已经没有了购物的欲望。

她开始在这夜市的海洋里寻找她熟悉的身影。她终于在一家卖裙子的商店发现了万建梅，一颗悬着的心才放下来。刘彩云也在这儿，她在试衣间试裙子呢。吴红芳一看这里的裙子式样果然多，三个人在这里不用着急，她决定给自己挑一条现在流行的百褶裙。当她从试衣间走出来，看着镜子中的自己腰也显得细了，胸也显得凸了，裙上隐约的镂空绣花让人充

满想象。她有些犹豫，这种式样在西河镇上能不能穿得出去？刘彩云、万建梅说她这双秀腿配裙子正适合，就是颜色艳了点，还可以深些。她又换了件颜色深点的试试，感觉确实好些。她询价时发现这家商店也可以还价，原来这是一家私人开的商店。她们这才知道在石城这样的大城市，私人不仅可以摆地摊，还可以光明正大地开商店。她们三人各买了一条裙子，走出商店看见夜市的人逐渐稀少起来，知道时间不早了。走了一段路她们也没有发现其他同事，等她们坐公交车回到宾馆，两位男同事已经在房间了，只有乔启萍与主任还没回来。

万建梅说："乔启萍这个小骚货把主任带哪里去了？不凭她的骚劲，主任一来能让她做经理？我就见不得她两只眼睛盯着人看的骚劲。"

吴红芳说："他们不会走丢了吧？晚上我看不见你们时把我吓坏了。不知有没有班车了。"

刘彩云说："你以为这里是西河？放心，两个大人能丢哪里去？洗洗休息吧。"

吴红芳与乔启萍在一个房间，房牌在乔启萍手中，她只好喊服务员开门，回自己房间去了。

乔启萍与孔主任早就在房间了，现在在床上已是春风二度。同事回来敲门时，孔文富示意乔启萍不要理睬。他俩9点不到就离开了孔子庙，打出租车回到宾馆，草草地洗了一下，两人就上了床，因为对主题积蓄已久的渴望，还没有完成热身与前戏，孔文富就已经挺进了对方的身体，由于过于兴奋，第一次战斗很快就结束了。乔启萍下床洗了洗，并帮孔文富擦净了下身，然后就在孔文富面前试穿起新买的内衣，"文富，你看怎么样？"

孔文富看着乔启萍露点的内衣，这是他第一次近距离清晰地欣赏乔启萍诱人的胴体，他的欲望再次升起。这一次他要放慢节奏，细细品味其中的快乐。他建议这一次不戴套了，他说戴套不仅不舒服，而且影响感觉。乔启萍说万一中奖怎么办？孔文富说中奖就中奖。孔文富这次前戏很成功，乔启萍的欲望也被真正调动起来了，这时她也不在乎孔文富戴不戴套了，喃喃说道："快，不行了，我要。"

当战斗又一次结束时，双方都已经大汗淋漓，身心却无比畅快。孔文富内心清楚，他在过去不仅仅是精神上隐忍，情感上也极其隐忍，今天终于爆发了，他在爆发中得到极大的释放，感到极度的快乐，同时也感到极度的疲倦。孔文富要乔启萍抓紧时间回房间去睡，时间已经不早了。

供货会上午10点开始。孔文富事先给大家开了个预备会，要大家不要走散了，跟着他，不要说话，多用眼睛看看。

吃过中饭回到房间，孔文富召集大家开会，要求大家下午到各个展台好好转转，并授权他们与价廉物美的厂家签合同。他说他下午就不去供货会现场了，大家都说："主任你休息，我们看看就行了。"

这时门口有人敲门，"对不起，打扰一下，你们是参加供货会的吧？"一个身着西装拎着箱包的人走进来，自我介绍道："我是浙江苍南精武箱包厂业务员，请你们看看我们新投放市场的箱包。"只见他打开大箱包拉链，里面装着各色各样的小箱包。李志朝、李跃进昨晚买了烟、酒，在孔子庙夜市就想买个箱包装东西，只是不知道哪儿有卖的，不想在这儿撞见。业务员推介道："大的箱包是家庭木制箱子的替代品，它将是消费的趋势，因为木箱笨重，款式单一，携带不方便，而箱包弥补了它的缺点。这些则是市场上人们喜欢的各种款式的拎包与背包，这是当前流行的'马桶包'。"

孔文富仔细地检查箱包质量，没发现有问题，便问道："你们箱包怎么不拿到供货会上参展呢？"

"我们是乡镇企业，就是交参展费也没有资格参加供货会。"原来只有国营企业才有供货会的入场资格。聪明的乡镇企业进不了场，就在场外与国营企业打起游击战来。

孔文富说道："这位是我们批发部乔经理，这位是家用柜台实物负责人小万，你跟她们谈谈。"

万建梅正打算就价格等问题与箱包业务员谈谈，乔启萍却开口说道："这是我们供销社的一把手孔主任，孔主任说怎么做我们就怎么做，你还是跟孔主任谈。主任，你把供货会签约的任务交给我们了，箱包的事还是你定吧。"乔启萍听说过浙江乡镇企业订货合同都有利益返点，她要把好处给领导，领导得到好处，她还会没有好处吗？

孔文富说道："那也行，你们去供货会吧，这事交给我。"

他们走了后，孔文富说道："不怕你笑话，我这是第一次跟人谈生意，虽然是第一次，但你不要想蒙我。你只要蒙我一次，西河的生意你就做不成了，甚至整个县的生意你也做不成。"

"主任说笑了，我怎么敢蒙主任呢？"

他们谈起合作的方式。业务员说："一种是代销的方式，即我们提供各式箱包，价格由我们定，你们不要打货款，只要柜台帮我们代卖，卖完了我们来结款，我们付15%的代销费。另一种方式是做商品的经销商，你付货款我们提供商品，商品定价我们不管。前一种方式你们利益有限但没有风险，后一种你们有风险但取得的利益也较大。"

孔文富说道："箱包的市场情况我们心里还没有底，能不能前两年我们用代销的方式，如果生意不错，合作又很愉快，我们再来做你们的经销商，怎么样？"孔文富知道谈生意核心是价格，他现在对对方的价格底线根本就不清楚，价格谈不好，他在供销社的威信就会受影响，代销不涉及价格，他可以很超脱。

业务员说他们企业是不愿意做代销的，因为代销使企业的资金被占用。只是由于箱包是一个新产品，还不为市场所认知，这才不得已做代销。过两年是不会再做代销的。业务员拿出一份已拟好的代销合同请孔文富审查，并说企业会对主任的支持有所表示。

孔文富说道："我不知道企业的有所表示是什么，但我想今年的表示就算了，因为合作才开始。如果你们的'马桶包'这儿有现成的，不妨给我们这次来开会的人一人一个，这样大家都会支持这件事。"

"主任说得好，我这就去办，你把合同看看，我马上就来。"

业务员很快取来了7个"马桶包"，他们厂在石城市有好几个专柜。业务员还给主任送了两件品牌衬衫。主任把合同签了，并表示如果业务员去西河一定请他吃饭。孔文富对自己第一次做生意的经历非常满意，这是不是一种经商的天赋？"唐人"衬衫归自己了，这"双燕"衬衫送给乔启萍，她的脑子确实管用，最能理解他的说话意图。

乔启萍最早从会场回来，拿到主任送她的衬衫自然高兴，献给他一个亲吻，接着把衬衫送回房间放好，又来到孔文富房间，谈起下午会场的事情。不久，其他人也陆续来主任房间汇报情况。

吴红芳说："主任，我汇报一件事。C市一个基层社主任，是个女同志，我们在厕所里聊天，她知道我们这边生产大表纸，她们那里女同志使用的大表纸不够用，问可不可以调剂，他们用不收布票的涤卡布换我们的大表纸。"当时的确良、涤卡在农村已经有了市场，可是货源还不是很充足，因而这个建议对吴红芳来说颇有吸引力。

乔启萍立即说道："这不行，这不是让主任犯错误吗？政策规定死了你这个供销社在哪个行政区域进货，在哪个区域销售，别说跨省调剂，就是跨乡镇调剂，政策也不允许。"吴红芳看乔启萍不顺眼，乔启萍看吴红芳也不顺眼。其他人则看着这一对美女互掐。

孔文富说道："小吴，乔经理说的调剂风险确实存在。不过，也不是不可以做这件事。乡镇之间其实私下都有调剂。再说大表纸也没纳入票证管理，卖给谁没有明确的规定。而对方的涤卡布不收布票倒是我们需要的，今年包产到户，农民丰收了，预计都要给孩子们做新衣裳，这样布票便不够了，我同意跟对方接触一下，今年先搞一点小规模的调剂，出事我负责。"

乔启萍想说："你负得起这个责吗？"只是忍住了。孔文富随后说道："乔经理，你代表我们西河供销社与小吴一起见那位女主任，我就不去了。跃进，你去准备点酒，我们晚上在一起喝酒，喝完酒，我们集体去看长江大桥。"

乔启萍的担心并非多余，当20担大表纸装上车从西河镇准备上路时被镇打击投机倒把办公室的人扣住了。乔启萍亲自来向孔文富报告，说"打办室"的人接到举报，要没收这批倒卖物资，接着埋怨道："吴红芳的话你也听，她就是差你上当，说不定就是她举报的。"

孔文富想吴红芳害他没道理，他与她没矛盾。孔文富要洪解放去找"打办室"的沈老三。沈老三说："这事还不好办了，我们主任老叶怕你们来说情，把事情已经捅到县里，县里不发话谁也不敢放你们东西。"

洪解放回来向孔文富复命，孔文富把范小亮喊来，吩咐道："范主任，只好请你到县供销社找韩主任，我马上给韩主任打电话请他出面找一下县'打办室'。"

乔启萍从石城回来后曾在范小亮面前嘀咕过物资交换的事，因为是孔主任同意的事范小亮不便说什么，不曾想真被乔启萍言中了。这"打办室"原来是供销社的下属部门，分离出去后每年都要给供销社找点麻烦，年底了，没收20担大表纸那是"打办室"的政绩，想说服他们恐怕不是容易的事。可批发部是范小亮分管的部门，他推脱不了，立即坐班车去了县城。

韩主任不在办公室，被告知在"打办室"那边，原来县"打办室"与县供销社在一栋楼办公，"打办室"原来只是县供销社的一个部门，现在独立门户了。范小亮听着"打办室"那边有吵嚷声，循着声音走过去，只见韩主任在县"打办室"主任办公室与人嚷嚷。显然西河供销社和"打办室"双方都把情况反映到自己的顶头上司这里了，各自的上司都在维护下属的利益。

韩主任说道："老魏，你说说，西河供销社用本地产的大表纸去换外地的布匹，服务了人民，搞活了市场，你们有什么权力扣人家东西？"

被称为老魏的人说道："我说老韩，你这个县供销社主任一点计划经济的意识都没有，任何经济实体的进货、销售都必须在规定的行政区域内进行。听任西河这样搞，经济不就乱套了？"

韩主任说道："你不要吓我，西河只是小范围的市场交流，市场交流总可以。"

老魏说道："市场交流？他们至少要有你们县供销社的交流批文，他们有吗？"

"你要批文我马上给你。"

"现在有，迟了。"

"西河供销社用本地产的大表纸去换外地的布匹，再笨的人也能看得出这是一件大好事，你们一天到晚不干正事就在瞎搅和。"

"老韩，你骂谁笨？办好事就能违反政策？老韩你不要那么大嗓门，我以前怕你，现在还怕你？"

"不跟你磨牙，我找县长评理去。"

范小亮跟在韩主任与魏主任后面来到县政府，找到主管他们的许副县长，许副县长不愿听他俩啰嗦，说道："我说老魏，你怎么老是给我找麻烦？现在不是阶级斗争时代，你们要支持经济建设，公对公怎么会投机倒把呢？以后，能抬抬手过去的让人家过去。老韩，我说你也不要护犊子，我给两位主任劝和，让西河'打办室'把货车开到县供销社，由韩主任、魏主任两人共同批评一下西河供销社负责人，经济建设要搞，经济秩序也要维护。县供销社另外补办一个批文请县'打办室'支持，然后叫他们把车开走。"

韩主任还想说什么，许副县长说道："老韩，你要是不同意，我就不管了，随你们闹去。"韩主任、魏主任只好休战，按县长的指示办。

20担大表纸平安无事，孔文富回到西河，在办公室他把儿子松涛的近日来信拿出来仔细揣摩。这封信他之前已经读过，他觉得有必要集中精力再读一遍。松涛毕业后留在北大任教。松涛这一代人注定是政治与时局的关心者，每次的家信他不仅向父母汇报学习、生活情况，报告父母最关心的他个人恋爱状况，而且跟父亲交流他对时局的观感，只是在最后说向母亲问好，这使他母亲非常生气，他提醒过儿子，要儿子写信不要忘记跟母亲叙叙家常，可是儿子下一封信依然如此。儿子说他们学校的一些人可以"通天"，因此有些内幕消息绝对可靠。儿子叫他不要外传这些信息，自己知道就行了。他跟儿子说他是经受过考验的，"文革"时上海知青跟他说过多少小道消息，追查政治谣言时他是重点怀疑对象，可是每次他都是清白的。他心里明镜似的，才不会做政治斗争的牺牲品。

他思来想去，还是认为当前的群众运动不可能。中央新的领导层不想搞运动，刚刚站稳脚跟不想把局势搞乱，让别人攻击自己跟自己过不去；老百姓也不想搞运动，农民刚刚尝到包产到户的甜头，市民子女回城安排就业，还可以考大学，搞运动对他们有什么好处呢？各级官员谁想搞运动呢，谁愿意让老百姓随时找领导的麻烦？果然，中央全会公报出来，要求把清除精神污染限制在思想战线，而不是民众的日常生活方式。

他想给儿子回封信，劝他对政治不要太热心，防止给自己添麻烦，想想还是等等，劝的时机似乎没有到，但有件事他必须马上办。

孔文富从石城回来，洪解放让他看了一封江城饭店的来信，信中说据服务员反映，西河供销社两位女同志在住宿期间，曾与一位男同志在饭店阳台上很晚才下来，有生活作风问题的嫌疑，提请西河供销社密切注意。洪解放说他已经了解了（他女儿学军开始硬不说，他发火后才说了），是松林出差路过江城，晚上约吴红英和学军在街上吃了东西，然后在他们阳台上说了一会儿话，回房间就迟了一点。他们之间也没有什么事情发生。

洪解放请示他要不要给江城饭店回封信，解释这件事，孔文富说："这事有什么好解释的？不要传播就行了。"涉及自己未婚的儿子，男女的事情不管有没有，一传开，没有也有了。孔文富不愿儿子受伤，回到家，松林出车没回来，松瑶跟他提起这件事，孔文富问："是不是志强告诉你的？"见父亲一脸严肃，松瑶推说是松林自己说的。其实松瑶早就不喜欢哥哥与吴红英交往，听志强说江城饭店有信告吴红英生活作风有问题，便把这事作为新闻跟哥哥说了，谁知松林冷冷地说："这个男同志就是我。"掉头便走了。松瑶心里不痛快，要父亲采取措施制止哥哥与吴红英的不正常交往。

孔文富决定跟松林好好谈谈，没想到松林竟说："你们看着办，只要你们满意的女孩，我马上跟她结婚。"没想到松林是这个态度，孔文富只得找松林母亲，只要松林同意结婚，找女朋友、结婚等事让他母亲管去。

第十三章　乔启萍被打

　　开心不一定是自己遇到了什么喜事，可能是对手或自己不喜欢的人遇到了糟心的事。乔启萍被撵走了，肖志强的文书被换掉了，看到孔文富不爽，潘有志觉得很爽。

　　孔文富从石城供货会回来后，工作上第一件事是清查仓库。他说："县联社早就有这个要求，我们的家底可能我们自己都不清楚，账面上的货在库房里可能霉了、坏了，也就是说，账面上看好像盈利了，事实上我们经营亏了。"清查仓库的主意是李跃进他们提出的。石城回来的前一晚，李跃进把其他几个柜组实物负责人约到一起，来到孔文富住的318房间，说要向主任汇报情况，要求主任在今后的进货中放权给实物负责人，因为只有实物负责人最清楚什么货好卖，什么货容易积压。以前进货的权力在驻城代表手里，货的积压与驻城代表没关系。他们建议主任回去后清查仓库，就知道积压的问题多严重。

　　他们说这次石城供货会，主任让柜组实物负责人直接订货，这样销售情况就好多了。实物负责人表示今后主任指哪儿他们就打哪儿。孔文富给他们这么一鼓动心也动了，可他清楚，要改变供销社由驻城代表负责进货的格局必须从清查仓库、扫清思想障碍开始。只有这样，原有的进货渠道的弱点与缺陷才能被其他领导看到。孔文富成立了一个由他任组长的领导组，乔启萍说要想清查有效果，她愿意陪两个会计一道到大楼查货。

可没有想到，乔启萍去大楼的第一天就被周晓兰打了，准确地说，是乔启萍把人高马大的周晓兰给打伤了。两个人早就结下了梁子，周晓兰在外面说过，乔启萍只要敢来大楼，她非要打断乔启萍的腿。乔启萍说"明知山有虎，偏向虎山行"，她就要会会女老虎，看周晓兰敢不敢动她一根汗毛。去之前她在随身携带的挎包里放了一把起子防身，看周晓兰男人般的身体厉害，还是她乔启萍的锋利的起子厉害。

乔启萍在潘有志办公室坐下，潘有志说："我去把周经理喊来，让周经理配合你工作。"周晓兰进门看见乔启萍，立即有敌意地说："你来干什么？这里不欢迎你。"乔启萍说："这不是你家，你不欢迎我就不能来了？"

"老子就不要你骚货来。"

"你骂谁？"

"你骚得老子还骂不得？"

话音未落，周晓兰"啪"的一巴掌打在了乔启萍的脸上，乔启萍不甘示弱，用手拽住周晓兰的头发，周晓兰也抓住了乔启萍的头发。显然乔启萍不是周晓兰的对手，渐渐落了下风，只见乔启萍一只手从挎包里拿出起子，用力向周晓兰胳膊上扎去。周晓兰受到这猛的一击，松开手，看到自己胳膊鲜血直流，恐惧地大叫："乔启萍杀人啦！"

一边被吓蒙的潘有志顿时醒悟过来，喊道："快来人啊。"

进来的员工立即把周晓兰带下楼，去镇医院包扎。周晓兰捂着胳膊，一边走一边放着狠话，"你这个骚货，你等着。"周晓兰包扎完，走进潘有志办公室，说道："潘主任，你总不能看着你手下的人受欺负吧？"

"周经理是受欺负的人吗？你不欺负别人就是好事。"

"潘主任，你真冤枉我了，我除了有时在家欺负欺负老黄，在单位我可一直低调，从没欺负人，只不过我嗓门粗，恶相难看。你要是不帮我，孔主任来了我死定了。"

"你知道乔经理与孔主任关系不一般，你还去惹她？"

"我就是看不惯乔启萍的骚样，供销社里没几个人看得惯。"

"既然脸皮撕破了，那就干脆撕到底，你这次一定要想办法把乔启萍挤走。"

"有什么办法？"

"办法你自己想，比如说找你父亲帮帮忙，比如说找人在外面吹吹风，说孔主任与乔经理关系不太正常，道听途说也不要求什么证据，只是给孔主任增加些压力，使他不敢明着偏向乔经理就行了。放心，孔主任那里我会帮你的。"

正说着话，孔文富来了，两人不觉有些尴尬。孔文富只见周晓兰胳膊打了绷带，像《红灯记》中的王连举。周晓兰见到孔文富，立即上前说道："孔主任，有人持凶器杀人，这件事不处理不行。听说你们俩关系不错，你不会偏袒她吧？你要是不好处理，我明天拿刀上她家去。"

孔文富已经听乔启萍告过状了："孔主任，你看看我脸上打的爪子印，你不知道周晓兰多嚣张。这个事我干不了了，你另请高明吧。"孔文富问站在一边的孔松月事情的起因，松月说："我正好跟张会计上厕所，回来时她们俩已经打结束了。"孔文富说："这事怪我，我应该想到你去可能不太合适，乔经理，你先回去休息，事情我来处理。"

"胡闹，两个经理上班打架，你们眼中有没有组织？听说，乔经理一来你就动手打她了？"

"呦……呦，还恶人先告状，我打她了吗？潘主任，你给我作证，我有没有打她？"

潘有志打着圆场，说道："两个经理其实都不是很冷静，在一个单位共事，何必弄一个你死我活。说周经理打乔经理我没看见，只见她俩争了两句，就发现相互间你拽我头发，我揪你头发，就是通常女人打架的样子，我们赶忙拉，只见乔经理从挎包里掏出起子伤了周经理。"

"孔主任，你听到了吧，说我先打她，放她妈的屁。供销社的人都说我横，要是这样吃了亏，我以后在供销社怎么混。乔启萍，我要跟她拼到底。老子拼不过她就不姓周。"孔文富早就听说了周晓兰是个撒泼的女人，今天终于领教了。他叫周晓兰先离开，他要跟潘有志谈谈。

孔文富想听听潘有志对这件事的处理意见。潘有志说道："老孔，我请你理解我的难处，我不好得罪周晓兰，我建议你也不要惹她，不是怕她，只是不给自己找麻烦，她这个人天生急脾气、好斗。还有，她的父亲是县交通局局长，松林他们开车万一有事不也得找她。乔经理那儿我看只能委屈她了，乔经理漂亮、能干，只是性子也强，我只怕她们俩以后还要斗，这对你的工作不利，你要是借这次事件把乔经理挪走，还真是一件好事。"

　　孔文富觉得潘有志分析的不无道理。他找来乔启萍，说道："启萍，我跟你讲，你不要急也不要气。我找了周晓兰和潘主任，他俩咬定周晓兰没有先动手打你，并说你用凶器伤人，有证人、证据，整个情况显示对你都不利。周晓兰甚至说要拿刀子冲去你家，我说组织上会解决这个问题，她说我偏袒你，堵我的嘴，她要去派出所报案，你看怎么办？"

　　乔启萍听了心里慌了神，说道："主任，你说我该怎么办？"

　　孔文富说道："周晓兰仗着她父亲是局长谁也不怕，我们不要直接跟她对抗。派出所要是真把这件事立了案，麻烦就大了。我记得上次我们请县糖烟酒批发部季经理吃饭，他对你非常欣赏，要我们割爱调你过去，要不把你调到糖烟酒批发部算了。"

　　乔启萍说道："就那看我眼睛都不转的季经理，你不怕他收了我？主任你是不是烦我了？故事才开始，你就要赶我走，另寻新欢。"

　　孔文富正色道："启萍，你在瞎说什么，我怎么烦你呢？我这不是找解决的办法吗？你到了县城，我们还更好联系，现在一个单位待着，个个眼睛死死地盯着你，不如你换到县城，我去县里开会、办事，方便得很，机会更多，至于季经理，你会哄的，就像上次喝酒。只怕你去了县城，不睬我了。"

　　乔启萍嗲声道："我怎么敢不睬高大威猛的主任呢？明天我就去一趟县城，找季经理说说。"说完便要抱主任亲吻，孔文富赶紧闪开，说道："启萍，这可是办公室。"

　　乔启萍调走了，潘有志把周晓兰叫到办公室，要她配合范小亮做好清查仓库工作，说老孔这几天情绪肯定不好，少惹他。周晓兰说："知道，孔主任烦心的事多呢，早晨上班有人说文书肖志强昨晚赌钱给派出所抓了，肖文书那是孔主任未来的乘龙快婿。"潘有志说："不管这事是真是假，你在外面都不要讲，免得招是非。"周晓兰走后，潘有志下楼去各柜组转转，转到田小宝的五金柜组，不经意地说道："小宝，你写的通讯报道我看了，等会儿你上我办公室我跟你说说。"说完他与柜组实物负责人李志朝打个招呼便转到百货柜组去了。

　　田小宝现在是大楼对外报道的通讯员。上次大楼搞技能大比武，田小宝感到一种生存压力，在技能方面他在五金柜组很难有作为，关键的是他对这方面没兴趣。他中学时编过班级黑板报，他想为什么不发挥自己在这方面的特长呢？于是他写了技能大比武的报道，结果稿件被省《青年报》、省电台、县广播站、镇广播站采用了，这给了他很大鼓舞，也让他在领导与同事面前赚足了面子。

潘有志认识田小宝却是因为另外一件事。田小宝拿来一张买锁的发票要他签字报销，他想不起来这个小个子年轻人是哪个柜组的，当田小宝说他是五金柜组时，潘有志说道："我记得前几天你们柜组的李志朝报了一张买锁的发票，是你们柜组值班室用的锁吧？"

田小宝说那把锁让他给砸了。"昨晚我值班，他们钥匙没给我。"

"你怎么不去他们那儿取钥匙呢？再说值班室也用不着买这么贵的锁。"

"锁不好，一砸就开了。"年轻人直摸脑瓜子为自己的行为辩解。那张发票没给他报，潘有志要他重新换一把便宜的锁。这田小宝连着几天没来，潘有志想也许锁没换了。潘有志记住田小宝的名字，是后来出纳会计告诉他，这个田小宝居然把发票让孔主任签了字给报销了。出纳会计不解大楼报销的发票这次怎么没有潘主任的签字，就在碰到潘主任时顺便问了一句，潘有志这才知道自己被绕开了，他非常生气，他的面子何在？他这才知道田小宝、肖志强及孔主任的小女儿是非常要好的同学，肯定是他们帮他找孔主任签的字。

当田小宝把省《青年报》发的稿件拿到他办公室炫耀时，潘有志看了后不无惋惜地说："小宝，你的这个写作才能在我们这个基层供销社是大材小用了，凭你的水平至少也要干个文书。我看肖文书比你差远了，第三次社员代表大会的会议材料按说应该他来写，结果不行，还是刘主席写的，只可惜你没有一个好丈人呀。"

田小宝问道："主任找我有事？"

"没事，坐下来，随便说说话。你有没有听说肖文书给派出所抓了？"

"听说了，志强只是在旁边看看，估计不会有什么事的。"

"你想不想做文书？这可是一个好机会。"

"我没有想做文书，志强做得好好的。"

"你的心事我知道，在门市部有什么出息？做文书吃香的喝辣的，一个镇的票证都在你手里攥着。据我所知，孔主任对肖文书也不是很满意，这次出了这么一个事，对你来说是个机会。你跟肖文书很熟，只要写个匿名信之类，把肖文书不为人知的事曝个料，我们在下面给你打打边鼓，凭你县广播站通讯员的身份，你想不当这个文书都难。我只是帮你出个主意，怎么做那是你的事。你上班去吧。"

肖志强是被洪解放从派出所领回来的。孔文富气鼓鼓地问："你怎么能跟王老三后面跑呢？王老三就是一个杀猪的，他杀完了猪就没有事了，所以他去赌钱。你今年才20岁，你不好好看看书，把你那个钢笔字练好，钢笔字写得像鬼爬似的，你去赌场干什么？听说还经常去。你不赌，看看也不行，你站那儿，谁知你押不押上几块钱？看你模样周整，待人诚实，才让你干上这份让人羡慕的工作，你这个文书几个副主任都反对，当时我就跟你说了，要争口气，干出成绩给人看看，这下好，叫派出所给扣了。有人一定在背地里偷着乐呢。"

肖志强站在孔文富办公室，耷拉着头一声不吭地在孔文富面前认错，这种认错方式孔文富也不认可。他心里觉得他的女婿不应该是这样的，完全就是一副绣花枕头。他在想怎样才能终止女儿松瑶与眼前这位名叫志强其实志不强的小伙子的恋爱关系。

一封匿名的人民来信坚定了孔文富的想法。孔文富上班时发现了一封从门下面塞进来的信。这是一封举报肖志强的人民来信，举报者显然不想让人知道他是谁，笔迹歪歪斜斜可以看出是左手所写。匿名信虽然只举报了肖志强两件事，但这两件事足以让孔文富看到肖志强的另一面——不诚实，他下定决心放弃肖志强。

这两件事一件是公事，一件是私事。公事是说肖志强竟然用公家的酒票和烟票与私人换零花钱用。私事说肖志强在已经有新女朋友之后还跟曾经的女朋友藕断丝连。虽然两件事都没有给出详细的证据，但举报者言之凿凿地说，只要把肖志强喊来一问，事实就很明了。举报者最后说，供销社领导详察后应该不能再让肖志强这样腐败的青年人当文书了。

孔文富当即叫来肖志强，问他有没有拿公家的酒票与烟票换钱。肖志强历来就害怕孔文富，对面这个未来的老丈人，供销社的一把手，从来没有给过人好脸色，无论是在家还是在办公室，无论是面对亲戚与朋友、上级或下级，他脸上的肌肉都是紧绷着的，他甚至想在乔启萍那儿自己严肃的未来老丈人是否也不笑。他感觉他的未来老丈人与浑身散发着骚味的乔经理有一腿，他不敢把这个感觉告诉女友瑶瑶。当他支支吾吾不知所云时，孔文富追问道："你到底是拿了还是没拿？"

肖志强回答的声音很低，但孔文富听清了："只拿了几张。"

"一张也不行，公家东西怎么能私用呢？小伙子，你这是在犯罪。我再问你，你与瑶瑶谈朋友后，有没有见过你以前的女朋友？"

"没见过。"

"你有没有写信、买东西给她？"

"写过一封信，我上次去江城参加基层供销社理事会秘书培训，给瑶瑶和她各买了一条围巾，我写信跟她说想跟她见一面，说声对不起。可她回信说不用了，东西还在家里放着，没给她。"

这肖志强太老实了，把一切都坦白了，可是这并没有改变孔文富干涉女儿的恋爱、撤销肖志强文书职务的想法。孔文富回家要跟女儿谈谈心。

"瑶瑶，你跟志强谈朋友快一年了，你觉得志强怎么样？"

"爸爸，你问这个干什么？志强不错啊，就是男人味不足。"

"瑶瑶，你大姐与大姐夫自由恋爱，那时爸爸自顾不暇，也管不上她们。现在爸爸是一个单位的领导，小女儿的婚姻爸爸应该出点主意帮点忙，小女婿怎么着以后要比我这个爸爸强，所以，爸爸看到你与志强有那么一层意思的时候，爸爸就想培养志强，让他先做文书，以后接爸爸的班。可现在看来，志强不行，志强他首先缺乏主见，上进心不强。王老三一拖就把他拖进赌场，下班时间不在家里看书学习，要么在我们家窝着，要么跟在王老三后面。这以后怎么进步？这次被派出所扣了，那就是人生的一个污点。又有人写人民来信，说他拿公家酒票、烟票卖钱，与前任女友藕断丝连，这些情况我今天跟他谈话，证明了确有其事。瑶瑶，趁你们关系还未明确，感情陷得还不太深，爸爸要你终止与志强的恋爱关系。凭瑶瑶这么好的条件，我们一定要找一个比志强更优秀的青年，我让你妈妈即刻去找。"

田小宝如愿以偿坐上了文书的宝座。田小宝写了匿名信后，便告知了潘有志，潘有志叫他去找洪解放，要洪解放在文书提名时率先提田小宝，到时候潘有志会出面讲话的。"现在供销社的文化人除了秦国富，谁能比得了你田小宝？秦国富岁数大了，怎么可能去做跑腿的文书？"田小宝坐在原来肖志强的办公室里，心里想到以后走路上人们就会恭敬地喊他"田文书"了，工农饭店他也可以签单了，他这个"三级残废"会有许多漂亮的姑娘向他献媚，心里真是畅快。虽然肖志强怀疑是他写的匿名信，可是肖志强没有证据，彼此之间不来往也没什么，他一个在任的文书还怕一个下台的文书？凭什么好处都让肖志强一个人占了？

　　这时候最苦的自然是肖志强，如果他一项职就只是普通的营业员，如果他不是人们眼中的供销社"驸马"，他就不会有现在的苦痛。他参加工作这段时间太顺了，见的都是谄媚的笑脸，这突然的转换让他难以适应。他被解除文书职务后，瑶瑶先是避而不见，后是传来消息说她与部队的一个连长定了亲。肖志强母亲见儿子整天闷闷不乐，说道："我早就跟你说过，尽快把生米煮成熟饭，你不听。"

　　肖志强说道："你一天到晚在外面叨叨招驸马、招驸马，驸马没招成，你叫我脸面往哪里放？"

　　母亲辩解道："瑶瑶送你她亲自编织的裤带子，这是有讲究的，带子意思是带来儿子，裤带子能够随便送人？"见儿子痛苦状，母亲劝道："儿子，文书不当就不当了，当文书也不加工资。当初你要是听我的话，不跟王老三去赌场，哪有今天的事？瑶瑶这个女孩我不稀罕，公主又怎么样？只能共富贵不能共患难，男人有点事就避而不见，甚至先找了人，这样的女人不要好，凭我家强子这样好的条件，今后什么样的好女人找不到？"

　　肖志强想想也是，他操起剪刀把瑶瑶送的裤带子剪了。好在这已经是肖志强第二次失恋，心理承受力大多了。他庆幸在他的工作安排上，主任同意他去了批发部，而不是去大楼站柜台。批发部经理是刚从大闸门市部调上来的张承宗，张承宗与他同一天到岗。批发部走了一个人来了两个人，据说是为了加强批发部的力量。

　　县联社下发通知：村级的代销店核定资产后由个人买断，交给个人经营，与供销社脱钩。孔文富说道："供销社把这个包袱扔掉也好，已经没有一个正式员工在代销店上班了，通过买断供销社还可以回笼一部分现金，只是这段时间老洪你要辛苦一点。哎，你老婆的那个代销店你们是否准备买下来？"

　　"买当然想买，只是怕没有那么多钱，代销店如果两个人合伙盘下来，每个人也得出600多块，一下子上哪儿凑这么多钱？"

　　洪解放回到家跟老婆谈起盘店的事，老婆说道："早知道去年不盖房子就好了，现在还欠我家老三一百多块钱的债呢，可是把店盘下来用不了两年就能把本赚回来，这样，我负责借400块，其余你负责。"

　　"我兄弟都想在我这儿借钱，我上哪儿去借？"洪解放历来是在外听党的，在家听老婆的，可这次他确实不知到哪儿借钱。

　　"这我不管，借不到钱你就找孔主任，给公家款子的时候我们先赊着。"

自己负责的事，到时候赊公家的款说不过去，不这样又怎么办呢？早晨上班经过蒯玲玲家门口时，洪解放想，也许可以找蒯玲玲借到钱。蒯玲玲在家正吃早饭，见到洪解放上门，忙放下碗迎上前："洪主任，有事？"

"没事，不，有点事。"

洪解放从未找人借过钱，白皙的脸上一丝红晕迅速闪过，但没有逃过蒯玲玲的眼睛，"洪主任，你有事跟小妹我还客气什么，尽管开口。"

在蒯玲玲期许的眼光的鼓励下，洪解放忐忑的心情恢复了平静，跟蒯玲玲说起盘店需要借点钱。"没关系，300还是500？"

"要不了那么多，借250块吧。"

"250不好听，就借你260，你下班来拿，什么时候还都行。"

回家洪解放把钱给了老婆，他怕老婆误会只说是找一个同事借的，老婆说他就这次办事利落，表扬了他一下。他以为自家盘店的事妥了，没想到两天后，老婆说跟她合伙的人借不到钱退出了，她要一个人把店盘下来。他说："你又要做家务，又要开店进货，还有几亩地，你忙得过来？"她说："你只要把剩余的款子解决了，其余的不要你烦神。"他只得再去蒯玲玲那儿试试。

蒯玲玲说道："没事的，这两年我边做衣服边开店攒了点钱，主任你之前帮了小妹多少次忙，小妹一直想回报主任没有机会，今天总算能为主任做点事，过会儿我去银行，你还是下班来。"甜甜的一声声小妹拉近了心与心的距离，清澈的眼睛、无私的支持让洪解放心里暖暖的，如果说以前他只是无力拒绝蒯玲玲那期待的目光而提供她力所能及的帮助，那他现在对蒯玲玲则是亲人般的情感。

他听说过蒯玲玲母亲的前夫是国民党的军官，逃到台湾至今杳无音讯，为此蒯母在"文革"中受到冲击，蒯玲玲才不得不委屈下嫁给这有腿疾的男人，他想此后来自蒯玲玲的任何要求他可能都无法推辞，他欠的绝不仅仅是800多块钱，而是一个女人满满的情。

第十四章　张二华停薪留职

> 这个社会有许多硬道理，在西河镇体制内的新一代中，绝对
> 是张二华先悟出"赚钱是硬道理，发财是硬道理"。为什么是张
> 二华先悟出而不是别人，这一点难以讲清楚。

此时西河供销社正在热议的是张二华要求停薪保职，买下草屋代销店搞个体经商去。

首先要求停薪保职的是驻城代表小罗，小罗最近一段时间干得不开心，自李志朝拒收后，小罗自觉威权不在，萌生了离开西河供销社的想法。没有想到，清查仓库后，供销社干脆把进货模式改为以柜组实物负责人为主，驻城代表为辅。小罗认为扩大实物负责人的进货权其实是在打他的脸，否定他的工作价值。"库存商品积压难道是我一个人的责任，柜组就没有责任了？再说，有些货积压那是因为，你进畅销的货他就要搭滞销的货，你不要他非要搭给你，就像买肉他要搭骨头一样的。以柜组负责人为主的进货也是这样。我跟你们说不清，我走。"

可是孔文富不同意："你有一个商业局局长的爸爸，你想调走就调走了？你走了，你爸爸还说我们不重视人才，我定一个时间，两年内，你小

罗不许离开西河供销社，除非你停薪保职下海经商去。"这小罗也倔："停薪保职就停薪保职。"当然最终小罗留下来了，商业局局长很快得知了消息，赶到西河训了儿子一顿，不允许儿子意气用事。

张二华则是在他上班转正的第二天递交停薪保职请求的。没有一个人对他的行为表示理解。张二华技术大比武取得好成绩后，青年团选他做了团支部副书记，据说党支部还把他列入供销社的第三梯队进行培养。张二华的理由很简单：以后结婚的要求越来越高，拿这点工资什么也买不来，怎么结婚生子？

他爷爷阻止他，说他身在福中不知福。他说："爷爷你说过多少遍了，你们是三年学徒，给师傅递茶倒水倒尿壶，扫地抹桌抹香炉。三年过后才能站柜台，我们这不是新时代吗。"他母亲说道："每个人不都是这样过来的，别人能过为什么你就不能过呢？"

二华说道："我想比别人过得更好。妈，我曾经说过要在你60岁生日时送你一台彩电，凭一个月二三十块工资肯定做不到。"

"儿子，妈不要你什么彩电，妈就要你们平平安安过日子。早知你不要这份工作，当时顶职给你哥哥，省得你哥哥嫂子现在见到我们像我们欠他们债似的。"

"妈，我也不是不要这份工作，我只是停薪保职，在下面赚到钱我就多干几年，赚不到钱我就回来。"母亲见劝不了儿子，便叫二华父亲把二华的叔叔张承宗喊来，她知道只有张承宗的话儿子可能还听得进去。

张承宗对二华一直青睐有加，认为张家这辈中也就是二华算个人物：肯吃苦，有抱负，脑子好使。二华这次选择经商的草屋店离张承宗曾经工作过的大闸门市部只有一里多路，二华过去拖板车常从这里走，对这一带比较熟悉，这里的市口比较好，是通往邻县的岔路口。

张承宗清楚哥哥、嫂子给自己的任务，说道："二华，你知道人都是被逼上梁山，外面有没有停薪保职的？肯定有，那都是因为在单位干不下去了，被逼无奈。你现在工作做得好好的，领导满意、同事满意、家庭也满意，你为什么要给自己找麻烦呢？你要知道做生意都是有风险的。现在政策让村一级代销店给个人经营，你知道这个政策会不会变呢？政策一变你投的钱、投的精力不就打了水漂？叔叔我这些年可是看到政策一次次变，就说我们供销社吧，一会儿是集体所有制，一会儿是全民所有制，一会儿又回到集体所有制，20年都变4次了。"

二华说道："小叔，赚钱是硬道理，发财是硬道理。改革开放就是给机会，给单位的机会与给个人的机会，我要把给我的机会抓住，即使这个机会只给我几年我也要抓住。我停薪保职是我自己逼自己，没人逼我。我想过了，今年我20岁，我打算24岁结婚，还有4年，这4年，我每月工资24块5，4年工资不吃不喝也只有千把块钱，现在姑娘们要的'三转一响''四季衣服'，这还不算才时兴的电视机，凭我的工资买得起吗？当然也不只是钱少，这不过是我在公开场合下说的，其实还有就是现在干得没劲，你干多干少一个样，干好干坏一个样，你的脑瓜子用不上。我要是到草屋店去，我算了一下，1200元的铺底资金，我一年只要周转5次，毛利就可以达到600元，这个对我来说很容易做到，这样我一个月的工资至少可以达到50元，我想怎么干就怎么干，只是辛苦点，但是心舒畅。叔，你可能还要借点钱给我做本钱，把草屋店盘下来。我按1分的利息找你借这笔钱。你就不要跟我爸我妈来劝我了。"

西河供销社主任办公会也在研究张二华停薪保职的事。范小亮说道："我不赞成张二华停薪保职。"范小亮听说他的入党申请书在昨天的支部大会上通过了，他觉得今天应该力挺潘主任的工作。

"张二华停薪保职，如果有好处都让他个人得了，如果有麻烦都是供销社兜着。就说他所在的纱布柜组，他一走，势必4个人要干5个人的活，张二华停的薪也不会分给这4个人，这4个人就要闹意见，这管理的麻烦就来了。"孔文富眼睛瞅着潘有志。

潘有志只好表态："张二华在给我们出难题，不同意吧，据说中央有文件，同意吧，麻烦多了去。"潘有志也曾想把张二华拉拢在自己身边，提拔他做了团支部副书记，要他写入党申请书，没想到张二华却说他条件还不够，不打算现在写，潘有志愣是碰个软钉子。更让潘有志生气的是，这次张二华停薪保职的申请居然不交给他，而是直接交到孔文富那里，简直不把他潘有志当回事。

"除了范主任说的，再比如，他干得好，赚了钱，就会有更多的骨干学着这样做，他要是干得不好，他就得吃回头草。我还是相信他干不好，一个19岁的小青年，他就那么能干？生意就那么好做？他回头草一吃，我们工作也很被动。现在要是有人做通他的工作，像小罗那样让他自己放弃是最好的。另外，我还表个态，张二华我也管不了了，哪个部门把他收去，他以后不要再回大楼了。"他用眼睛瞅瞅孔文富与洪解放，意思是：

"你们俩党政一把手去做工作，我是做不通了。"

洪解放说道："党的原则是下级服从上级，既然中央有文件，我们即使不愿意也得服从，那也是没办法的事。"

刘德草说道："我们现在不担心张二华生意做砸了吃回头草，担心的是他做生意发了财。我要说的是，像张二华这样的年轻人绝对是少之又少。我要是像张二华这样年轻，我不会这样做的，即使他发了财，我们也不敢跟他学。我真的有点佩服张二华，既然中央有文件，没有理由不放他出去闯闯，栽了跟头也让年轻人长长记性。"

班子成员都表态了，大家将眼光聚向孔文富，该一把手总结了。孔文富看起来在认真听每个人的发言，头脑却不知转到什么地方去了，这个时代不禁让他有点困惑。年轻人想口袋里多几个钱，想富起来，这很正常。问题是党的政策要让一部分人先富起来，县委书记甚至还给先富起来的农民戴大红花。

三十多年前，西河镇有两户农民，到解放时身份却大不相同。一户是地主变贫农，地主因为整天吃喝嫖赌，家里几千亩良田短短十几年工夫，临到解放时都卖光了，根据当时的土改文件，他家被划成了贫农。另一户则是贫农变地主。那是因为贫农一直省吃俭用，苦苦攒钱，临到解放时买了几十亩田，还没来得及高兴、庆贺就被划为地主。前者是潘有志的父亲，后者是孔文富的父亲。

潘有志的父亲抽大烟，把家产败光了，潘有志爷爷给孙子取名"有志"，意思要他不要学他父亲无所作为，没想到，潘有志父亲却因为穷给他带来运气，让潘有志在新社会挺起胸膛做人。

而孔文富的父亲，村里的人都知道他是个苦地主，也没有怎么难为他，只是把田充了公，给他戴上了地主的帽子。苦地主开始也没把地主帽子当回事，心想算自己倒霉，从头再干，凭劳动吃饭，充了公的田还可以再挣回来。他哪知道，他的后半辈子凄凄惨惨，死的时候都没有人敢给他送葬。那时候孔文富真是恨死了父亲："你要买什么地，还有那废纸一张的地契，你留着干什么？你自己作，把儿孙的前途都给毁了。"

难道共产党的政策真的要变？他不敢想下去了。他想这个问题是不是应该跟松涛请教一下，他又觉得这个问题在信中说不清楚，白纸黑字要是留下什么证据就麻烦了，即使是儿媳妇，也不能不防，这个问题以后再说。

见大家都在等自己说话，孔文富不急不慢地说道："田小宝，你敢不敢学张二华？"

田小宝连忙说道："不敢，二华敢说赚钱是硬道理，我只敢说听党的话，做好本职工作是硬道理。"田小宝脑中浮现出前不久与二华见面的情景，当时志强也在，二华说："小宝现在当官了，就好好地做文书吧，到时兄弟们有事还要劳烦小宝，志强你现在走霉运不如跟我一起干，把钱赚足了我们再回来上班。这次上级允许停薪保职绝对是个机会，以后恐怕没有这样的机会了。"志强耷拉着脑袋，这些天他一直没有精气神，说道："即使我想去，我妈也不会让我去的。"

潘有志说道："这就对了，像小宝文书这样的年轻人我们要培养，小宝文书，你的入党申请书到现在还没写。"

孔文富说道："我们确实需要小宝文书这样的人，但年轻人还真应该有张二华这样的闯劲。开会前我给县社韩主任打了电话，知道全县基层社目前只有张二华一人要求停薪保职，韩主任说我们有什么理由不给人家办手续？我这里也同意给他办手续，不过我们要跟他签一份合同。供销社不能是菜园门，想进就进，想出就出。他这次出去，至少要干两年，如果他两年后还要停薪保职，我们继续跟他签合同，两年一签，条件可以根据新的情况写在新合同里。合同还得麻烦德草同志准备一下。"

刘德草说道："没问题，这里还有一件事耽误大家，老王主任家小三子王永兵出事了，老主任昨天下午来找你们几位领导，你们都不在。老主任的状况真的不好，这才退了一年多一点，当年的大胸怀、大嗓门见不到了，现在弓着腰含着胸来请求各位领导，让供销社出一份公函给公安部门帮小三子担保。是我叫他先走了，我说我负责向各位领导汇报。"

王永兵是老王主任43岁那年才得的儿子，在此之前，他已经有了两个女儿，当时大女儿都18岁要嫁人了，老王主任自然把这个儿子宠得不得了，去年总算把他招进供销社，老王主任托人把他安排在城郊基层供销社。刘德草简单陈述了出事经过：小三子与几个懵懂少年在县城一个巷子口遇到一个老者，他们找老者要香烟抽，老者不给，他们就用黑色的雨伞顶着老者的胸，老者无奈从口袋掏出半包东海牌香烟，这时又响起一个声音，让他把口袋的钱掏出来，老者只好把口袋的十几块钱掏给他们。小三子他们几个没走多远，老者报了案，几个小青年就被抓起来。

孔文富感到这事不好办。他知道中央最近强调严厉打击犯罪分子，维

护社会治安，小三子撞到枪口上了。这样的事担保得了吗？可要是拒绝担保，就会在供销社失去民心。孔文富只好说道："小三子不是我们供销社职工，我们担保合适不合适？"

也不知怎么回事，范小亮今天似乎不顺着孔文富，说道："我们担保也不是不可以，小三子一直在我们这边长大的，我们可以证明他非常懂事，从来没有不良举动，我想不通小三子怎么会出这档子事？平时见人嘴甜得很。"

孔文富说道："那就请洪主任辛苦一下，与城郊供销社联系，我们与他们联合出一个担保吧，担保书写好后我看一下。"

几天后，刘德草把拟好的西河供销社与二华的合同及担保书呈给孔主任审阅。孔主任说道："合同你等会儿直接给潘主任把关，我就不看了。担保书的文字多了，三页文字压缩成一页再给我，我不会替你修改。"

当刘德草修改后将一页文稿呈上时，孔文富草草看了一下，又说道："你去把主观的描述换成客观的表达，我们供销社能够担保的只是王小三在西河没有劣迹，我们能担保他的未来吗？"刘德草不以为然，心想："担保书就是一个形式，需要时，写得不好照样管用。不需要时，写得再好也没有人看。"但他还是按主任的意思再一次做了修改。

这份担保书修改了几次才送上去，在王永兵宣判时管了多大用谁也不知道，只知道王永兵被判了10年，为首的那个被枪毙了。洪解放与刘德草都觉得自己在这件事上尽了责任。撞到"严打"的枪口上，只能自认倒霉。

西河供销社果酒厂的机器运回来了，新上任的厂长李胜利到孔主任办公室汇报开张的准备事宜。李胜利从口袋掏出两包江城牌香烟，特别谦恭地递给孔主任，说知道孔主任不抽烟，只是主任在外应酬多，口袋总该装两包好烟。他特别提到林部长——他的表妹，说最近要来西河调研请孔主任吃饭。

关于果酒厂，李胜利说因为培训的人技术没有完全掌握，准备先生产汽水，夏天到了，汽水生意好，只是这个时期生产汽水的厂家多，原料供应有困难。他们已经打听了，石城市生产汽水用的柠檬酸钠原先是由石城焦化厂供应，到了夏天就断货，这个柠檬酸钠的主要成分就是平日所说的二氧化碳，据说酒厂能够供应二氧化碳，他们正在跟酒厂联系。

孔文富忽然想起前不久收到山东寄来的一封信，是他一年前放走的山东鲁南酒厂采购员写来的，内容是鲁南酒厂希望与西河供销社开展业务合作。采购员在一番寒暄之后，提出西河供销社能不能帮助他们酒厂采购山芋干。他看过信，当时对这种业务合作兴趣不大，因为本地产的山芋干量少，但是山芋粉产量多，本地酒厂的"8毛烧"散酒也供应充足。现在听李胜利这么一说，他心想跟山东鲁南酒厂真有可能合作，就说道："如果你们在本地酒厂或附近酒厂买不到汽水原料，可以来找我，我也许能买到。"李胜利听了连忙说："主任真解决了我们的大问题。"

孔文富带着李胜利前往鲁南酒厂。一年前孔文富放走的采购员如今已经做了副厂长，西河供销社要的柠檬酸钠他说没问题，就是不给别人也要给西河供销社，当年要不是孔主任手下留情，他说不定因为投机倒把坐班房了，他请鲁南酒厂的班子成员都来陪孔文富喝酒，给足了孔文富面子。孔文富酒桌上当场拍胸脯表态，酒厂的山芋干供应西河供销社包了。

回到西河，孔文富收到儿子松涛来信。这封信，孔文富看了几遍。

　　父亲大人：儿子已经尊父命给松林写信，请他在感情问题上慎重，做兄弟的只能点到为止，我们代替不了他的选择。儿子不仅没有关心弟弟、妹妹，也没有关心父母，很少写信回来问候父母，还请父母体谅。儿子在北大每天的时间都很紧张，在北大做个老师确实不容易，北大老师谁都活得不轻松。春节我随王琳到山东，她父母对我很满意，说把王琳交给我了。今年春节我们肯定回西河，带她这个丑媳妇拜见公婆。王琳和我一样忙，虽然在一个城市，一星期我俩也只见一次面，平时是各吃各的食堂，各干各的活。

　　父亲提到天命之年希望有所为，这是很了不起的。日常生活中很多人在天命之年，却没有天命的意识。知天命不容易，行天命更难。其实天意就是民意，就是时代发展的大势。命就是使命。知天命便是知道应该做什么与能做什么。今天我们进入改革开放和社会主义现代化建设的年代，每个人都可以想自己的天命在哪。

　　父亲，你现在管一百多人的吃喝拉撒、生老病死，这个责任重大。中国现阶段的国情就是：每个人都是单位人，单位领导把单位所有人的什么事都包下来了，你想不管都不行。父亲进入商界这个选择没有错，无商不活。商人绝对是今后社会活动的中心。不过父亲也要有一个思想准备，改革开放照这样下去，父亲所在的供销社，将来的日子不会好过。

孔文富看到这里，想不通：他们的日子怎么会不好过呢？

高考通知书下来了，没有许荷花的，对此她有这个心理准备，她就读的是三流学校，她又是一个三流学生，虽然与肖志强分手后，她想拼一下，跳出"农门"，考一个哪怕是中专也好，可依然不能如愿。她只好退而求其次，进行第二个计划：她要在西河供销社找一个对象。于是她请求表姨帮忙。

表姨李小俊说道："荷花，你为什么非要在西河找对象呢？说明你还是忘不了肖志强，忘不了你就去找肖志强呀，他与孔松瑶已经吹了。"

"我不会找肖志强，即使我去找，他母亲还是不同意，我就是想让他与他母亲看看，跟我许荷花生活会是个什么样。"

李小俊想起同一个柜组的李建农尚未婚娶，不如尝试做一次红娘。李小俊从西河小学调到供销社，分在生产资料门市部，很快就与成小勇结婚，现在已经有了6个多月的身孕，挺着大肚子上班不太方便，如果撮合成功，她迟到早退便有人遮挡。只是她担心李建农行为有点怪异，不知两人有无缘分。

中午下班，李小俊说早晨买的菜有点重，请建农帮忙送一下。走在路上，李小俊问建农想不想讨老婆，并说："这有什么不好意思，妹子我有个亲戚高中刚毕业，长得如花似玉，要不要给你介绍？"见建农红脸不作声，李小俊心里便有了数，于是便让两人在自己家里见面。事后她问许荷花，感觉怎么样，荷花说："还行，人挺老实。"她问李建农，建农说："她那么漂亮的姑娘能看上我？"

李小俊立即叫成小勇去西岭村告诉李聚财，要他准备上门提亲。成小勇说："你都这么大的肚子，少管别人家闲事。"李小俊说："你去不去？你不去我去。"成小勇说："我去还不行？"李聚财夫妇满心喜欢，没想到儿子到镇里工作时间不长就找到媳妇，心中一直悬着的石头终于落了地，只是对于儿子为什么不亲自来报喜，颇有疑惑。

李聚财赶到镇上一看，果然是天降好事，女孩的脸盘、身段，算得上是百里挑一。儿子的满意写在脸上，老伴的满意挂在嘴上。这边李小俊代表女方家庭提出若干要求，李聚财不敢怠慢，一一记下，预备择个吉日，送聘礼，双方父母见面。李聚财老伴说道："只是亏了我给三子（李建农的昵称，因其在家排行老三）攒的布票，早知道布票作废，我就把布票换鸡蛋了，就怪你，我早说了，现在谁还穿棉布的，不都是涤纶、涤卡，你偏不听。"

李聚财以命令的口吻说："攒的布票放不坏，你不要乱动，说不定什么时候又要布票了，国家的事情说不清楚。"

第十五章 　分 　房

　　刘德草担任单位分房负责人没有一丝丝高兴劲。没房子的想要房子，有房子的想换大一点、位置好一点的房子。要想所有员工分房满意是不可能的，首先是要让领导满意，让领导满意的同时又要避免群众闹事，这需要怎样的智慧？

　　人逢喜事精神爽，这李建农竟然像变了个人，他在秦国富面前郑重宣布：告别象棋、告别单身。他要对不起秦国富了，今后将没有时间做他的忠实听众，他的所有业余时间将全部交给女朋友。看着李建农的改变，秦国富虽然神伤却也为自己的室友高兴。

　　秦国富说道："建农，有件事你必须马上办，以结婚为理由赶紧向单位申请住房。根据我的判断，新盖的20间住房是不够分的。"

　　李建农很有信心："不怕，孔主任、洪主任都答应我爸分房子给我了。"

　　"如果我的预计不错的话，要求分房的人一定不在少数。领导一忙，就会把对你父亲的承诺忘了。你要你的父亲亲自来镇上把这事敲定。"

　　孔文富把分房的任务交给工会，由刘德草负责。刘德草知道造房容易分房难，不花钱的房子谁不想要，他自己也想分一套，目前自己住的毕竟是办公室兼卧室，这已经不符合形势所需了。由自己来分，怎么说也是近水楼台先得月，便在一番推辞后，接受了分房的差事。刘德草首先问孔主任对分房有什么要求，孔文富说："我的要求就是分房方案尽量公平，分过之后不要找我吵，如果说要有倾向性意见，就是我跟洪主任都答应过老代表，辛苦了一辈子，照顾一下，给他儿子一套房子，你们工会要帮他儿子想办法解决许荷花的工作问题，这要成为工会的近期工作任务。"李聚财不仅是西河供销社的老资格，而且孔文富还欠他一个人情。孔文富放走了山东鲁南酒厂的采购员，党支部会议曾对他进行了考核，按照潘有志的意思，是要他预备党员转正延迟半年，李聚财发言说孔主任已经认识到自己的错误，并且也不是有意为之，坚持孔文富按期转正。孔文富一直惦记着这份人情，这次分房子一定不能错过了还人情的机会。

为了确保儿子的婚房，李聚财亲自到镇上摆了一桌，请供销社头头脑脑吃饭，在饭桌上，李聚财老婆甚至还希望领导们关心未来媳妇农村户口的问题，因为这关系到孙子以后的前途。李聚财训斥老婆话多，怎么能什么事都烦领导。

孔文富说道："西河供销社既然关心建农的婚姻问题，也会关心建农媳妇户口的农转非问题，李劳模为供销事业奋斗了一生，李劳模的事就是我们供销社的事，以后供销系统有农转非名额我们一定会考虑的。"说得李聚财一家人甚为感动。

潘有志吃完饭回家发牢骚，孔文富居然还要给李建农的老婆办农转非，而忽视了他这个副主任的老婆也是农业户口，当时他就想发飙，他想难怪李聚财在党员大会上主动拍孔文富马屁。人就是这样现实，可他转念一想："为什么我就不能就此拉李建农到我这边来？李聚财在老年职工那里很有影响力，跟李聚财作对，对自己没什么好处。李建农的婚姻可是我拉的媒保的纤，他李聚财也要感谢我。"

听说新建的宿舍房要分，整个供销社闹腾起来。供销社在50年代建了一栋集体宿舍楼，两人一间。一人要结婚，就把另一人挤走了，集体宿舍逐步演变成住宅楼：一户人家10来个平方，一张双人床，再摆一张吃饭桌，便没有空间了。这次的新房虽只是一室，但据说有20多平方，有人算过连家具都放得下。这样，没房子的人想分，有房子的人也想分。文书田小宝把申请收上来，刘德草一看，提出分房申请的竟有48户，可新房只有

20间，看来问题比自己想象得还要严重。

这些天晚上，工会主席的房间晚上9点钟前就没断过人。蓝花花来过几次都不得不折回去了，她曾经也想改善一下，把12平方米换到26平方米，一看这个架势，知道自己虽顶着个军属的光环也难争到，就不给"她的德草"难堪了，她决定放弃分房的诉求，明年她就可以随军了。

李建农像一个睡醒了的人，听从秦国富的指点，带着他的宝贝象棋，干脆摆在刘德草房间门口的地上，一句话也没有，随便抓一个人下棋。没有人下，他就一个人摆棋谱。

每天晚饭，别人喝酒他不喝酒，吃完用手抹抹嘴，便去刘主席家，这些天刘主席家里热闹，来往的人不断。刘主席喜欢在家自己做饭，他说他胃不好，食堂饭硬。刘主席不怕人家开玩笑说他喜欢吃软饭。如果刘主席出去和人吃饭，李建农就在门口候着，反正他不急，他有象棋，象棋陪他。

这一招是秦国富教的，秦国富要他时刻挺在主席面前，提醒主席别把他忘了。几天下来，李建农心里那点自信在逐渐退却，比比其他要房的人，自己的条件真不占便宜。当初要是跟李萍萍谈恋爱，把结婚证扯了，这次分新房肯定没问题。曾经有人介绍他跟李萍萍谈恋爱，两人去逛县城，因为街头摆棋摊的吸引了他的眼球，结果把李萍萍弄丢了，李萍萍不睬他了，说他心里只有棋，也就一臭棋篓子。

李萍萍不知怎的跟肖志强搭上了，李萍萍应该比肖志强大。前段时间都说肖志强是孔主任的乘龙快婿，前程似锦，不知犯了什么错误，文书当不成了，女婿也做不成了，这才一个月时间，李萍萍居然跟肖志强扯了结婚证。李建农亲眼看见李萍萍牵着肖志强，戴着墨镜，拎着个放唱机，拿结婚证给刘主席过目。这一对时尚男女走到哪儿都引人注目。

李萍萍要的就是这个效果：肖志强已经跟她出双入对，领证后"西河潘安"便属于她李萍萍的了。肖志强被免了职闷在家里不敢出来，只有李萍萍前去安慰他，说不当文书难道日子不过了？李萍萍知道肖志强身上的文艺细胞，团支部活动时听过肖志强引吭高歌，台下一帮女孩子（当然包括李萍萍），知道肖志强是孔松瑶的人，只能羡慕嫉妒恨，没想到孔松瑶甩了肖志强，她李萍萍的机会来了。

肖志强母亲跟李萍萍曾经一个柜组，她有充足的理由串门慰问。她拿来自己新买的三洋放唱机，与肖志强一起欣赏邓丽君的歌，用音乐帮他疗伤。真是天遂人愿，供销社的住宅楼要分，双职工优先。李萍萍请柜组万姐出面说媒。她年龄虽然比肖志强大了三岁，可谁不知道西河"黄沙李"，那是西河第一个凭经营黄沙成就的万元户。再说，不是有句俗话叫：女大三，抱金砖。借分房的东风，两人果然顺利地扯了结婚证。李萍萍甚至自己都难以相信，十天不到的时间竟然真成为"潘安"的妻子。

肖志强这些天终于找到做男人的感觉。李萍萍百般地讨好他，给他抽好烟喝好酒，哄他像哄孩子。在孔松瑶那里他是烟不给抽，酒不让喝，说话声音不许大。每次去孔家总是有许多事等着他，他就是孔松瑶家里免费的小工。他记得最麻烦最难受的事是给松瑶家掏鸡笼粪，每个月，松瑶都要命令他掏一次，鸡屎的气味特别难闻，掏一次鸡笼在外面几天都会有人躲着他，说他身上有股难闻的味。每次掏的时候他想的是母亲说的话：吃得苦中苦，方为人上人。其实吃点皮肉之苦也没什么，关键是精神上压抑，孔家人似乎看不起他。他记得有次他去河里捶衣服，回来时，孔家居然已经开始喝酒吃饭了。松瑶母亲都觉得过意不去，可松瑶还说没关系。离开松瑶，他虽然心里很失望，但也有一种释然感，那是一种鸟归山林的感觉。

刘德草最不想见的是张妈妈，可还是见到了。在刘德草看来，张妈妈不仅蛮横粗俗，而且矫情。上次她孩子工作的事解决了，她说要请他吃饭，结果一根烟、一块糖也没有见着。张妈妈照例带着那张笑比哭还难看的老脸，说："刘主席，你现在权力大，想给谁分房子就给谁房子，我张妈妈又没有钱请你吃饭喝茅台酒，也没有钱给你送礼，可是我儿子张进城，你这次怎么也得分一间房子给他。"刘德草说："你儿子不是说好了明年才上班？"张妈妈说："明年上班不假，可他已经是供销社的人了，你知道他现在住什么地方吗？他住在阁楼，头对着棺材板。我们一家6个人，我跟老张一间房，我那婆婆还与我两个女儿一间房，张进城只好睡阁楼，阁楼上放着他奶奶的棺材。你说我儿子该不该分房子？"说完便要拉着他去看她儿子与棺材睡在一起是不是事实，被好多想分房的同事给拉开了。

镇子就这么点大，丁小林请刘德草喝茅台酒连张妈妈都知道了。丁小林说："我就是冲供销社盖房我才申请从砖瓦厂调过来的。"砖瓦厂烧砖瓦给别人盖房子，可是职工自己没房住，他老婆孩子4口人只好跟父母挤在一起，婆媳之间经常闹得不开心，把他夹在中间左右不是人。他到供销社不要他当果酒厂厂长，要他干车间主任，主任就主任，只要分一间房子就

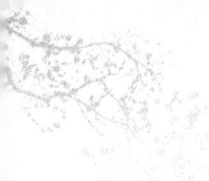

行。那天晚上，7块8毛钱一瓶的茅台酒喝完了，他俩又喝了一斤"8毛烧"。喝得不做主的刘德草，拍胸脯答应帮老同学分一间房子，说分不到房子住他的房子。

就是再增加20间房也不够分。不盖房子时没有谁要房子，房子一盖好一个个都伸手要房子。没有房子的要分房子；有小房子的要扩大面积，改善条件。一个比一个困难，谁都有理由。住在生产资料门市部里的，说里面的农药氨水味道重；住在废品收购门市部里的，说废品气味不好闻。这些话过去都没有人说，要分房了，问题全出来了。

在分配的时候，有些人是不得不首先考虑的。比如孔松月，她提出了申请。她老公王老三在食品站有一间半房子，可是她说那是食品站的房子，她要是跟王老三离婚，总不能没地方住。孔松林也提出申请，他马上要结婚。这要解决孔松林，潘主任的公子是与他一起从部队回来的，现在又一起给供销社开车，能不一道解决房子问题吗？

分房方案公布了。入住20间房子的家庭定了第二天上午到工会摸阄，确定住的楼层与房间。20户代表齐刷刷来了，不知谁说道，袁中青昨晚已经把一楼靠路口的一间房门锁撬了搬进去，这间房阄摸不成了。刘德草派人看了果然如此，立即把情况向孔主任报告。孔主任说："你把袁中青给我叫到办公室来。"刘德草安排人去叫，去的人回来说袁中青不来。孔文富大怒道："不来，就把他的东西从房里扔出去，抢房风气一定不能助长。"

孔文富昨天好不容易又哄又吓把张进城老妈那个辣货降伏，哄她说等她儿子上班后让他晚上看库房，这可是一个好差事，既解决了睡觉问题，还有加班费拿，吓她要是再吵着要房子，就到县社取消她儿子顶职的资格。降伏张妈，洪解放、刘德草都来夸孔文富的水平高，让孔文富好生得意，不想袁中青又出来捣乱。

吴红英出现在办公室门前："我看谁敢扔我的东西。孔主任，我为什么抢房？该分给我却分不到，我当然要抢。工会欺负我家袁中青老实。他1973年就进了供销社，是这帮年轻人当中最早进供销社的，你们说优先照顾双职工，肖志强、李萍萍才拿证就能分房子，我们不也是双职工？刘主席说我是知青待业，不能算双职工。我为什么就不是双职工，我不是给供销社上班难道是给国民党上班？凭什么我们去年结婚没有考虑，李建农今年结婚就分房子，刘主席说李建农是领导提出特殊照顾的，为什么要特殊照顾李建农？我就不服。还有孔会计她们在我们后面进供销社，都有资格住新房，凭什么我们住不上，到县里，到省里，我都敢与你们评评理。"

孔文富打量眼前这个俏丽的少妇，在他面前竟一点不怯场，要是松林娶了她，肯定驾驭不了，所幸自己坚决拆散了他们。红英说的话并非没有道理，要真的把她的东西给扔了，只怕难以收场。分房子的事情要想所有的东西都能上台面，那他这个主任就白当了。但房子必须马上分掉，不然袁中青、吴红英的示范效应就会产生，孔文富便对刘德草说："你赶紧去主持剩下的19间房子的摸阄，摸完了都赶紧搬进去，免得夜长梦多。让李建农等一下，房子分完后我们再来研究这件事怎么处理。"

刘德草去主持摸阄，孔文富示意吴红英坐下，说道："小吴，你擅自抢房子是严重的错误，你跟其他双职工有区别，你们这一批招工只能算供销社的内部粮票，你不要有意见，政策就是这样定的。考虑到这半年多来，你一直在支持组织，工作也很有成绩，因此就不让你搬出来了，但你也要给组织面子，你回去写一个书面检查，到时张贴给员工看看。"

吴红英想只要不搬出来，检查就检查吧。刘德草主持完摸阄，回到孔文富办公室，他后面跟着的是胆怯的李建农。孔文富说道："小吴，把你以前家的钥匙给建农。建农，小吴以前的房子虽然小一点，新婚夫妻住也行，多少对夫妻不都是在这样的房子里住过来的。明年我再来盖。刘主席，我有一个想法，主任会上我们再议，那就是制定一个土政策：凡是可以享受分房而主动放弃的，每个月补助5块钱工资。让那些支持我们分房的人得到好处，减少分房的压力与矛盾。"李建农只好拿了吴红英家里的钥匙低着头走了。刘德草连声称赞说主任的这个政策好。

在这场分房闹剧中，张二华很淡定。她母亲埋怨说，要是不下去搞承包兴许能分到房子，新房子分不到，老房子总可以。二华说老房子也摊不上，文书田小宝都只能一边看。分房让他看到人性有时很丑陋，不敢与领导斗，领导分的房子谁也没有意见，同事之间为分一间房子竟然暗箭伤人，这样分到手有什么意思。他甚至想将来赚了钱，自己盖房不要单位的房。他现在吃住都在草屋店，除了到镇上进货顺便看一下父母，三个月来他便蜗居在这70个平方的空间里，单身一人接待来来往往的顾客。

他在批发部进货时见到李萍萍，说道："萍姐，要请我喝酒了吧。你看你们多潇洒，上班还可以谈恋爱。"

"我上厕所，顺便看看强子，我怕他一个人在库房里孤单。"

"看看，多么恩爱。这人与人之间怎么这样大的差距呢。强子要是孤单，我的草屋店你就没有词可以形容，晚上连狗叫声你都听不到。"

强子问他为什么不养只狗，也可以陪陪他。他说养狗可能会吓到买东西的人。强子问他有没有去看他叔，他说已经看过了，批发部他现在是趟着走了，经理是他叔，库管是他同学。

"不过，有什么好东西，你可第一个要想着我，不能指望我叔，我叔他们这一代人古板。"他脑中响起他叔的话："二华，你把酒拿回去给你爸喝，我不吃你这套，在我这里，该你有的你有，不该你有的，你也不要给你叔添麻烦。"

让他欣慰的是，三个月下来，经盘点，赚了411元3角。这是他三个月没有一天休息，并且早晨7点钟开门，晚上9点钟关门的经营业绩。这意味着他每个月的平均收入是137元1角，是在供销社上班的6倍还多，这才是开始，以后会赚得更多。三年成为万元户也不是没有可能，他感觉心中有了目标，虽然辛苦只要能赚钱，值。他现在想的是找一个人帮他站店，他不能每天只在店里守着。

前天一个路过的客人到他店里买烟，客人两鬓斑白、满脸疲惫。冬天日短，不到5点钟这天就要黑了。他问客人是否进山里去，客人说正是，只怪县城到西河的班车途中抛锚，耽误了时间，下车后才走到这里。他说："老伯，晚上山路不好走，不如在店里吃个便饭，歇歇脚，明日一早动身进山去。"

老伯说："这怎么好意思打扰。"二华说："我这也没有菜，这段时间没有生意，就当是陪陪我说说话。"二华蒸了两个鸡蛋，炒了一盘花生米，鸡蛋与花生米都是村民到店里兑换商品带来的。他从酒缸里舀了碗酒，两人便开始喝酒交谈。老伯是县城人，去年给孩子顶职后，因为家里孩子多，负担重，就在自家门口开个杂货店，这次是进山收购扫帚。老伯问上次经过草屋店怎么没有看见他。他说他这店才开三个月，停薪保职到这里承包的。老伯夸他有志气，问能不能帮他收购扫帚，送到县城。二华内心盘算老伯所给的佣金，这笔业务可能一年就有一百多元的收益，他表示可以试试看。

二华软硬兼施都不能让小弟小华来站店，小弟说他才不想做一名商人，工农兵学商，商排在最后，他要考大学，做一个科学家，他看不上眼前的蝇头小利，看不起商人。他打了小弟一巴掌，说："你别忘了你父亲、你爷爷、你祖宗都是商人。"母亲拉开了兄弟俩，答应帮他站店，父亲说："烧锅的，你去看店，我和小华在家怎么办？"二华忙说母亲只是临时帮忙，如果店里业务好，他就会专门请人站店。

这里是通向山里的路口，如果他把山里与城里、镇里联系起来，势必有更多的收益。二华已经想好了，除了小店正常营业外，他还要开启收购药材的业务。

县联社来电话要孔文富立即赶到县城。文书田小宝让他去叫"双排座"，孔文富说他就坐车站的班车，他想借机会看看乔启萍，想她了，"双排座"驾驶员在县城，他感觉不方便。联社主任老韩见了他，笑着说道："这次你要露脸了。省供销社主任指定要在西河开一个全省基层供销社的商办企业现场经验交流会。"不曾想，孔文富听后一口拒绝，说："韩主任，你不要折腾西河了吧，西河几斤几两你还不清楚？"

老韩变了脸，说："老孔你不要提不起，县委常委开过会了，指示这个会一定要开好，到时县委书记、县长都要到会。"孔文富顿时觉得头皮发麻，省领导、行署领导、县领导都来了，这接待费不在少数，商办企业一年的利润贴进去可能都不够。老韩猜透了孔文富的心思，说道："老孔，你不能只算经济账，不算政治账。算经济账也不能只算你西河的经济账，不算全省供销社的经济账。"

孔文富说道："我是西河供销社主任，当然我只能算西河供销社的账。要不我跟县联社合办，县社出一部分钱，再出两个人，帮我准备会议材料。"老韩说："你老孔不知道县联社是个穷庙？罢了，县联社豁出去支持你1000块会议经费，再让政工组派个人，我算服了你老孔，现场会赢家是你老孔，到时候全省谁不知道你老孔鼎鼎大名，我们县社到时恐怕主席台都上不了，只能是做嫁衣裳的无名英雄。"

孔文富从县联社出来后，来到城东的一个小饭馆坐下等乔启萍。他在联社办公室用电话跟乔启萍约了在这里。孔文富点了个鱼头火锅，心中的欲望已经像炉子中的火一样熊熊燃烧。乔启萍离开西河一个多月了，两人一直没有见面，乔启萍不再是他的下属，他也不再是乔启萍的领导，两人只是一种简单的两性关系。火锅烧开了，启萍还没到，这对他的自信有所影响，启萍是否不来了？让那姓季的色鬼收编了？事实证明他错了，熟悉的笑靥已经出现在他的面前。"等急了吧，想等天稍微黑一点再过来，不比西河，一把手罩着你，什么事不用担心，到县城来了不能不注意形象。"

"我在担心启萍你有事来不了。"

"怎么会呢？什么事也没有孔主任事大"。

"现在不再是你的孔主任了"。

"永远是我的孔主任，永远是我的男人。"

"启萍说笑了，我50都过了，怕做不了你永远的男人"。

"主任，我当初做你的女人，不是因为你是主任，是因为躺在你魁梧的胸膛特别让人着迷。说你不要骄傲，你现在跟嫂子离婚，找一个黄花大闺女都不难。"

"启萍你这样说我晚上要多喝两杯酒，多吃两碗饭。"

"酒也不要多喝，饭也不要多吃，晚上我这儿有东西喂饱你。"

两人会心地一笑，于是吃饭喝酒也都加快了速度，为的是转移战场。他俩来到乔启萍在县城的住所，很快便赤裸地缠绕在一起。孔文富因为启萍的鼓励，特别地卖力，不久就使下面的女人畅快地小声哼起来。

完事后，启萍说道："文富，你还是这样威猛。"

孔文富起床，两人靠在床上说说话。乔启萍说道："我说你对周晓兰太软不拉几，这个泼妇现在还是经理吧？"

孔文富说道："你总得给我一点时间，找机会替你出这口气。"

"你可别让我等得太久了，文富，你看我这间出租屋条件是不是太简陋了，我能不能买些东西布置一下，发票在你们那里报？下次来你住的也舒服些。"孔文富皱了一下眉，说道："买吧，只是不要买得太多。"

启萍说道："文富，我又想要了。"

可孔文富下面的玩意却怎么也不听使唤，孔文富想是不是下午老韩讲开现场会坏了自己情绪，嘴上说道："对不起，也许我真的老了。"

"怎么会呢，可能刚才太累了。"两人便躺下来说话，不一会儿孔文富就开始打鼾，乔启萍看看，虽然时间还早，也只好睡下了。

第十六章　西河经验

允许改革失败，但不允许不改革。不换脑袋就换人。

省里要在西河开现场会，潘有志听了想，这以后孔文富尾巴还不翘到天上，但也没有办法阻止他翘。洪解放说："组织上要在这开，我们肯定要把它开好，老孔，你说我们怎么做，我们就怎么做。"范小亮想：我们也没有什么大的成绩，省里是怎么知道西河的，就凭田小宝的那篇报道？田小宝在省报的那篇通讯稿发表，孔文富还批评他，说要少说多做，不要一件事情没做出来，就吹出去了。这话把欣喜若狂的田小宝给打蔫儿了。

刘德草说："开现场会未尝不是一件好事，我们可以借这个机会，得到镇上更多的支持。现在汽水厂在山泉村取水，一直跟村民有些冲突，何不借开会让镇上明确供销社可以无偿在山泉村取水。"

孔文富吩咐刘德草召集草帽厂、汽水厂领导开会，了解一些情况，准备明天与他一道去镇上汇报，接着又指示田小宝开始着手准备会议材料，并告诉他县社政工科的电话号码，要他与县社刘科长联系，据说县社要派人来指导西河总结经验。田小宝喏喏地应着，说："主任放心，我一定办好。"

刘德草立马去找两个厂的领导。进厂一看，刘德草发火了，虽然他以前一直没有发过火。草帽厂、汽水厂两个厂的头头脑脑居然都在办公室打麻将。汽水厂在会计室打，草帽厂干脆在厂长室支起摊子，办公室里烟雾腾腾吆五喝六，一点形象都没有。刘德草自己不打麻将，也最恨别人打麻将。虽然是年底，没有活干，总不能大白天赌博。看到刘德草进门，丁小林笑着说："老同学，不，领导，没有事做，小麻将，大家联络联络感情。说吧，领导有什么事布置？"

刘德草的火显然没有熄："没有事，不可以组织大家学习学习？马上全省都要来我们西河学习商办厂的经验，总不能来了让他们学习打麻将的经验吧？"领导的话总是对的，谁都不作声了。刘德草发完火，便要两个厂的管理人员聚在汽水厂厂长室开会。刘德草通报了省里在明年春天要到这里开现场经验交流会的事情，"经验不要你们总结，自有县里和我们供销社秀才做这件事。你们要做的就是争取得到镇上更多的支持，让我们商办厂办得更好。"

丁小林立即接话道："领导说得对，我们要抓住这次发展的机会。除了要镇里支持外，我想是不是给我们厂的汽水起个响亮的名字，现场交流会一开，很多地方都要来定货，现在'西河汽水'的牌子太普通了。另外，最好还能上一到两台机器。"

李胜利心里不舒服："我厂长还没开口，你一个车间主任抢着说什么，比我还会拍马屁？"他润润嗓子说道："镇里不给厂里添麻烦，我们就已经烧高香了。现在正是十七八岁的年轻人进入劳动岗位的时候，镇上没有年轻人上岗的岗位，我们厂子一开，写条子打招呼都要求进来，进来后，都是公主大爷，谁也管不了谁也不敢管。"

草帽厂蒯厂长也有同感，只是他更强调能不能借这次机会改善工作环境。现在的工作环境太恶劣了，夏天只能穿全身衣服，因为有蚊虫叮咬，又不能点蚊香。硫磺熏草帽，没有任何保护装置，为此，汽水厂经常发生爆炸。

丁小林看到刘德草眉头有点紧，感到话题离老同学规定的渐行渐远，立即说道："我们自己的事还是以后再说，这有一个向镇里反映的问题，我看就是镇里以后农转非的户口指标多照顾我们商办厂。"他听人说孔主任答应农转非的指标给李建农老婆，他自己是农业户口，刘德草老婆也是农业户口。没想到刘德草不以为然，他当文书起到现在一个农转非的指标也没见过，不知谁传出来的，说可能要下农转非指标给单位。即使有指标，洪主任老婆是农业户口，潘主任老婆也是农业户口，他排第三位，怎么也排不到汽水厂。他嘴上却说："好，再看看有什么可以向上反映的。"

腊月二十八，孔文富在北大教书的儿子带上儿媳回来了，这让孔家今年春节的年味更浓了。孔文富说道："小冯，没有派车接你们，年底实在太忙了。"

松涛说道："爸，没事的，我跟薇薇这不回来了吗？"

松瑶说道："爸，你没听说'有权不用，过期作废'？"

王老三很喜欢大舅哥给自己买的烟斗，倒不是小冯说它能够过滤什么尼古丁，而是电视剧《上海滩》黑社会老大拿的就是这玩意，他在赌场上拿着它一定很有型。新媳妇给两个姑子买的是皮鞋，松瑶是红色的，黑色的是松月的。松月说："这么高的跟我能不能穿？"

松瑶穿上新鞋子不想脱了，她妈要她过年再穿，松瑶说我又不是小孩子了，为什么非得过年穿。家里每个人都有礼品，新媳妇给婆婆的礼品是一件毛线衣，只是这件毛线衣仍是半成品。"去年春节我就开始打了，就是抽不出时间，春节这几天我来赶，要再赶不出来，姐，你到时就帮我一下。"

"你也不要赶了，过年休息休息，让松涛带你去玩玩，毛衣交给姐。"

松瑶说道："哥、嫂，明天你们去西山，那里风景好，还曾经是新四军的军部，叫爸找文化站蒯站长借一部相机。蒯站长那部120相机，平时看得像宝贝一样，只有爸才能借到。"松瑶上次跟肖志强去西山玩，也是求爸爸借的。她多次提出要爸爸单位买一部相机，可爸爸就是不同意。这时母亲过来说："我要你爸爸吃过晚饭就去借。"并拿出一个红包，说道："小冯，你们去年结婚，讲新式婚礼，我和你爸也没去，这个红包是我和你爸给你们的。"

松涛见妻子推辞，忙收下红包说："这个必须要的，谢谢妈和爸。"

松涛与妻子晚上睡在松林分的新房里。松林的新房自己还没住进去。松涛指着新的松软棉絮对妻子说："在我们这里，新房是不让别的夫妻住的，这是父母与松林看你的面子，对你特别的照顾，把我们家最好的房间给你这个尊贵的客人休息。"冯薇说："我不是你们家尊贵的客人还有谁是？你有没有觉得新房的油漆味有点重，还是去找个宾馆住吧。"松涛说："你以为这是北京？这里是西河，这里只有一个供销社的饭店，条件差得不能再差。我去把窗子打开，出去走一走，待会儿再来睡觉。"

第二天母亲问冯薇休息得怎么样，冯薇笑着说："棉被暖和，休息得很好，谢谢妈。"母亲递过相机，说："你爸爸昨晚借了相机，一早便上班了，松瑶、松林也上班走了。"松涛夫妻俩吃过早饭，背着相机，路过香樟树下，冬日的阳光透过树冠，松涛说道："景色不错，我给你在这里照张相。"冯薇摆了几个造型，拍完照，两人步行往西山方向走去。下午，天上飘起了小雪花，不一会儿，雪花竟越来越大，松瑶下班回家，母亲说道："松瑶，你要不要拿伞去接一下你嫂子他们。"

松瑶刚出门，便撞见哥嫂。松瑶问道："哥，你们这是找谁借的伞？"松涛说道："遇见了你的同学张二华，这是他的伞。"进门后，冯薇内急方便去了，松涛说道："你们这个同学不简单，他一个人在西山那里开个店，将来一定能做大事。我家松瑶介绍给别人了，要不哥哥真的想给小妹拉拉这个姻缘。"

"哥，你说什么呢？"

"好，好，哥不说。"

三十的年饭在爆竹声中开始了。

吃过年夜饭，孔文富要与儿子松涛谈谈心。这段时间他一直在为现场经验交流会烦恼。他已经知道潘有志私下鼓捣人反对用集体的钱办会，据说反对者已经把状告到副镇长汪小满那里，说有的人用集体的钱为个人沽名钓誉。供销社集体的钱可不能用在招待上，他们要监事会主任兑现承诺为集体把好关。反对者的反对他倒不怕，难道汪小满敢抵制县常委会的决定？他也不想沽名钓誉，他内心里其实也不愿花这笔钱，一年商办厂赚的就那么几个小钱，凭什么就这样花了？

松涛听完父亲的介绍，问道："父亲，你可曾想过为什么凭借田小宝一篇省报的通讯稿，省里就很快决定要在西河开现场会。那是因为省供销社领导已经敏锐地察觉基层供销社的生存环境可能会恶化，希望通过这样的现场会，增强基层供销社的自救意识及培养他们的自救能力。"

松涛见父亲神情严肃，继续说道："我昨天看到松瑶的同学，你们的职工张二华承包了一个小店，不是承包，而是买断。这是不是一个信号，谁都可以开店了？以前基层供销社的日子好过，那是因为独家经营，吃独食，如果还是这碗饭，有好多人分食，你们还能吃得饱、吃得好吗？中央82年一号文件、83年一号文件都在规划农村承包责任制之后，又特别强调搞活流通体制。虽然现在你们是主渠道，个体商户目前还很难对你们有什么影响与冲击，但五年、十年后，会有更多的个体户参与对你们供销社的围剿，那个时候你们还能不能成为主渠道，能不能竞争过其他渠道？因此，这场现场经验交流会的主题就是自救。你们的经验就是通过商办厂的形式，生产适销对路的产品达到自救。虽然你们办商办厂的最初动机只是因为职工子女就业的压力大，但现在你们把认识必须调整到这方面来。"

"办会要用钱，能不能想点其他办法以会养会。过去是所有的商品都不能满足日常生活需要，那时候厂家是大爷。现在，有部分产品开始剩余，有剩余就要想点子对外销，厂家成了孙子。据我所知，江浙一带有些厂家已经开始想办法为自己的产品拓展销路办展销会，我们不妨找几个厂家到西河来展销，让他们为现场会赞助。"

孔文富立即想起在石城参加展销会时那个箱包推销员恳求他购销箱包的神情，自言自语道："以会养会，这种方法行吗？"

"不妨试试，也许行。反正他们也不会找你要钱，是把钱给你。"孔文富看看儿子，这个中文系的大学生也会做生意。

孔文富把找钱的思路与找钱的要求跟范小亮说了，交代他去外面化缘筹钱办会。春节范小亮到林翠翠家拜年，通报自己党票已经拿到手，林翠翠立即鼓励并说："这次全省在你们这里开现场交流会，县委领导肯定会来，你要多多表现，才会得到领导与组织部门的认可，争取更大的进步。"

范小亮心知肚明"进步"的意思，立即去孔主任那里请缨，要为交流会多做一些工作。范小亮根据孔主任提供的号码用电话跟山东的酒厂和浙江的箱包厂联系，跟对方有关负责人一说，均很爽快答应愿出500元赞助会议。没有想到这么顺利，范小亮有点后悔，要是提出让他们出1000元恐怕也行。

还有1000元的指标没有落实，他想起造纸厂，上次他们给邻省调剂了一车草纸，厂长兴奋得很，说他们的仓库积压了好多这种草纸，在销售计划面前明显吃不饱。他承诺厂长，只要愿出1000元赞助会议，西河也许就能帮他销售这些积压的草纸。没想到厂长不但愿出赞助费，还暗示销掉草纸有好处费拿。

会议材料这是田小宝第三次大的修改了。在田小宝看来，省社领导看中的是他的通讯报道，才到西河开现场经验交流会。春节期间，他多次在亲友间表达了他的这一骄傲。因此他要把通讯报道的主题定为这次交流会

的主题，那就是：西河供销社领导重视职工子女就业，关心群众生活。为了现场会，县社的笔杆子来了，甚至行署供销社的笔杆子也来了，都说来帮助他这个基层社的笔杆子提炼会议主题。

县社的笔杆子眼里流露出对他的鄙夷，说会议典型材料与通讯报道不是一回事。批评他的会议主题时代感不强，说应该把坚持四项基本原则、反对资产阶级自由化作为交流会主题。田小宝心想这个会议主题也太大了吧，一个小小基层供销社在全省交流怎样坚持四项基本原则，有点搞笑吧。不过，他不敢说。

潘主任说，县社领导的眼光就是不一样，看问题一下子就看到根本，西河经验集中到一点就是：坚持党的领导。孔主任当时要求田小宝按照县社领导意见修改会议材料。

可春节一过，行署供销社笔杆子来了，说乱弹琴，经济领域搞什么反对资产阶级自由化，西河的经验归纳成了一句话，那就是：服务农民，培养基层供销社找食的本领。陪他来的县社笔杆子在旁边面无表情、一言不发。这意味着春节前所有的劳动都白费了，田小宝心里煞是着急，眼睛瞅向孔主任，孔主任依然是简洁的语言："按行署领导的指示修改好材料。"多年的从政经验告诉他，跟上级部门领导是没有讨价的可能的。

交流会前半个月，省社政工处的处长在县社领导陪同下，代表省社来检查会议准备情况，西河供销社中数田小宝最为紧张。因为会议材料昨天才印好，还没来得及送县社检查。这是省社领导第一次莅临西河，孔文富指示各个门市部及草帽厂、汽水厂打扫卫生，上班时不许迟到，防止省社领导突击检查。事实证明孔文富多虑了，处长也就在办公室听了一下汇报并看了材料，他一直没有说话，烟也不抽，让办公室气氛显得非常凝重。

处长终于发话了："西河材料整理得不错，符合省社领导原来的思想精神，只是形势有所变化，又有新的要求，材料还要做大的修改。"田小宝最怕听这句话，因为这些天的会议材料准备已经让他筋疲力尽，处长一说，他又得把文稿推倒重来，想到这里他头皮子发麻。

只听处长仍在说道："根据总社领导与省委领导的要求，基层供销社要在今年全面启动改革，省委领导强调，允许改革失败，不允许不改革。因此西河的全省基层供销社现场经验交流会的主题只能是改革。西河已经有了改革的经验，比如西河的进货体制已经从驻城代表负责制改为驻城代表与柜台实物负责人共同负责制。西河的分配制度已经开始尝试计件制，尝试在奖金上有所差别等。现在离会期还有半个月时间，我相信西河基层社的领导与群众一定能够创造并总结出改革的新经验，尤其是柜组承包方面的新经验。"

送走了处长，孔文富立即召开会议商讨柜组承包的事。刘德草说道："农村里搞承包农民欢迎，供销社要搞承包，员工们不一定欢迎。田分给农民容易，大楼门市部怎么分？生产资料门市部怎么分？我们商办厂怎么分？"

范小亮说道："按省领导说的商办厂的计件制就是承包的一种形式。我们已经走在改革的路上，只是柜组承包确实有点麻烦，因为有的柜组货好卖，比如布料，因为一匹布要占用很多资金，现在还没有个体户经营布料。有的货不好卖，比如日杂，现在个体户摊子大部分都在经营日杂，本钱小、进货容易，老百姓买这些货都图个方便，所以我们日杂货就卖不动。柜组承包大家肯定都不想在日杂柜组。"

洪解放说道："改革是国家大势，每个人都要服从，不能由着个人挑肥拣瘦。"

孔文富问潘有志："老潘，你有什么想法？"潘有志答道："我没有意见，我支持改革。"

孔文富说道："这几年来一直在说改革，终于改到供销社了。去年张二华停薪保职，就是他觉得在供销社干得没有劲，干好干坏一个样，干多干少一个样。所以供销社需要改革，可改革又很难。现在省社马上就要我们先行一步，创造并总结改革的经验。我看我们就把大楼门市部的日杂柜组作为柜组承包的试点，取得经验后再向其他柜组推广。其他门市部与柜组暂时不动。老潘与老洪这段时间做日杂柜组承包的组织及思想工作。田小宝按照省社领导的指示以及日杂柜组承包的情况，修改好会议的发言材料。"

下午下班前，万建梅来到孔文富办公室，要求调离日杂柜组。她说日杂柜组要作为改革的试点她做不下来。她小孩才一岁多一点，另外她还兼着供销社的团支部书记，于公于私她都没有精力承包日杂柜组，日杂柜组是改革的试点，如果被她做砸了，她觉得对不起组织。她甚至说了一句暧昧的话：如果孔主任调她去新华书店门市部，孔主任以后想叫她干什么，她就干什么。说完后暧昧地嘟了嘟芳唇。

孔文富叫万建梅先走，他与洪主任商量一下。洪解放正准备下班，孔

159

文富说道："洪主任，还要耽误一下你时间。日杂柜组承包人你有没有想过由谁来担任？这关系到我们这次改革的第一步能不能走好。"

洪解放问道："孔主任考虑由谁来担任日杂柜组的承包人呢？"

孔文富说道："我思来想去，日杂柜组的承包人由大楼门市部副经理周晓兰担任，她是一个组织同志，干事又很认真，这次柜组承包只能成功，不能失败，要创造改革的经验，日杂柜组的承包人非她莫属。万建梅太嫩生了。"

洪解放说道："孔主任考虑得有道理，只怕周晓兰不干，不要紧，我去找她，一个组织同志要服从组织的安排。"

周晓兰果然不干，并在孔文富办公室前吼起来："孔文富，你想报复老子，老子赶走了你的相好，老子也能废了你，大不了同归于尽。"

洪解放发火了："小周，你太不像话了，你看你现在哪像一个共产党员。你要再闹下去，我要处分你。"

"你处分好了，我不干了。"周晓兰扭头便跑了。

孔文富说道："老洪，你打电话给周晓兰父亲，请周局长帮忙做一下工作，说明请周晓兰带头承包，不是有人在报复她，而是组织在培养她、考验她。你明天再去找周晓兰，跟她说，承包得好，想继续干就干，不想干了，一年就把她换下来。另外，我想给承包的几个同志吃一颗定心丸：70%的工资保底，在销售任务完成方面，要尽可能的低，确保他们能完成任务，拿到那30%的浮动工资，消除他们的抵触情绪。如果这样他们还是不愿承包，就把这几个人给挂起来。"

洪解放说道："老孔，改革真难，有你这样的考虑我看行，我去做。"

西河供销社的承包改革第一步就在这"哄"与"吓"中开始了。

全省供销系统西河改革现场经验交流会终于召开。省社王主任在会议上总结道："西河现场会开得很成功，西河的经验集中为四点：一是西河通过商办厂，立足农村，服务农民，生产适销对路产品，培养了找食吃的本领，而且为改革创造了良好的内部条件，西河供销社职工家属16岁以上的都解决了工作，职工们怎么能不支持改革呢；二是西河的柜组承包以及计件工资等创造出许多改革的形式；三是西河重视职工的改革承受力，想办法消除改革的阻力；四是西河也重视给职工施加改革的压力，对那些不愿改革，工作又做不通的，把他们挂起来，这也很重要。希望通过这次西河经验的学习，全省基层社的改革有一个新的局面。另外，我还要强调西河这次办会也得出一个经验，那就是社会的支持。西河在走向市场方面，已经为基层供销社工作的同志提供了很好的示范。让我最后说一句：全省的基层供销社向西河同行学习。"

西河现场会结束，行署即在江城召开了全地区的基层供销社主任会议，部署基层供销社改革工作。孔文富参加了会议，并且被安排在会上做发言，他现在已经是基层供销社改革的名人了。

西河这边，在洪解放的请求下，党支部决定改选，他要把党支部书记的担子交给孔文富。这件事，洪解放跟孔文富早就说过，"孔主任你来供销社时预备党员没转正，我只能给你暂时代理。"孔文富党员转正后，孔文富总说不急，在孔文富看来，洪解放任书记对他的工作并没有影响。可洪解放却觉得不顺，不仅仅是其他基层社都是主任兼书记，更主要的是他洪解放凡事不愿意拿主意，特别是眼瞅着基层社要改革，以后的矛盾肯定多，孔文富办法多，因此支部改选的事他一天也不想等了。

说好了，行署会议昨天结束，孔文富今天下午应该赶回西河，参加支部大会。13个党员除孔文富外，都在会议室候着，会议室外下着雨，屋檐下滴滴答答，大家等得都有点急。刘德草说："恐怕孔主任今天回不来了，再换一个时间吧。"

潘有志说道："我觉得不需要换时间，不就是选老孔当书记吗，我们选他就是，他一个人不来，不影响选举的有效性。"洪解放想想潘有志说的也是，就让大家把票投了。票一统计：洪解放与孔文富都是10票，刘德草6票，潘有志2票，其他人有一票、两票的。这样孔文富、洪解放、刘德草组成新的支部委员会。

等孔文富赶到办公室时，支部大会已经散了，孔文富解释车抛锚，耽误了时间。在接下来的支委会会议上，孔文富无悬念地被推举为党支部书记。当洪解放把西河党支部的红印递给孔文富时，他虽然无所谓书记这个职务，头脑里还有一个念头闪过：现在他是党政一把手，西河供销社就一个太阳了。

这一个太阳有一个太阳的难处，以前有些事情他不想做、不愿做，他还可以往洪解放身上推。现在，他推不掉了。县社召开基层社主任会议，摊派管理费。老韩说道："你们基层社主任都在叫改革难，说改革是砸员工的铁饭碗，你们看县社目前的改革不也是在砸自己的饭碗，国家从此后不再给我们发工资了，你们基层社成了我们的衣食父母。老孔，西河现在是全县13个基层社中最大的社，财大气粗，你的态度至关紧要。"

孔文富以前遇到这样的难题，还可以推到支部，说回去向支部汇报看怎么解决。现在他就是支部书记，再推在别人眼里便是矫情。他只好表态："该摊多少我们保证一分不少，只是商办厂的经营收入不能纳入正常经营的全年盘子中，商办厂好一年差一年，说不准。"老韩也爽气："行，管理费上缴基数不考虑商办厂的收入。"

县社这边工作一结束，孔文富便与乔启萍联系。两人好长时间没有联络了。电话那头，乔启萍居然说晚上没空。他的第一个念头是：他俩可能结束了。他在寻找原因：乔启萍要报销的沙发等家具发票，他也签字给报了，可能是有一次乔启萍来电话，他正忙着，说话不太好听，他要她不要没事就打电话到办公室来，注意影响。这以后果然没有她的电话了，看来她是生气了，不愿做他呼之即来挥之即去的女人。

前段时间万建梅提出共青团支部办一个交谊舞培训班被他否决了，说乡镇跳这种舞不适合，不要把家庭跳散了。他听说乔启萍热衷学跳交际舞，一男一女搂在一起，结果乔启萍丈夫闹着与她离婚。万建梅说办班就算了，可是孔书记要学，她可以单独教他，说孔书记现在外面会多应酬多，不学交际舞在外面不好开展工作。他在外面开会、应酬确实有很多场合需要交际舞，可他内心里总觉得，一个基层社主任学跳交际舞还是不大适合。他想想觉得也可以理解乔启萍，像乔启萍这样的女人，你不去滋润她，还不许她自己去找滋润吗？她总是会离自己而去的，只不过时间的早迟而已。想通了，他就一个人在县城旅社休息了一晚，第二天赶早班车回了西河。

无商不活，无工不富，既商又工，供销社的日子才好过，孔文富的大会发言已经被作为经典名言流传在淮江两岸。孔文富在会议结束后召开班子会议，说道："全省学习西河经验，西河怎么办？"他表示要在近期把大米加工厂、印刷厂等一些商办厂成立起来，他今后的工作重点也要偏移到商办厂这边来。

第十七章　靠山吃山，靠水吃水

　　靠山吃山，靠水吃水。二华有县批发部核价单，无镇供销社
的核价单，被罚款100元，花钱消灾，他认了。

　　洪解放下班骑车路过蒯玲玲缝纫店时，被蒯玲玲叫住。洪解放说道：
"以后别叫我洪书记，孔主任是书记了，你叫我老洪或者洪解放吧。"

　　"我叫你洪哥好吗？"

　　"洪哥就洪哥吧。"

　　"洪哥，告诉你，你女儿学军谈男朋友呢。前几天她和男朋友在我
门口溜马路，她男朋友一会儿把她抱着一会儿背着，让别人看见都不好意
思。"

　　在洪解放眼里，女儿就是一个大不怕小不怯的毛丫头，上班才几个
月，居然在自己眼皮底下谈恋爱。第二天上班，他把汽水厂厂长李胜利叫
到办公室，问起女儿的情况。

　　李胜利答道："学军不错，年龄虽然不大，做事不差。"这一点他知
道，女儿去年年底代表洪家的家族去接新娘——她的小婶，确实没有让女
方家挑出理来。洪家人都说学军是个人精。

"我不是问她上班，是问她生活，是问她有没有谈恋爱？"

"好像是在谈恋爱，男方是吴红英的弟弟，在我们厂做临时工。"

其他情况，不知李胜利是不知道呢，还是不愿意说，洪解放见打听不到更多的情况，只好走了，下班途中遇到草帽厂厂长蒯老虎，蒯老虎说："我送洪主任回家。"洪解放推着车，两人一边走一边谈。蒯老虎说："学军谈的那个男的野得不行，西河最近发生的几次打群架事件你有没有听说过？都与他有关。那天晚上我在电影院看电影，喇叭喊'吴有财外面有人找'，我就知道这小子又在惹事，后来听说那天五里乡装了两拖拉机的人，拿着家伙什来找他打架。那天晚上要不是他小子溜得快，不知被打成什么样。千万不能让学军跟这样的人在一起。"走到村口，蒯老虎说："我走了。"

洪解放回家，把女儿恋爱的情况跟老婆说了，他觉得这事还是女人说好些。学军一直挨到天黑才到家，刚才蒯老虎在她父亲面前说她与有财的坏话她听到了，当时她与有财躲在路边的涵洞里，有财要出去揍蒯老虎，被她拦住了。蒯老虎走了后，有财问道："你晚上回去不会挨打吧？"学军道："我爸认为我现在大了，不打了。我妈也只是嗓门大，骂我我就当没听见，只要不把她惹火，应该没事的。"

果然如学军所料，父亲没吱声，母亲骂了她，说她成精作怪，"小小年纪在家就待不住了？待不住你也要找个好人家。找这样在外面野的人，你想气死我。你要是不马上跟他断，小心扒你的皮。"见她不回话，母亲又去忙她的事了。母亲实在是太忙了，管一家人的家务，还要开个店，要自己去镇里进货。她其实连骂女儿的时间也没有。

潘有志算中了他支委改选落败的结果。西河谁不知道他与孔文富的明争暗斗。孔文富如日中天，他还有好日子过？12个正式党员，他只有2票，他自己都没有投自己一票，他怕自己投自己难看。结果虽然早有预料，但真的成了事实，他心情依然不好。他的"潘不管"的绰号也因而起。

他把秦国富叫到办公室，征求他如果他要开一个私人饭店会怎么样。他小儿子潘双喜早就想开饭店，他一直拿不定主意。他既因为家庭子女多、负担重，有挣钱的欲望，也担心钱不好挣。他对儿子说道："开饭店？你看别人开饭店赚了钱，红了眼，就以为饭店好开？谁当厨师？"

"爸，开饭店主要是客源，你在政府工作过，我又有一批司机朋友与战友，只要他们照顾我们生意，你就在家数票子吧，厨师让我妈当，我妈烧菜你不是一直说好吗？"

秦国富说道："这个真不好说，我要是你，我不会开饭店。一个是我胆小，我怕政策有变，政府找我秋后算账，另外就是我一个人，没有什么经济负担。你不同，你是因为儿子工作问题屈尊来到供销社任职，你的两个儿子都要娶媳妇。人家说，娶一个媳妇要扒老子一层皮，你要准备给扒两层皮。因此对你来说解决眼前问题大于长远考虑。你要开饭店我帮不上忙，以后大楼的事我帮你多盯着点，保证大楼不出乱子。"

秦国富说的是真心话，从而更加坚定了潘有志开饭店的想法：既然政治上没有前途了，说话也没有人听，不如做个生意赚钱把儿子的媳妇娶上。很快，西河镇第四家个体饭店——欢喜饭店开张。小儿子给潘有志的任务是负责在外面拉客户。

欢喜饭店接的第一单大的生意是西河供销社集体婚礼喜宴。那时候刚刚兴起集体婚礼。西河供销社团支部书记万建梅现在已经从大楼日杂柜台调到新华书店，一直想找机会接近并感谢孔文富，她坚信跟领导走近点不会吃亏。

孔文富任党支部书记给了她汇报工作与敬献忠心的机会。她向孔文富建议在青年节这天举行三对新人的集体婚礼。眼前这位娇小可人的团书记那句暧昧的话他记住了："只要把我调到新华书店，想叫我做什么都行。"他觉得有必要把椅子往后挪挪，小书记身上的体香都已经闻到了。当然，任何一个领导都不会对向自己靠近的下属反感的，尤其是年轻的女下属，只是在办公室里需要保持必要的距离。

至于时下的婚礼习俗，他也有同感，婚礼只不过是一种形式，简单为好，他欣赏儿子松涛结婚领个证，两人铺盖拢在一起，第二天给同事散点喜糖就完事了的做法。而在西河镇办个婚事很麻烦，什么送水礼、哭嫁、闹洞房、吃团圆饭等，整个仪式走完前后至少10多天时间，两家人都被折腾得筋疲力尽。

他特别反感闹洞房，新人为了来客的热闹与尽兴，得忍着一双双淫邪的眼睛与手，在自己身上揩油，甚至压得你媳妇在床上透不过气来，你还得一旁赔着笑脸。他结婚的时候就想改这种婚俗，但习俗已经上千年了，要改变它不容易，前些年也有人提出要改，但没改出个名堂。虽然他对西河供销社搞集体婚礼有疑惑，但依然肯定了万建梅的积极性，表示党支部完全支持团支部在青年婚礼上的移风易俗行动。他只是说："如果这次搞集体婚礼，那以后团支部就要把这一项活动坚持下来。"万建梅说那是自然。

作为集体婚礼的新郎之一肖志强，他找万建梅说他们家已经通知了亲友，婚庆定在五一节。任凭万建梅解释，肖志强还是表示他退出集体婚礼。万建梅只好说："集体婚礼是党支部定下来的事，孔书记说了，现在全国都在反对资产阶级自由化，青年要听党的话，不能搞自由化，你要单独办婚礼，你去找孔书记说。"肖志强蒙了，他既不敢搞自由化，也不敢去找孔书记解释，他在供销社怵的就是孔文富。他想把集体婚礼搅黄，看来难。

集体婚礼的另外两对新人：李建农与许荷花，孔松林与胡小妹。肖志强觉得与这两对新人在一起办婚礼别扭。肖志强只得发发牢骚宽慰自己："移什么风尚，人家怎么结婚要你管什么？你们团支部到今天没有干过一件好事。"万建梅对着他的背影说道："肖志强，你别忘记了，你家的李萍萍也是团支部组织委员。"李萍萍只好对肖志强说："集体婚礼就集体婚礼，到时我们办一个回门酒热闹热闹。"

按照程序，集体婚礼结束后，参加者在一起吃个饭。潘有志找到万建梅："万书记，听说你们搞集体婚礼，到时候请你照顾照顾我家欢喜酒店的生意。"万建梅说："潘主任，你笑话我小万做什么，只要我小万能做到的，潘主任你吩咐一句话。"

万建梅立即去孔主任那里汇报。孔文富说道："肥水不流外人田，既然他潘主任开口了，就在欢喜酒店办酒宴。"孔文富一方面把这个人情卖给万建梅，另一方面也不想与潘有志关系搞得太僵。他要求万建梅统计好人数，并找三对新人收取一定的费用，做到尽量不用公款收支平衡。他提醒万建梅，如果婚宴的桌数多了，欢喜酒店接待不了怎么办，要做好预案。他又说道："我这几天在家里想，集体婚礼应该有个主题，今年的主题我想定为：让我们共同守护供销社这个家。你通知肖志强代表新人发言，他不愿意发言，就说我叫他发言。你再让田文书写一首诗，在婚礼上朗诵，他喜欢这个调子。你主持婚礼，安排我一个发言，再安排一个家长发言即可。"万建梅一一做了记录，表示孔书记这一安排太好了。

田小宝对主任布置的命题诗歌在家里折腾了两天，依然没有灵感。他要表达什么？千古传诵的爱情？这一对对新人是爱情的水到渠成？扯淡，

166

香樟树下

不过是青年男女在一块过日子。集体婚礼的形式，移风易俗？只不过是一种文字宣传。这种形式在他看来也是一种短命形式，如果是他结婚他就不想选择这种形式，把自己神圣的婚礼与别人的婚礼搅和在一起，他不喜欢。在绞尽脑汁后他写下了自己的祝福：明天，我们共同的承诺。

> 当剪断我们饥饿的脐带来到这个世界，
> 当背负我们残缺的知识离开了校园，
> 我们开始了另一半的寻觅，我们终于得到时代的眷顾。
> 今天我们宣布告别单身、告别过去、告别寂寞，
> 拥抱爱情、拥抱明天、拥抱幸福。
> 古老的漳河你流淌的是欢快的歌声，
> 挺直的香樟你见证的是幸福的笑容。
> 让我们打着节拍和着漳河的旋律，携起手在香樟前献上
> 祝福。
> 你的、我的、我们共同的承诺，让爱融入我们甜蜜的生活。

孔文富总觉得田小宝的诗作少了点什么，田小宝写好后请他修改时，他也说不上来，他要在他的致辞中加以补充，要补充的内容一到婚礼的现场，他就知道要说什么了。他要在现场给出席婚礼的供销社人员说供销社面临着的困境，虽然还不至于像国歌所唱的那"到了最危险的时刻，"青年们应该都属鸡，要学习鸡找食，要把供销社作为自己的家加以守护。

孔文富对供销社年轻人也开始了担忧，担心养尊处优的环境使他们丧失了未来竞争的能力。他要求万建梅通知每个青年今天只有参加集体婚礼，才可以领一张就餐券去欢喜酒家喝酒。

这一招确实有效，青年们都来了，既是看热闹，也为了喝酒的餐券。可是参加婚礼的嘉宾与新人们似乎都没有听懂孔书记的讲话，他们在想孔书记今天的发言太长了，与他一贯精练的讲话风格反差大，而且内容也不合时宜，是不是作为书记的孔文富与作为主任的孔文富就应该这样？干吗要找食，我们有食吃呀。他们早闻着酒味，想着过酒瘾了。

孔文富高估了自己的影响力，以为凭他的一次讲话就可以改变人们的思维，改变人们的生活。他错了，人们还是按照自己的生活节奏在生活。如果说有一点变化，那就是肖志强，他现在出门的时候，夫妻俩要抬着彩

电，彩电放在家里，心里不踏实。每天晚上，他们的门口都要聚集很多人，他们家的彩电在这个乡镇还是头一台。这是李萍萍的陪嫁，多少年轻人艳羡，这男人长得漂亮也能当饭吃。

眼瞅着夏天就到了。这供销社的汽水销量受现场交流会的影响，猛然看涨，拉汽水的车子要在厂门口排队。这时因为取水却起了冲突。西泉村的人说不给钱就不让取水，他们要求一拖拉机水5元钱，交了钱立马可以取水。回来报信的拖拉机师傅告诉了李胜利，李胜利立即去找刘德草，因为车间里没有水，机器马上就要停。

刘德草立即去找孔文富，孔文富不在办公室，问田小宝，田小宝说孔主任上班还没到办公室来。刘德草想自己前不久才陪同孔主任找镇里汪镇长汇报过取水的事，现在孔主任不在，取水要紧，没有水，车间要停工了，外面的车都在等着汽水。他就单独去找汪镇长试试。

汪镇长在办公室，见了他说："刘主席，我刚才从你们厂门口过，好家伙，要货的车都快一里路长了，你来怎么也不带两瓶汽水给我？"

刘德草说："汪镇长，我这里急得火上墙了，等会儿我让他们送一箱来。"便把取水冲突一事做了简单的汇报。

汪镇长说道："老孔呢？老孔是不是名气大了，我这个办公室小了，他都不来了？"

刘德草赶忙做出赔礼及解释。汪镇长说道："不错，我年前是承诺过，不收你们取水钱了，现在你们生意这么好，你们吃肉给农民兄弟喝点汤，有饭大家吃。你去把老孔找来，我跟他一起去村里。"

刘德草只得回去，他知道他这次闯祸了。孔文富已经在办公室了，他今天的情绪不错，刚刚去了镇粮站，他跟酒厂说好了，今年帮他们收粮食，他要去粮站摸摸行情。听刘德草介绍情况，他的第一反应是有人到农民那里去挑事："不然农民怎么知道我们这几天生意特别好。"

刘德草说道："这倒不一定，我们这几天运水的拖拉机一下子增加了三部，其中有一部还是山泉村的。"

"我说你们什么好呢，你们怎么能请山泉村的人运水？走吧，跟我一起去汪镇长那里。想不出血是不行的，这年头得红眼病的人多得很。"

刘德草借用文书办公室电话，给汽水厂李胜利打电话，叫他们立即送一箱汽水到汪镇长办公室。等孔文富他们到汪镇长办公室，汽水也到了。

镇长正在跟送水的丁小林说话："早就听你们刘主席说过你，说你能干，好好干，以后多来我这里。"见孔文富来了又说道："跟你们说着玩的，你们怎么还当真了？扛回去，扛回去。"

"领导的话我们是一句当一万句，一点也不许含糊的。放一箱汽水在领导这儿是帮我们做宣传。"刘德草说道。

"那就放在这儿吧。现在情况有变，镇里下午要开党委会，我就不能陪你们去了，我已经给山泉村领导打了电话，什么靠山吃山，靠水吃水，扯淡。要他们先给你们运水，保证不影响生产，再谈钱的事。"

孔文富说道："那我们就在这里谢谢领导。你忙，我们去山泉村。"

他们赶到取水的地方，只见三部拖拉机全歇在那里，刘德草大怒："你们不想运了，不运都一个个回家去。"

运水师傅委屈地说："村里不给装水呢，说给钱才给装。"

孔文富找到山泉村书记老蒯，老蒯说："镇长没说先装水，只说这事让我们协商解决。不好意思让老孔你亲自来了，我叫人通知先给你们运水，并吩咐人准备中饭，中午与孔主任好好喝两杯。"孔文富心中诧异，莫不是书记有事求他？只要水让运了，吃饭、谈判反正都是工作。想免费取水看来是不可能了。

双方经过几轮交涉，最后确定一车水2元钱。老蒯说道："靠山吃山，靠水吃水。老孔，你可别怪我们收你的水钱。现在各个村都在各显神通办村办企业，村里没有钱办不成事，要是穷得叮当响，到镇里开会都觉得丢脸。你点子多，路子广，帮我们出出主意，让我们这山旮旯办几个赚钱的企业。"

孔文富便给他支了一招：办一个综合厂，靠山吃山就地取材，烧木炭、打家具、编竹器。"我还可以给你们联系一个浙江企业，你们跟他们联营生产箱包。"

老蒯听了大喜，说道："好，好，老孔你这个脑子就是好使，只要我能赚到钱，保证两年后不收你们的水钱。"酒过三巡，书记道："老孔，我还有一件私人事情，我跟汪镇长也说过，汪镇长说要我直接找你，就是我的外甥女高中毕业没有事做，想到你们汽水厂谋份差事，你看怎么样？"

孔文富想果然是安排工作这档子事，这事只得应着，不然山泉村的取水纠纷也不会消停，于是说道："行，德草，回去你就安排一下，明天叫她来上班。"

解决了汽水厂供水问题，孔文富立即召开主任办公会讨论给酒厂收粮

问题，关键是要找一个有经验的看样员，要做到干稻与潮稻、稻子与瘪壳手一抓便知道。

洪解放说道："要是大家提不出合适人选，我提一个大家议议。我哥洪老大，在座的恐怕都见过。田包到户，我哥他们家劳力富裕，他多次在我面前提过，供销社要是有什么活他可以来干。我一直怕揽这个活，既然孔主任说了看样员对供销社这么重要，我觉得我家老大符合孔主任提出的要求，他做过生产队长，种田经验没话说。人忠厚，不爱多话，帮助收粮肯定没有问题。"

孔文富看大家对洪老大没有不同意见，要求大楼安排两个人负责过磅与出纳。

潘有志说道："大楼你还能抽人？张二华停薪保职，肖志强调到批发部，田小宝做文书，我们都走了三个人，再抽人，干脆把大楼门关了。批发部事情不多，他们人为什么不抽？"

孔文富说："那就大楼抽一个人，生资门市部抽一个人。批发部还是不抽，批发部应该有事做。"

春末夏初收的是去年的陈粮。要是在往年，这时候是收不到粮的，这不这两年粮多了，每户粮囤里都有剩余，农民这时候要清粮囤，买化肥，孔文富瞅的便是这空子。洪老大很得意来镇上做事了，他应该在村里算最早出去打工的人。村里人说："我们卖粮的时候，你不能太正直，胳膊肘拐一点。"

洪老大说："我拐哪边？我种哪边田，向着哪边天。"孔文富听了别人传的这话，心里很满意。

供销社最近的新闻是：张二华被镇工商所给关起来了。幸灾乐祸的人说道："张二华作，好好的铁饭碗不端，这下倒霉了吧。"据说张二华是被他叔张承宗大义灭亲的。他叔张承宗看批发部的经营流水，春节以来没有二华的批发记录，他在街上买菜遇到二华妈，问道："嫂子，二华最近生意不做了？"

"二华昨天还来家里，说去县城进货。他还请了一个人帮他站店。"嫂子显然对二华近来的生意挺满意。张承宗感到问题严重，上班后立即去孔主任办公室汇报。

孔文富说："这件事不能张扬，现在许多个体开店之所以对我们冲击不大，是因为他们进货都从我们批发部走，二华绕开我们，直接从县里进货，要是其他个体户都学二华，我们的损失就大了。你去大楼秦大学那边看看，二华有没有在他那里划价，如果这段时间没有他划价的记录，就证明二华违反了国家的市场政策，你可以联系镇工商所，请他们出面处理一下。"

工商所接到举报，立即把二华的店封了。二华没有见过这阵势，慌了神，说道："你们这是干什么？"

"有人举报你的货没有核价手续。"

"我有县批发部的核价单。"

"按照规定，你必须有镇供销社的核价单，跟我们走一趟吧。"

二华母亲听说儿子被工商所带回镇上，急忙去找他二叔，张承宗说去工商所试试。张承宗对二华说道："华子，你只要保证不再从县里直接进货，我跟他们求情。"

二华看今天的情形，知道硬顶肯定过不了关，好汉不吃眼前亏，于是说道："二叔，我原本想从县里直接进货减少一点你们的麻烦，既然你们不许从县里直接进，我以后不进就是了。"

工商所所长见张承宗来求情，说道："这张二华本身也没有什么事，我们在他那里发现，他从县里进货，回来后价格也没提高，只不过没有你们供销社核价的手续，既然你们之间达成了协议，那就让他走，不过，他得按规定交100元的罚款。"二华倒也爽快，罚款便罚款，如二叔所说就当花钱消灾。

孔文富听了张承宗事后的报告，说道："张经理，你在这件事上大义灭亲维护了集体利益，做得好。估计这一两年内不会有二华这样的人去县里直接进货了，但保不准以后不会出现这样的事，保不准以后国家不帮供销社管这个事。你们批发部要有个思想准备，个体户可以从县里进货，我们为什么不能从厂家直接进货？只有这样，我们的成本优势才能保持。你们最近就要选择几个紧俏货的厂家先行试验。"

孔文富把自己的这一想法又跟范小亮通了气："批发部是供销社目前最能生蛋的鸡。范主任你恐怕要亲自到海城趟趟路子。批发部手头上有紧俏的商品才有好日子过。"孔文富特批给批发部安装了一部对外电话，享受与百货大楼的同等待遇。范小亮把批发部员工召集了开会，说："我们不能辜负了孔主任的希望。老百姓喜欢上海货，喜欢江城货。我带董家根去上海，老张你去江城。老张的任务主要是弄一批计划外的江城牌肥皂，我看能不能抓些计划外的蝴蝶牌缝纫机、永久牌自行车、大白兔奶糖等。会计与小肖在家看门。"

范小亮对董家根说："家根，你现在跟小易还有联系吗？"董家根红着脸结巴地说："没联系。"小易是董家根曾经的女朋友，1978年海城知青大回城，她是最后一个离开西河的未婚女知青。供销社都知道小易与董家根的恋情。小易父亲当时是个右派，小易想：大队四十多个知青，招工上学排队排到自己不知猴年马月。董家根与小易在一个大队插队，1976年董家根招工，供销社与小易的生产队二里地都不到，也就生产队与生产队之间的距离，抬抬腿便到了。董家根的憨厚小易早就观察好了，她认为父亲这个老右派的身份，让她要想离开农村难上加难，不如找个好人嫁了，董家根的招工让小易觉得机会成熟了，主动发起攻势，拿下了董家根，两人正式确定了恋爱关系。

可是不久，海城知青回城的传言越来越多，最后成为现实。海城知青比小易来得早的，来得迟的，一道来的，一个个办完手续走了，甚至已经与当地人结了婚的也离了婚走了。这时候小易父亲右派帽子摘了，官复原职，小易的母亲来了好几封信催促女儿。小易一直下不了决心，还是董家根说道："爱菊，你走吧，要不，伯母急出病，我们的罪过就大了。今世我们成不了夫妻，成为朋友也很好。"小易最终回海城去了。

范小亮说："家根，我记得你说过，小易的父亲在海城做领导？"

"小易在她父亲平反后来过信，说她爸爸在融汇区当干部，要我以后有什么事找她。""好，我们这次就找找她，看能不能撞开海城的大门。"

凭着小易写信的地址，范小亮、董家根来到小易家。因为是星期日，小易正好在家，见了家根似乎有些激动："你……你怎么来了？"家根介绍了范小亮，说明了来意。小易到里屋去叫父亲，只见她腹部隆起，身孕使她行动不是很方便。范小亮扫视了一下小易家客厅，都说海城人房子不大，可小易家客厅挺宽敞的。

两人等了一会，小易与父亲才从里屋出来，父亲热情地握着董家根的手，说道："你就是董家根，谢谢你在西河关心并帮助我们家爱菊。范主任，你看这样好不好，你们先找个旅社住下来，晚上在我们家吃个晚饭。明天我在单位帮你们联系，你们白天去南京路转转，明天下班后来我家听信。小易身体不方便，陪不了你们。"范小亮觉得这个安排没有话说，连声称谢。

都说海城好玩，可是在范小亮、董家根眼里，海城只不过是熙熙攘攘人来人往，最要命是一泡尿憋得你找不到地方撒。董家根说道："想不通海城知青为什么死活要回这里。西河有什么不好？"两人在南京路转了一圈，便早早赶到小易家，小易家门锁着，上班都还没有回来。两人在弄堂里无目的地转了几圈，小易母亲回来了，过一会儿，小易父亲也回来了。

小易父亲说道："你们的事情办好了，这是你们要找的人与地址，他们会帮助你们的。"

范小亮说道："易主任，你看我们去找这些人，空着手怕不礼貌，带些什么礼物比较合适？"

小易父亲说道："你不说，我还忘记了，你们来的时候给我带的大米，好吃。我们也吃不了那么多，你们去找三个口袋，把给我家的大米分一些去。只是我给你们的地址是厂里的，你们最好把大米送到他们家里。"

范小亮来的时候给小易家带来200斤大米，现在听小易父亲说分一部分送给其他三个人，心想：分就分吧，下次来多带些。

第十八章　镇农工商经理部成立

　　　　政府在镇东头成立了农工商经理部，汪小满说："政府的孩子也要吃饭。"

　　厂子一忙，做质检的吴红英便被厂长叫到车间帮忙贴标签，装瓶盖。门口要货的车子在排队，要不要质检无所谓。昨天下班她回娘家跟弟弟说："断了跟学军的关系，免得人家说我们攀高枝。"弟弟今天果然没有来上班，弟弟是她跟厂里说到这里做临时工的，两个少男少女怎么一下子就搭上了，他们表达情感的胆子怎么就这么大？一点也不理会旁人的感受。

　　吴红英为此说了他们好几次。吴红英最近跟袁中青关系有所改善。孔松林青年节完婚，让红英心理上减轻了负担。她虽然身子早给了袁中青，但两人一直有一搭无一搭，这结婚都快一年了，红英的肚子依然没有动静。在松林心里有个念头：你只要不生孩子，我就还有机会。在红英心里未尝没有：你只要不娶女人，我就不生孩子。孔松林结婚的当晚，红英主动地往中青身边挪了挪，她可以要孩子了。

　　红英在装配车间见到赵兰珍，她俩是同学，赵兰珍父母是西河镇中心小学教师，她高中毕业后去她舅舅当书记的山泉村做了一名民办教师。她还在读高中的时候，有人保媒，对方是供销社的袁中青，两人见了面，没有擦出火花，准确地说是袁中青没有相中她。这之后孔松月、李小俊纷纷从中心小学调到供销社，可能刺激到了她，她不想做民办教师了，就请求舅舅出手实现她的愿望。她一进厂就看见了心中一直怨恨的身影，她想这以后肯定会有泄愤的机会。

两年过去了，镇政府要在上街头办经理部的消息很快在供销社传开了。孔文富走进汪小满的办公室。

"什么风把孔大主任吹来了？"

孔文富努力地控制着情绪，说道："镇长，你可不能跟我们供销社抢饭吃，现在一个个体摊点往外直冒，供销社已经招架不住了，你们再横插一杠子，还要不要我们活了？"

"孔主任消消气，政府也有政府的难处，这60年代抓革命、促生产，粮食没搞上去，人是一个又一个生产出来，政府大院一批毛头孩子，考学又走不掉，他们也要工作，也要吃饭。"

"他们可以干个体户，政府不能出面组织，不能打政府的牌子。镇长，你可是我们供销社的监事会主席，你要站在我们供销社一边。"

"你放心，镇党委只是要我出面筹备一下经理部，把摊子支起来我就不管了，供销社、经理部我两边都不管，你们各自搞各自的。"

刘德草在办公室与丁小林谈话。丁小林毛遂自荐去镇政府经理部任经理。丁小林说道："实在对不起，汽水厂的车间主任我干不了，辜负了老同学对我的期望。你也看到我在汽水厂三年是怎么卖命的，可是他李胜利怎么待我的？他不就是凭他妹子是领导，好处是他的，错误是我的。既然不喜欢我，我走人。"

刘德草见丁小林去意已决，想说的话也不说了，说道："汽水厂庙小，留不住你，你走吧。"

这经理部经理汪小满原来是属意张二华的。汪小满对张二华印象深刻，是因为前不久在由县城回西河的客车上听他说起过：供销社再这么干下去肯定不行。他说："人都是懒惰与自私的，你必须有一个制度的鞭子抽他，让他兴奋起来，农村包产到户就是一根鞭子，供销社现在也要搞承包，可是职工承包得不到好处，拿不到大头，他就没有承包的兴趣。"当时汪小满就想：这小青年有思想，也有胆量。

汪小满把张二华请到办公室，说道："听说你前段时间与供销社闹得

有点僵，镇里想办个经理部，我想请你来做经理部的经理，享受与孔主任一样的工资待遇，你看怎么样？"

与供销社闹僵那是二华为了降低成本提高利润，有些货的进货绕开了供销社批发部，直接从县里进货，他叔叔把这件事反映到孔文富那里，孔说这个头不能开，必须要制止这种倾向。为此他认了错，被罚了款，这事也结了。

"汪镇长，你这么抬举我，我真的很感动，可这么大的事总得容我考虑一下，要不这样，你给我三天时间，我要来经理部，三天后向你报到，要是不来，我一定找一个比我强的人干经理。"

张二华知道镇上的经理部经理是绝不能做的，他停薪保职，根还在供销社，他的父母都是供销社职工，拿供销社的薪水，他要是在上街头领着一班小青年与供销社打擂台，他与他家人不被供销社那帮老娘们骂死了？这和自己在后山开个店与世无争不一样。但是，汪镇长这头他也得罪不起，镇长看得起你，让你领个头，你推三阻四，以后怎么在西河混。所以他就找了丁小林，他早听说过丁小林与李胜利不得劲，想换个山头，他要把这个烫手的山芋扔掉。

如果说丁小林一开始还感激张二华提供了他这个消息这个机会，那么他现在发现这个机会也许就是个陷阱，他不会再谢他了。这帮政府大院的干部子弟不是那么好伺候的。这些年轻人不是做生意的料。他们的腰不会弯，脸也不会笑，上班总是姗姗来迟，下班比谁都跑得快。

镇高书记女儿高山茶代表这帮干部子弟说："丁经理，汪镇长说了，我们只要听你的话，你叫干什么就干什么，不闹事就行了，你不要对我们有过高的期望，期望越大，你失望越大。"

是的，很快他就失去了对经理部的兴趣。他原以为凭他在汽水厂工作几年积累的供销社人脉可以帮经理部找到进货渠道，可是孔文富已经下令封杀经理部，谁也不许与经理部人员发生业务联系，透露相关信息。丁小林要员工作为顾客去大楼买一些商品，想通过商品的标识、说明书之类找商品的产地与联系方式，结果发现有些紧俏商品的标识已经被剔除。他要找的一些人见到他都唯恐躲之不及。

丁小林意识到自己在供销社已经成了"叛徒"，一个不受欢迎的人。从汽水厂来的时候汪小满的谈话一直压着他："我是顶着压力把你撬来的，老孔在我面前说了你许多不中听的话，我不管那些，只要你能给我找到钱，只要你帮我把这些公子、小姐服侍好，我就把你当大爷供着。要是找不到钱，我只有另请高明了。"眼下，找钱还得靠供销社帮忙，他要在供销社内部找一个自己的眼线。

这个人就是批发部的肖志强。肖志强周末下班，送老婆、孩子回娘家，骑自行车返回时路过经理部，丁小林一看感到机会来了，喊道："肖文书。"肖志强下意识地回过头，见是丁小林，便停住车子。他对丁小林并无恶感，丁小林在他做文书时对他非常恭敬，每次递给他的都是好烟。丁小林去了经理部在他看来也很正常，人往高处走嘛。

肖志强从文书岗位下来，自认为参悟了人世间冷暖，不过问供销社乱七八糟的事情。丁小林说道："肖文书，好长时间不见了，我一直想找机会感谢你曾经对我的关心，今天撞上了，走，喝酒去。"很长时间没有人请他喝酒了，老婆孩子又被送走了，本来还打算回父母那儿蹭饭，现在有人请喝酒怎么能不去呢。

两人来到政府大院旁边的一个饭店，丁小林点了几个菜，说道："肖文书，你坐一下，我去取一瓶好酒。"过一会儿，丁小林取了一瓶古井贡，身边多了一个女孩。丁小林准备介绍，女孩说道："我知道他是肖志强，比我高两届的学长，学长是我们学校有名的美男子，怀春少女的梦中情人。"这话说得肖志强有点不好意思。女孩自我介绍道："我叫高山茶。"

丁小林说道："镇上高书记的女儿，经理部的会计。"

一瓶酒，三个人喝，当然主角是肖志强，肖志强本来喝酒就比较干脆，旁边又多了个女孩，这酒喝得就更快了，一会儿一瓶酒便见底了，丁小林要去拿酒，高山茶道："丁经理，我有个建议，酒喝多了不一定是好事，不如我们陪学长看场电影，周末放松一下心情。"

丁小林看看手表，离7点钟电影放映还有半个小时，说道："肖文书，那我们就下次再喝，这次我们就依山茶的，吃完饭看电影去。"

肖志强晕晕乎乎随他们到了电影院。虽然是周末，电影院也不像几年前那么火爆了，这时候去居然能买到票，位置不算太差。肖志强坐在两人的中间，一旁的高山茶发丝间的香味撩得他心不在焉，也不知银幕在放些什么，他只是机械地用手在高山茶托着的瓜子包抓瓜子吃，他的手指与高山茶的手心不时发生碰触，他便有一种触电与愉悦的快感，在黑暗中一次次的接触，似乎鼓励他更大胆的行动，他用手按住那只让他心跳的手，很快他便感觉到下面那只手的反抗，那只手逃脱了。

他意识到自己的忘乎所以，一种恐惧感开始笼罩着他。从电影院出来，高山茶一声不吭，丁小林与肖志强把她送回家。肖志强说道："丁经理，我今天可能又犯错误了，我抓了一下小高的手。你说小高会不会怪我，高书记会不会为这事找我的麻烦。"

丁小林说道："这件事我明天上班找小高谈，一方面不能让高书记知道，另一方面不能传出去。大事化小，小事化了。"

肖志强说道："谢谢丁经理。"

丁小林说道："你我兄弟，说这话见外了。肖文书，我有一件事还请你帮个忙，我现在做这个经理部经理，头都大了，许多货的进货渠道我都不知道在哪里，你们供销社的有些人想看我的笑话。我现在只有你一个朋友了。"

肖志强知道他现在别无选择，高山茶跟不跟她父亲告他耍流氓就看丁小林的了，他只得说："丁经理，我尽量吧，我只是仓库保管，我知道的也有限。"

丁小林就这样轻松知道了大白兔奶糖等一批他急于知道的货物进货渠道。他对肖志强说道："谢谢肖文书，还麻烦你以后多关心经理部，小高那里你放心。"

李建农又迷恋上下棋了。许荷花生了个女儿，家里什么事都由许荷花张罗，只要他每天到单位，他总要弄点自己的事做做，他擅长的是下棋，在棋局里他能找到他的自信、他的乐趣。于是他上班处摆一副棋，只要得空，他就会叫上一个同事，让他们一只车或一匹马杀一盘过过瘾。下班后，他在门口的院子里支起一个摊，身边很快就有棋友围个圈。

有的时候，许荷花手头忙，要他管一会儿女儿，他便抱着女儿与棋友对弈。这两天，李建农发现周围看棋的人似乎多了，他堂哥李志朝不知什么时候站在他身后。许荷花喊建农吃饭，李建农收拾棋子，李志朝说："建农，你等会儿。"因为李志朝爱占人小便宜，许荷花不待见，因此李志朝不打算进建农家。

"你听说了供销社加工资的事没有？"有4%的人涨工资，这是供销社近些日子最热门的话题，建农知道但他不关心，据说供销社总共5个指标，建农想供销社领导都有5个，怎么评也评不到他头上。"据最新消息，领导这次不参加，我是实物负责人，这次很有希望，建农你要帮我拉拉票。"

建农因为自己结婚时买电视托了李志朝，心想我能把自己的一票投给你就不错了，怎么可能帮你拉票？但嘴上应承着："好、好，在我这里吃饭。"李志朝说等他涨了工资他请吃饭，他到别处再转转。

袁中青也领了大姨姐的任务，为她拉票。吴红芳说道："姐在你们男人圈里走动不方便，你去帮姐联络联络。姐涨了工资酒让你喝够。"袁中青心里不乐意，"我比你长两岁，你工资与我一样，你这次涨了工资，不就比我高了一级。"但他嘴上说："行，我到男同事那里帮你张罗，只是说好了，酒必须是瓶装的，不能是'8毛烧'。"

吴红芳知道袁中青嘴拙，可是在同事中人缘好，她对袁中青有信心，她听袁中青过去说过在供销社他有三类朋友，一是酒友，单身时在食堂里划拳行令喝得兴起的酒友；二是拳友，这年月年轻人谁没有几个练武强身的拳友；三是艺友，他没事时拉二胡、吹口琴时结交的一批朋友。吴红芳知道真要投票，女人要想得女人的票不容易，她们喜欢把票投给男人而不是女人。女人要想得到票，男人的票比较在谱。

听说这次主任们都不涨工资，把机会让给员工，潘有志心想：凭什么？我们吃亏你来卖乖。他要找孔文富讨个说法。孔文富不在办公室，他想也好，先与洪解放交流，谁不想涨工资？只要他与洪解放观点一致，范小亮与刘德草都是跟风的墙头草，更重要的是他俩不也想调工资？在这个问题上孔文富向一线倾斜的调资的想法注定是少数派，少数服从多数，孔这个书记兼主任也只是一票。

洪解放热情地给潘有志泡茶，说道："潘主任，我这茶没有你的茶好，你将就一下。"他知道潘有志很在意茶叶。潘有志说道："洪主任，你说笑了，你这茶叶是地道的蔡村货。洪主任我跟你说件事，外面传孔主任要把这次调资指标都给一线职工，有没有这回事？我都不知道。"

洪解放总是这样和稀泥："潘主任，你消消气，老孔有这个想法，曾跟我说过，不知这个消息怎么就传到外面去了，按理说，班子首先要开个会。"

潘有志接茬道："这到底算什么？调资这么大的事，他老孔独断独行，他老孔不想调资，不代表我们这些人都不想调工资。就说你，老孔把什么事都交给你办，供销社数你最辛苦，为什么不能调一级工资，再说我，五十多岁的人，马上都要退休了，年轻人以后还有机会，我为什么不能调一调？"

洪解放问道："潘主任，依你说，这次调资怎么搞？"因为孔文富说调资由他负责，他感到压力大，加工资那是真金白银，128个人就5个名额，连老潘这样的人都开始争了，谁眼睛不睁大望着。他想听听老潘的意见。

　　"依我说，5个名额2个分给领导班子，3个分给职工，领导班子虽然只有5个人，但责任最大、工作最辛苦。"

　　孔文富听了洪解放的汇报，说道："老潘的想法不怎么现实，5个名额班子占了两个，群众不吵？班子分两个名额，就能摊到他老潘？加工资，谁不想，现在老潘跟你我的工资一样，两个名额，我们三个人都摆不平，按理说，我是书记兼主任，我应该比你们工资高一级，可是老潘他不干。老潘以为我不想加工资，我是孬子？我是摆不平才想把调资的机会给一线职工。84年普调，每个人都调了工资，皆大欢喜，这次只调4%，矛盾大了去，我都已经接到13个求情电话，来自方方面面，为一些职工求情加工资。不当家，哪里知道这些情况。"

　　孔文富与洪解放议论着加工资的事，有人来报告说出人命了，李志朝的老婆在百货大楼上要跳楼，孔文富与洪解放赶紧赶过去。只见大楼阳台上站着一个披头散发的女子，大楼下面已经有好多人在围观。

　　只听孙小凤在人群中说："亏心，肚子不争气，生了个女儿，三天两头在家被李志朝打，打成了神经病，现在跳楼让李志朝重讨个女人生儿子。"

　　李志朝也在人群中，朝楼上吼："下来下来，现世的东西，净出老子的洋相。"

　　披头散发的女子在阳台上咕噜噜不知说什么，眼看就要掉下来了，说时迟，那时快，只见一个壮汉一把抱起了女子，女子还在他手中挣扎，只是怎么也挣不脱那双大手。壮汉把女子抱下楼来，交给李志朝，李志朝拽住老婆，骂骂咧咧走了。

　　孔文富走到壮汉面前，说道："谢谢你，洪老大，供销社真少不了你。"

　　壮汉说道："孔主任，你说笑了。不过我在你们供销社真能做些事。"

　　调资一事闹闹嚷嚷最后还是决定由职工投票决定。投票结果是：孔文富68票排第一，洪解放65票排第二，袁中青52票排第三，蒯老虎47票第四，秦国富43票第五。董家根42票居第六，差一票结果落选。

投票结果是当场唱出的，没有一个女性的票数超过二十票。唱票一结束，就有人嚷嚷要袁中青、蒯老虎、秦国富请客。袁中青因为给大姨姐拉票，结果自己被选上了，如果请客以后怎么跟大姨姐交代，他便红着脸说下次请，走开了。蒯老虎感觉今天请客有点不妥，推辞草帽厂有事走了。只有秦国富单身，反正要吃饭，说道："请客怕什么，就当今年的工资没加。"

他招呼着一些人来到欢喜酒店，摆了两桌，让潘有志坐了主位，秦国富给一个个同事分别敬酒，一圈还没下来就有了醉意。他走到潘有志面前，说道："潘主任，我再敬你一杯，如果不是你说大楼的人要给大楼人投票，我也上不去，你给投下来了，我说几句你别在意。你在别人心中有欢喜酒店，能挣到钱，虽然饭店是大嫂在操持，但大嫂口袋的钱与你口袋的钱在人家看来是一样的，在中国人心中是有饭大家吃。另外，你也是有些人的重点防备对象，有的人宁愿把票投给他认为对他不会有威胁的人，也不愿把票投给你。这次5个当选的人，除了我是侥幸的，其他人都有其原因。孔主任他有签字权，许多人找他办事，再说他虚晃一枪说他不参加调资，很多人就想你既然不参加调资，我们就投你一票。洪主任他在我们供销社有众多的女性追捧者。袁中青则是一个有名的老好人，谁都可以占他的便宜，那些占他便宜的人今天给他还债了。蒯老虎自从做了草帽厂厂长，据我所知，他是供销社工农兵饭店的常客，草帽厂赚了钱他拿不走，他用来请客却是没有问题的。我说我是侥幸的，如果投票前李志朝他老婆不跳楼，恐怕也轮不上我。"

"其实你也不侥幸。"潘有志说道："你是大学生，工资应该比普通人高。李志朝老婆早不跳楼迟不跳楼，偏偏在投票前跳楼确实是个谜。"

投票后的第二天，丁小林约董家根在阿庆嫂饭店吃饭。西河这两年到处都是开饭店的，属于家庭饭店的那种：自家的房子、自家的厨子、自家的服务员，门口挂个牌子，有的甚至连牌子都没有。

阿庆嫂饭店在镇东头，205国道旁边，镇上的人很少到这儿来，客人主要是进山拉货的司机，大多是一些常客，冲的乃是老板娘豆蔻年华的女儿，老板娘阿庆嫂要客人点菜，客人往往会说："我要吃毛海。"毛海可能站在一边，听了抿嘴一笑，屁股一扭走了。阿庆嫂便说："吃毛海可以，毛海贵，你们舍不舍得花钱？"渐渐地，客人们知道这毛海就是老板娘的一道看菜，可看甚至可摸，但就不让你吃上口。

丁小林选这里喝酒不是为了看毛海这道菜，他是为了清静。丁小林说道："董哥，今天我们可要好好喝一下。"他在桌上放了两瓶高粱大曲。董家根想：你比我年长，叫我哥？

他知道丁小林为什么要请他喝酒，丁小林电话打到批发部，他也没推辞，下了班，回家转了一圈，过来时，丁小林已在饭店门口等候了。董家根说道："丁经理，你在供销社是出名的三碗不倒，我是一碗就倒了，怎么敢与你好好喝？"丁小林开了一瓶酒，一人斟满一碗，菜上来后，两人便喝起酒来。

丁小林道："董哥，我听说昨天供销社投票，董哥差一票，4%没有搞上，我替董哥抱屈，董哥对供销社贡献大了去了，董哥肯定没有拉票，我听说好多人都在拉票。"

董家根说道："这次拉票的人也都没有搞上。""拉票分会拉与不会拉，有些人不会拉明着拉，结果越拉越坏，有的人会拉暗着拉，他就可能成功。我听说袁中青明着帮他姨姐子拉，暗着自己拉，他不就成了？"

看着董家根惊讶的面孔，丁小林说道："我有个建议，我们经理部缺少像董哥这样的人才，如果董哥愿意来，工资马上可以加一级。董哥，你不要慌拒绝我，经理部镇上重视得很，汪镇长亲自管，经理部只有上街头一个门脸，想在镇中间增加一个门脸，镇上马上就同意了，这个门脸原来是你们供销社的一个库房，汪镇长找了孔主任，孔主任起初不答应，汪镇长说这是镇党委研究通过的，供销社虽然不归镇上管，但党支部还是归党委管的，你们怎么也得支持。"

董家根想：供销社那是国家正经的铁饭碗，经理部是镇上办的，怎么能跟供销社比，自己是不会为这一级工资到经理部去的，于是说道："今年没加上，下次不就摊上我了，我还是在供销社等等。"

丁小林又说道："董哥要是嫌我们经理部庙小，我还有个建议，只要董哥每年给我们也搞点上海产的自行车、缝纫机计划，我给你提成。"董家根知道经理部一直想搞这些紧俏商品，这要是让供销社知道了自己脚踏两只船，自己怎么在供销社混，嘴上说道："上海产的自行车、缝纫机难搞。""正是难搞，我们才找董哥。喝酒。"

孔文富决定亲自去县社汇报调资情况，他想找县社多要一个调资指标给董家根。县社人秘股长老乔说："指标是一个萝卜一个坑，指标给董家根你就必须让出一个人，要不，老孔你发扬风格，把你的指标给董家根。"

孔文富说道："凭什么我让？我在供销社得票最多，那是民意。"老乔说道："你主任没有这个风格，其他人也肯定没有这个风格。"孔文富又道："根据文件精神，我们西河128人，应该有5.12的调资指标，你只给了我5个指标，还少我0.12个指标，你补给我。"

"老孔，你这不是胡搅蛮缠嘛，要不你去找韩主任，我这里没有指标了。"老韩也说孔文富胡搅蛮缠。孔文富说道："你也不能说我一点理没有。董家根在上海给我弄来紧俏商品，我又不能给他发奖金，只好想办法给他加一级工资。要不这样，县社只要同意增加我们一个指标，钱我们通过其他渠道去找。"

老韩对孔文富找钱的本事是知道的，上次省里开现场会，他不是找了2500元钱赞助，沉吟片刻说道："行，就以西河供销社上缴县社钱最多为理由，发文奖励你们一个调资名额，你们自己找钱，一年也不过一二百块，你老孔找得到。这事我跟老乔统一口径对外宣布。老孔，有件事你们年底必须完成，否则我们都交不了差，那就是柜台承包全面铺开。你看明年召开党的十三大，加大力度改革的基调很明确，你这个基层供销社的改革带头人现在落后了。"

第十九章　调资以后

这不是一级工资的事，这是人的尊严。

　　能弄一个增资指标，孔文富的目的达到了。柜组全面承包改革他心里有一个时间表：年底准备，新年元旦过后签合同。他知道这事捱不过去了，其他基层社柜组都包了，只有西河，日杂柜组承包试点了近两年，还没推广到其他柜组。

　　今天心情好，孔文富在老韩办公室打电话约乔启萍晚上吃饭。据说这个"妖精"这两年来在外面跳舞，舞池里时兴一支曲子跳着跳着，突然大灯熄了，只剩下萤火虫似的暧昧的灯火，映照着舞伴间释放出的激情。乔启萍的爱人起诉要跟她离婚，孔文富有很长时间不愿也不敢与她联系，怕惹火上身。这两年来，孔文富与乔启萍的联系断断续续，今天孔文富只觉得全身有膨胀的欲望，电话那头的乔启萍只说了句"老地方，晚上见"，便挂上了电话。乔启萍说的老地方是离乔启萍住处不远的"三老太羊肉店"。孔文富看时间还早，在街上买了几个刚上市的新鲜桃子，秤了一斤乔启萍爱吃的桃酥，这之后他定定地坐在羊肉店里耐心地等他心爱的"妖精"。

闻到乔启萍身上的香水味便知道她来了，只是她后面还跟了一个人，那个人孔文富认识，就是乔启萍现在的上司：烟草公司经理李大年。两人晚餐变成三人用餐，孔文富颇觉尴尬，吩咐服务员添加碗筷，乔启萍看看桌上洗净的桃子，拿了一个给李大年，自己抓了一个便吃起来，边吃边说："大年，你看我们老主任对我多好，你要学着点。"李大年说道："我一定向孔主任学习，关心爱护女同志。"

听口气、看神情，孔文富知道李大年已经取代了自己的位置，这顿饭应该是他与乔启萍最后的晚餐。孔文富尽量想表现出一种君子风度，问李大年喝什么酒水，李大年说现在城里时兴喝扎啤，就喝扎啤吧。孔文富喝过扎啤，不太习惯，但主随客便，叫服务员上了扎啤，乔启萍也与他俩一道大杯喝扎啤。孔文富不仅对扎啤不习惯，对今天喝酒的气氛也不适应，乔启萍当着他的面嗲声嗲气地与李大年打情骂俏。

他在喝下两杯扎啤后，说喝啤酒就爱上厕所，起身出去了，在吧台买了单，招呼也没有打，便离开了饭店。他已经无法保持君子风度了，他决定晚上步行赶回西河，县城到西河20余公里，这时候车不会有的，反正晚上难以入眠，不如走走路，让一路的晚风吹吹，平静他可能一时还平静不下来的心情。

刘德草情绪也不好。蒯老虎调资而不是他，老婆在他面前喋喋不休，这让他心烦意乱。蒯老虎是他同学，在镇窑厂干不下去让他给收编的，现在是他的直接下属，可是这次调资，竟然以后每个月都要比他多一级工资钱，这不是钱的问题，这是人的尊严，他已经看到蒯老虎洋溢在脸上的贼笑。这以前遇到不开心的事还有蓝花花帮助排解，蓝花花去年随军去了，再遇到不开心的事，没有人帮他排解了。老婆不仅不安慰，还时不时地火上浇油，把他好不容易压下去的情绪给撩上来。老婆是很现实的，自己的男人拿回家的钱比别的男人多，她便千好万好，自己的男人拿回家的钱比别的男人少，她会不开心，她不开心你还能开心起来？

这段时间汽水厂的业务也不好。去年这时候，汽水厂门口拿货的车停了一里多路，熟悉的人找他批条子，走后门先提货。今年居然没有一个人来开后门了，原因很简单：一是汽水的技术含量低，看到能赚钱，市场便有人进入，他知道春谷县去年有三家进了设备投入生产；二是啤酒、汽水争夺市场，啤酒明显占了上风，许多人开始放弃汽酒、汽水而选择啤酒解暑。另外，丁小林离开了汽水厂也是汽水厂的损失，丁小林管生产是可以的，他被挖到经理部去，汽水的质量明显差了。这两年西河商办厂增加了印刷厂、大米加工厂等，他自己明显感觉精力不济。

他发现范小亮情绪也不行。听说西河增加了一个调资名额，他到范小亮办公室串门，两个同病相怜的人应该有共同语言互相安慰。果然，范小亮心里窝着火："干事的时候想着我们，总是说你们年轻人多干点事，我们老同志会记着的，一到加工资就把我们忘了。我不信蒯老虎、董家根比你我干事多、贡献大。我想过了，西河我不想待了。"

范小亮想离开西河，他有这个背景，他同学林翠翠现在已经荣升为春谷县负责经济的副县长，而刘德草是没有地方去的。

很快，西河镇来了通知，借调范小亮到镇里参加计划生育工作组。田小宝把通知递给孔主任，孔文富接通知一看，勃然大怒："谁叫你把这个通知给我的？"田小宝不知所措，通知不给主任给谁？他捡起被主任扔到地上的通知，来到洪解放办公室，问道："洪主任，你看这份通知给谁？"洪解放看看委屈的田小宝，拿起通知来到隔壁办公室。孔文富说道："镇上太欺负人了，前两天要我们把库房腾出来，给经理部做门面，现在又找我们借人给他办事。供销社还要不要办了？"

洪解放说道："老孔不要生气，镇上我们得罪不起，林县长我们更得罪不起，以后我们总有事找林县长的。范主任这次工资没有调整，就让他出去散散心。西河供销社的河塘小，范主任迟早要离开西河的。"

孔文富说道："老洪，林县长那儿我是彻底得罪了，她打电话要我关照范主任与李厂长，结果两人一个也没评上，得罪就得罪吧，以后供销社有事找她不帮忙就不帮忙，反正供销社也不是我们私人的。他俩都没评上我们对其他领导打招呼也有个说法，你看林县长打招呼的都不行，我们有什么办法？眼下有一个时兴的词，叫理解万岁，小亮主任工资没调，他有情绪我理解。可是谁又理解我们呢？调工资我们总不能班子成员都调，都调了职工也不干。小亮主任以后的机会还多得很，一级工资没调他就装不下事了？国家搞什么4%调资，没有调出干劲，没有调出责任，调得一个个心灰意冷。调上的人也不感激你，调不上的人恨死了你。这样的事情是不能干了。我心里有火不是火小亮主任，火的是镇上，净给我们找麻烦。前些日子要我们腾仓库给他做门面，现在又要借人帮他干活。我们有事找镇里，总是一推六二五，他找你的时候没得商量。罢，胳膊拧不过大腿。小亮参加镇计划生育工作组的事你通知吧。看来柜组全面承包指望他做事是不可能的了。"

范小亮想离开供销社一段时间，至少躲开柜组全面承包那一大摊子烦心事。

范小亮心里憋屈，他升了官当了主任可是工资没有对应升上去，蒯老虎跟他同年，这次工资一加比他高一级工资，袁中青、董家根比他小6岁，比他到供销社迟3年，这次工资加了也比他高一级工资。主任当了拿不了钱，有什么用？投票一结束，他连夜赶到县城，找到林县长，问县长有没有可能改变投票结果，县长说任谁也改变不了。他发牢骚说主任不干了。林县长批评他，已经是共产党员了，这一点考验都受不了。他在心里说："共产党员也是人，不是神，看到别人比我干的事少，拿的钱比我多，我还能像没事人一样？"直到林县长承诺明年有机会调他到县里工作，他心里才好受些。

在车站他碰到镇上高书记。高书记也在等车回西河，高书记知道他与林县长关系好，每一次见到他都很客气。高书记问他能不能帮镇上一个忙，借调到镇上工作一段时间。范小亮几乎没有思考就应允了，说一切听从组织召唤。高书记当时也没说做什么，范小亮也没有问做什么，他觉得做什么不重要，重要的是他不想在西河供销社干事了。

他到镇上报到参加镇计划生育工作组，被分配到钱村，与他一道去的镇医院张医生说："钱村这次有5个超计划生育的，其中一个是做了结扎手术不知怎么又怀上的。这次工作的难点是钱村书记的儿媳妇超计划生育，钱村书记还是镇党委委员，在镇党委的核心会议上手中有一票，镇上的干部大都不愿惹这个麻烦，你们供销社的饭票子不在镇里握着，才把你给派来的。"听说做计划生育工作，范小亮的老婆阻止他去，怕他让农民给打了。

他说现在不去也得去了。他到钱村两天没见着村书记，估摸着是书记故意晾晾自己，他不着急，反正村上安排了派饭，业务有张医生，他没事就在村上转转。关于这位镇党委委员李书记，范小亮有所耳闻，当年就是靠挖黄沙起家，后来不知怎么就当上了村书记，因为镇上树立多种经营的典型，就让他进了镇党委的班子。

终于，书记露面了，李书记在他老三开的饭店里热情接待了范小亮与张医生，问派饭吃得还行吗？范小亮说道："现在农民生活水平都提高了，吃得很满意。"李书记介绍了村妇女主任，说："王主任与执法队就归

你指挥了，镇党委知道基层计划生育工作难度大，今年由镇里派工作组下到各村，是对我们村工作的支持，辛苦范主任你们了。"

几杯酒下去，李书记的话多了起来。他说："我大哥的女儿李萍萍在你们供销社，上次喝喜酒我见过范主任，范主任把我忘记了吧？"

范小亮连忙说道："怎么可能把李书记委忘了？"

李书记说道："忘了也是正常的，我那时既不是村书记，也不是镇党委成员，只不过靠挖黄沙口袋比别人多几个臭钱。我们全家1961年被我父亲从江城带到钱村，我们也是下放的，属于全家下放，只是从未享受过下放的待遇。我嫂子了不起，不顾家庭反对，放弃了江城中学的教师职位，来到钱村做了一名小学教员。要不是改革开放，我们家就惨了，因为我们兄弟三个都不是在农田里干活的料。现在，我老大挖黄沙，我运黄沙，老三开饭店，日子都还行。这里我表个态：我儿媳妇的事情我绝不护短，按照政策，该扒房扒房，该牵牛牵牛。你们放心大胆去做，我坚决支持。"

范小亮听到这里心里不爽，感觉对方就是一暴发户，不怕扒房、不怕牵牛，不就是口袋有钱？转念一想：用不着与他计较，自己这次来钱村，无非是对上有个交代，完成任务走人，对下有个震慑，农民不敢超计划生育。因此他说道："党委领导的水平与认识就是高，有李书记的这番话我们心里就有底了。扒房、牵牛只不过是非常时期的非常手段，我们尽量不扒房、不牵牛。只是李书记要想抱孙子，恐怕还得让媳妇出去避避风头。"

酒后，王主任说如果不是书记媳妇挡在前头，她早解决了村里超计划生育问题。王主任说她20岁就当了村妇女主任，她已经做了30年的妇女主任，是镇上资格最老的妇女主任，也是最听话的妇女主任。与她共事的有四任村书记，四任书记是一任比一任强势，她则一任比一任听话。这几年计划生育这么难做，她也没拖过镇里后腿。"农村里男的女的都不愿结扎，男的结扎怕干不了那事，成太监了；女的结扎怕男的日后嫌弃。农村的避孕哪有那么自觉，很容易就怀上了。要她们做流产，她们说书记媳妇流，我们就流。一句话就把你给噎回去了。"

范小亮说："我建议明天下午开一个育龄妇女现场会，就在书记媳妇家门口，王主任去村里用大喇叭通知一下。"那时候村大喇叭功能强，找个人方便得很，而且大喇叭连着各家各户的小喇叭。王主任说："行，我去通知。"

村东头红砖黑瓦三间房，门前是一宽阔的晒场，妇女下午在家一般都没事，听说镇上派人抓书记儿媳妇小兰子去做人流的消息都聚来了。

王主任清清嗓子，大声说道："妇女同志们，我们今天在小兰子家门口开一个计划生育现场会。小兰子在不在？"

有人在下面说，小兰子早晨就没看到了。

"我要说的是计划生育是国家的国策，不管是谁，只要违反了国家的国策，都要受到处罚。镇上特派了供销社的范主任到我们村指导工作，下面我们用热烈的掌声请范主任讲话。"

范小亮显然没有受稀稀拉拉的掌声影响，大声说道："我跟镇医院的张医生受镇党委、镇政府委托来钱村工作，选择在这里开计划生育现场会，就是要表明我们的态度。小兰子今天没到会，请她的亲朋好友带个信，给她十天的考虑时间，十天后她要是还不去做相关的手术，我们将采取断然的措施。那些超计划怀孕在观望的妇女同志，我们在这里一并通知你们，希望你们早做手术，早做早主动，拖是拖不过去的。躲过初一躲不过十五。"

下面嘈杂的声音居然停了下来。一个青年妇女说道："范主任，做手术也不是不可以，只是我有一个小小的条件。"

王主任打断她："小芳子，计划生育是你的义务，没有什么条件可讲。"

范小亮说道："王主任，让她说说她什么条件。"

"我一直想有一辆你们镇上姑娘骑的自行车，范主任你能帮我买一辆吗？"听她这么一说，又有妇女说想买缝纫机。范小亮想如果不是特定的几个牌子的产品自己是可以弄到的，他说道："妇女同志们，自行车、缝纫机都是眼下的紧俏商品，我虽然不敢打包票，但我会尽力满足你们的要求。"

征得李书记同意，他们打开了小兰子家门，小兰子夫妻出去避风头了。范小亮决定把小兰子家作为工作组的办公室，他要在这"守株待兔"。虽然李书记很不情愿，但他也不好说什么。因为范小亮临来前，镇高书记说过："你是我请来的，你在钱村怎么做，我都会支持的。"所以他心里有底气。他的这一强硬姿态很快便收到效果，几个超计划生育的对象都去做了手术，只剩下小兰子了。

他现在担心的是，如果小兰子十天后就不回来，他能采取什么断然措施。在当时的氛围下，他必须口气坚决。而十天很快会过去的，李书记能够接受的措施无非是罚点钱，群众是否认可这一断然措施？第六天，小兰子回来了，让他的担心成为多余。据小兰子自己说，像她这样带着肚子的女人，在哪里都受到盘查，都不受欢迎。她实在吃不了东躲西藏的苦，又听说她如果生了这孩子，老公公的书记帽子可能要被摘掉，现在肚子里还不知道是男孩、女孩，于是小夫妻俩决定回来。

小兰子见到范小亮说道："范主任，听说她们都做了，做就做吧。她们提了要求，我也有一个要求。我姐就是你们供销社的李萍萍，她有一台带彩的电视机，那看电视才带劲。我一直想买，就是买不着，你帮我想想办法。"

范小亮说道："你的要求我可不敢答应，答应了你公爹李书记会认为是我骗你做手术的，到时给我小鞋穿。"

"怎么会呢？我公爹那里我去说。"

范小亮心里美滋滋的，不到一个星期，他就完成了镇党委交付的任务。正在这时，有村民来报：村民吴老奶奶因为媳妇做了结扎手术，喝农药自杀了。范小亮、王主任立即赶过去。范小亮心里非常紧张，担心人如果死了，自己的前程不免受到影响。所幸吴老奶奶被抢救过来了，据说农药是假的，否则那一瓶农药喝下去是断断救不活的。既然人没死，除了家属仍在忙碌，其他人则纷纷散去。

范小亮回到村委会，给高书记打电话，汇报了自己的工作，请示是否可以回供销社了，高书记在电话里夸他有胆识、有办法，并说："马上就要进行村干部选举，我们好不容易请动你这尊神，你还是留在钱村辅助选举，结束了再回来。"在电话里他没有推辞。第二天下午，田小宝骑自行车来喊他回供销社。

孔文富说道："范主任，你在钱村做事悠着点，钱村人到我们这里闹事你知道了吧？"

范小亮已经在田小宝的自行车后座上知道了钱村人上午砸了生产资料门市部并发生了斗殴事件。他想肯定是李书记因为儿媳妇做了手术不满，因而鼓动村民到镇上闹事给自己难堪，要把他赶出钱村。他引以为豪的钱村政绩，在孔主任看来是捅了马蜂窝，孔主任的情绪挂在脸上，显然，作为下级的他不能不做解释。

"现在县社领导、镇领导都很关心这件事，责令我们三天内把假农药坑农的事情查清楚。你在钱村搞工作组，这件事还是你来办。你先去门市部看看。"

范小亮在生产资料门市部看到被砸坏的门窗与柜台。门市部经理周大发指着头上绑着纱布的李建农与肩上吊着绷带的张进城说："这两个人都是给农民打的。李建农是不小心说了一句'既然人没死，你们闹什么？我看你们得感谢假农药'，结果挨了一棍子。张进城这次表现最好，要不是他站出来逼退了闹事的农民，门市部就惨了。"

范小亮打量着眼前这个只有18岁，一副天不怕、地不怕满不在乎神情的小青年，想道：小伙子跟他妈有点像。范小亮找到进货的李小俊，问她进货的渠道有没有问题。她说这个问题孔主任、余主任、周经理都问过了，她从去年接手进货以来都是在县农资公司进的货，没出过一次差错。"范主任你这一问，让我突然想起一件事，这次进货时，县农资公司门口有人悄悄推销'乐果'，价格要比农资公司便宜一半，因为对方没有正规发票，报不了账，我没睬他。现在看来这种'乐果'有问题。"

范小亮说农民也不可能直接到县城去买农药。周大发说道："范主任，镇上现在不止我们一家卖农药，据我所知，农技站就卖农药给农民。"

范小亮说："你们反映的这个情况很重要，我去钱村查查吴老奶奶的农药到底是谁卖给她的。周经理，你把小俊反映的事跟孔主任汇报一下。"

吴老奶奶身体已经康复，只是从她那里没有得到什么有用的信息。她说农药是儿子买的，药瓶她喝了以后不知弄哪里去了。儿子到镇上闹事，谁也没有跟她说过。吴老奶奶的儿子一口咬定农药是在供销社买的。范小亮着急，这都过去好几天了，他依然没有弄清楚假农药的来源，孔主任打电话来催了。

这时候钱村一个叫小喜子的农民找他，说只要范主任帮他选村主任，他知道吴家的农药从什么地方买的。范小亮说："今年是第一次开展村主任民选，我说话不一定好使，但你告诉我农药的事，我一定会为你尽一份力。"小喜子说："农药是农技站卖的，农技站家属成立了一个服务部，他们卖的农药比你们供销社便宜，我们村里好多人买了。你们只要突查一下服务部，肯定能查到他们这一批假农药。"

范小亮连夜赶回镇上向孔主任汇报，孔文富叫他再辛苦一下，去请洪主任来商量。主任办公会很长时间已经没开过了，有什么事情孔文富与洪解放两人商议一下就办了，这主要是因为范小亮经常在外面跑业务，潘主任又总是不管不问。

孔文富说道："不只是抢我们的饭吃，还要坏我们的名声，这件事必须要有个说法。是把这件事直接报到县社及镇政府，由他们去查，还是供销社把事情坐实了，再向上汇报？"

范小亮感到孔主任近来说话有些粗鲁，他建议把事情坐实了好，免得农技站耍赖。洪解放说："我看还是孔主任你拿意见。"孔文富说："如果供销社先把事情坐实，是找工商所帮忙还是找派出所帮忙？我们没有资格去搜人家库房。"

洪解放说："派出所吴所长跟我是战友，当年转业时分我去派出所，我觉得供销社好没去派出所，老吴去了，我去找他帮忙应该没有问题。"

孔文富说道："那就请派出所帮忙，我强调两句，一是不能走漏风声，让对方转移走了商品；二是就说群众举报，我们不直接出面。"

农技站服务部的假农药被抓了个现行，孔文富不满意的是：农技站只是象征性地被罚了款，经营牌照并没有吊销。他想把农技站服务部赶出农资经销渠道的愿望没有得逞。更郁闷的是，工商所觉得自己的功劳被派出所抢走了，把气撒在供销社头上，以贯彻镇党委、镇政府市场打假的指示为借口，他们这几天老在门市部柜台前转悠，这也太不给他这个主任面子了。他虽然不敢保证日杂、针织柜组承包后柜台没有伪劣商品，但他们老转悠，信誉也给转没了。

而就在此时，田小宝来要他接长途电话，是生产资料门市部经理周大发从湖北打来的：周大发两天前到湖北去进尿素，他来电话干什么？

周大发在电话那头急得慌："孔主任，出大事了，我们买的尿素还没出厂就给当地工商部门扣住了，对方现在要用他们厂生产的复合肥抵尿素，他们的复合肥我看了，质量根本就过不了关，想不买都不行，他们说款子已经进财务账了，我猜测他们就是用尿素做诱饵，与工商部门联手逼我们买他们的复合肥。"

买尿素的事周大发请示过他，因为计划尿素远远满足不了农民的需求，他们每年都要想办法在其他地方找点计划外尿素补充，正好湖北有单位上门推销，他也就应允了，让周大发带着款子去湖北提货，没想到这居然是个陷阱。假复合肥是决不能卖给农民的，工商所正在打假，这真让他为难。他对周大发说，容他想想，明天电话再联系。

他找洪解放商量，他虽然知道洪解放拿不出什么主意，可也找不到其他人商量。洪解放说："现在是没有人帮忙做事情，范主任是指望不了了，恐怕以后也难指望，丁小林能做点事，给镇上挖走担任经理部经理去了，张二华能干事可是他停薪保职下海了，这么大的供销社找不到人去处理这事。"孔文富说道："现在看来只有用张大群了。""张大群是杂货柜台承包人，他离开行吗？""不行也得行，总不能让我亲自去湖北处理这事，指望周大发是不行的。"

洪解放说道："给他一个什么名头呢？"

是呀，名不正则言不顺，孔文富说道："让他做文书，田小宝只能写写画画，以前做文书还行，他不适应新形势了。"洪解放说道："田小宝又没犯错误，换了不太好，再说供销社也还需要写写画画，依我看，周晓兰调到新华书店去了，大楼门市部缺一个副经理，虽然大楼马上启动全面承包，设不设副经理无所谓，但总算供销社的一个中层干部。"

孔文富说道："行，就先任命为大楼门市部副经理，以后干得好就任供销社主任助理，听说外面有这样的头衔。"

张大群对这样的安排没有异议，在外人看来，他算是升官有面子，在他则主要是报孔主任的恩。去年周晓兰离开了日杂柜台，据说她跟孔主任有个约定：承包一年不管干得怎样都挪岗位。孔主任把他从村里采供站提拔上来，负责日杂柜组承包。这次孔主任看得起他，要他多干点事，他张大群还能说什么？

日杂柜台他出去一段时间也不会有事，他要求供销社的"双排座"这几天要跟着他跑。孔文富想，10吨尿素好几千块钱，吩咐孔松林带着"双排座"听张大群安排。张大群还有一个要求，想提又不敢提，结果还是提了，那就是他想入党，成为党的人。孔文富说："这好啊，我们党最欢迎年轻人，小伙子，好好干。"张大群顿时像充了气的球。

周大发对张大群来处理事情不以为然，心想：早知这样，我自己处理得了。因为比张大群长一辈，他说话比较随便，说道："怎么今天才来？大群你想跟这里的湖北佬一样急死我、气死我。"

张大群道："周叔，我知道你在这儿急，可我总得准备好了再来。"

周大发把大群介绍给对方销售科长，说这是我们供销社派来协商的张经理，对方看着毛还未长齐的年轻人，居然是供销社经理了，不禁生出几分敬意，只是态度依然强硬，说道："张经理来我还是这个说法，尿素没有，你找工商局去，是他们把卖给你们的尿素没收了；钱已经入账了，你找银行问能不能退。厂里只有复合肥，要么你拖复合肥去抵账。"

张大群说道："我谁也不找，你带我去找你们厂长，你不帮我找，我自己去找。我这里不仅有你们推销尿素的宣传品，还有你们厂生产的复合肥主要指标不达标的检测报告，中央《新闻联播》才播的农业生产资料打假的新闻，厂长要是不行我就找县长，不信你们这里不是共产党的天下。"

周大发心里想：小子行呵，比他老子强。

对方感觉这年轻人不好对付，说道："尿素是我们的生产原料，自己的计划都不够用，哪里有卖的，都是销售员在外面瞎吹。"

张大群说道："这问题就更严重了，涉及明显的商业欺诈行为。"

对方发觉刚才的解释不妥，客气起来："张经理，我们是有些问题，依你看，怎么解决呢？"

张大群说道："我们提出三个解决方案供你们选择：一是按照合同提供尿素；二是不能提供尿素，按照一倍的价格赔偿我们损失；三是以我们能接受的价格提供你们生产的不合格的复合肥产品。"

对方问道："你们能接受的价格是指什么样的价格？"

张大群说道："至少比现在提供的价格便宜三成。"

对方说道："这怎么行？太便宜了，我做不了主，我要请示厂长。"

张大群说道："我知道你做不了这个主，你去请示厂长，不过，我告诉你，我只有一天的等待时间，你们要是拖，我会用我的方式把你们厂产品质量不达标的检测报告公布于社会。"

对方走后，周大发问道："大群，我们要他的不达标产品回去又不能销售，有什么用？"

张大群说道："周叔，我来的路上已经问了，有一家复合肥厂可以给我们在这里买的复合肥进行加工，加工后可以保证各项指标达标，我们把这边的价格压三成，就可以保证加工费不要再花钱，并且还有些盈余。"

周大发夸道："你小子头脑就是好使。"

第二十章 柜组发包

西河水清又清，姑娘媳妇分不清。

柜组全面承包，每个人心里早有了思想准备，周边的基层社两年前就发包了，孔文富一直不着急，他知道这事做得越迟，阻力越小。员工面前有一部活生生的承包教材，它就是日杂柜台，两年多来，仍然到点上班，到月拿工资，钱没有见谁减少一分。

承包不是人们想象中的洪水猛兽，用不着害怕，而那些门市部经理、村采供站站长以及柜台实物负责人，他们从周晓兰、张大群的承包中，看到承包可能提供给承包人个人运作的更大空间，这个空间将转换成某种利益（比如弄一点私货在柜台里卖再也没有人管了），因此他们对承包跃跃欲试，甚至私下问孔文富："孔主任，我们柜台什么时候开始承包？"

周大发是最想承包的门市部经理，化肥、农药的销售权力都握在孔文富手里，而他自己手中的支配权就是一年50斤尿素票。周大发虽然有想法，但不敢向孔文富提，他怕孔主任挪他的位置，他知道供销社有好些人惦记他的这个岗位。生产资料门市部与批发部是孔文富最倚重的两个部门，因为孔文富一直认为，无论市场竞争多么激烈，只要将这两个部门抓在手中，就可以保证大家有饭吃，这两个部门到底要不要承包？在承包大势下，没有理由不给这两个部门发包，关键是一个合理的承包基数，他考虑这个问题已经很长时间了。

孔文富喜欢开干部大会，西河供销社的干部林林总总也有二三十号人，这些人头上有顶"官帽子"，开会纪律好。孔文富认为，其他人还不是你叫他们怎么搞就怎么搞，关键是干部带头。孔文富在干部大会上说道："这一轮决定由你们来承包，你们要是完成不了承包基数，那我下一轮就只好换人，招标，谁能完成基数就让谁干。有人问我，为什么上次日杂柜台承包时，承包基数'抬抬腿'就可以做到，而现在的承包基数却需要各个部门'踮踮脚'才能完成？我现在回答你们：日杂柜台是西河承包柜台的试点，为了鼓励他们第一个承包，有意把承包基数定得低。现在是都参加承包，过低的基数不能保证供销社其他人员工资、日常运转费用以及退休人员的工资，另外，承包的作用是要激励员工努力工作，所以完成的基数需要'踮踮脚'。

这里要说明：每个承包单位的承包基数都不一样，不是我有亲有疏，而是我参考许多基层社的经验，计算三年来销售量的平均数，并且特别考虑今年的销售状况精心设计的，你们就不要讨论，也不要怀疑了，合同一年一签，如果真的有问题，我们下次再调整。这次全面承包，供销社仍然坚持发放职工70%的固定工资，30%的活工资部分视完成承包基数的情况发放。

这次承包我们有个改进，就是超额完成承包基数的，供销社将发超额奖。这是因为日杂柜台的张大群曾经在我面前提过意见，说承包只规定我们没完成任务罚，而没有规定超额完成任务奖，这不公平。这次我们接受张大群的批评，奖励超额完成任务的承包单位，而且要重奖。我们这次也对日杂柜台的承包基数向上做了调整。"

孔文富话讲完了，就要求田小宝把承包合同发下去，让参会的人带回去，赶紧把名字签好交上来。他要求承包人以及每个参与承包的职工都要在合同上签名。

五金柜台的李志朝立即来反映，缝纫机在其他基层社都是在五金柜台卖的，西河却是在百货柜台，既然全面承包，缝纫机应该回到五金。孔文富想，不承包多一事不如少一事，真的承包，自己碗里的肉是不愿意给别人的，嘴上说道："等会儿我帮你跟张大群说说，只是不一定说得下来，你们想卖缝纫机完成任务，他们也想，而且他们困难比你们更大些。"

潘有志散会后便找洪解放发泄心中的不满。他认为规定承包基数这么大的事，老孔竟然不开班子会，一个人说了算，"供销社难道是他私人家的？老洪，我敢打赌，老孔的承包基数是他与张承宗、张大群三人搞的，你洪解放至多让你过一眼。"

洪解放忙着解释："老孔的东西我看了，班子会是没开，这不，范主任给镇里借调走了，你这两天又感冒生病。"

"班子会开不起来，党支部大会总要开吧，改革还要不要党的领导了？许多党员在我面前反映过，老孔当了书记后，党员在他心中没有地位。"

洪解放说道："是应该开党员大会，我也疏忽了。"

潘有志说道："这不关你的事，你现在又不是书记。老洪，我明人不做暗事，我要向县社领导反映今天的事。"

田小宝向孔文富汇报：只有汽水厂李厂长没有拿承包合同。

李胜利被找来后说道："孔主任，汽水厂办不下去了，我没有这个能耐，你另请高明吧。"

孔文富生气地说道："你不就是高明吗？当初你申请要来汽水厂，我们让你来了，还任命你做了厂长。你做了厂长又与丁小林闹矛盾，说丁小林影响你工作，现在丁小林走人了，你又提出不干了，这不是坑人吗？你要是真不干，你请林县长把你调走，我们西河庙小容不得你这个大和尚。"

孔文富要田小宝快去把刘德草叫来。孔文富对刘德草说道："刘主席，你辛苦一下，亲自兼任汽水厂厂长，李胜利不要他干了，你把这份承包合同拿去签字。"

刘德草说道："我辛苦倒没什么，就是怕完成不了承包任务。你的承包基数是着重考虑三年的销售平均数，李厂长是因为今年销售情况不佳而不敢接盘。汽水厂不仅今年销售不好，还有许多客户退货，这些在承包基数中可能都没有考虑。"

孔文富说道："你先签了合同书再说，真完成不了任务，我还能吃了你？"

刘德草说道："孔主任这样说，我就签。"

周大发拿着合同来找孔文富，只见他一副委屈的神情，小声说道："孔主任，我们生产资料门市部的承包基数是不是高了点？"

孔文富说道："你嫌高？那我找别人承包？"

"主任，我不是这个意思，你看，各个承包点的承包基数都比今年的销售量低，单单生产资料门市部不低反高，是不是也降一点？"

"周大发。"孔文富提高了音量，"现在就你们日子最好过，谁不知道，农民的化肥用量是一年比一年高，你难道不知道西河供销社有多少人在眼热你那个岗位？"

孔文富一发火，周大发便蔫了，他哪里知道孔文富刚进办公室时，看见潘有志在洪解放办公室，心里正有股火呢，他撞到枪口上了。

承包人以及员工不需要考虑这些，他们考虑的是他们承包的利益，而他作为西河供销社的一把手，不能不考虑整体的利益。

软的怕硬，硬的怕横，横的怕不要命，张进城就是不要命的主。张进城跟钱村农民这么一闹，这个18岁的上班不过2年的小伙子，已经在门市部让同事们刮目相看了。他14岁顶职因为年龄小没有上班，继续上学，父亲帮他上班。上学时老师都知道他已经顶职，因此谁也不管他，明里跟他说，你也不要上课了，两年后给你发一张初中文凭算了。因此他虽然挂名在学校读书，其实跟一帮同学在街上胡混，或者在供销社糖坊打工。

在糖坊里做小工，累是累点，可每天也能赚一块二，最多的时候一天能挣四块钱，比那些正式上班的职工都来钱，要不是他妈硬逼着他顶职，他才不会急着到生产资料门市部报到。他做小工的钱从不上缴，他现在不需要偷他父亲的香烟抽，他抽的是他父亲都抽不到的甲级烟——本地产的大江，四五毛钱一包。

他虽然16岁不到，但已是一副大人样，穿着腈纶的大喇叭裤，白色的回力鞋，每天都会把头发梳得油光闪亮，有人笑他头上面不是苍蝇趴不住，而是总有苍蝇在上面飞，因为头发上抹了猪油。当有人问他是不是想娶媳妇的时候，他会低下头跑开去。而在一般情况下，他总是和几个人一道，叼着烟，遇到马路边的卤菜摊，几个人上前会扯下鸭腿，甩给老板5角钱，然后啃着鸭腿离去，以致卤菜摊老板看到他们来了就把鸭子收起来，没有了鸭腿的鸭子不好卖，做小本生意的人惹不起这些小混混。

张进城正式顶职后，白天他想上班就来柜台露个脸，不想来他便跟那些狐朋狗友在街上游荡。晚上他在仓库值班，他的那帮小兄弟便来陪他打拳、赌钱。周大发看不惯也不敢吱声，甚至不敢去孔文富那里汇报。张进城大手大脚惯了，虽然有夜班费、工资，一分钱不用上缴，可仍然入不敷出，因此，他想着在哪里可以挣钱。张进城遇到张大群，迎上前说："哥，你现在是孔主任身边的红人，关心关心小弟我。"

张大群在他堂弟面前不会客气，说道："该关心时肯定关心，听说昨晚你在食堂偷锅巴，被人发现了，还要打师傅？"

"告老子状，老子砸他锅去。"

"砸锅、砸锅，你不是砸人家锅就是拳头捅人，就不能做点别的？这段时间承包，你要是有本事，跟你们周经理要求，去承包一个柜台。"

"承包柜台有什么好处？"

"没好处我要你去做？迟了就给别人包去了。"

"好，我去，看哪个敢跟老子抢。"

他找到周大发，说道："周经理，我要承包。"周大发想："你又不是柜台实物负责人，你承包什么？"生产资料门市部有两个柜台，一个是农业柜台，另一个是杂品柜台。周大发兼农业柜台实物负责人，杂品柜台实物负责人是詹春华，按照这次承包做法，杂品柜台应该是詹春华负责承包，杂品柜台的张进城没有承包的资格。

看着张进城一副志在必得的样子，周大发转念又想："何不让张进城与詹春华较较劲，杂品柜台的承包基数上去了，农业柜台的承包基数就下来了。"于是说道："行，你跟詹春华两人比一比，各报一个承包任务数，谁高我就让谁承包。"

詹春华得知张进城要和自己竞争承包，心里便放弃了，当时张进城分到他这个柜台，他就不想要，虽然那时张进城只是一个半大的孩子，但他从心理上害怕这个小混混。于是，张进城成了西河供销社第一个竞争上岗的年龄最小的柜台承包人。

袁中青是大楼第一个交承包书的实物负责人。针织柜台的市场竞争压力在大楼仅次于日杂柜台，针织柜台的刘彩云在4%的工资调薪后就以身体不好为由请辞实物负责人，潘有志调查她确实患有疾病，就要袁中青顶上去，说："你加了工资，你不上谁上？"

他老婆吴红英说："凭什么人家不干要你干，加工资是大家投票的，也不是你要加的，想加的还加不上呢。"

袁中青说道："多干点活就多干点，累不死人的。"

吴红英道："你在单位多干点，在家就少干了。"

袁中青说道："在单位多干点，在家也多干点，保证不让你多干。"吴

红英说:"你要愿意这样下作,那有什么办法?"

袁中青也没有想到4%的调资的大彩球会砸到他身上。大姨姐好长时间不跟他说话,老婆吩咐他不讲话就不讲话,也不要跟她啰嗦。

在他离开纱布柜台时,大姨姐吴红芳说话了:"中青,我知道调资的事不怪你,你帮我请了客,拉了票。我没调上就没调上,可是你调上了,我心里特不好受,这段时间不睬你,你不要怪姐。"

袁中青连忙声称不怪姐,只怪自己没有把姐托付的事做好。

吴红芳道:"针织柜台现在货不好卖,但实物负责人还是有点油水的。"

袁中青想姨姐之前抢着做纱布柜台实物负责人是奔着捞油水去的,嘴上说道:"谢谢姐教我这些。"

袁中青急于把承包书交上来,是因为他不想与李志朝搅和在一起。李志朝提出大楼5个柜台实物负责人交承包书时共同提一个要求:那就是以后进货由他们自己进,别人进的货保证不了承包基数的完成。袁中青认为领导会考虑这些事,再说驻城代表小罗已经被李志朝他们整得不好过了。小罗怎么说也是自己的兄弟,当初是他把房子借给自己漆家具的。因此,李志朝来找他时,他推说已经把承包书交上去了,其实承包书当时还在他裤子口袋里。

小罗要调走了,袁中青请他走之前来家喝顿告别酒。小罗显得气不平:"我在西河整整11个年头,我在西河红的时候,哪个不求着我?李志朝,像条哈巴狗一样跟在我后面。万建梅,一心一意要嫁给我,曾经脱了裤子上床等我,我都不睬她。这次要不是你请我吃顿饭,我在西河走得太没面子了。怪就怪孔老大,三年前我要走,他拦着不让走,那时候走至少可以去县百货大楼上班,现在大楼进不去,朋友又一个个都没了。"

袁中青安慰道:"在哪里干事都一样,不都是干活吃饭。缫丝厂在县城边上,离家近,说不准山不转水转,哪天我也去缫丝厂转转。"

小罗说道:"好,好,我们兄弟那时又可以聚在一起喝酒、吹牛,带劲。只是现在干事不来钱,个体户挣一天的钱可能就是我们一个月的工资,我几次辞职老爸老妈拦住硬是不同意,只好这么混混。不像你,在单位领导喜欢的老实人一个。告诉你一个小道消息,听说范主任升官了,调他去主持缫丝厂的筹备工作。有范主任在,你去缫丝厂还不简单?"

没想到,接下来发生的一件绯闻还真的逼袁中青去缫丝厂。

老实人袁中青的绯闻在大楼的确有爆炸性，不到半天的工夫，大楼传遍了袁中青在菜市场耍流氓的新闻，快要过年了，人们手头忙着，嘴也没闲着。袁中青觉得每个人看他的眼神都与往日不一样。他早晨照例去菜市场买菜，进菜市场他遇见了同事——收银台的出纳陈小妹，两人打了一个招呼。在菜市场买鸡蛋，又撞上了，两人还点头示意，谁知她突然大怒，大声尖叫说他耍流氓，摸她了。

"摸你哪儿了"？他红着脸。

"摸我奶了。"可能是袁中青挑鸡蛋时碰到她的身体。周围的人一听有人耍流氓立即围过来，任他怎么解释，她就是不听，眼泪唰地流出来了，好事者把陈小妹的丈夫找来，她的丈夫也还明事理，把他交给大楼潘主任处理，这要是其他丈夫，上来就会给他两个耳光，因为不这样老婆这一关过不去，周围的人交代不了，别人会骂他缩头乌龟。陈小妹丈夫走后，潘主任便让袁中青走了，说以后注意点。

潘有志知道这肯定是个误会，大冷天的，女人身上包着厚厚的棉袄，摸什么奶？就算大热天，陈小妹穿着单衣，让袁中青摸，他也没有这个胆摸，听袁中青嘟嘟囔囔地说："你老婆有的东西我老婆也有，犯得着？"可绯闻却像长了翅膀在天空中飞：袁中青摸了陈小妹的奶，让陈小妹丈夫逮住了。

袁中青、吴红英两人都没有拿绯闻当回事，可夫妻俩出门总感到有人在身后指指点点。一天，吴红英弟媳洪学军问她："姐，外面传姐夫耍流氓被人逮住了，姐夫不是这种人呀？"吴红英才感到问题的严重性，西河人怎么这样？西河不能待了。夫妻俩想到县社筹备办的缫丝厂，离县城近，将来孩子读书又方便，为什么不想办法调过去？正好是春节，两人决定备一份礼去范主任家拜年，范小亮上星期已经去缫丝厂走马上任担任厂长了。

缫丝厂在县城西五里的地方，这里原是部队的一所医院，百万大裁军把这所医院裁掉了，院舍交给地方，春谷县政府便把它划给县供销社办缫丝厂。范小亮在新家里接待了他们夫妻俩，这一对夫妻早已经形成了习惯：在外面讲话都由吴红英代表。

红英说道："老领导，你前脚走，我们后面跟，你走到哪里，我们跟到哪里。"

范小亮说道："欢迎你们，缫丝厂还在草创阶段，需要人，尤其是需

201

要像老袁这样实干的人。只是老袁是西河的骨干，孔主任那边是不是同意放？"

红英道："范厂长要是同意接受我们，我们再去求孔主任。"

范小亮道："小吴，缫丝厂还没拉开架子，我先同意老袁过来，你再等等行不行？"

吴红英连忙道："行，行。"

袁中青、吴红英又去买了两瓶酒给孔主任拜年。孔文富说道："之前人们找我是要求调进来，现在是要求调出去，都走了，我供销社还办不办？再说，小袁，你可是才签了承包合同书的。"

袁中青、吴红英面面相觑，不知道是刚才李胜利来也是要求调走的，供销社谁不怕孔主任发火？

吴红英大着胆子说道："孔主任，不是没办法吗？当初领导调他到针织柜台，他二话没说，领导要签承包书，他第一个交的。要不是有人造谣说他耍流氓，逼他走，他也不会走的，人言可畏，中青不走继续在大楼上班，不也给供销社抹黑？"

孔文富想这女人真会讲，幸亏没有做自己的儿媳妇，从心里来说他是不愿袁中青走的，但他决定把球踢给潘有志，他说道："你们去找潘主任，只要他同意，保证有人完成针织柜台的承包任务，我不反对小袁调走。"

两人又去买了两瓶酒给潘主任拜年。潘有志说道："老孔这是在耍滑头，要我保证针织柜台完成承包任务，我怎么保证？你们还得去找老孔，要他减少针织柜台的承包任务，小袁要是调走了，就不拿这里的工资了，任务不就自然少了。再告诉你们一个消息：红英厂的李厂长要调走了，同意他调为什么不同意小袁调？"

潘有志要求他俩到老孔那里不要说这些是从他这里听到的，这一对年轻夫妻一边道谢一边表态说不会给潘主任添麻烦的。

两人再上孔主任家，请求孔文富减少针织柜台的承包任务，孔文富说："这怎么行，白纸黑字签名画押了的，要不，小袁把今年任务完成了，明年再调。"双方僵在那里，袁中青望着吴红英，要她说话。吴红英在想，要不要打出李胜利的牌来，这张牌出来后可能双方要撕破脸皮。

恰在这时，孔松林进屋来，听说袁中青想调走，说道："爸，这人往高处走，水往低处流，你既然同意了李厂长调走，你就没有理由不让袁中青走。"

吴红英心存感激，孔松林说出了她心中想说而不好说的话。孔文富说道："你知道什么，我又没有说不让小袁走，这不讨论什么时候走吗？"孔文富这时既当上了外公，又做了爷爷，孔松林老婆刚给他添了个孙子，孔松林的话对他还是有影响的。

袁中青终于如愿去了缫丝厂，并被派去外地培训半年。袁中青回家征求红英意见，说："要是家里忙不过来，我回领导说不去了。"红英说："那不行，好不容易调来，怎么着也要克服困难服从领导安排。只是你抓紧把龙龙的户口转到他爷爷那里，等你学习回来后，我想让他在县城上幼儿园。"

中青说道："我学习回来，龙龙三周还不到，上幼儿园是不是早了？"红英说道："等到明年上就迟了。"中青说道："听你的，只是龙龙户口是写小龙还是啸龙？"儿子的名字依他的意思叫袁孝龙，他这一辈是中字辈，儿子这一辈是孝字辈，可是老婆说现在没有人按辈分起名字了，不如叫袁啸龙响亮，可是龙龙奶奶说，啸龙这个名字父母压不住，还是叫小龙吧。三个人三种意见，也没有最后敲定。

红英说道："在他爷爷奶奶那里挂户，只有听爷爷奶奶的。"中青托人办好了户口，临行前叮嘱红英："孔村周老五，你认得，矮冬瓜似的，年前在我们家喝过酒，有一些小孩子穿的衣服他帮我在孔村卖，什么时候你在镇上看到他，把钱结一下。你别翻眼睛瞪我，这也是我做了柜台的实物负责人在外面搞点零花钱，是你姐教我的，说谁不搞谁傻，我第一次弄。再就是，二月二是张二华娶媳妇的日子，听说排场不小，出10块钱的份子怕是不行了，这次我们出20块钱。张妈妈在收这份子钱，你别忘记了。"

张承光对儿子结婚搞这么大动静很不满意，说道："华子，有肉埋在碗里吃就行了，整么大排场人家还以为我们有多少钱。"

"爸，时代变了，肉埋在碗里吃不香。挣钱为了什么？挣钱就是为了花钱，为了风风光光、心不惊肉不跳地花钱，花大钱。我当初停薪保职去挣钱，不就是为了今天有个体面的婚礼。其实也不仅仅是为了婚礼，还想通过婚礼让更多的人认识我，愿意和我做生意。人找钱难，钱找人容易。"

张二华揣了一条"大前门"来到孔松林、潘昌胜办公室，把香烟往桌上一放，说道："松林、昌胜，兄弟我二月二请你们帮忙。"

潘昌胜看到"大前门"眼睛放光，这张二华出手就是大方，别人迎亲至多不过是两包烟，他出手却是一条，而且是顶尖的"大前门"，不过，他要等孔松林表态，他把眼光投向松林。

孔松林淡定地说道："只要没有出车的任务，帮忙是肯定的。"

二华觉得松林的表态缺乏应有的热情，心里不踏实，去找孔松瑶，他想凭孔松瑶结婚时他送200元红包的份上，孔松瑶会帮他搞定这件事。

孔松瑶一年前跟连长结婚后，便怀了孩子，现在在家坐月子，听二华说了车子事后，大包大揽道："放心，保证二月二这天，松林的车子一天听你调遣。"

张二华把婚礼定在二月二除了考虑龙抬头这么一个吉祥的寓意外，还因为这段时间生意比较清闲，这样保证他有足够的时间与精力去操办婚礼。他计划迎亲这一天，除了请供销社的"双排座"接嫁妆与新娘，他还要用10辆雅马哈摩托车在"双排座"前开道，他算了西河镇上包括他的一辆共有7辆雅马哈，钱村有3辆，他已经与其他9辆雅马哈车主联系过了，请他们到时来摆个台面，他们都表示没问题。

他已经准备了两箱子大江香烟，到时每个来喝喜酒的客人都能拿到一包糖果与一包大江。春节前，他请肖志强陪他到县城拜访乔启萍。当时市面上流行"一云（云烟）二贵（贵烟）三中华，马马虎虎阿诗玛，黄果树下一枝花（牡丹）"，要想婚礼上有好烟，只有找乔启萍。

乔启萍很爽快，把他送的金项链首饰盒往抽屉一塞，说道："你想要的这些名贵烟一两条还差不多，要两箱，我只能想办法弄本地产的精品大江，西河有几个人抽过中华、牡丹？精品大江绝对是上等了，台面应该没问题。"

张二华也觉得大江的台面可以了，立马请乔经理上街喝酒。"行，我去叫经理，喝酒去。"他的雅马哈载着李大年，肖志强的雅马哈驮着乔启萍，朝酒店奔驰而去。在酒店坐下，乔启萍问肖志强："现在到哪里还跟老婆抬着电视机？"

肖志强脸红了，说乔经理最爱取笑人。肖志强结婚时，新娘娘家陪嫁的彩电是西河镇的第一台，小夫妻俩出门，彩电放在家里不踏实，两人就抬着一道出门，这在相当长的一段时间内都是西河镇茶余饭后的一个笑谈。

乔启萍说道："以后不要叫我乔经理了，在西河我是经理，现在他才是经理，以后你就叫我乔姐。"张二华有点迷糊，这都说乔启萍已经傍上了她对面的李经理，怎么敢当着李经理的面与肖志强打情骂俏，甚至在喝酒中还说以后西河的烟草进货就认肖志强，这娘们也太风流了！回来的路上他担心乔启萍对李经理的刺激会不会把他的事搅黄了，肖志强说："应该不会，她收了你的东西，又喝了你的酒，应该有把握。"事实证明，乔启萍真降伏了李经理，没有几天，肖志强叫张二华去批发部提烟去。

新娘叫金品梅，新娘父亲老金就是那个在二华店里歇脚的商人。老金在与二华成了合作伙伴之后，发觉这个小伙子人不错，便把自己的三女儿梅子介绍给了二华，两个年轻人见面后都对对方非常满意，两人在一起处对象快三年了，一直没有完婚，二华坚持等他可以办一个像样的婚礼，他才会来迎娶新娘。因为梅子年龄不大，还能拖得起，老金与梅子便全力支持二华做生意。如果说当年二华除了赚钱娶媳妇的念头，尚不知通过什么赚钱以及怎么赚钱，那么二华通过这几年的尝试与摸索已经找到了路径与方法。是老金指导他如何"靠山吃山"，从收购笤帚到收购山货，到最终收购当地大宗药材——丹皮，他的口袋一天天鼓起来。梅子也终于等来了迎亲的日子。

有一件事等待二华搞定，那就是迎亲车子到了家门口，传统的迎亲习俗是哥哥把新娘子背进门，这大华自那年顶职与家中闹翻了后，就不再与家人联系。

张承光说道："弟弟结婚大事，大华总得回家吧。"二华知道大华不回家是父母的一块心病，于是说道："爸、妈，我去找大华。"二华找他二叔张承宗，要他帮忙去探探路，说说情。

水娣依然是火暴脾气，说道："张家的事不要烦我们。"

大华说道："你让二叔说完。"

张承宗说道："水娣，你和大华有气这我理解，可事情过了这么些年，供销社从铁饭碗也变成了与合作商店一样的泥饭碗，大华当年没有顶职，从经济上讲也没有损失。"

"这不是钱的事情，是张家伤透了我们的心。"水娣说道。

张承宗说道："小华去年上大学走了后，二华经常不在家，你婆婆、公公每天都盼着你们回去，他俩多次偷偷地跑来看孙子。二华说这都是他的错，他想借他结婚的机会，一家人能够和和气气地大团圆，他表示哥哥嫂子提个条件，他要给哥哥嫂子道歉并补偿哥哥嫂子。"

"补偿？补什么？给我儿子买二斤糖果？你告诉他张二华：他要补，

就补他骑的雅马哈，要么给我送台彩电来，补别的我不稀罕，瞧不上。"

张二华说道："二叔，就怕我嫂子不说话不开价，她只要说话开价，我就有办法让哥哥嫂子回家。"

张二华买了几斤水果，骑着他的雅马哈上门给哥哥嫂子赔礼，说道："哥哥嫂子大仁大义，原谅小弟当年不懂事。这是雅马哈钥匙，哥你先用着，好学得很，明天你们一家三口就可以兜风了。等我弄到计划，再给你们搬一台彩电来。"二华既然都做到这样了，水娣与大华还有什么话说呢？

第二十一章　二华完婚

挣钱是为什么？挣钱就是为了花得爽气。

张二华请田小宝做支客先生。这婚礼越排场，来往的人越多，现场的支客先生越重要。田小宝做了近三年的文书，再加上其诗人气质，在婚礼现场迎来送往绝对没问题，穿着张二华在蒯玲玲那儿给他定做的蓝哔叽中山装，戴着二华送他的蛤蟆镜，弄的在旁抱着女儿的小宝老婆说："二华是新郎官还是你是新郎官？"田小宝说道："我就不能再当一次新郎官？"他老婆嗔道："你想得美。"田小宝说道："我就是想得美。"在田小宝看来，肖志强是长得美，命运之神垂青，让他娶了一个倒贴的老婆，结婚等于是做了一笔赚钱的买卖。张二华是干得美，停薪保职，到山沟沟里做生意，让口袋的钱包鼓起来。他从心里佩服二华，佩服二华的胆识、干事的大气，就连二华的这个婚礼他也佩服得很，大江香烟一包包扔出去眼睛也不眨。田小宝当新郎官时是集体婚礼，用他的话说："一点印象没有，拜了堂，入了洞房，用两个钱算计来算计去。"

张妈妈是迎亲奶奶，这是她主动申请的角色，二华妈觉得他三婶做这事没人比得上。张妈妈说道："二华，迎亲一大摊子事你放心交给你三婶，到时保证办得漂漂亮亮，不让亲家他们挑半点理。"二华嘴上说"三婶出马，小侄绝对放心"，私下却跟陪同迎亲的肖志强说道："二月二，结婚人家多，就我们附近这一块，就有三家办事，听风水先生说，哪个新娘子先进门，哪家兴旺，到时帮我盯紧点，不要在小事上计较，遇到事用钱开路，只要不耽误发嫁与新娘子进门的时间就行。"

二月二一早，迎亲的车队便出发了，到了新娘子住的春谷县城城郊，太阳才探头。墙内外的火炮炸了一通，可是新娘子家门愣是不开，香烟递了，红包也包了，里面放出话来，必须有个大红包才行。

张妈妈已经说了好一番客气的话了，只是没有效果，眼看时间去了不少，她的脾气上来了，全然忘记了"抬头嫁姑娘，低头娶媳妇"的民俗，说道："多大的红包才是大红包？抢钱？"她大声地这么一叫，门居然开了，张妈妈倒显得不好意思，肖志强从口袋掏出一个大红包，往开门的姑娘手中一塞，说道："失礼了，失礼了。"新娘子父亲老金过来了，双方寒暄了几句，老金怕耽误时间，主动催促发嫁。

二月二结亲的人多，有人无事做便带着一帮孩子在路口拦截迎亲队伍，讨喜烟、喜蛋、红包，还可以恶作剧让新娘子点烟，在新娘子身上揩点油，为了喜庆，迎亲的一般都会忍耐。这春谷县城到西河镇20多里地，沿途拦亲的人必不可少，这三拦二拦的，不知要耽搁多少时间，老金出主意道："不如让摩托车在后面，新娘子的汽车在前面，遇到拦亲的，便说新娘子在后面，陪嫁的姑娘穿着红棉袄坐在摩托车上，这样，新娘子便可蒙混过关，散点喜糖了事。进西河镇时，你们再让摩托车走前面，不影响迎亲的气势。"张妈妈等迎亲的一干人都说这一法子甚好。

这一法子果然节省了不少时间，只是在牌坊村时遇到麻烦，过了牌坊村就是西河街。拦亲的不让陪嫁姑娘走，非要新娘子来交换。张妈妈叫汽车在前面等着，她来到拦亲的面前，说道："你们没本事拦新娘子，拦陪嫁的干什么？你们要点烟，让老娘给你们点。牌坊村的小伙子们，你们村长的儿子今天也娶媳妇，是他叫你们来拦我们的吧？新娘子的车早就过了牌坊村了，有本事你们把新娘子追回来。怪只怪你们迎亲的车子慢吞吞，回头告诉你们村长，供销社做什么事也不会输给你们牌坊村的。"张妈妈的这番义正词严让摩托车队被放行了。

刘德草代表供销社给张二华证婚。二华说："我仍然是供销社职工，领导要出面给我撑场面。"孔文富说："刘主席是党支部的青年委员，又是工会主席，由他代表供销社讲话。"孔文富知道二华是想邀请他主持婚礼的，他要挫挫这个年轻人的傲气，太张扬了，人家能办集体婚礼，他为什么不能？还非得搞那么大排场，据说摆了88桌酒席，不管你随礼不随礼，只要你愿意都可以来吃酒，都有礼包。刘德草感受到张二华不简单，定下他代表供销社讲话的当晚，张二华来到他房间甩给他一条大江，在二华面前他甚至怀疑自己是不是老了。

刘德草负责的商办厂很棘手，似乎好日子过完了。省里现场会开过以后，商办厂又增加了印刷厂、大米加工厂等。日子好的时候，他每年春上都要让"双排座"带上一些女员工去周边城市"考察"，虽然他也没有什么非分之想，蓝花花随军走了后，带走了他的情，他带走了他的爱。渐渐地他对蓝花花也有不满，怎么走了后，一封信也没有来过，也太绝情了。没有了情与爱，并不影响他喜欢听吴红英这些少妇们到一个新地方一惊一乍的声音，沐浴着无知少妇们的笑声让他特别舒服。

今年肯定是不会"考察"了。去年年终结算商办厂零利润，今年恐怕零利润都难保证。原来赢利主要靠汽水厂，去年汽水厂开始亏损，年底厂长李胜利撂挑子不干了。这李胜利不是个东西，有好处时削尖了脑袋往里挤，有危机时比兔子溜得还快。汽水厂是真的不行了，至今没有谁想来这里做厂长。

孔主任说："柜台与门市部都承包了，调谁也不好调，只有老刘你辛苦兼任厂长。"孔文富还开玩笑说："你老婆也进了汽水厂，要不叫她做厂长，你们夫妻俩承包得了。"刘德草知道他老婆不是这块料，洗洗瓶子还可以，生产与销售是断断不行的。

刘德草找来吴红英，说道："小吴，组织上要调换你的工作岗位去做销售。"吴红英说道："刘主席，我犯错误了？"刘德草说道："小吴，你一直做得很好，组织上是重用你。去年汽水厂效益不好，主要是销售有问题，我们要把厂里能力最强的人拿出来在外面跑销售。"

吴红英说道："谢谢刘主席这么看得起我，可是我家中青培训去了，我在家要带孩子出不去。"刘德草之前没想到这一点，他还是坚持说道："你看有没有办法克服，把孩子给他奶奶或外婆带，厂里每天给你补助，一天1块5毛钱。"这确实有诱惑，一天1块5，一个月下来，补助比她的工资还高。吴红英说道："真有这补助，我克服困难试试。"

吴红英带着儿子袁小龙来到婆家。袁中青姊妹3个，上有姐姐，下有妹妹。见孙子回来婆婆自然高兴，吩咐老头子上街称肉去。婆媳一直处得不错，吴红英也就不绕弯子，说道："妈，我求你一件事。"儿子不在家，媳妇带着孙子求自己事哪有不应承的。

婆婆连声说道："好，好，有事你说。""我想把龙龙丢在你们这里，单位要我出门跑销售。"婆婆一听，口气变了，说道："英子，这怕不行，小龙他爷这段时间感冒咳嗽总不好，小龙在这里传染上了事就大了。我看你还是等中青学习回来再出门吧。"

吴红英带着儿子回娘家请求支援。母亲说道："小龙他奶奶肯定不同意你跑销售，一个妇人家在外抛头露面，谁放得下心。现在一家一个孩子，看得比什么都金贵，你丢孩子在我这里你也放不下心。你别求我，小龙他奶奶不带，我也不带，到时免得你们夫妻吵嘴闹心。"

吴红英想她现在没有退路了，都答应了刘主席，再说一天1块5的补贴也诱惑人，她决定顾不得好看，用绳子把两岁的儿子绑在身上，出门跑销售。

孔文富赞扬刘德草找人到外面销售汽水，说江浙一带早这样做了，等人上门买你东西的时代已经过去。他建议销售人员可以带一张1984年3月27日的《江淮日报》。"那天的《江淮日报》报道了西河现场经验交流会，这是政府对我们西河商办厂的认可，比我们自己王婆卖瓜自卖自夸强。另外，不要忘记用军用水壶带一壶新鲜的山泉水，推销时让买家尝尝。"刘德草立即拍马屁道："孔主任你的主意太妙了，我立即就去布置。"

孔文富叫来洪解放、田小宝，说道："春节以来，我就在想，承包了，事情也少了，我听人说有的基层社行政人员现在上午看看报，下午几个主任加文书凑在一起打打麻将。你们看我们三个人都不好那玩意，老潘一门心思在他的饭店，我们也从来没有指望过老潘，我们得找点事做。上级指示我们抓大放小。大无外乎是农业生产资料销的完成与农副产品的收购。农业生产资料承包具有特殊性，销售任务重，我想你们两个人在家守着，负责接待县里来人检查，协调各个门市部的工作，如果还有时间就到乡下调查，看怎样更好地为农民服务。我呢，着重跑跑外场，一是议价化肥、议价紧俏工业品的进货渠道，二是农副产品的收购与销售。老洪，家就交给你了。"

洪解放说道："孔主任你放心，我跟小田文书一定看好家，家里一有事我们及时向你汇报。为了应付突发事件，孔主任你不在家期间，我晚上就睡在办公室，不回去。"

洪解放不想回家是因为老婆盘了小店后，心思便在小店里，他下班回家有时天快黑了，锅还是冷的。老婆现在与过去不一样了。过去他是军人，老婆两只眼睛直勾勾地望着他，替他生孩子，替他照顾父母。他军人转业后，吃了公家粮，还当了门市部经理，以后又升了主任，老婆把家里家外忙得妥妥帖帖，菜地不要他上，水也不要他挑。他这个甩手掌柜当惯了，现在回来又要浇菜又要挑水，忙了公家忙小家。更不能让他容忍的是老婆的嘴碎：总是夸耀她小店每个月最少能挣100多块，数落他卖给了供销社，一个月下来还没她挣的钱多。

其实这些年他也不知道自己每个月拿多少钱。每个月工资都是老婆拿。到月发工资时，老婆会挑着箩筐到批发部进货，顺便把他的工资领了。他不想回家就是不想看老婆那张脸。老婆说道："你晚上不回来我清静些，我们娘仨好打发得很。说好了，你晚上不回家，每月十块钱的伙食零花老样子不变。"洪解放知道他不在家，老婆能把家顶下来，这样他可以眼不见心不烦。至于钱，找老婆多要一分钱都困难，他也不多说什么。

洪解放每次下班都要骑着自行车经过蒯玲玲家门口，有时两人打个招呼，有时是蒯玲玲在窗户里目送洪解放离去。连着几天没有见到洪解放的身影，蒯玲玲心里空落落的。吃过晚饭，她出去走走，不自觉地来到洪解放的办公室门前，看里面的灯亮着，便推门进去，洪解放在灯下翻看一张旧报纸。

蒯玲玲甜甜地说道："洪主任，这么用功学习，晚上不回家？"

"孔主任不在家，这段时间我值班就睡在办公室，有事？"洪解放说完给蒯玲玲搬来一把椅子，用手揩了一下，请她坐下。

蒯玲玲说道："没事，路过，见你办公室灯亮着就进来了。办公室怎么睡？又没有床。""当过兵的人，有床睡没床也是睡。马路上我睡过，草丛里我也睡过，办公室条件好多了。"

蒯玲玲看到办公桌上的碗没洗，问道："主任，晚上吃什么的？"洪解放说道："锅巴，香喷喷的。"

"锅巴哪能吃得饱，我回去给你讨吃的。"说完，蒯玲玲旋风般走了。洪解放拿起桌上的碗筷去洗。他今天才知道供销社食堂已经不供应晚饭了，单位里的小青年都结了婚，个别寡汉条子因为电通了，煤油不紧张，在家烧煤油炉子。他只好在食堂买锅巴凑合着解决晚餐。

蒯玲玲旋风般来了，手上递过一瓶黑芝麻粉，说道："黑芝麻，我自己磨的，既抵饱，又营养，比麦乳精好。送给你了。"

洪解放连忙摆手，说道："不行不行，怎么能收你东西？"

蒯玲玲道："什么你的我的，我家老贾的小店不是你照顾，他能开到今天？我跟你说，明天开始，你只要不回家吃饭，就到我家吃饭，多个人多双筷子，不麻烦什么。"

第二天吃晚饭时，蒯玲玲果然叫她的徒弟来请他。蒯玲玲亲自下厨烧了几个菜。蒯玲玲带了三个徒弟，小镇上有技术带个徒弟家里方便多了，平时的家务事徒弟包了，师傅家的马桶也要徒弟倒的，烧饭烧菜更是徒弟做的事，徒弟是师傅免费请的佣人。

贾老三开了一瓶大曲酒，给洪解放斟满，说道："洪主任，你是我们家贵客，玲玲多次想请你来家吃饭，今天终于请到了。感谢你对我、对我们家玲玲的帮助，对我们小店的帮助。"

洪解放说道："都是互相帮助，你们太客气了。现在搞活市场，许多商品都不要票，以后开店好开了。"

蒯玲玲说道："吃水不忘挖井人，洪主任的好我们记住的，以后少不了还要麻烦洪主任。"

蒯玲玲的盛情、热情，让洪解放喝了不少酒，他记不得是怎么回到办公室，怎么在办公桌上睡下的，身边多了件崭新的藏青蓝的卡中山装，谁的？

晚饭时，蒯玲玲亲自来请他，说想看看她做的中山装是否合身。洪解放有些犹豫，蒯玲玲说道："主任，我认识你快6年了，6年来，我看你冬天是黄大衣，其他天都是黄军装，一年四季，谁也没有你穿得这么简单。我知道，黄军装是你的最爱，是你对军人生活的怀念。可是你瞧身上的黄军装穿旧了，洗白了。扯不到军装的面料，不然我给你做套新军装。我又想，你到地方这么多年了，也该有个新的形象，你穿上中山装试试看。你放心，现在外面没有人，都在家弄饭吃，穿吧。"

洪解放看着眼前的女裁缝，读到她的真心与细心，她的这番话让他没有拒绝的可能，他甚至有些感动。他试穿了中山装。

蒯玲玲又道："洪主任，正好。你就是个衣服架子，穿什么衣服都好看，你穿的中山装比别人潇洒气派，与穿军装一样，都像样板戏中的杨子荣。可惜没有一面镜子，让你自己照照看看。"

洪解放从心里喜爱这件中山装，他都不想脱下来了，可还是脱了下来。只听蒯玲玲说道："你把它放好，我先走，你马上过来吃饭。"

接镇上电话，供销社派个领导去参加镇春耕检查。春雨霏霏，洪解放春耕检查回来后，浑身不舒坦。洪解放估计自己受了风寒，他不喜欢去医院，愿意挺着。当蒯玲玲来到他办公室，才知道他今日早饭没吃，中饭没吃，晚饭也没吃。蒯玲玲见他偎在旧藤椅上，心生爱怜，竟然用手去摸洪解放的额头，果然发热，她说叫医生，洪解放不让她去。蒯玲玲拿开水瓶倒开水，水瓶也是空的，她决定回家装开水并弄点吃的来。

当蒯玲玲再次出现时，洪解放面前多了一碗冒着热气与小葱、麻油香气的面条。洪解放在解决面条的时候，发现面条下还捂着两个鸡蛋，只见蒯玲玲脸上挂着笑容。惊讶时，他却发现女儿洪学军也站在门口。

"好哇，洪解放，我说你怎么不回家，在这儿谈恋爱。"

"学军，你爸病了。"

"用不着你这个狐狸精骚货说。"

"学军，你怎么骂你蒯阿姨？"

"蒯阿姨？你是想跟我妈离婚，跟这个狐狸精结婚了？"

"学军，你误会了，我跟你爸什么也没有。"

"什么也没有，这是什么？"洪学军从洪解放抽屉里拿出中山装往桌上一扔，面条汤溅在蓝涤卡上，划出一条曲线。蒯玲玲觉得心疼。洪解放想：肯定是丫头在他下乡的这几天，在文书那儿取了钥匙，进了他办公室翻出了抽屉里的中山装。

"怎么不说话了？洪解放，我给你留了个面子，你今天必须给我写一个保证书，保证不再跟这个骚货来往，不然，我告诉我妈，你知道后果是什么。"

洪解放想到当年老婆也是这语气，她当时怀着学军的弟弟，听说军长的女儿喜欢他，她来到部队探亲，挺着大肚子说道："我去团里、去师里，不行我就去找军长，不信没人管你。"真是有其母必有其女。他知道蒯玲玲在看着他，她哪里知道学军妈妈的厉害，她会砸你的缝纫铺，毁你的代销店。

他依然像上次一样，败下阵来，投降道："我写保证书，我写保证书。小蒯，你回吧。"蒯玲玲欲离开，洪学军叫住她："把你的臭衣服拿走。"

213

蒯玲玲投来询问的目光，洪解放沉默，洪学军吼道："你不拿走，我撕了它。"蒯玲玲拿起被面条汤弄脏的中山装失望地走了。

孔文富打来电话，田小宝喊："洪主任，孔主任上海长途。"洪解放这两天明显瘦了，他没有找医生，这是他多年的习惯，头痛发烧，扛扛便过去了，只是洪学军一闹，让他不只是头痛，心也弄疼了。晚饭点是彻底砸了，晚饭他只能嚼嚼锅巴，他仍然在带病坚持工作。

孔文富领着董家耕去上海公司进货，走了一个星期，他没有办法联系上孔主任，只有孔主任联系他。范小亮走后，孔主任说上海这根线不能丢，要亲自走这条线试试。他把近段时间工作情况做了简要汇报，在电话中告诉孔主任，说明天县物价局到西河检查，孔主任有什么要指示的。

孔主任在电话那头说道："上级检查我们一定要接待好。现在物价问题很复杂，我在上海这两天感触最深的就是价格双轨制，许多商品不像过去，只卖一种价格。你可以在检查组来之前找几个人了解一下我们当前的价格情况，做到心中有数，当然在汇报时要内外有别，多讲优点少讲缺点。这些话不讲了，电话费很贵，回去我们再说，物价局检查，领导说怎样你听着就是了。当领导的就怕有人跟他呛着说。"洪解放说："这点你放心。"

洪解放吩咐田小宝去把潘主任、秦国富、张大群及周大发请来开会。潘有志没有来，说他牙疼。听说物价局明天来检查，秦国富说道："物价最近是有点乱，个体户的物价最乱，但物价局不会去查个体户。个体户自调价格没人管，柜组为了完成承包任务，也想提价，胆大提了，胆小不敢提就在背后发牢骚。物价局来管管好。"

周大发心里暗喜：张进城这小子承包后根本不把他门市部经理放在眼里，门市部本来是统一收款，可张进城非要分开收款，说他承包了，他要知道每天的销售额。统一收款就不知销售额了？分明是胡搅。他分开收款就是为了提价。听洪解放说这次物价局检查，重点是农业生产资料的物价，这个张进城不让他吃点亏，都不知道马王爷长几只眼睛。

张大群说道："我赞成孔主任的指示，先把情况调查清楚，汇报时内外有别。洪主任，我看你身体不太好，我跟田文书下到柜组把情况了解清楚，等会儿向你汇报。"张大群知道，堂弟张进城肯定屁股下好多屎，要是不帮他擦擦，物价检查怕是过不了关。

周大发附和道："也好，大群经理与小田文书帮我们把把关，这样明天检查我们就不怕了。"秦国富想：这是我的事，你们抢什么？只是他的情绪没有表现出来，很快被另一种自我安慰的情绪取代：让他们年轻人去弄，反正也不少我的工资。

洪解放说道："好，那就辛苦大群经理与小田文书，搞清楚各个柜组有没有物价违规情况，并要他们在明天检查组到来前，立即纠正，不许给我们供销社抹黑。下午下班前，我们几个人再来这里碰头，议一下明天怎么接待县物价局检查。"

张进城听到有人告他随便涨价，立马跳起来："肯定是'周扒皮'嘴贱，老子找他，欠揍。"农资门市部的职工背后称周大发是"周扒皮"。

张大群叫住张进城，说："就知道斗狠，你怎么知道是周经理告你？你说说到底有没有乱涨价？"

张进城说道："做生意，一个愿买，一个愿卖，你们这些当官的吃饱了撑的，管人家涨不涨价？"

张大群说道："不是我们要管，是县里要管，明天县物价局领导专门下来检查物价，重点是检查农资部门物价，农民管不了你，政府还收拾不了你？你要是涨了价店铺立马关门，还要罚款。"

张进城毕竟年龄小，被张大群一吓不吱声了。他的这个柜组每个商品都比原来的价格高，这些天柜组多收了点银子，他正偷着乐，在张大群的压力下，他只得把价码调回到原来的状况。

张大群与田小宝在下面各个柜组转了一圈，要求明天检查组来时，各种商品的价格必须符合物价局要求，哪个柜组出了问题由哪个柜组负责任。回来他俩把情况向洪解放汇报，洪解放连声称好。张大群说道："洪主任，明天中午检查组吃饭，你安排在哪里？"

洪解放想每次上面来人，孔主任都安排在供销社的工农食堂，自打魏老五承包了工农食堂后，就给供销社人出了难题，来了人在哪家饭店吃饭？孔主任认为工农食堂才是正宗代表供销社的，因为他每年要交钱给供销社，虽然钱不多，但那也是钱。

张大群见洪解放迟疑，说道："明天的饭局恐怕要安排在潘主任的欢喜酒店。"

洪解放说道："你是不是怕潘主任明天检查组来时会出我们洋相？安排在欢喜酒店他就不出洋相了？"

"那恐怕要好些。"

事实证明张大群的担心并非多余，县物价局检查组的人一上午的检查也没有发现什么问题，在进入欢喜酒店之前，物价局邵副局长还表扬他们，说西河供销社物价管理得不错。可从饭店出来，邵副局长一边剔着牙齿，表扬他们招待得太客气，一边表情严肃地说："有群众举报，说你们有多个柜组违反了物价规定，尤其是农资门市部的杂物柜组，农民的反应很强烈。从上午检查来看，你们已经进行了整改，看来还要继续整改，免得以后被动。"洪解放连忙感谢，心想肯定是邵副局长在欢喜酒店上厕所的时候，有人在他面前打了小报告。你说潘主任这人，进门的时候，笑容可掬，一个劲地说感谢照顾生意，可背后却揣你一脚，供销社搞臭了，搞砸了，对他有什么好处呢？

孔文富从上海回来，洪解放汇报了物价检查的事，本以为孔文富会发一通牢骚，不想孔文富心情好，只是淡淡地说了一句："有的人就是这样，用不着跟他生气。"

孔文富这次上海之行弄了一批金星牌彩电、凤凰牌自行车以及缝纫机等上海产的紧俏货，他问："老洪，你想要什么？我看给你弄一台金星牌彩电，看电视黑白的效果与彩电不能比，你老婆开店，现在的经济也还行。"

洪解放说道："我回家问问我老婆，经济大权她握着。老潘那里，你打算怎么办？他现在有钱，一直想要一台彩电。"

"老潘算了，上次农转非的指标给他了，不能好事都让他得，德草倒是可以考虑给他一台，最近他比较辛苦。"去年镇上来了一个戴帽子的农转非指标，指名给潘有志老婆的，不知潘有志用什么手段弄来的，孔文富找到高书记，说："你这样我工作很被动，老潘不干事，一天到晚在他老婆饭店里待着，我们供销社好多人都想要农转非指标，老洪，干事多努力的同志，为什么不能给他老婆农转非呢？"

高书记说道："这事虽然主要是老潘个人的努力，但镇党委也是肯定的。你与老洪调了一级工资，老潘过去跟你一样同是镇里的干事，你当了主任、书记，总应该让老潘心理平衡平衡。领导要学会平衡呀。"没想到还被高书记数落了一下。

刘德草买到一台金星牌彩电心里的怨气都跑了。农转非的指标没有给他老婆，他有怨气；4%的调资没他的份，他有怨气；汽水厂厂长跑了，要他兼任厂长，他有怨气。干事离不了他刘德草，好处沾不上边，有门道的可以往外调，他没有门路只好守在这。彩电扛回家，他想主任心里还是惦记着他的。他跟老婆万兰珍一再叮嘱不要在外面声张，孔主任说彩电潘主任都没有，肉要埋在碗底下吃。在孔主任办公室，他汇报了近段时间汽水厂销售状况喜人，吴红英遵照孔主任指示，背着孩子到外面推销汽水，拿到了一批订单，现在厂里晚上又恢复了加班生产的景象。

家里买了彩电闷声不说话真是太难了，偌大的西河镇家里有彩电的扳着指头数也能数得过来，天大的荣耀怎么也得找人分享，万兰珍最想分享的人是万菊子。万兰珍与万菊子都是万村人，是远房的堂姐妹。万菊子嫁给了城里人潘有志，一直是万村人羡慕的对象。

万兰珍大了便想像堂姐那样找个端铁饭碗的，父亲找了万菊子要她帮忙在镇上给留个意，可万菊子说吃公家饭的人不是谁都能嫁的，这话说恼了做大队会计的父亲，他睬着个脸找了时任供销社主任的王麻子，王麻子当年打游击的时候在他家养过伤。王麻子说这事好办，他现在的文书小刘正好没讲女人，王麻子命令小刘服从组织，娶万兰珍为妻。此后，万村人羡慕的对象转移成万兰珍了：丈夫不仅端公家饭碗，长得白白净净，还是供销社的文书，手上握着全镇的各种票证，吃香的喝辣的。

这些日子，万兰珍沉浸在幸福中。电视带彩的看得多过瘾！想找万菊子倾诉，可是万菊子不给她机会。前几年分田到户后，先是万菊子全家搬到镇上，接着她万兰珍也学着离开了村子，两人都在供销社做小工。自此，万兰珍感觉万菊子又开始压她一头：万菊子说她男人是她男人的领导（刘德草私下说潘有志领导不了他），万菊子总爱在她面前说她家老潘是供销社主任，万兰珍有时纠正她，说潘主任只是副主任，可万菊子说副主任也是主任。万菊子家开了个饭店，那个骄傲劲，真让她受不了。去年农转非，供销社一个指标，结果万菊子转了，万菊子说："姐先转，下一个就临到你了，谁叫我家老潘是主任。"你听听是不是气人？

万菊子一连几天没来上班让万兰珍很失望。万菊子经常不来上班，考勤的时候却是满勤，这在汽水厂是公开的秘密。万兰珍责怪刘德草太软弱，并说："万菊子不上班可以拿钱，我也不上班。"刘德草说："别人不比你非要跟万菊子比干什么，她多大你多大？再说你不上班在家做什么？孩子在学校读书，你上班与一帮同事说说话还有劲些。"

万菊子终于来上班了。万兰珍在想怎么跟万菊子说起彩电的事，不想万菊子先说起了这事。"兰珍，你可知道，孔主任给我们的彩电是假货，要不是我们家老潘拦着，我就退给他了。"这让万兰珍始料不及，不是说

没给万菊子家彩电吗？彩电怎么是假货呢，她家看得好好的。

万菊子见万兰珍一脸疑惑，又说道："我家小三子活络，一眼从说明书中看出彩电是分厂生产的，不是正规的大厂生产的，只是用的大厂的牌子。我昨天去了趟县城，正规的大厂生产的彩电价格比我们买的还便宜200块钱，你说他老孔是不是想在我们身上捞点好处？"

万兰珍回家后把情况告知刘德草。刘德草说："你管大厂小厂生产，只要电视带彩，万菊子说让她说，你不要在外面乱说。"刘德草只要一翻白眼，万兰珍便有点害怕，说道："我这不是跟你说嘛，我才不会像万菊子那样在外面乱说。"

次日，刘德草见到董家根问起分厂的彩电会不会有质量差别，并隐晦问起分厂彩电价格怎么还贵些？董家根说道："刘主席，你知道现在国家在搞价格改革，价格双轨制，大厂的计划像我们这样的乡镇拿不到，就是分厂彩电这个价格，一般人也拿不到，谁拿到，再加500块钱投放市场，马上就有人抢，我们这次从上海拿回10台，孔主任说，按原价卖给大家，要是质量没问题，我们再加大进货。怎么，你家彩电有问题？"

刘德草说道："好着呢。"董家根说："刘主席，你放心使用。"目送刘德草离开的身影，董家根还在犹豫，要不要找孔主任请假，陪镇农工商经理部丁小林经理去上海进彩电。丁小林不知从哪里得知董家根能拿到议价彩电的货，立即就粘上来了。丁小林太精，上次在董家根这里碰壁后，为了打通董家根，居然让董家根的小舅子进农工商经理部上班，镇上的年轻人找一份工作多难！现在找董家根帮忙，都不需要丁小林自己出面，小舅子、丈母娘就把他摆平了。

老婆原来对他去上海有情绪，冷嘲热讽说他又会老情人了。这下却站在她弟弟一边，说："你只要帮经理部进10台彩电，丁经理答应给你1000元钱，我一年的工资还拿不到这么多钱。有人情，又得好处，为什么不去？"这次不怕他会老情人？他心里自然有不去的理由：镇农工商经理部这几年明显是在跟供销社打擂台，抢供销社的饭，他能帮经理部吗？涨工资时，孔主任亲自到县社去申请为他一人调了一级工资，当时他那份激动，决心要为供销社、为孔主任鞍前马后，决不做对不起供销社、孔主任的事。可他架不住老婆一次次在他面前絮叨，这天底下有谁架得住老婆不停地轰炸？他只得去找孔主任请假再去上海出差。

第二十二章　丁小林的上海之行

　　董家根陪孔主任、范主任来过上海，这次陪丁小林来上海，丁小林的一些做法让他震惊。

　　没有想到在孔主任办公室，董家根还没提出请假的事，孔主任就要他跑一趟上海，进20台彩电回来，说他打听过了，分厂的彩电没有质量问题。这次他就不去了，并且开玩笑说："你老婆那儿我得空跟她说，家根同志是个好同志，请她多吃饭，少吃醋。不过，你也得给我保证，不许跟小易到黄浦江去轧马路。我看得出来，小易的眼睛里还有点那个意思。"

　　"孔主任，你说哪里去了？"董家根心情有所放松，他想这次出差既给供销社办了事，老婆那边也有个交代，再说，给经理部弄几台议价彩电卖不能算我董家根是供销社的叛徒。

　　董家根坐上经理部运活鸡的车去上海，他怕别人看见自己跟经理部人搅在一起，推辞鸡屎臭不想坐。丁小林说："你坐外面车要倒好几趟，多麻烦，不用担心，车子走得早，谁也看不见你，回来后我帮你搞车票报销。"丁小林眼毒，三角眼一瞟就能把人心思猜出来。驾驶室，经理部的小潘及经理部聘请的镇中学金老师与司机在前排，前排坐得有点挤，董家根叫金老师到后排坐，丁小林说："我们俩在后排宽松些，金老师在前排还有事。"

董家根知道金老师是一名上海知青，前几年读书去了，毕业后分配在镇中学教英语，跟当地人结了婚，算是真的在西河扎根了。因为小易的关系，董家根认识西河所有的上海知青，他们到镇上都爱来董家根家打牙祭。在这帮上海佬眼里，到大金那里混顿饭吃，不如在"上海女婿"这里吃得舒服，尽管他们对这乡下人不大瞧得起。小易回上海之前，金老师还来他家蹭过饭，感叹西河当年72名知青，如今只剩下他大金留守了。在颠簸的路上，一车人主要听丁小林吹牛。

丁小林自嘲或者说炫耀他的经商才能：正规渠道搞不过供销社，只好搞点歪门邪道，用上海人喜欢的土鸡换西河人喜欢的上海货，倒腾快一年了，现在不用怕投机倒把的罪名了。金老师说他们这些上海知青，以前每年回家过春节那真是受罪，转好几趟车，到一处想办法弄车票，手上拎着老母鸡，买票靠的是挤，手上的鸡放又放不下，挤又挤不得，要是买不到车票，旅馆舍不得住，大多在车站将就一夜，回到上海，身上的鸡屎臭，家里人都不让进门。丁小林说："金老师，你以后回上海我们车子专程送你，保证你身上不会有鸡屎味。"

几个男人出差，路上说说笑笑不寂寞，车颠颠簸簸10来个小时，也不觉得什么。进上海之前，有人叫停车子检查活鸡，金老师下车叽里咕噜说了几句上海话，塞给检查人两包烟，车便放行走了。董家根方才明白金老师的作用。

他们在和新饭店住下来已是晚上。董家根来过两次上海，已经不再像丁小林那样对上海之大与繁华感叹不已，可是他还没有住过和新饭店这样好的宾馆，电梯让他心一下提起来，明镜似的厕所，让人都不忍撒尿进去，要不是尿逼急了，他是不会让黄色的液体污染明镜似的房间的。住得好是丁小林的主意，他说："住好一点的饭店，这样人家问起来我们也有面子。"饭店安置下来后要解决晚饭问题，却发现吃饭的地方都关了门，晚上八点钟还没到。他们带的双排座暂时进不了城，金老师说道："我家闸北区的，在这附近，到我家下面条吃去。"

他们一行5人走到金老师家，金老师父母一家4口人正围着桌子看一台黑白电视，见儿子带人从乡下归来，忙起身招待。董家根扫视了一下金家，感到与小易家差距太大，工人家庭与干部家庭在住房上怎么有这么大的差别？难怪金老师在西河不回上海呢？瞧这架势，金老师如果晚上回家连住的地方都没有。

吃完面条，他们一行5人回到和新饭店，丁小林说："你们三个去捉4只老母鸡，找个地方拴好，我明天有用，你们辛苦一下把其他鸡送到菜场再回来休息，我跟家根先上楼去了。"这丁小林现在有点领导的派头。

董家根与丁小林住一间房，丁小林说："家根，明天上午到易主任那里，你看要带些什么东西？"董家根心想，我什么时候讲带你去看小易的父亲？可嘴上说的是："不要带什么东西，你不是准备老母鸡了吗？明天我们先去找汪科长，把彩电落实了再去易主任家。"汪科长是金星彩电厂的销售科长，是易主任介绍他认识的，上次他与孔主任进货时汪科长曾拍着胸脯说："以后有事直接找我，易主任的朋友就是我的朋友。"

汪科长见到董家根说道："小伙子，上次叫你多买几台，你不敢进，这次你想买买不到了，这一个季度的计划外彩电让一家公司全包了。哦，这位是丁经理，你看农民兄弟都要看彩电了，计划也分不到农民兄弟那里去，只能靠计划外调剂，我们一年就几千台计划外产品，用分厂名义销售，分厂其实是家属待业的一些人，分厂与总厂生产与销售是一套人马。这点货吃香，你下手不快马上就抢不到。"

董家根心里有点着急，当时是他提议，先买10台试试，依孔主任的意思是要进30台的，他怕分厂的货质量保证不了，日后要担责任，没想到分厂的货就是总厂的货，居然这么抢手，他说道："汪科长，你看这怎么搞？我们要的也不多，要不你在计划里给我们匀一点，计划不都在你手里吗？"

汪科长说道："小董，这你就不懂了，计划是一个萝卜一个坑，别说是我，就是厂长、书记也动不得的。"

丁小林说道："没事，生意不成人情在，我们一道先去吃饭，这次买不到，下次再买。下次汪科长给我们留意着。"

汪科长说道："丁经理说得好，你们今天给我说了，下次我给你们留意，吃饭今天真不行，书记要我马上去办一件事，吃饭也下次吧，替我问候易主任，听说他当区长了。"

离开金星厂，丁小林说赶紧去易主任家，董家根想此时没有易主任帮一下，彩电采购计划就要泡汤了，今天是星期六，估计小易在她父母家。他俩辗转来到易主任家，果然进门就见到小易，她父亲还没下班，小易说自父亲当副区长后，她每次回来都没见过父亲。

丁小林从口袋里掏出一个红纸包，递给小易说这是给侄子的见面礼，小易推辞，丁小林说："你在我们西河也生活了好几年，西河的规矩不能破。"并示意董家根说话。

董家根说道："既然丁经理客气，你就收了吧。"小易收下红纸包，可是过了一会儿，她乘丁小林上洗手间时又拿出红纸包，给董家根说："根子，这礼太重了，收不得，你帮我把这还给丁经理。"董家根与丁小林把金星厂汪科长的一番话及他们的诉求说给小易听，小易表示今天晚上一定等到父亲回来后请求父亲帮忙。

两人谢绝了在小易父母家吃晚饭，其实两人肚子饿着呢，中饭都还没吃。两人上街后，丁小林说："在我们找个地方吃饭之前，先找个公用电话亭打个电话通知小易，我把红纸包塞在沙发垫子下了。"董家根问："你那红纸包鼓鼓的，包了多少钱？"

丁小林不经意答道："500块钱。"董家根显得很惊讶："500？你给她这么多钱？"丁小林解释："给个三五十，别人怎么记住你？"董家根仍然不理解："你怎么走账？"丁小林说道："放心，我们走账方便得很，不像你们供销社，什么都要发票才能报销，经理部我说了算，只要有一张白纸条子，你帮我证明一下就行了。"董家根无语，上次他陪孔主任来上海，孔主任代表供销社给小易的儿子包了50块钱，账还挂着呢。

两人回到和新饭店，饭店服务台有电话，董家根在服务台又给小易家打了个电话，跟她说易区长回来后，有什么情况就打这个号码。董家根对服务员说："如果有电话要找0710房间，麻烦你们喊我一声。"

一直到次日上午十点多钟才听见服务员大声喊："0710房间，电话。"这之前丁小林要董家根打电话问一下，董家根说估计是易区长没回来，小易事办完了，肯定会打电话过来的。电话是汪科长打来的，星期天还要工作，汪科长显然不舒服，电话中的口气可以感觉出来："农民兄弟，你好大的面子，厂里的书记也给惊动了。"

易区长打电话给书记，虽然说得轻松，要厂里在可能的情况下帮帮他们。书记是部队转业的干部，却给汪科长下达命令，要他把不可能变为可能。他只好去求"倒爷"——那位全包了这个季度计划外彩电的人，"对方提出要每台加价100元，你看你们要不要。"丁小林在旁边听着，立即示意董家根说要，汪科长说："既然你们愿意要，那就过来吧，我在厂门口等你们。"

董家根与丁小林赶到金星厂，汪科长指着身边西装革履的人介绍道："这是S公司的吴经理。"丁小林上前一步，从口袋掏出早已准备好的牡丹牌香烟，吴经理谢绝了，自己从口袋掏出香烟，说道："对不起，我只习惯抽555牌，牡丹烟劲不够。"丁小林并无尴尬，给汪科长敬了一支，又给董家根一支，说道："吴经理、汪科长，我们先找个地方吃中饭，边吃边说。"吴经理要推辞，汪科长说道："行，也是吃中饭的时候了，今天又是休息日，我们给小董与丁经理一个面子。"

在酒店坐下来，丁小林说道："今天终于有了两个上海的朋友在一起吃饭，在西河那旮旯，上海与北京那是同样的神圣，家里有上海货，那是引以为豪的。"两个上海人听了这话，心里很受用，相互之间的距离拉近了，吴经理板着的脸放晴了。两杯酒下肚，吴经理的脸红了，话也多了。

他终于接过了丁小林递给他的牡丹烟，继续说道："丁经理，你这个人挺上道的，S公司，我说了算，公司总经理那是我哥们，以后我介绍你们认识。我哥们的本事不是吹的，在北京那是通天的。我哥们与我在北大荒是一个连、一个班，睡一个炕。现在有些人在否定知识青年上山下乡，对我来说，那是一个机遇，不然，我怎么会遇见我们公司老总。"董家根心里也想：是啊，没有上海知青到西河插队，他怎么能认识小易，怎么有机会跑到上海。

董家根与丁小林拉了四十台彩电回西河。他们在县城吃的晚饭，等天完全黑了，才从县城往西河赶，到西河后，先把经理部的二十台彩电卸了，再把车子开到供销社批发部仓库。肖志强在仓库值班，董家根把他叫起来，又叫了两个小工，把货放进仓库，这才回家睡觉。一连好些天，董家根的心慌慌不安，怕孔主任知道他帮助经理部弄彩电挨批评。他想好了，孔主任真的责怪起来，他就把丁小林给的1000元钱交出来。

老婆要他把钱存进银行，他说再等等，老婆说："你等什么，不偷不抢的，怕哪个？"他没有说，他就是觉得这钱拿着不踏实。这个不踏实是他内心里的不踏实。回西河前，丁小林再次邀请他到经理部去干，说只要他来，保证收入比现在翻一番，并要他长期驻守在上海。丁小林说上海这里有易区长，这就是一座金山，只不过要经营，否则与小易的关系慢慢地会淡下去，所谓坐吃山空。他回绝了丁小林，供销社的饭碗怎么说也是国家的，经理部充其量只是镇上的，再说长期驻守上海他也不习惯，家里老

223

婆、孩子怎么办？

董家根帮经理部进彩电的事，早有好事者报告孔文富了，依孔文富早年的脾气，开除董家根的心都有：我那么信任你，专门为你到县社求爹爹拜奶奶加了一级工资，你居然当叛徒。可是眼下上海货这么紧张，缺了董家根玩不转，何况，他也没能耐开除董家根，他只有忍着。加上汽水厂出事了。

刘德草近来有点怕孔文富，这以前孔文富脸上还能看到笑容，现在表情总是很严肃，据说学会了骂人，不过，还没骂过刘德草。刘德草小心翼翼地说："这几天好多商家退汽水，手里一点现金都没有了，请孔主任帮助解决。"汽水厂办了四年，退汽水还是第一次听说，退的不是一瓶两瓶，而是整箱整箱地退。

前段时间吴红英推销有成绩，厂里很振奋，又开始加班加点生产，孔文富说："现金没有问题，最近一段时间各个承包柜台完成任务状况都很好，就是不清楚，为什么在你手上卖出去的汽水人家却要退货，把流动资金都给退光了。"一句话把刘德草呛住了。刘德草停顿了一会，说道："孔主任，我检讨，是我工作没做好，我一定把汽水退货的原因弄清楚了，立即向你汇报。"

刘德草走后，孔文富吩咐女儿松月到镇信用社取钱给汽水厂送去，松月没取到钱，回来说信用社张会计要孔文富亲自去一趟。孔文富想取钱的手续都完备，账上又有钱，非得要自己亲自去，难不成想要一台彩电？

孔文富走进信用社，张会计立即迎上来，说道："孔主任，茶给你泡好了，今年的谷雨茶，王主任到县里开会，临走时吩咐有什么事我来处理。松月说你们要用钱，支付汽水厂退货，这恐怕不好办，你们今年用钱计划没有这一项。"

孔文富心里不爽，信用社管得也太宽了，又不是找你们贷款，你管我用做什么？可嘴里说："这还得麻烦老张你。"

张会计说道："麻烦不要紧，听王主任说，你给他弄了一台彩电，什么时候孔主任也关心关心我们老百姓，领导满意了，老百姓不满意也会给你们添一些麻烦。"孔文富想所料不假，答应想办法给他弄一台，只是价格可能比王主任的贵一些，因为市场的价格一直在变动。张会计说："贵一些我接受，这段时间买什么不都在涨。你叫松月来，把钱取走。"

摆平了信用社，孔文富决定去汽水厂转转。老婆总在他面前嘀咕：

"柜台都承包了，你管那么多干什么，老周对你意见大得很，说你抓住权不放。"孔文富不想解释，他知道老婆的意思：快60岁的人了，共产党不能总让你当主任，上班点个卯，在家带带孙子就行了。松林添了个女儿，在他们身边，松涛的是一个儿子，松涛来了好几封信，想叫他母亲过去带，如果孔文富在家帮忙带带孙女，她就可以去北京替松涛带孩子了。老婆哪知道，当前的柜台承包只是销售任务的承包，工资还是统一发，进货还是统一进，即使以后进货权放开了，农业生产资料门市部他也不打算松手，不仅是这一摊子受国家保护，独家经营，利益大，责任也大，万一出事，别人不会找老周，只会找他孔文富。

更重要的是，只要抓住农资与批发部这两个部门，他就不怕在职的与退休的开不出工资。他不能让职工拿不到工资。从上半年情况看，各个承包柜组完成今年承包任务应该没有问题，明年都可以考虑把承包任务再加码。汽水厂自开业后，他就没来过，现在看来完全指望刘德草不行，如果今年有完不成承包任务的部门，那就是汽水厂。

汽水厂是几间破仓库改的，200来个平方米，一进门，五六个妇女在水池子边有说有笑洗回收的瓶子，不知是谈得太投入还是不认识他这个主任，他走到她们面前她们也没有什么反应。孔文富显然不爽，问道："你们这一洗就可以装汽水了？"妇女们相互望了望，她们都是刘德草老婆村里的，每天就是洗瓶子，下面的工序也弄不清楚，孔文富只好继续往前走。

孔文富目睹了配料、装浆、封盖、贴标签、装箱等工序，感觉到汽水厂的问题严重，于是来到刘德草办公室，刘德草正在打电话，见到主任立即站起来，放下电话，说道："问题搞清楚了，我正准备去你那里汇报。"在别的乡镇供销社只有一部手摇电话时，西河供销社已经有了四部电话，孔文富认为多几部电话跟外面联系方便些，一个单位既要想到省钱，更要想到挣钱。这样供销社办公室一部电话，大楼门市部一部电话，批发部一部电话，汽水厂一部电话。周大发对此牢骚也很大："总说农资门市部重要，为什么给汽水厂配电话，不给我们配？"

孔文富示意刘德草说下去。刘德草说道："是城郊供销社的张胖子做的手脚。我们搞汽水厂的第二年，城郊供销社也上马了汽水厂，那个张胖子还到我们这里学习过。这两年啤酒进入市场，汽水就开始走下坡路，春谷县容不下两个汽水厂，城郊供销社去年把他们的汽水厂给张胖子承包了，他们承包不是我们的承包，是供销社什么都不管，年底只要管理费的那种承包。城郊不把我们搞下去，他们就上不来，张胖子看到我们的销售不错，就动起了歪点子。派人到处散布西河卖过期的汽水；西河汽水瓶里有苍蝇；西河汽水用的不是西山矿泉水，而是西河水。"

孔文富问道："那你怎么办？"

刘德草说道："告他。"

孔文富说道："告要有证据，你证据呢？再说，都是供销社系统，伤了和气，以后都不好见面，我看还是从自身找原因，打铁须得自身硬，别人找你麻烦也枉然。我刚才看了我们汽水厂的生产，问题不少。有人说社会主义经济是短缺经济，像彩电、冰箱等都短缺，可是我看有些商品迟早要过剩，比如汽水、汽酒等，一过剩就会竞争得厉害，就会不择手段，生产厂家必须保证质量才有胜算。你们现在洗瓶子的不能保证瓶子的洁净，配料的不能保证量的准确，装瓶的不能保证密封合格，运水的不能保证水取自何处。"

刘德草想做解释，可是主任讲的现象确实存在。主任厉害，转了一圈就发现了这么多问题。

孔文富问道："苍蝇怎么跑进汽水瓶里？"

刘德草答道："汽水、汽酒瓶子里残留物含有香精、香料以及糖分，吸引苍蝇往里飞，钻进去就出不来了。"孔文富要刘德草学习李胜利，承包中明确岗位责任制，每一个岗位都要知道自己该干的事。刘德草想汽水厂的员工要技术没技术，要能耐没能耐，只想多拿钱，不担责任，动真格的难。一个个七大姑八大姨的，谁没有背景，也只有洗瓶子的妇女他还能说上话。可是他也不能不应承着主任："是要搞岗位责任制。"

出纳赵兰珍赶来请示孔主任有什么事，刚刚在西山拖水的人在厂门口找孔文富签字，孔文富问："你们先前的签字人呢？"拖水的人说："赵会计不在，保管也不在，谁签字不是一样，你是主任。"孔文富签完字后跟门卫打招呼说："赵会计回来，先到厂长办公室来。"孔文富一点面子不给赵兰珍，劈脸问道："小赵，你不上班，跑哪里去了？想不想上这个班了？"

刘德草惊讶：孔主任今天火气怎么这么大？赵兰珍上班不在岗，也该他厂长管。他哪里知道孔文富是想借赵兰珍敲打丁小林。早有人在孔文富面前说过赵兰珍与丁小林不清不楚，丁小林的经理部与供销社在市场、人才等方面的竞争，让孔文富早就想教训这个不知天高地厚的年轻人。

赵兰珍嗫嚅道："我那个来了，肚子疼，在家睡了会。"

孔文富道："你看你睡了多长时间？德草，我看你们汽水厂最近很忙，女同志做出纳不太适宜，换一个男同志吧，换之前，把账查查。"说完掉头走了。赵兰珍也捂着脸跑走了。

赵兰珍找到丁小林哭诉刚才的委屈。她做出纳也是丁小林的主意。那还是她到汽水厂不久的一天，丁小林站在她面前，问她这几天怎么样？她天生不怕人，直面自己的顶头上司——车间主任，说道："不怎么样，开始以为当工人多么好，没想到整天灌汽水，手黏糊糊的。"丁小林说道："不想干这事，也行，你下班后到我办公室来。"

丁小林在办公室说："汽水厂只有三个活适合你，一个是厂长，一个是我这个车间主任，还有一个是出纳，前面两个活你暂时干不了，我教你一个法子干出纳。现在的出纳是孔主任派来的，厂长觉得整天被主任盯着不舒服，早就想换，一直没有合适的，你是高中生，只要在厂长面前套套近乎就可以了，但一定不要说是我教的，也不要与我多说话。"

赵兰珍问道："现在的出纳怎么办？"丁小林说道："现在的出纳年纪轻，身边有小孩拖着，只要厂长带她出趟差，她就会主动要求调走。"她按照丁小林的法子做了，果然如意做了出纳。只是新的问题出现了，厂长有意无意地总想占她便宜，这让赵兰珍很是烦恼。

丁小林说："他想占便宜就让他占呗，谁让他是厂长，有的人想让厂长占便宜，厂长还不一定占呢。"赵兰珍说道："我才不想让他占呢。丁主任，丁大哥，你就再帮我出个主意。"丁小林说道："假如我也想占你便宜呢？"赵兰珍说道："丁大哥，你真坏，不过，你占我便宜，我还可以考虑考虑。"

丁小林说道："小赵，冲你这句话，我再帮你出个主意，厂长骚扰你时，你就说厂长我们要玩就玩真的，你回去只要跟嫂子离了，我立马陪你。"赵兰珍说道："你这是什么馊主意，假如他真离了，我不亏大了。"

丁小林说道："你放心，厂长在家是妻管严，离婚量他没有这个狗胆。"过几天，赵兰珍来说："丁大哥，你的主意真好，厂长怂了。"丁小林说道："这一次你总要谢我了吧。"赵兰珍说道："我请你看电影。"丁小林说道："我不要这虚头巴脑的，让我亲一下。"赵兰珍心想，亲就亲一下，就闭了眼让丁小林亲，没想到，这一亲一发而不可收，她的防线自此崩溃了。

丁小林听了赵兰珍的叙述，说道："兰珍，你这是在代我受过，孔主任找我的麻烦找不到，找到你那了。看来你在汽水厂待不下去了，到经理部干吧。"赵兰珍说道："我不干，供销社是国家的，经理部是镇上的。"

丁小林说道："你的身份我知道，只是供销社商办厂的职工，跟我们经理部一样的小集体，再说，不让你干出纳，汽水厂累活、脏活你干得了？"赵兰珍沉思一阵，说道："小林，我挪用几百块钱款子，厂里要查账怎么办？还了，心里不甘，不还，厂里也不会依。"丁小林说道："我来帮你还吧。要不，还有一个办法，只是要找个机会，找个脾气躁的客户，把他的火气给点着，借他的手把你的账烧掉。"

既然孔主任发了话要她离开出纳岗位，她赵兰珍只有两到三天的时间去做这件事，还真遇到这个机会。一个客户来退汽水，赵兰珍只说了几句话就把客户的火挑了起来，赵兰珍坚持不给开了瓶盖的汽水退钱，客户嚷道："你们讲不讲理？瓶盖不开，怎么知道里面长了霉，老百姓退给我们，不退给你还要我们自己赔？"退汽水的客户粗门大嗓立即引来厂里一些工人围观："今天你不退也要退，不退，老子把你办公室砸掉，烧掉。"赵兰珍说道："吓唬谁？老娘是吓大的？不砸、不烧，你就是婊子养的，这是账本，有种你烧。"客户见围观的人多了，说了句："现在算你狠，等会儿再给你颜色看。"说完离开了会计办公室。

第二天早晨，刘德草一上班便有工人告诉他，出纳办公室一早失火了。他赶过去，只见办公室一片狼藉，赵兰珍上前说道："厂长，没想到昨天那个婊子养的真烧了账本。"她把昨天的事简单地向厂长汇报了一下，并露出一副委屈的样子。刘德草赶忙找孔主任汇报情况，请示要不要报案。

孔文富说道："这刚刚说要换出纳，账本就烧了，而且只烧了账本，房子也没有烧起来，我看你还是找小赵谈谈，不要又像张进城那样监守自盗，报案了就没有回旋的余地了。"

孔主任说的张进城监守自盗也就发生在前段时间。张进城当了生产资料门市部日杂柜台实物负责人后，胆子越来越大，而且不把周大发放在眼里，周大发早就想整治张进城，只是没有逮住机会。当张进城说仓库里2吨塑料薄膜被盗了，他一眼便看出了其中的猫腻，仓库里什么最值钱？薄膜。刚进库没两天就被盗了，这小偷也太神了。他立即到派出所报了案。

张进城自从上班后便一直睡在杂物仓库，一晚上可以领到6毛钱的补助，一年多过去，他又找到周大发，说道："周经理，干脆你把另一个仓库也给我看。"他想一晚上睡觉可以挣一块多钱，为什么不挣？周大发知道，张进城既然提出来了，你不让他看也不行，他会给你带来许多麻烦，张进城看仓库，别的小偷也不敢胡来。

有一段日子，张进城晚上睡觉的钱比别人的工资还高。只是张进城的手散，兜里揣不住余钱，要么喝酒，要么赌钱，每个月的钱也都是吃光、用光、赌光。

上次物价大检查，物价局一离开西河，张进城马上便恢复他先前的价码，有的顾客看不下去，说物价局的车还没回到春谷县城呢。他说："那没办法，我们也要吃饭，你嫌贵就不买。柜台承包了，我想涨什么价就什么价。"采购原材料、定价、收钱，都是他一个人，农资门市部日杂柜台弄得像他私人的一样，因此他犯了事，没有一个人出来为他说话，给公安局抓起来后判了5年有期徒刑。

刘德草走了时间不长，孔文富在办公室接到汪镇长为小赵说情的电话。汪镇长说："小赵姑娘很紧张，担心你们告她。依我看，你们把她辞掉算了，不就烧了一个账本。"孔文富在电话这头说道："既然镇长这样说，我们照镇长的指示办就是了。"孔文富也不想驳镇长的面子，真把小赵怎么样，他就要得罪小赵后面一大批人，见好就收吧。

第二十三章 粮食收购

面对个体户悄无声息的市场蚕食，孔文富要用自己的人脉与资金优势谋求基层社的生存，但难遂人愿。

汽水厂是不能指望了，柜台门市部的经营面对雨后春笋般生长起来的个体户也显得信心不足，孔文富决定在农副产品收购方面加大力度，堤内损失堤外补，把这两年由于市场竞争带来的损失补回来。他开了一个小范围的会，通报了鲁南酒厂老杜的电话精神，"老杜副厂长扶正了，够意思，一上任就给我们抛来大饼，说今年我们收多少大米他都要，山芋粉也是这样。收购价格他不管，保证我们每吨净赚四五十元，摊上这样的好事我们要是还赚不到钱真是孬子。这就是去年讲信用的回报。你们还记得去年运河的水位低，老杜担心我们的船到不了他那里，我坚持用10辆汽车把大米与山芋粉送到，保证了他们原料按时供应。当时大家说这样成本太高，正是这样才感动了老杜，马上表示他们的原料都交给我们提供了。"

洪解放说道："可是国家有明文规定，粮站是收购的主渠道，他们收购完了，我们才能上，我们这次提前收粮是不是违反了政策？"

政策，供销社完全按国家政策可能就没饭吃！孔文富不想睬洪解放，说道："这次我们还是坚持收米，粮站收稻子，我们收米，不跟他打擂台。农民卖米，糠又可以喂猪，农民也高兴。只要我们收的米等粮站收购完了再运输，就没有人管你的事。粮站才不管你收粮，对他们来说，收多收少不影响他们自己口袋的银子。关键是这几年包产到户，农民手中有多余的粮。去年不是还一时出现了粮库装不下，卖粮难的问题。今年又是一个丰收年，只要我们的收购价比粮站有优势，农民就会主动地把粮食卖给我们。当然，如果我们想收更多更好的大米，赚更多的钱，必须在粮站之前收购，至少要与他们同时收购。我想好了，我们晚上10点钟后收粮，早上一放亮就不收了。不与粮站发生冲突。我们还要多开几个收购网点，我的计划是：在周边的几个县找关系进行收购。老大，你说说看今年收粮注意什么？"

现在会议形成了习惯，大多是孔文富自说自唱，布置工作，洪解放至多插两句话。孔文富指名洪老大说话，让洪解放的大哥洪家旺发言，包产到户后，洪家旺便来到供销社做临时工，先是主要帮助收购农副产品，后来则是什么杂事都做，当年在生产队他曾被人戏称为"懒王"，如今懒王的影子全没了。洪家旺的至理名言是：过去你不要我懒我要懒，现在你喊我懒，我还不想懒。

被孔主任点名发言，洪家旺站起来，说道："孔主任，你再不要折煞我了，你才是供销社的老大，年龄的老大，权力的老大。什么事情你尽管吩咐。"洪家旺在镇上待了几年，话会说多了。家里的田他小儿子种着，不要他烦神，供销社干点事供他抽两包好烟，喝点烧酒，受到大家尊敬，他很满足。最近还想着有一日把户口转到镇上，吃商品粮，他曾经跟孔主任喝酒时提起过，孔主任答应到时尽量帮忙。有了这层想法，孔主任放个屁，他洪家旺也捧在手里说香。

收粮的时候，孔文富吩咐人烧好夜餐，自己在现场转转。夜餐不仅仅是给收粮人备的，卖粮的农民也可以在卖完粮后，去领两个鸡蛋、两个馒头。张大群来说："给用拖拉机卖粮或拖板车卖粮的发两个鸡蛋、两个馒头没问题，可是挑稻箩的人你要是也这样，农民爱占小便宜，下次都挑稻箩来，不如挑稻箩卖粮的人只发两个馒头。"孔文富说："行，就按你说的办。"现场的人很惊讶，孔主任竟然接受了别人的意见。见到一个卖完粮，一路走一路剥鸡蛋壳的农民，孔文富问他是怎么知道供销社收粮的消息的，他说是听人传的，说："你们这里比粮站一斤粮食多一分钱，就半夜赶过来了，这一车大米要多几十块钱呢。"孔文富满意地拍拍卖粮的肩膀："回去后，再帮我们传传。"

孔文富来到付现金处，只见一个年轻人站在那儿不动，吴红英不知去哪里了。孔文富问年轻人："粮食卖了，钱拿到没有？""钱拿了。"年轻人答道。"那怎么没有走？"年轻人说："你们的那个会计去拿吃的，她钱包在桌上，我怕它丢了，在这看着。"

吴红英拿了两个鸡蛋过来，说："主任，你来了。"年轻人见状，不吱声地离开了。孔文富批评道："小吴，你也太大意了，钱包在桌上怎么能离开，钱包里有多少钱？"吴红英吐吐舌头，钱包里有收粮的5000多元钱，她听那边的同事吆喝拿鸡蛋就赶去了，还好，钱都在。要是钱丢了，真赔不起。

10多天过去了，收粮一切顺利，孔文富在办公室突然接到江城市供销社打来的电话，电话那头是市社的黄科长，春谷人，孔文富每次到市社开会，都要给他捎点西河的糕点，黄科长老婆特别爱吃。黄科长在电话里小声说道："老孔，你们是不是在粮站之前收购大米？有人把你们给告了，市粮食局与工商局明天派人去你们那儿查这件事，你赶紧想办法摆平。"

孔文富放下电话，想西河粮站他早已摆平，西河粮站的董站长在他面前保证过："你搞吧，让你收你也收不完，你收好不要忘记请我喝顿酒。"看来又是他的老对手给他使绊，老对手啊，你使绊也不看看时间、场合，这是我们两个人的事吗？这一次要是收购的粮食没了，西河供销社就完了，几十万斤粮食，几万块钱，他没有时间想下去，赶紧叫田小宝去把松林找来，开车送他去县城。

车子直接开到县社，他直奔韩主任办公室，韩主任见到他，立即招呼他："老孔，你来得正好，县社已经按上级精神，正式更名为：春谷县供销商业总公司，明天挂牌，县社党委决定邀请你作为基层社代表参加明天挂牌仪式。"他正欲开口，老韩接着说道："过去，县社只是一个行政管理机构，现在也有了做生意的权力，以前我们在向你们讨饭吃，现在我们自己也开始找饭吃，老孔，你们要支持。"

孔文富连忙说道："支持，肯定支持。"他想转换话题："韩主任，我有事要汇报。"韩主任说道："你等等，我先说，总公司要做的第一笔生意，就是现在基层社收购的山芋粉要统一调拨到总公司来，总公司已经与广东那边的公司联系好了，把生意做大。"孔文富等不及了，说道："总公司要我们怎么做我们就怎么做，现在我等着县社救急。"他快节奏地把收购粮食的事向韩主任做了汇报，韩主任听了后连忙说道："这件事在我这里恐怕不好解决，你现在赶紧去找林副县长，请求她帮忙解决。"

孔文富立即赶往县政府，去找林副县长。本来可以先找范小亮陪他一道去见林翠翠，他感觉时间可能来不及了。作为年轻的女干部，林翠翠是春谷县冉冉升起的政治新星，担任了分管教育的副县长不到两年，现在又进了一步，升了分管经济的常务副县长，她不至于不管这件事。林副县长正在开会。孔文富等了约一个小时，急了，请外面的办公室同志通报，说他有急事要向林副县长汇报，办公室的小年轻看看他，说道："你的事能比领导的事还急?"说完仍然低头干他的事。

孔文富只好蹲在厕所旁边，祈盼林副县长快上厕所。还真把林副县长盼来了，孔文富上前简明地把收粮的情况以及明天行署粮食局、工商局要来春谷做了汇报，林翠翠说道："孔主任，你不要太担心，这事我来处理。"

孔文富谢道："林县长，你这么忙，还来给你添乱，真不好意思。"

林翠翠说道："收粮也是为了搞活经济，是一件好事，只是你们也忒性急了点，我只好给你们擦屁股。山芋粉收购在政策范围内，应该没有问题，收的大米只要不给没收就没事了。家乡人客气什么，你现在就回西河，等我通知。"

第二天，田小宝来说，县工商局派人去仓库封了他们收的粮食。不久行署粮食局与工商局调查组来到西河镇，仔细地看了县工商局的封条，既然县里启动了查封程序，也不多说什么，掉头便走了。过了一个多月，粮食部门收购结束后，其他渠道允许进入粮食收购时，林翠翠打来电话，说她已指示县工商局明天派人来启封大米仓库的封条，要孔文富以后少惹麻烦。

孔文富说道："我们有麻烦不找领导、不找老乡，找谁呢?"林副县长那头已把电话挂了。

孔文富亲自押运大米安全抵达泰州酒厂。老杜如约支付了大米的款子。孔文富在泰州设宴答谢老杜，老杜说："在我的地盘上怎么能让你请客?"孔文富说："什么你的我的，你到我那里我让你请客。"老杜在酒席上神情不悦，孔文富说："怎么不让你掏腰包你还不高兴了?"

老杜说道："不是的，主要是今年的经营状况不太理想，泰州今年一下子冒出来好几个酒厂，这些酒厂主要是靠买四川那边酒厂的酒基，加工业酒精兑成的，我怎么跟他们竞争？这不是逼我为娼嘛。"孔文富原以为通过今天的答谢，把明年的业务定下来，看老杜的表情，只怕明年的业务悬。本来很好的喝酒气氛竟冷了下来。老杜说道："今年我们厂的酒都是粮食酿的，放心大胆喝，明年不敢说了。"

孔文富从泰州回来，田小宝说，县社要求调拨山芋粉的通知来了。孔文富盯着手头的红头文件，脸冷了下来。很快，他便接到县社农副产品经营股陈股长的电话，陈在电话那头笑着说道："老孔，真厉害，你的一亩三分地愣是针插不进，水泼不进，出差在外，我们什么电话也不管用，洪解放说起来是军人出身，我的命令他现在不听了，只听你的命令。你们的山芋粉什么时候运到江城火车站？"

孔文富听了这话不舒服，凭什么我十几万块钱收的山芋粉交给你们经营，让你们赚钱，真是大爷？一句商量也没有。他心里这样想，嘴上却说："陈股长，广东人钱不好赚，虽然给的价高可我们这边人从来没有跟他们做过生意，一下子这么多货过去，我怕，最好还是小批量先试试。"

陈股长说道："老孔，你胆子怎么变得这样小了，广东怎么了，广东也是共产党的天下，他还敢赖我不成。"孔文富只好说道："做生意，小心一点不是坏事。货运到江城，运费谁给？"陈股长在电话那头，有点不耐烦了："运费你们先垫着，结账后一并算。"孔文富问道："这么看来，广东人连运费也没支付，这样的生意恐怕危险。"陈股长说道："老孔，你要是不想参加，你直接打电话给韩总。"说完，把电话挂了。

尽管老陈是气话，孔文富还是赶到县城，面见韩总，这不是一笔小买卖。老韩说道："这是总公司成立后的第一桩买卖，老孔，全县基层社你是老大，你要是带头抵制，我这买卖就做不成了。"孔文富说道："韩主任，不，韩总，我没有抵制，我听说广东人做生意刁得很，小心点好。"

老韩说道："你是说老陈他们做事不细心，要不，这生意你带着他做？"孔文富立即解释道："我不是这意思。"老韩正色道："我知道你什么意思，你不就是心疼你那十几万块钱，我告诉你，那也不是你的钱，那是银行的钱，是国家的钱，有总公司担着，你怕什么？"话说到这份上，孔文富还有什么话说。

孔文富的担心很快成为现实，广东汕头这家公司就是一个皮包公司，没有能力销售这批货，县供销总公司500多万吨的山芋粉是运也运不回来，卖又卖不掉。这个消息传到西河，西河炸了，西河近20万元的货难不成扔进了水里？钱是银行的钱，账可是挂在西河供销社的名下。孔文富立即赶往县城，老韩说："看把你急的，总公司已经派莫总去汕头交涉，学做生意总要交学费。"

孔文富说道："韩总，这笔学费也忒贵了，我们一个基层社怎么交得起？"老韩的火气上来了："交不起也得交，上级文件说了，各级领导要做好改革开放交学费的准备，你以为我想交？总公司这些天的人、财、物都耗在这里头了。林副县长要我去汇报山芋粉的事，你走吧。"孔文富坐晚班汽车回到西河，他没有去办公室，直接回到家里，儿子松林在家，显然想跟他说什么事。他问道："有事？"松林说道："爸，你怎么想起来把山芋粉给县社卖去？你知道外面说你什么，说你拍县社的马屁。"

孔文富把手头的茶杯猛地往地上一摔，吼道："放他妈的臭屁，谁说的，你给老子一个交代。"松林吓蒙了，半天才醒过神，捡起散在地上的瓷片，把地上的茶叶扫干净，不言语地走了。孔文富晚饭没吃就倒在床上和衣睡了。

第二天在办公室，洪解放来劝道："不要生气。折了20万，不都急吗，哪还有什么好话，要不，我们开一个干部会，把情况跟大家说明一下。"孔文富说道："算了，我也想通了，我要是不松口，县社也没办法把货运走，吃一次亏长一次见识，下次不管县社怎么说，就是老韩拿枪指着我，我也决不跟他做生意了。"

第二十四章　奖金不再大锅饭了

　　价格改革冲关，让西河基层社过了一年好日子，可年终奖金
分配，让孔文富差点成了资产阶级自由化的代表。

　　吴红英听人说账本烧了，汽水厂原来承诺发给她的补贴不发了，气呼
呼地找到刘德草。

　　刘德草说："现在这种情况，哪有钱发你的补贴，卖出去的汽水都退
回来了。"

　　吴红英说："我不管，退不退回来是你们厂子的事，我只管卖出去，
我卖出去了，你就应该把补贴发给我。"

　　"这不是抬杠吗？退回来了，就意味着没赚到钱，没赚到钱哪有你的
奖金？再说，账本烧了，也找不到你卖出去的记录。我这两天忙得焦头烂
额，过一段时间，我们再说这事怎么样？"

　　"领导怎么能耍赖？"吴红英觉得刘德草那张脸突然变得丑陋。

　　吴红英又去找孔主任，别人怕孔主任那张阴冷的脸，她才不怕，有理
走遍天下。主任还能吃了她不成？

　　孔主任说道："现在各个门市部承包任务完成得都不错，只有你们汽

水厂，看这情形，今年承包任务是完成不了了，任务完不成，年底扣工资，你说他刘主席哪有钱兑现你的奖励？"听孔主任的口气，奖金是要不到了，领导都一个鼻孔出气。

吴红英气鼓鼓地回到娘家。母亲说："英子，我马上也要做生意了。"

"这年头什么人都要做生意。你以为生意好做的！"

"只许你们做生意，我就不能做？我要卖布。"

"你在哪儿弄布？"

"你还记得下河桥的'老右派'吗？他现在发财了，在下河桥做布匹生意，今天上午我碰到他，他说老姐姐，现在是个人都在做生意，都在赚钱，做生意容易得很，只要有东西卖就行。他说他给我供应布，赚到钱，再把本给他，连本钱都不要烦的。他说只要在门口放个凉床，算是柜台，我这里是农民进镇的路口，保证好卖。"

母亲说的"老右派"，是打右派时从县城贬下来的，前些年母亲曾在家门口救过他。那天下大雪，"老右派"在她家门口突然病倒，母亲叫她们姊妹几个把老右派抬回家，灌米汤，又找来医生，看好了他。从此，老右派就喊母亲老姐姐，像亲戚一样走动。听说老右派前两年平了反，恢复了工作，到这里来谢过母亲，说要不是老姐姐，命便丢在西河了。老右派什么时候也做起了生意？红英说道："行，到时候你要是忙不过来，我给你帮忙。我不再给厂里卖命了。"

红英回到自己家中，袁中青培训学习已经回来，红英告知了厂里的事情，袁中青说道："这不欺负人嘛，我找他们去。"红英说："算了吧，厂里现在遇到困难，再说又让我做了出纳，好歹我也是汽水厂的干部了。这跟领导闹翻了，总不是好事。"中青说道："闹翻了怕什么，我想好了，今年春节我们找范厂长，把你调到缫丝厂去，镇上总不如县城，现在是独生子女，一家一个小孩，谁不想让孩子受到好的教育，镇上又没有幼儿园，龙龙眼瞅着就到上幼儿园的年龄了。"

红英本来没有打算离开她熟悉的西河，听中青这么一说，动了去县城的念头，但她不支持丈夫去汽水厂闹，于是岔开话题，说道："妈妈打算做布匹生意。"中青说道："你妈妈不是做生意的人，你姐也不会让你妈做布的生意。"红英不解。中青道："做生意要能坐得下来，你妈妈拖板车惯了，喜欢到处跑。你姐在大楼里卖布，又是实物负责人，你妈妈做其他生意你姐不会说，唯独做布的生意她会阻止的，不信，过几天你看看。"

还真让中青说着了，红英过几天回家，母亲果然不提做生意的事，原来红芳知道后，断然否决了母亲的想法。红芳说："我在大楼卖布，你在门口卖布，这不是骑着毛驴子放屁两不分明，别人还以为我把公家的布偷回来给你卖呢。卖什么都行，就是不能卖布。可是卖其他东西，谁给你提供货源呢？"

汽水厂今年的承包任务是肯定完不成了，有问题的还有百货柜台，看完刚才送来的会计报表，孔文富要田小宝把张大群叫到办公室来。孔文富说道："大群，你那个柜组的承包任务只完成了不到一半，眼看一年就过去了，你打算怎么办？"

张大群显然有点害怕孔主任，在路上想好的话一时说不出来。孔文富见状倒了一杯水给他，他这才缓过气来，说道："主任，不是我不努力，实在是现在做百货生意的人太多了，个体户经营的时间比我们长，服务态度比我们好，价格比我们灵活，生意都被他们抢跑了。"

孔文富问道："个体户能做到，我们供销社为什么就做不到呢？"

张大群说道："如果主任允许我在不蚀本的范围内自由定价，我保证在这一个月内完成承包任务。"

孔文富说道："你这样做我同意，只是降价幅度不要太大。"

"你放心，大多数商品只降一两分钱，保你还盈利。"

"你这样说我就放心了。"

张大群领了尚方宝剑离开孔文富办公室，洪解放叫住了他，他又来到洪主任办公室。洪解放说道："大群，支部最近讨论了你的入党申请，认为你最近的情绪不是很高，下班总是在帮你父母亲摆摊子。"洪解放现在是支部的组织委员。张大群一听，脸红了，他父亲退休后看到别人摆摊子，也捡起老本行，做蛋糕卖，他下班后，有时也去看摊子。入党，曾经在他心中是神圣的愿望，可是他兄弟张二华不以为然，说现在谁还入党？赚钱最重要，他想也是，二华多牛，金项链戴着，摩托车骑着。入党的念头在他心里逐渐淡了下来，洪主任这一问，他又觉得不好意思。正在这时，蒯玲玲进了洪主任办公室，洪主任问道："小蒯，有事？"

张大群知道洪主任与女裁缝关系不错，忙起身告别："洪主任，我等会儿再来你办公室接受你批评。"说完离开了洪解放办公室。

蒯玲玲说道："我台湾的叔叔给我母亲来信了，你帮我出出主意。"蒯玲玲与洪解放关系冷淡了一段时期，后来不知怎么又恢复正常了。洪解放

香樟树下

知道蒯玲玲母亲的前夫，在解放前不知怎么去了台湾，这之后的每次运动，蒯玲玲母亲都是受冲击的对象，说她是台湾家属，这才使蒯玲玲下嫁给了她现在这个丈夫。前不久，报纸、广播报道了两岸可以往来的消息，这个孤身一人在台湾的老人至今未婚，解禁的信号一发，立马联系他日日思念的红颜。

洪解放看了这一封用近四十年的泪水写下的信件，心情也很沉重。洪解放问道："你妈是什么态度？"

"我妈怕日后惹麻烦，想叫他不要来了。"

"那怎么行，老人家想回家看看，想了四十年，拒绝老人这对他打击太大了，我建议给老人家回封信，欢迎他回家看看。"

张大群回到柜台决定采取行动，他这些天一直在等主任下定决心，百货柜台的销售任务没有降价这把杀手锏是完不成的。降价特权不到时间你是争取不到的。他找了一个在镇广播站的同学，给他播了一则告示，说大楼百货柜台年底清仓，商品大减价，欢迎前来购买。那个年代家家户户的小喇叭是最好的广告宣传工具，人们早已经习惯靠它知道身边的消息。他相信当周围的涨价成为生活的常态后，减价的信息对人们的刺激会更大，可以想象得出未来的一个月百货柜台繁忙的景象。用不着两天，大楼的客户便会络绎不绝。

他要求李萍萍恢复正常上班。因为买东西的人少，柜台他与李萍萍两人各上半天班。李萍萍说过好几次，说她不想上这个班了，一个月还没有人家一天挣得多。他知道李萍萍家里条件好，不在乎上班的几十块钱工资，可是李萍萍走了，谁来顶这个岗？他只好哄着李萍萍，让她只上半天班，另外半天给她在家看孩子。降了价，柜台肯定忙，他说忙过这段时间，他上两天班，李萍萍上一天班，李萍萍毕竟做过团支部干部，晓得轻重，说："大群，有你这样的态度，我肯定配合。"

柜台的另一个员工吴劲根本不能指望，吴劲是县剧团下放的，他在柜台上只会添麻烦，卖东西不是算错了账就是把商品给弄坏了，要么上班时抓一本棋谱，顾客来了，说东西在柜台里，让顾客自己拿。所以承包柜台后，大群叫他在家不要来上班了，他的事他与李萍萍分担。这一次生意忙，他得把吴劲给叫来，凑个人手。

吴劲照例在农资门市部与李建农下象棋，这两个人真是西河供销社的难兄难弟。听说要上班，完成承包任务，他说道："这与我有什么关系，承包是你们领导的事。"张大群说道："承包任务与你无关，完不成承包任务扣工资总与你有关了吧？"吴劲这才表示："明天上班就是了。"大群走在路上想，承包怎么就成了实物负责人的事，要是承包可以自由组合，由实物负责人自己选择合作伙伴，吴劲还能这么牛？

不出张大群所料，大楼商品降价的消息不胫而走，百货柜台销售火爆，甚至大楼的其他柜台职工也买了削价的脸盆、水瓶。没用一个月，百货柜台的销售任务便完成了。

孔文富在1987年承包总结暨1988年承包发包干部会上说："1987年是不同寻常的一年，西河供销社走上了全面承包的道路，承包之初大家都比较担心，怕完成不了任务，我也担心，个体户及镇上的经理部与我们的竞争太厉害了。现在看来，除了个别单位由于一些特殊原因，没有完成预定计划（所有与会者的目光都投向刘德草，刘低下头），其他的柜台都圆满完成任务，农资门市部更是超额150%完成任务（孔文富注意到周大发挺直胸脯，满脸得意）。在这里，我们要重申，没有完成任务的，要兑现合同，扣除30%的工资，完成任务的，我们要给予奖励。

今年国家的利改税政策给了我们奖励的条件。奖多少，怎么奖，我们要研究，欢迎大家提出些好的建议，这些建议可以直接向我提，也可以向洪主任提，潘主任那里也可以提。我的基本想法是：干得好的与干得一般的要有区别，完成任务多的与完成任务一般的要有区别，不再搞平均主义与大锅饭。

在座的今天要签新的一年承包合同，新合同要求完成的不是销售额，而是销售利润，这是根据多数人的意见做的修改（孔文富不好批评百货柜台降价销售，一个月不到就完成销售额，可利润却几乎一个大子也看不到），合同总是不断完善的，我们相信新一年的市场行情与过去的一年同样好，国家价格冲关对商业来说是个发展的机遇。"

周大发散会后没走，嘻嘻道："主任，照你说的，我们农资门市部奖励要比其他单位多，是吧？我回去跟员工传达。"

"现在还不好讲。"

"为什么？"周大发急了。

"还没开会研究，大发，如果把你与张大群工作对调一下，行不行？"

"主任，我干得不好，哪个地方得罪了你？我不调。"孔文富说道："你胡说什么，得罪我就要调你工作？你们超额完成任务，那是因为你们销售渠道受到国家保护，当然，与你们工作努力也分不开，你们的奖励应该比其他门市部多多少，真的要好好研究一下。"

周大发临走时提醒道："主任，别忘了，农资柜台两个实物负责人都是我。"意思是奖励时要给他双份。

万建梅也在他办公室没走，孔文富问道："小万，什么事？"万建梅道："书记，奖励你别只想到实物负责人，把我们团支部忘了。团支部可是你的助手，你指哪我们打哪。"万建梅离开百货柜台后，嫌实物负责人的事烦，只在书店做普通营业员。

孔文富笑道："我要你散会回家，你不回家吗？"

万建梅说道："我说完几句话就回家，我希望团支部书记享受实物负责人同等待遇，柜台实物负责人在经济上做出了成绩，我们团支部在政治上做出了成绩。我们是书记你最听话、最亲的兵。"

孔文富说道："就会耍嘴皮子，下次我看你怎么听话、怎么亲？"

冬天夜来得早，孔文富下班，外面已经黑了，路上，李志朝幽灵似的拦住他。黑暗中，李志朝神秘地说道："主任，你小心，有人搞地下活动，我刚才看到成小勇东家串到西家，串联怎么反对有差别分配奖金，说什么凭什么给实物负责人多分一点。肯定又是潘主任在后面鼓捣的，你不要说是我说的。"说完迅速消失在夜色里。

回到家，隔壁的退休职工老王头在他家串门。老王头说："主任，你吃饭，我在家吃过了，做领导的就是辛苦。"他确实有点饿而且乏，快60岁的人，身体还真有点顶不住了。他示意老婆拿饭，吃完饭，他用手抹抹嘴，问道："老王，有没有事？"老王头道："听说要给职工发大把的奖金，我们退休的能不能发一点？现在物价在涨，退休工资就那点钱。"孔文富看着老王头老实的脸，不忍心驳他：在职的发奖金，退休的怎么会有？只好说道："在职的奖金不会多，退休的我尽量地想办法给大家表示点。"老王头走了，孔文富望着他的背影，心想这个家真不容易当，听说要发奖金了，人人都想分一杯羹。

第二天，孔文富征求洪解放意见，洪解放说道："奖金分配这样的大事，是不是请老潘他们来一道开会讨论一下。"孔文富极不情愿地喊田小宝道："田文书，你去把潘主任、刘主席找到我办公室来。"待几个人坐定，孔文富简洁地表达了自己关于奖金分配的想法。潘有志立即不客气地说道："老孔既然叫我来，我先说两句。老孔现在什么事也不跟我说，干

脆撤了我副主任职算了。"

洪解放打断道："潘主任，话题不要扯远了，就说奖金分配的事。"

潘有志说道："老孔，我说话你不喜欢听，可我还是要说。我个人认为方案有两个问题，一是基本奖金定高了，每个员工200块钱，相当于一个人多拿了3个月的工资，据说奖金一发，供销社账上就没有钱了，这以后还过不过日子？这上面来个人吃饭都没有钱。"

洪解放又打断道："今年是供销社全面启动承包，老孔就是想给大家鼓鼓劲。"孔文富心里想，老潘这是担心供销社没有钱到他家饭店吃饭。潘有志继续说道："孔主任奖金分配有差别的说法也不妥当，大家都在上班，你说谁比谁干得多一些？再说，大家早不见晚见，差别分配把矛盾激化了，还怎么共事？上次调工资，把职工的积极性都调没了的教训是深刻的。"

孔文富忍不住了："你不当家当然无所谓，供销社这么大不是只有主任们干事，要许多骨干来与我们一道干事，人家干事了，你总不能不承认别人的劳动吧？"

潘有志说道："承认劳动不一定就要给钱，你说实物负责人是为钱干事？不要这么庸俗嘛。另外，老刘的汽水厂没有完成任务，也不能把账记在老刘身上，老刘是组织派他去的，如果扣了老刘的工资，这以后谁还替组织办事？"

孔文富说道："老潘你这句话说得对，如果组织派人干好了不奖，干坏了也不罚，谁替组织办事？"刘德草第一次听潘主任叫他老刘，他想说两句，结果忍住了。会场静了下来。

潘有志说道："即使要奖要罚，我认为只能象征性的，意思下就行了。"

洪解放说道："孔主任，要不奖与罚就意思？"

孔文富说道："潘主任，你看意思下是多少钱？"

潘有志说道："一般职工与实物负责人奖金差距在10块钱。"

"全年差10块钱，还是一个月差10块钱？"

"一年差别10块钱。"

"这样一个月差别不到1块钱，那干脆不要差别算了。"

洪解放说道："那就一个月多10块钱，按照孔主任匡算的，完成承包任务的普通职工年终奖金是200元，实物负责人另加120元，我看员工们能接受。"洪解放希望能在孔与潘之间和稀泥。

潘有志说道："你们定,我的意见说完了,到时员工有意见与我没关系。"说完离开了会场。刘德草见状也离开了会场,他心里清楚,主任办公会,他充其量是个列席者,潘有志还可以发几句牢骚,他是只要带耳朵来就行了。他窝火的是汽水厂红火时没有奖金,唯独今年走麦城却发起了奖金,他拿不到一分钱奖金,甚至还要扣他的工资惩罚他,他是西河供销社实行承包的第一个倒霉者。他不知道新一年承包会怎样,他看不到希望。

见潘与刘走了,洪解放说道:"孔主任,你定吧,你怎么做,我都支持你。"说完也走了。

孔文富想听听张大群的想法,这小子脑子管用。

张大群说道:"主任要是真想通过奖金的发放调动职工的积极性,你可以把奖金按照一定的比例,发给我们实物负责人,怎么分配交给我们。"只是张大群的想法与其他实物负责人不同,他们说,这个烫手的山芋哪个敢接,还是主任在上面分配好,一个柜组的,早不见晚见,好意思三六九等?为了几个钱分配不均,吵死了。

孔文富接到汪镇长电话,汪镇长开口便问:"老孔,我这个监事会主任还管不管事?"孔文富赔笑道:"镇长的话哪能不管用。"电话那头的汪镇长嗓门依然很大:"我可是在第三届股东大会上拍过胸脯的,说只要供销社赚到钱,就给股东们发红利,你马上要给员工发奖金了,给股东们发一个糖果也是好的,我的话也就没有扔到水里。1982年成立的股东大会,至今你们给股东发过什么?"

这是谁给汪镇长通风报信?又不是我一个人私吞公款,为什么打我的小报告。他压住火,在电话中说道:"镇长,你批评得对,是应该给股东们一个交代。这样,我考虑一个方案,晚上供销社请你吃个便饭,你审核一下。"汪镇长说:"吃饭免了,方案我也不看了,只要你们做了就行。"然后把电话挂了。

给股东发红利是不可能的,县社没有这个要求,股东也没有这个要求,赚的那点钱也不够发红利。可是汪镇长开了这个口又不能不回应。孔文富与洪解放商议,快过年了,请镇长吃饭,送一点礼品,只要镇长不生事,股东们是生不起事的。孔文富叫田小宝把万建梅找来,万建梅喜滋滋地跑来,说:"主任发奖金给我了?"

孔文富说道："交给你一个光荣任务，下午你到镇上把汪镇长请来吃晚饭，喝酒把他陪好，今年你的奖金与实物负责人就一个样了。"孔文富清楚镇长有点色，当年他在做公社干事时，镇长是公社革委会分管知青的副主任，眼睛里经常透露出有贼心没有贼胆的神情。

万建梅果然不负所托，请来汪镇长。

汪说道："我算是服了你们供销社女孩子，一个比一个厉害，之前的周晓兰、乔启萍我领教过，眼皮前的小万又让我领教了。"万建梅说道："不是供销社的女孩子厉害，是汪镇长关心、爱护我们。"孔文富、洪解放恭请镇长入座，上了茅台好酒，万建梅为了她的年终奖尽力敬酒。镇长说道："今天有什么事，说吧，我都会答应的。"孔文富从未见过镇长这么爽快，说道："其实没事，我与老洪找机会向镇长汇报工作。"镇长说道："老孔你也会耍嘴皮子了，这几年来没事请我上酒馆坐过？"

孔文富笑道："镇长批评得对，我们要多向镇长汇报工作。上午你在电话里指示给股东发红利，我与老洪商量，今年还有困难，明年赚了钱我们一准给股东发红利。镇长知道这前几年供销社赚的钱都交给国家了，今年利改税政策才让我们有点结余。员工还没有拿过年终奖，经理部这几年发年终奖，我们员工们可馋坏了。"

镇长说道："你们不能比经理部，你们旱涝保收，经理部挣不到钱就开不出工资。"孔文富说道："我们也是这样对员工说的，今年是供销社正式启动柜台承包，镇长你看能不能就让我们发一次年终奖鼓励员工的积极性，把改革深入下去。"镇长说道："你是不是准备了一项大帽子，我要是不支持你们发年终奖，就是不支持改革？好，我同意你们今年发年终奖。你们不要慌着敬我酒，我还有话说，我也要请求你们支持我，来的时候，我有个想法，我想把小万调到镇上工作，两位领导看怎么样？"来的时候，镇长没有提起这事，万建梅听了既吃惊又兴奋，她看着主任，不知主任会怎么回答。

孔文富心里想道：难怪镇长今天如此爽快，原来是要挖他的人啊。虽然心里极不情愿，他嘴上却问道："不是人员简编吗，镇长打算让小万去镇上做什么呢？"

汪镇长说道："人员简编是前几年的事了，这不，加强基层组织建设要扩编，为了加强对经济的领导，镇上打算成立一个蚕业办公室，加强蚕茧收购管理，小万下午到我办公室，我眼前一亮，这个人就是她了。"

孔文富说道："如果小万没有意见，我们供销社绝对服从镇上意见。"

万建梅说道："我服从组织安排。"吃完饭，汪镇长走后，万建梅说道："主任，其实我也不舍得离开供销社，但我要真走了，今年的年终奖可不能少给我。"

孔文富说道："镇长的红人，能少给你一分钱？"

发红包了，西河供销社员工相互招呼着，这两年只听说镇经理部年终给员工发红包，没想到今年自己也有红包拿。会计室门外人们自觉地排队，脸上堆满了笑容。忽然只听成小勇一声吼："这钱分得不公平，老子看谁敢拿！"排队的人面面相觑。成小勇大声喊道："都是供销社的正式员工，凭啥有人比我们多120块钱？这可是我两个多月的工资。主任要是不来解释清楚，今天谁也甭想拿钱。"

有人赶紧报告孔文富，孔文富一把抓起电话要找派出所，洪解放劝道："还是叫潘主任去处理这事吧，派出所出面事情就搞大了，成小勇是大楼职工，平时与老潘走得近。"孔文富说道："老潘我不找，要找你找，这成小勇闹事说不定就是老潘派去的。"洪解放说道："我去找老潘。"洪解放找到潘有志，说道："老潘，小勇最听你的，你这时猫在办公室看报纸说不过去。"

潘有志说道："他孔文富不是能吗？他捅的窟窿自己去补。"

洪解放说道："我们做副手的，就是帮一把手补窟窿的。老孔给实物负责人多发点钱，我当时也不太赞同，可他们现在多拿了钱，明年就得承担更多的责任，我想老孔说得也对，实物负责人把什么都担起来，老潘你不也少些麻烦。小勇还闹，也影响你的声名，大家好不容易盼的年终奖拿不到手，你肯定要挨骂的。"潘有志一直瞧不起洪解放，觉得洪解放就会和稀泥，软骨头，一点主见都没有，可今天这番话让他刮目相看了。他放下报纸，说道："我去现场看看，只是我劝不一定管用。"

领年终奖的员工见潘有志来了，纷纷说道："潘主任，你来了我们就能领到钱了。你劝小勇一个准，实物负责人多拿点钱就多拿点，他们也确实辛苦些。"潘有志走到小勇面前，说道："小勇，再不让开惹人烦了，总有讲理的地方，我不信我们还错了。"

孔文富第二天上班发现水瓶里的水还是昨天的，他习惯上班第一件事就是用当天的开水泡茶。每天早晨打开水是文书的功课，孔文富到文书办公室，田小宝没有来上班，他问洪解放，洪解放说："小田是不是生病

245

了，我去他家看看。"洪解放去了一段时间回来说，"小田说他不想干文书了。"

孔文富恼火地说："干不干文书，由他想？他不想干我还不要他干呢，我早不想让他干了，你帮我找一下张大群，让他来干文书。"孔文富认为过去当文书，只要能写写画画就行，现在文书最好在经济上能独当一面，帮他在外面跑腿，田小宝已经不适合做文书了，只是不好意思把他拿下来，现在他主动不干文书，正好。洪解放看主任火气正旺，便赶紧去找张大群。

田小宝不干文书的导火线是对这次年终奖分配不满意，深层原因更多。他打开自己的红包，年终奖250元，比一般员工多50元，比实物负责人少70元。"真把我当二百五了。"

他觉得不是争钱多钱少，而是对他的劳动的认可问题，有关他的尊严。他知道他的悲剧就是：作为一个小人物却不安于小人物。所谓将相本无种，都是从小人物起家的。柜组实物负责人哪一点比他干得多，办公室他是第一个上班，最后一个下班，每天8个小时那是一点也不含糊，主任有事可以不来办公室，他作为文书每天必须要把办公室门打开。

田小宝清楚记得，他在文书岗位上已经待了3年零3个月又3天了。他曾经嫉妒肖志强吃香的、喝辣的，当他取代肖志强做了文书后，他也有一段被人眼红羡慕的时光，走在西河镇上感觉身子都是飘的，只是这时光很快就过去了，先是布票不要了，很快烟票、酒票、豆腐票、煤油票都成了废纸，短缺的商品怎么突然不短缺了。他清楚记得有一天，一个人来办公室找主任推销尿素，他怀疑听错了，尿素居然也上门来推销了？两年前，谁要是弄到50斤尿素票，那可是牛气冲天的事。事后，他问过主任，主任说："尿素看什么厂生产的，正牌尿素我们求厂家，杂牌尿素厂家求我们。"所有的商品都不要票了，他这个文书在人们心中掉价了。

肖志强不做文书了，混得比他好。田小宝一开始还对做小动作取代肖志强有些许歉意，如今是丝毫没有了。这肖志强虽然没有成为主任的乘龙快婿，却娶了一个有钱的老婆。前些日子，镇上彩电少时，夫妻俩怕彩电让人偷了，抬着彩电出门，成了镇上茶余饭后的笑谈。现在镇上彩电多了，夫妻俩骑着"嘉陵"满大街转悠，仍然是话题的中心。

最近听说被乔启萍看上了，指名西河批发部去县里进烟酒要肖志强去。她只买肖志强的账。乔启萍升了县糖、烟、酒批发部经理，她要尝尝小鲜肉，这是镇上那些嚼舌根的妇女说的。主任没有办法，只好把肖志强从仓库保管的岗位调到采购员岗位。有人看见肖志强在县城骑着"嘉陵"，车屁股后面驮着乔启萍，据说李萍萍与肖志强大吵了一阵，后来不了了之。田小宝感叹这就是肖志强的艳福，谁说漂亮的脸蛋当不了饭吃？女人漂亮脸蛋管用，男人也一样。

张二华早就要田小宝不干文书了，说现在干文书没意义了，干长了把人给荒了。田小宝说："我不干文书做什么呢？到你那里去，你不想要我，我也不想去，我在供销社大大小小算个干部，到你那儿打工，我自己心里过不去这个坎。"当年他接手文书时，张二华说："不管是志强做文书，还是你小宝做文书，我都高兴，有你们罩着，我的日子好过些。"二华的翅膀早硬了，不用他罩，他也罩不住了。

丈母娘张妈最近没给他好脸子看。当初田小宝做了文书，张妈死乞白赖地要他做女婿，说："你从小就跟三丫定了娃娃亲，不能做文书当官了，做了供销社半个当家的，想做陈世美，你要是敢做陈世美，我告你，让上面撸掉你文书。"殊不知，这种逼婚让田小宝合不拢嘴，他正愁身边没女人疼呢？张二华说："姐夫你想好了，我这个婶子你的未来丈母娘不是一般的人物，丑话说在前面，你以后要是反悔，不要骂我这个媒人。"他说："我又不是跟丈母娘过日子。"三丫虽然比他大两岁，但身条与脸蛋配他是绰绰有余，他才不管民间什么下山虎不能娶的说法。这过日子之后才领教了家有下山虎，外有母老虎的滋味。丈母娘经常数落他："怎么想起来找你做女婿，没钱、没权还没有时间，一天到晚在办公室服侍人，害的我家三丫忙得灰头土脸，没过一天好日子。"他回家之后老婆也经常给他各种脸子看。

又遇到这个强势的主任，一点油水也没有，文书真的没有干头了。他晚上到办公室打电话与诗友聊个天，供销社的电话费高了，孔主任见了，跟他打招呼叫他查查什么原因，说要注意控制。前几年，县城的诗友听说他在西河做了文书，联络了一批人到西河踏青，他在工农饭店摆了两桌，事后主任审批时，说下不为例，私人请客与公家请客要分开，公私分明。他当时想，肖志强做文书时经常请我们吃饭，签单了事也没有听说什么公私分明。可主任这样说了，他以后再也不敢私人请客签单了。

洪解放找到张大群说明来意，张大群听了居然调侃道："组织这次真的要培养我了。"洪解放说道："可不是，孔主任想让你接他的班。"张大

群推辞道："洪主任，当文书首要的是写写画画，你看我除了会吹吹牛，给领导跑跑腿，其他样样都不行，一见写材料头便疼，上不了台面，你替我在孔主任面前谢谢他。"洪解放说道："大群，现在跟以前不一样，整材料那些虚头巴脑的事都没了。"

张大群说道："文书我还真做不了，主任你看我孩子小，家里又没人带，坐办公室与我坐柜台不一样，我可以带着孩子上班，总不能带着孩子坐办公室。"他认准了文书这摊子事是不能接的，田小宝是他堂妹夫，如果他接了文书，他三婶——田小宝的丈母娘闹起来，他可惹不起。他向洪主任建议还是田小宝干好，小宝做文书挺适合的，当文书不容易，应该提高他的奖金。洪解放见张大群不松口，只好回去向主任报告。主任说："你去找德草，汽水厂停掉算了，叫他回来做文书。"

刘德草说道："洪主任，汽水厂停掉我没意见，可是让我回去做文书，我恐怕做不了，你们应该找个年轻人做文书，我都奔50的人了，做文书伺候人你们也看不过去。"刘德草老婆之前就打过他招呼，说："主任叫你再干文书，你不要干，你干我跟你急。"刘德草想：过去文书谁不想干，可现在没人干。他已经把自己的退路准备好了，他有个亲戚在巢湖，邀他去巢湖办汽酒厂，这边主任要停掉汽水厂，他就去巢湖。

孔文富听了洪解放的汇报，沉思片刻，说道："老洪，办公室不能没有人，田小宝那里你看有没有做工作的可能。"洪解放说道："主任，你只要发话，工作我去做，恐怕小田的年终奖要加一加，他也很辛苦。"孔文富没有言语，洪解放见孔主任不反对，便起身去找田小宝。

田小宝终于回心转意做文书了，可是另外一件事又让孔主任心烦，供销总公司打来电话，要孔文富纠正年终奖过高的现象，总公司经理老韩在电话中开玩笑道："老孔你们发红包给总公司也发几个，收买人心不要忘记总公司才是最应该收买的，你的县、市两级人大代表不是西河供销社选的，你占的是我们总公司的指标。"

孔文富说道："韩总，你有什么指示你说我听着。"老韩说道："你们发红包自家窝子吵起来了吧，有人反映到我这里，你让我们很尴尬，你们的改革现在落在全县的后面，奖金却发在全县的前面，你这样上上下下不都要打我的脸吗？打我的脸不要紧，反正我是一张老脸，问题是你在打改革的脸，这就不行了。党的文件一再要求，党员必须要与党的组织保持一致，下级必须服从上级，你要是不想成为春谷供销社资产阶级自由化的代表，你要是继续担任县、市两级的人大代表，你就立即纠正年终奖过高现象，并且按照党的十三大精神，加大改革的力度，使西河供销社的改革成为全县的排头兵。"

　　洪解放听说是总公司电话，过来问什么情况，见孔文富黑着脸，知道吃了总公司的批评，便安慰道："不管总公司说什么，我们搞自己的。"孔文富复述了韩总的电话，说道："难得洪主任这样说，你让我想想我们该怎么办。"洪解放与孔文富共事这些年来，未见过主任有如此的表情，便带上门出去了。

　　记得西河经验交流会上他介绍经验：我们要让员工像鸡一样在外面找食吃，而不是像猪一样偎在猪圈里等食吃。可现在，孔文富不以为然，你想让员工变成鸡就是鸡了？至少有一半的员工是成不了鸡的，他们已经习惯了有人管他们，有人喂他们，每天上班，每天下班，到时拿着私章领工资的生活节奏。断他们的口粮，难道让他们都饿死？他孔文富做一天主任，就要对全体员工负一天责任。农村包产到户，不也有许多村没有实行，事实证明，只要有一个好的领头人，不包产到户的村比包产到户的村，农民的生活更好一些。

　　搞资产阶级自由化、打改革的脸，这两顶帽子他是戴不动的。他这个基层社的支部书记兼主任被撸下台太容易了，下台他倒不怕，反正他干不了几年就要退休了，问题是这样下台不好听也不好看。1987年国家价格闯关，在这个市场机遇下，他为供销社赚了钱，他知道这样的机遇以后很难有，他希望员工在他退下来后能够记住他的政绩，肉要摆在碗头上吃，不要捂在碗底。因此他要给员工发一个大大的红包，没想到发红包居然与资产阶级自由化及打改革的脸联系在一起，他现在纠正那才是打自己的脸呢，思考再三，还是打自己的脸为妥。

第二十五章　有组织，你怕什么

有人说：摸着石头过河，发财是自己的，淹死了也怪不得别人。孔文富回答："这话不准确，组织还能不管你们？政府说承包后三不改变：职工身份不变、隶属待遇不变、政治待遇不变。这就是新一轮承包的政策保证。我在这儿也保证，只要干一天，就会管一天。没有吃的，到我家来。"

孔文富在干部会上传达了县社的精神，说道："县社责令退钱我们慢慢退，但改革必须加快进度。"

李志朝说道："我声明，钱发下来就花了，没钱退。现在柜台承包不就是改革吗，还要怎么改？"他的钱早已经在麻将桌上进了别人的口袋。

孔文富说道："以后每个月在工资中扣5块钱，至少要扣两个月，让领导看到我们的态度。进一步改革将会有新的方案。"

众人问道："前几天签的1988年承包合同作废了？"

孔文富回答得干脆："作废。"

李志朝说道："作废不作废，还不是领导一句话。说好了，要有得罪人的事，你们领导规定好，不要指望好人你们领导做，恶人让我们当。"

孔文富心里不爽，这李志朝最近怎么了，老抬杠，嘴上说道："今天只是打个招呼，过两天签新的承包合同。"

散会后，孔文富指名张大群留下，张大群惴惴不安，担心主任为文书的事说他，正欲解释，主任说道："我想听听你对深入改革的看法。"孔文富从内心里比较欣赏眼前的矮个子年轻人，办事沉稳，有自己的主见，他甚至私下打算自己退下来后，把这摊子事交给这个年轻人。

张大群说道："西河改革像主任这样做我觉得最好，大方向主任把握着，小事情我们实物负责人去做。1987年经营状况是历史最好水平，跟兄弟基层社比，也是我们最好。有人在我面前说过，你们西河好，有个好当家的。"

孔文富说道："不要拍马屁。你说好不行，领导说好才行，领导说西河的改革已经落后了，根据你在一线工作的经验，看我们怎样才能先进？"

这个问题大群真没想过，既然主任问起，他沉思片刻，说道："改革从农村承包起，发挥每个农民的种田积极性，提高生产力。现在基层社改革，也是从承包做起，只是基层社的承包比生产队承包复杂得多，我们目前的承包是风险最小的承包，属于销售任务承包的性质，基层社内部的框架基本没动，深层的利益基本没有触及。而这时外部环境变化很大，农副产品统购已经名存实亡，日常消费品的统销渠道也都没有了，个体户对我们的冲击已经越来越大，如果不是今年的物价上涨因素，大楼各个柜台完成承包任务可能都有困难。从这个意义上说，县社要求加大改革的力度也有道理。"

说到这里，张大群抬头看看紧锁眉头的孔文富，继续说道："孔主任，按总公司的改革要求，对你来说，未必不是好事，基层社事情太多，人又杂，你管得太多，辛苦还吃力不讨好，不如就抓一两个紧要部门，其他放开让员工各显神通。新的承包性质干脆就是交完了税金与承包金，剩下的都是自己的。"

孔文富问道："依你看，我抓哪两个部门？"

大群说道："自然是批发部与农资门市部，批发部主任我叔最听你的，而且经营状况也不错；农资门市部目前受政策保护，它也是我们盈利的主要渠道。"

孔文富说道："周大发早就吵着要承包农资门市部了。"

大群说道："他要承包就让他承包，你可以增加他的承包金。"孔文富问道："他要是不愿意怎么办？"

大群道："不愿意就不让他承包，或者是在基层社内部招标，谁出的承包金高，谁承包。"孔文富眼睛一亮："这个想法好，只是依你的意思，承包门市部后财务我也不管了，我怎么控制？"大群说道："只要承包人交了税金与承包金，你也不需要控制。如果你怕他们给你报假账，你只要求承包人把每天的营业额交到银行基层社的账户上即可。"

孔文富眉头舒开了，说道："对，对，营业额每天必须交到银行去。你回吧，我盘算盘算。"

孔文富决定立即签新的承包合同，这样承包者可以利用春节前的销售有一个良好的开端。据说深化改革以后单位不发工资了，员工们心里担心，每个柜台只留了一个人值守，其余人都来到供销社办公室，里面人挤不下，有的人只好在窗子口站着。孔文富拿着新印的承包合同在解释，他的大嗓门有点嘶哑，他说："新合同是根据上级精神与兄弟单位经验确定的，主要体现'四自'：经营自主、资金自筹、盈亏自负、风险自担。在交完税金、承包金以后，剩下的都是自己的，现在我们给员工多发一点奖金，上级不允许，承包后自己给自己发奖金，没有人干预你们。我们这是摸着石头过河，建立基层社新的经营机制。"

窗外有人叫："不管怎么改，工资要归单位发，孔主任，你不管我们了？"

孔文富答道："我管，我能管几年，我马上60了。关键是国家管，政府说承包后三不改变：职工身份不变、隶属待遇不变、政治待遇不变。我在这儿也保证，只要干一天，就会管一天。没有吃的，到我家来。有人说摸着石头过河，河水深，淹死我们怎么办？我说，不要怕，我在你们旁边，随时给你们扔救生圈。"

周大发问道："怎么没有农资门市部的承包合同？"

"周经理，你等等，等他们签完后，再来谈你的合同。"

孔文富承诺给每个柜台3万元的货，5万元的贷款额度，实物负责人们知道这是改革的大趋势，每天广播、电视里强调这些，谁也扛不过去，纷纷低头签了合同走了。

孔文富招呼周大发，说道："跟你商量个事，单位有20多个退休职工以及我、老洪、文书等在职的9个人的工资，主要指靠你农资门市部。"

周大发说道："那怎么行？农资养两三个人还行。"

孔文富说道："按照去年的水平，你们可以把退休职工的工资发起来。"

周大发说道："那是孔主任领导，我哪有那个本事。"

孔文富说道："我知道你有这个能耐，有人在我面前说，他愿意按去年的营业额承包农资门市部，你回去想想，明天给我一个答复。"

周大发感到窝囊，昨晚想说的一番话在主任面前居然张不开嘴，回到门市部，主任的话让他回味：居然有人要与他竞争，这个人是谁，除了张喜子不会有别人。张喜子背后多次与人说，周经理要是不敢承包，我就承包，农资是块肥肉，谁承包谁发财。想到这里，他把张喜子叫到办公室，说道："张喜子，你在外面不要瞎扯，说什么农资是肥肉，就是肥肉也轮不到你吃，你他妈的只有老实干活的份。"周大发想，我搞不过主任，但整治你张喜子绰绰有余。

张喜子被周大发一顿臭骂弄得莫名其妙，平时周经理待人客客气气，今天怎么啦？周大发发了一顿火，手一摆，示意张喜子出去。李小俊进来询问经理怎么了。周大发说道："退休职工的工资要我们一个门市部发，我发得起？"李小俊说道："潘主任要我请你中午到他酒店喝酒，也许潘主任能帮你出出点子。"

周大发平时一直躲着潘主任，他知道老潘与孔文富不对付，当下级的就怕领导之间有矛盾，有矛盾只好得罪副手了。今天不妨去老潘酒店坐坐。

镇上的酒店一般中午客人少，潘有志要成小勇去请秦大学陪周经理喝酒。秦国富上班没事干，一个月的工作他一个上午就可以搞定，市场上定价谁还来问他？只要有人买，价格与他无关。每逢月底他只要做一份统计报告交给文书，盖章寄给县社便算完事。平时，他老老实实坐在办公室翻翻老报纸打发时间。成小勇进来叫他，他看看表，说下班还有5分钟，等一下。成小勇拽起他胳膊，说道："现在谁还管你上下班。"秦国富无奈，只得跟随成小勇来到欢喜酒店。

听见周大发在发牢骚："跟在老孔后面屁颠屁颠的这么长时间，什么好处没有，潘主任，以后我跟着你，你指哪里我打哪里。"

潘有志示意秦国富坐下，说道："周经理，你说哪里话，在职员工中你资格最老，又负责农资，基层社最吃香的部门，日后少不了你帮衬我。大学来了，你跟大学说说，让他给你指点迷津。我去给你们准备酒菜。"

秦国富听了周大发的叙述，加深了他对周大发小人的认识：只想自己赚钱，我们这些人你就不管了。但因为是潘有志的客人，他也不便表露，他说道："周经理，你放心大胆按照孔主任的要求签承包合同，合同是死的，人是活的。个人与单位、组织签合同稳赚不赔，不信你试试。"

周大发来找孔文富签合同，孔文富问道："想通了？"周大发说道："这年头，想不通也得想通，领导嘴大些，不过我有一个请求，帮门市部装一部电话，农资现在贡献最大。"装电话的事，周大发请求过好几次了，这一次孔文富毫不犹豫拍板说装。周大发继续说道："主任以后可得多帮帮我，那些小厂的供销员以前都是找主任联系的，你把联系方式告诉我，我好直接找他们。"

签了合同，周大发立即召开门市部员工会议，说道："我已经签了承包合同，以后工资就是我发给你们了，我不但给你们发工资，退休的20多个职工也归我发工资。这个家不好当，以前是孔主任叫干什么就干什么，我不烦神，你们迟到早退我也乐得做好人。现在不行了，完成不了承包任务，孔主任扣我的钱，我的日子好不了，你们也好不了。丑话我说在前头，谁要是干活不上心，不听我的话，谁就走人，去找孔主任领工资。孔主任给你们开不开工资那我不管。"员工之间面面相觑，平日和蔼可亲的经理今日合同一签变了个人似的。

张承宗敲门，听到"进来"的回应后，小心翼翼推开虚掩的办公室门，见主任疲惫的神情，说道："要不，主任你休息一会，我过会儿再来。"

孔文富说道："承宗，进来坐。供销社现在就批发部没有包下去了，你怎么想？"

张承宗说道："这最好了，批发部由主任直接领导，批发部人人举双手赞成。"

孔文富说道："这段时间我一直在思考与整理批发部今后的经营思路，你来了，我正好跟你谈谈。目前个体户与供销社的竞争主要在零售的环节，要不了几年，我的估计是五到十年，个体户的经营实力增强，他们就要进入批发环节，我们必须在个体户进入前，把批发部做大做强。这前几年是我带你们做，等我退休了，你们要自己做。目前的批发部业务主要是依托本镇，为百货大楼、村的零售网点以及镇上的个体户提供批发商品，现在百货大楼承包了，村的零售网点也承包了，他们以后可能进你的商品，也可能不进你的商品，批发部要有这样的思想准备。而我们的批发商品有竞争力就不怕他不进。怎么样才有竞争力呢？那就是人无我有，人有我廉。批发要靠量取胜，量越大效益就越大。因此，批发部不仅要做本镇的生意，还要向周边拓展，吸引周边客户来我们这里进货。批发部肖志强、董家根，在外面算有点门路，不妨以糖、烟、酒，与上海产的家电产品为拳头产品，同时在品种方面尽可能齐全，这样既有特色产品，又品种齐全，批发部业务就不愁做不大、做不强。"

一番话，张承宗听了连连点头，夸道："主任真是高瞻远瞩，堪比当年诸葛隆中对，只是我不是刘备。"孔文富说道："就知道拍马屁。我提供这个思路，干还是靠你们自己，我主要的精力可能在收购农副产品方面。"

农资门市部的电话很快装上了。周大发提醒道："晚上值班的人不许打公家电话，谁要是打了，我在邮局查，查出谁扣谁的工资。"李建农说道："周经理，你让我们打电话，我们也不知道打给谁呀。"周大发想想也是。

当晚轮李建农仓库值班。自张进城出事被公安局带走后，门市部恢复了轮流看仓库制度，仓库与门市部连在一起，看仓库的人一般先在门市部看看报纸之类，因为库房里没有电灯，而且气味也比较大。李建农在门市部看棋谱，他最近又迷上了围棋，中日围棋擂台赛中方连续3届获胜，他觉得自己还不会围棋实在说不过去，于是在棋友圈里宣布这段时间不下象棋，专攻围棋。

突然有人敲门，是工会主席刘德草，寒暄了两句，刘主席便要借门市部电话打一个长途，说他汽水厂的电话欠费停机了。这让李建农犯难，权衡了瞬间，他把电话递到刘主席手中。他想周经理怪罪下来，扣钱就扣钱吧，大不了一晚上的值班白干。因为刘主席在当年分房子时帮过他的忙，这个人情今天算还了。

刘主席的长途有点长，李建农心里有点着急，看了几次手表。主席终于放下电话，李建农问道："主席，听你打电话的口气，你不打算在西河干了？"刘德草说道："西河干不下去了，汽水卖不动，据说巢湖那边市场还行，我有意与他们联营。这件事在没有公开之前麻烦你无论如何帮我保守秘密，之所以在你这打电话，是因为知道你嘴紧，不喜欢乱说。"李建农说道："放心，不说，老婆那儿我都不说。"

第二十六章　许荷花卖菜

人长得俊，菜也卖得快些。

日子过得飞快，转眼过去三年。孔文富的头发已经花白，他在办公室与洪解放聊天："我原来预计私人进入批发环节至少要五年，这才三年，肖志强的糖、烟、酒批发部就挂牌了。肖志强的妈找没找你？替他儿子求情，说他儿子不懂事，受了人家蛊惑，要我们保留他儿子的身份。"

洪解放说道："找过我，我跟她说，你儿子在公家批发部旁边开店，这是明显与公家打擂台，任谁也不会原谅。"

孔文富说道："你不原谅他又怎么办？供销社员工的身份对他已经没有了吸引力，他既然敢挂牌，就不怕你处分他。肖志强两年前就提出了在外面进货与我们分成，这肯定是乔启萍的主意，乔启萍在外面跑，接触人多，想的肯定在我们前面。对于分成，我一直没有答应，这次，他终于撕破脸了。张经理问我怎么处理，我说开除很容易，只是以后还要与乔启萍做生意，等等吧。"

"大发那里怎么办？"农资门市部第三年的承包费一分钱也没有交上来，而且第二年的承包费还欠一半。周大发说得好："人不死，债不烂。

在职的我都发不出工资，哪还有钱给退休的发？"孔文富要洪解放上门市部催过多次，可周大发就是一个字：拖，装得比谁都可怜，以致洪解放发牢骚道："周大发这个无赖，只有主任亲自出马看能不能从他口袋里抠几个钱。"

孔文富说道："我也不指望他把承包费都缴齐，他能把去年的缴清了就烧高香了。这两年农业生产资料也不是供销社独家经营了，你只要独家经营就有人跟你抢饭吃。周大发完成承包任务说起来也有一定困难。对付周大发恐怕要出损招，他不是怕张进城吗，张进城回来了，他父母都是退休职工，拿不到工资，他出面比你我管用。你去把这个任务交给张妈妈。还有张二华的媳妇，有人在我面前说她可能怀了，你顺便找下她，了解一下情况，如果真怀了，做做工作，打了吧。"洪解放赞同道："这是大事。只是计划生育一胎政策严了点，尤其二华这样，挣了钱，养了一个女儿，肯定还想生一个儿子。叫我说，计划生育应该是一个不少，两个正好，三个多了。我去找二华，他媳妇恐怕说了不算，二华做了个体户，但他的根还在供销社。主任你看还有什么事？"孔文富说道："我这段时间准备开发一个新项目：城镇居民家装液化气灶，这是一个很有市场前景的项目，你先去把上述两件事办了，回头我俩再议。"

肖志强，不，现在应该叫肖总，志强糖、烟、酒批发部总经理，在肖志强看来，叫经理很好，可是乔启萍非得要他挂总经理头衔，说这样出去办事方便。干个体，肖志强既没有这份勇气，也没有这个能力，更没有这个本钱，可乔启萍在后面推着、催着、哄着，说："钱都让公家赚去了，个人没什么好处，现在有这样好的发财机会，不赶紧抓住，你傻？"乔启萍要他在前台，她在后面撑住，两人二五分成。

傍上乔启萍是他人生的转折点。乔启萍是孔主任的秘密情人在他担任文书时就知道，乔启萍来了，主任便关上主任室门，有人找主任时，要经过他文书办公室，他会说主任不在。那时候办公室就一部电话机，主任接电话还要到他文书办公室来，乔启萍调到县城后来电话，他把主任叫来后便知趣地离开办公室，在外面转一圈。主任与乔启萍的关系他从来没有在别人面前说起过，即使孔瑶松还是他女朋友时，他也没有跟孔瑶松透露过，他不愿男女关系这点事在杀伤主任的同时，把自己也杀伤了。

他没有想到乔启萍在她握有权力后，与主任断了关系，却抛绣球给他，说知道他在批发部干保管干得不开心，做姐姐的要拉他一把。他一开始还放不开，毕竟孔主任是他父辈，乔经理是长辈的情人，可架不住乔启萍的攻势，她的风骚是男人很难抵挡得住的，终于在一次酒后两人滚到床上去了，突破了男女之间的界限。

两人激情过后，乔启萍满足地说道："放心，我不会破坏你的家庭。男女之间不就是那么回事，你睡我我睡你。别人睡我，我什么东西没少，还找了一份好工作；我睡你，我快乐你也快乐，你以后一切都有姐罩着。你老婆比你年龄大，是你姐姐，我也是你姐姐，我跟你老婆看起来谁年轻？"肖志强抬头，乔启萍打扮得确实看起来比自己老婆还年轻，真是女人中的尤物，忍不住，他又把乔启萍扑倒在床上。此后，肖志强每次进货时间便成为两人男欢女爱的时刻。

听儿子说要单飞干个体，肖母坚决不同意，说："你要单干也只能跟你爸爸后面做蛋糕卖，卖烟、卖酒你懂什么？我可没有本钱给你。"肖志强说道："妈你放心，一分钱我也不要。"当年母亲阻拦他与许荷花他依然历历在目，这一次他不会再受阻挠了，他甚至还想请许荷花去他批发部上班，这是不是别人说的：初恋是难以忘记的。

可是许荷花不愿意。你想做回你自己，我就听你的？许荷花拒绝肖志强不是因为他与乔启萍的绯闻，也不是怕有人将来嚼她与肖志强的舌根。虽然这份工作对她来说也是不错的选择，但她在肖志强的热情面前冷冷地说道："我的工作不劳你费心了。"在许荷花看来，这不是吃不吃回头草的问题，而是做人的尊严问题。

想发财难，想吃饭容易。找到吃饭的路子，离发财也不远了。供销社已经好几天没有事做了，许荷花在菜市场买菜的时候想，我为什么不可以在这儿摆个摊呢。左邻右舍说："卖菜的苦不是一般人能吃的，再说你卖菜的时候你孩子怎么办？指望你家李建农肯定不行。"

许荷花是那种说干就干的人。她交代李建农上班前把孩子用一根绳子栓在家门口，她自己一早就去了菜市。她先观察了在什么地方兑菜，什么菜好卖，又跑到婆婆家，取来卖菜的秤。回来已是中午时分，李建农在等她烧饭。吴红英走过来说："荷花，你上哪儿去了？你女儿腰上系一根绳子哭得泪人似的。"许荷花也没解释什么，她早饭没有吃，肚子早就饿了，赶紧做饭。吃饭时她对李建农说："今晚上我多淘点米，明天我要是回来迟了，你中午给丫头烧个汤饭，明天我开始卖菜。丫头只好先委屈她了，过两天她就会习惯了。"

鸡叫三遍，许荷花黑灯瞎火摸索着拾掇完自己便去了兑菜的地方，兑好了菜，她第一个出现在菜市，在一个她昨天就观察好的路口，放下菜，她要抢占这个摊位。菜贩子们陆陆续续进场，只见一个中年胖妇女走到她跟前，用脚踢翻她的菜篮，说道："走，走，这是我的摊位。"

"凭什么是你的摊位？你出钱买了？"许荷花见对方蛮横，知道在这种场合怂了被人欺，便粗门大嗓毫不示弱回击。这时，其他菜贩围过来，劝许荷花说这个摊位人家已经卖了好多年菜了，你一新来的，总不能坏了这里的规矩。众怒难犯，许荷花只得把自己的菜篮移到偏角没人的地方，学着别的小贩的样子把辣椒、茄子排放整齐。已经有人进场买菜了，他们大多还没走到她的摊位前，就完成了购菜任务，也有人来到她面前，不知是看她的菜还是看她的人，绕了一圈走了。过去半个多小时，居然还没开张，她有点急，心想这样不行，她得放下脸皮学着吆喝。

许荷花终于喊出了她卖菜的第一声："新鲜辣椒，快来看，新鲜便宜的辣椒。"旁边的一中年人问道："姑娘，你说你辣椒便宜，什么价？"

许荷花说道："别人辣椒2角，我1角8分，一斤便宜2分钱。"

"给我秤一斤。"她的第一笔生意成交，这大大鼓舞了她的士气。她的声音比别人大，她的声音比别人甜，她的菜比别人便宜，她的秤杆比别人翘得高。两个小时不到，两篮子菜只剩下被人挑下来的残次品，这些可以自家留着吃。她回家还不到10点，解开女儿身上的绳子，递给她刚从街上给她买的两块糖，女儿顿时不哭了。她数数口袋的钱，今天居然赚了1元5角2分钱，比她在供销社做临时工强，初战告捷。

第二天，她把菜篮换成了稻箩，准备多兑点菜。有了昨天的经验，她把今天兑来的辣椒、茄子、豆角、西红柿早早排好在地下。当买菜的人一进菜场她便开始吆喝，很快她的摊位便围满了人，让旁边的菜贩看得妒忌。跟昨天差不多的点，她开始收拾箩筐回家，到家把口袋一大把零票子抓出来，数数，比昨天多赚了一斤猪肉钱——7角3分钱。如果以今天的成绩算，她比李建农的工资挣得还多，虽然累得骨头架都要散了，嗓子哑哑的，但心里很受用，她在卖菜中找到了感觉。

李建农托人带信叫他母亲来，把丫头接走让媳妇安心卖菜。婆婆知道这肯定是媳妇的主意，虽然不情愿，但还是在老头子的催促下来到了镇上。在供销社住宅楼旁边，她遇见了"臭嘴"孙小凤。

孙小凤热情地上来招呼："奶奶，来看孙女啊？"

"我来接孙女，媳妇忙。你上班去？"

"是的，上班挣不到钱，你看你媳妇漂亮又能挣钱，奶奶好福气。只是——"婆婆见她欲言又止，着了急，问怎么回事。"菜场里人在说，你媳妇抹的珍珠霜把买菜的人都香晕了，工商所的人对她的摊位特别照顾，你可要叫建农把媳妇看好了。"

建农母亲本来就有"漂亮媳妇惹事的主"的想法，可是建农愿意。媳妇收摊回来，婆婆说道："荷花，你卖菜累吧，听说你天还没放亮便要起来。"

"妈，年轻人累点就累点，只要能挣到钱，我不怕累。"

"荷花，你一高中生，卖菜的都是大老粗，你跟他们搅和多没意思，回去我跟建农他爸说说，他人头熟，叫他找人给你谋份事做做。"

"妈，我是临时工身份，找谁也安排不了工作，我现在卖菜挣的钱不少，就别给爸添麻烦了。"

婆婆见说不动媳妇，孙女也不接了，说："你要是卖菜，丫头你们自己带。"她临走还叮咛建农别忘记把荷花的芭蕾珍珠霜藏起来："卖菜抹什么香。"

因为顾客少，大楼上班没事做，上班迟到那是再正常不过了。孙小凤看到门口一个少妇走过，特别招人，一把黑阳伞，脖子上戴着一串珍珠项链，脸蛋上架着时尚的墨镜，只是衣服配得不伦不类，即人们所说的"红配绿"。她忙喊李萍萍看，说："眼下乡里女人洋气得很。你不知道吧，好多乡里女人进城干卖身的事，来钱快，春谷县城有条怡红街都是干那种事的女人。只是这些人挣了钱也不会打扮，那个珍珠项链肯定是假的。"不想这话让远远走在后面的女人丈夫听到，质问她说谁呢，谁说项链是假的。他手里拎着一篮子鸡蛋，看样子是来镇上卖的。李萍萍想，幸亏男人没听到其他的，忙劝道："不是说你女人，她是问我戴的这个项链是不是假的。"男人看李萍萍粉颈上果然有一根珍珠项链，不说话便走了。孙小凤朝男人的背影笑了笑，说道："你知道不，范主任最近有个绯闻。"孙小凤要把范小亮的绯闻当作答谢礼送给李萍萍。

一位婆婆在菜市场买菜听到风言风语，说媳妇在外面跟别人有一腿，儿子三天两头出差，但她也没有发现什么把柄。今天有个人把她媳妇送回家，进了媳妇的房间，还给媳妇倒了一杯水，她觉得肯定有情况，立即在外面把房门锁上，在房门口嚷道："快来看啊，我媳妇偷人了，我把一对狗男女锁在房子里了。"

邻人与路人在窗口望，果然一对男女在房间，只是穿戴整齐，男的在窗前喊道："大妈，我是小芳单位的领导，今日单位元旦聚餐，她喝得有点多，我送她回来，麻烦你把门打开。"

婆婆说道："我不开门，我要让大家看看领导的丑事"。

看热闹人越聚越多，婆婆干脆搬个椅子坐下，有人劝道："这样你媳妇难看，你儿子也难看，再说他两个也没什么。"

婆婆这时怎听得进？不知是谁通知了男子的妻子，说她丈夫被人堵在家里，男子的妻子火急火燎赶来，见门口围了许多人，倒冷静了，说道："请让让。"众人见一个白净的妇人，料得是男子的妻子，让开道给这妇人，等待上演好戏。

婆婆大声道："你家男人胆子太大，跑到我家里来偷腥，我不信这样的事没人管。"

妇人问道："婆婆，你在床上抓住他们了？"

婆婆道："这倒没有。"

妇人又问道："婆婆，我没有看到你媳妇，你看我与你媳妇哪个年轻些？"

婆婆看了看妇人的马尾巴辫子，承认妇人比她媳妇年轻。妇人又问道："婆婆，你看我与你媳妇哪个漂亮些？"妇人的身条果然养眼，婆婆也不能不称赞。妇人道："我男人跟我生了一个女儿、一个儿子，我们夫妻感情很好，你说他怎么会跑到你家偷腥。"婆婆听到也觉得有道理，误会了媳妇与这男子，只好快快打开媳妇房门，让男子出来，众人散去。这男人便是范小亮。

孙小凤在津津乐道范小亮的绯闻时，范小亮也来到了西河，他走进孔主任的办公室，笑呵呵问道："孔主任可还记得我们的约定？"

孔文富起身说道："范厂长大驾光临，肯定要好好聚聚。"范小亮离开西河时，孔文富要给他践行，范小亮当时与他约定：这酒留着，等他闲下来时回西河好好喝。范小亮一走就两年多，孔文富知道范小亮这次来绝非只是为了喝酒。

范小亮此次前来是为缫丝厂收购蚕丝的事。

缫丝厂的原料蚕茧，以前一直是计划收购。去年开始，计划收购开始有问题了，江浙一带的厂家到皖高价收购，有人出高价，蚕农当然愿意卖，这就导致政府完成不了收购任务。因此，到蚕茧收购季节，乡镇政府在各条道路设了多层关卡，保证本地蚕茧不流到外地，在你涨我更涨的抢购潮中，蚕农在白天的道路被封住后，晚上悄悄地离开村庄，分头去收购点打听行情。农民可不管你的规定，谁出的价格高他就把蚕茧卖给谁。这就使收购者之间发生了冲突，并且各自都有自己的上级，于是又演变成上级部门的冲突。而蚕农们会在半夜里行动，把蚕茧偷偷运出。

正说着，门外一女高音响起："孔主任，回娘家的媳妇都不出门迎迎？也太不够意思了。"声到人到，万建梅走了进来。

范小亮说道："小万，是我打电话预约了孔主任到这儿谈事的。"

孔文富忙着介绍说，万建梅现在是镇蚕桑办副主任，供销社的人一出去就能搞个什么头头干干。

范小亮笑着说道："真是天助我也，没想到小万做主任了，我这次来西河就是想在政府的领导下，用市场化方式收购蚕茧。有小万主任，有孔主任，缫丝厂这次蚕茧收购战一定能打得漂亮。"

万建梅说道："范厂长、孔主任，你们老领导指向哪里我就打向哪里。"

孔文富说道："你没有听清范厂长布置，我们在政府的领导之下，这次收蚕茧那是在你万主任领导下。万主任这次你要请客。"

万建梅说："好，我请客，孔主任签单。"

孔文富打电话叫来了收购门市部经理宋祥与炕茧员梅小九作陪。范小亮要梅小九坐到自己身边，并在与孔文富互敬后，首先给梅小九敬酒。

范小亮说是他要孔主任请梅小九来的，每年收蚕茧，炕茧员最辛苦。原来蚕茧一旦成熟，在蚕农手里是放不住的，蚕茧必须在蚕蛹破茧而出之前卖掉，一旦蚕蛹咬断蚕丝，变成蛾子从茧子中飞出来，蚕丝的质量便大打折扣。所谓春蚕到死丝方尽，蚕吐丝结束后，蚕农必须尽快把蚕茧卖掉，而收购站的炕茧员也必须尽快把蚕茧中的蚕蛹炕死，这既需要专门的工具，也需要专门的技术。收茧期间，炕茧员每天睡不上三四个小时的觉。范小亮承诺，缫丝厂会拿出一些钱，补贴炕茧员。这让梅小九很激动，范小亮当大官了，还能想着他们这些炕茧员，他立即表示保质保量完成组织交给的任务，在座的人听了都觉得满意。

既然范小亮亲自来西河请求支持，这个面子是要给的，孔文富与万建梅约好去各个村跑一趟，尤其是西岭村，因为西岭村与邻县交界，离镇远，西岭蚕农图方便，经常把蚕茧卖给邻县的田方供销社。

西岭村小夏书记是前任老夏书记的儿子，接待镇上领导毫不含糊，这次坐在主宾的位置是万建梅，次席是范小亮。万建梅再三推让，邀请孔主任坐上首，小夏书记说："到我这里来听我的，你是镇领导。"言外之意，孔主任是供销社领导，在镇领导之下。孔文富笑道："夏书记说的是，万主任你就不要难为夏书记了，你是夏书记的直接领导，范厂长是县领导，我坐这儿是对的。"在座的人都能听出酸酸的味道，但小夏书记这样安排，也就都依了，喝酒。

计划经济规定了各地的收购区域，乡镇为了保证收购任务的完成，下达文件，并派了专门人员下村督查。村领导组织人员严防死守，在村民出入的每一个路口都要派人盘查。近几年蚕茧收购都有雷同的情节。但高价的吸引力是很大的，蚕农会想出各种办法对付计划收购，而把更多的蚕茧卖给高价收购商。孔文富用计划与市场的双重手段刹住了蚕茧外流的趋势。蚕茧收好后，有人在孔文富面前出主意，为什么一定要卖给缫丝厂，也可以卖给江浙厂家，一季蚕茧收购下来，至少可以多赚几万块钱。

孔文富说道："我们是供销社，不是个体户。"

这几天，吴红芳家里家外都有人在她面前说："单位新上了液化气项目，你跟两位主任都是亲戚，承包了这个项目，日后一定发财。"说的吴红芳心里痒痒的。两个主任与她是亲戚不假，孔文富的媳妇是吴红芳丈夫的小姑子，洪主任的女儿是她的弟媳妇。

她见洪主任办公室门开着，先进了洪主任办公室。洪解放见她来了，客气地说道："吴会计，哪阵风把你吹来了？"吴红芳两年前就离开了柜台，担任了供销社的出纳，为此，孔文富在批发部设了一个出纳岗位，把供销社的出纳调到批发部，给吴红芳挪了一个岗位。出纳是个好岗位，只是信用社主任总是用色眯眯的眼睛盯着她，让她觉得缺少一种安全感。

吴红芳说道："洪主任不想我们，我们想洪主任，前两天一个朋友给了我家老好一包红塔山，老好舍不得抽，说只有洪主任才配抽，这不，我给你送来了。"

洪解放咧着个嘴，说道："这多不好意思。红芳，有什么事你说。"

吴红芳说道："都在说液化气项目，不知要不要人承包？"

洪解放说道："承包液化气项目，好啊，帮领导分忧解难，不过，你要有个心理准备，老孔把液化气项目看作宝贝疙瘩，退休职工的工资都指望它发，老孔把张大群抽出来负责。老孔那里我去说说，谁负责还不是一样。你再去跟老孔好好谈谈。"

吴红芳进了孔主任办公室。果然孔文富不赞成吴红芳伸手，说液化气项目是个新生事物，推广起来不容易，让吴红芳一个女人家承包他不放心。

吴红芳听了不以为然，颇为激动地说道："女人怎么了，男人能做的事，女人也能做。液化气用在厨房，女人在这方面感受比男人深。"孔文富想想也是，只是仍不松口。孔文富下班回到家里，儿子松林在他面前为吴红芳说情："爸，芳姐很能干，她原来做实物负责人做得很好，现在你把她调去做出纳，她不也做得很好。芳姐要承包液化气，你就给她个机会。"儿子工作这么长时间以来，还从来没有在老子面前为单位里的人求过情。

孔文富说道："松林，你是不是心里还在想着吴红英？"松林说道："爸，红英早就搬到县城了，我想她干什么？"

第二天，吴红芳又来到孔文富办公室。孔文富说道："我已经叫大群负责了，前期工作大群一直在做，安庆他都跑了好几趟，为了拿到危险品营业证他与公安局的人拼酒拼得胃出血，现在叫他退出我说不出口。"

吴红芳说道："叔，大群这个人用他你得防他。"自打与孔主任结了姻亲后，吴红芳就一直叫孔主任叔，她说这样亲切。吴红芳说："大群你对他那么信任，可大群在背后总说你的坏话，破坏你的威信。说什么中央都在放权了，可我们小小的基层供销社还是老人当权，50多岁人了不回家抱孙子还干什么？"吴红芳见孔文富迟疑，说道："我不是叫大群不干，我是跟大群一道干，大群有他的长处，我有我的长处，两人合作会干得更好。"孔文富想了想："那就你们两个人一道干吧。"

吴红芳心里有数，搞定大群不难，因为他有把柄在自己手里。那是前不久，她去饭店找她家老好，推开一间包厢，看见了不该看见的一幕：大群正用手帕擦李萍萍的眼泪。她立即关门离开了。事后，大群来她面前解释，说他跟李萍萍之间什么也没有，请芳姐不要误会。

吴红芳说道："我误会了吗？我什么也没说。"

大群说李萍萍因为肖志强跟乔启萍的关系乌七八糟，现在又公然合伙开店，心情特别不好。他下班后请李萍萍到饭店坐坐，帮她解解闷，没想到说了不一会，她就哭了，他只好掏出手帕，帮她擦擦。这事说出去了，他倒没什么，只是毁了李萍萍的名誉。

吴红芳说道："这事可大可小，我在外面不讲，不过，欠我一个人情，你以后要还的。"大群连连说道："一定还。"

现在是大群还她人情的时候了。大群说道："芳姐，液化气项目，你说怎么搞就怎么搞，我听你的。"吴红芳满意大群的这个表态。吴红芳确定她母亲家为下街头推广户，邀请孔、洪两位主任及文书田小宝为推广站台助威。

孔文富问道："你弟弟是西河镇的名人，那年没有进大牢那是万幸，现在不闹事了吧？"吴红芳说道："在家开三轮车，不闹事了，谁还敢闹事？我弟弟他朋友多，要是他在朋友圈推广液化气，影响力肯定不小。"

洪解放说道："我好长时间没有看到外孙女了，有点想她了，行，我去。"

田小宝说道："芳姐干事就是与人不同，我保证明天写一篇有分量的广播稿，在县、镇两级广播站宣传，为这一新生事物呐喊。"

第二天上午他们一行人坐着松林开的"双排座"来到吴红芳母亲家，从车上卸下液化气瓶与液化气灶。红芳弟弟与弟媳听说姐姐来家推广液化气，没有出门，在家候着。洪学军抱着孩子跟她爸爸打了招呼后，就不眨眼地望着液化气钢瓶，心里疑惑：气也能烧饭？这一瓶气能烧多长时间？吴红芳昨天已通知了母亲去市场买菜，有贵客来家吃饭，并承诺菜钱由她来结算。母亲已经做好了准备。

"哇，蓝色的火焰。"学军虽然已经是孩子的母亲，但还是发出激动的欢呼。门口围满了看热闹的人，吴红芳亲自掌勺炒菜，大群在旁边时不时地调整着火头，并与人谈着价格，回答着人们提出的问题，孔文富很满意这样的场景。

孔文富问道："大群，液化气项目交给吴会计与你，你看怎么样？"

大群迟疑了一下，接住吴红芳投来的眼神，说道："我服从组织安排，我听吴会计的。"

孔文富说道："好，你们两个人一个负责技术，一个负责管理；一个外，一个里。好好配合，先以西河为起点，再逐步拓展到周边集镇乃至县城。"

吴红芳明白，虽然主任没有明确她负责这个项目，但经过今天的推广，实际上已经相当于把项目交给她了。

吃了午饭，吴红芳问两位主任要不要放松一下心情，在这儿打打麻将，孔文富看了看洪解放，说道："你看洪主任喝成这样，还能打麻将？那不等于送钱给你们，走，下午上班。"一行人便离开吴母家，车子把两位主任先送到办公室，然后再送吴红芳与大群到液化气开发办，也就是原来的汽水厂。吴红芳红着脸，今天酒她喝了不少，说道："汽水厂在这里倒了，液化气项目一定不会在我们手上倒的。"

大群附和道："这是必需的。"

洪解放酒确实有点喝高了，回到办公室便伏在办公桌上睡着了，醒来时看表已是下午4点，蒯玲玲居然坐在他身边，说看他睡得香没有叫他。她说她看他睡了足有两个小时。洪解放歉意地注视着她，问道："你什么时候从台湾回来了？"蒯玲玲一个月前去台湾料理她叔叔的后事他是知道的。

蒯玲玲说道："回来有一个多星期了。"她从随身精致的皮包里拿出一个绿色的离婚证，说："我昨天与瘸子离了，准备搬到县城居住。"叔叔过世时把50多万的财产都给了她，她要到县城开始新的生活，她问他愿不愿意跟她一道去？离了，她瘸腿的丈夫能同意离婚？蒯玲玲说道："不同意能由着他？几年前，我就提出离婚了，他现在离还能得着房子与钱，做他日思夜想的万元户，以后离婚什么也没有。这时候他一定在家数钱。"

266

香
樟
树
下

第二十七章　丢不起这人

即使名存实亡的婚姻，应对爱情的挑战，也不是没有胜算。

　　跟蒯玲玲走，洪解放一点思想准备也没有，看着洪解放的神情，蒯玲玲说道："不要急于回答我，我等你三天，据我了解，你们供销社日子不好过，退休职工都快发不出工资了，在职的工资也紧巴巴的。"蒯玲玲说的一点也不错。蒯玲玲离开办公室时说道："三天后，我在车站等你，要是等不到你，我就知道了你的选择，我就自己走了。"

　　洪解放也想跟蒯玲玲走，不仅仅因为蒯玲玲年轻、漂亮、有钱，更主要的是蒯玲玲知冷知热，心里有他。如果说蒯玲玲过去接近他，还有请他帮忙的功利成分，但是曾经联系他们之间的票证早已经成为历史，他们之间的接近纯粹是情感的因素，是那种一日不见想得慌的感觉，这是不是电影、电视里说的爱，他不清楚。

　　女儿洪学军最近顾不上他，丈夫有外遇，小姑子来劝她，她的条件是："要么让我也给他带顶绿帽子，要么让我打断那女人的腿。"洪解放劝女儿："得饶人处且饶人。"可女儿口气坚决："离婚，没商量。"女儿离了婚自己的事都顾不过来，再说，女儿能带着两岁的孩子离婚，自己孩子大了为什么不能离婚？

洪解放想找吴红芳帮忙，离婚，他跟学军她妈还真开不了口。

洪解放问道："小吴，你觉得我待你怎么样？我跟学军她妈的婚姻早就名存实亡了，以前她还尊重我，现在连这个也说不上了。"

吴红芳说道："什么事我都能帮忙，这事我真帮不上忙，谁知道劝和不劝离。这让大家知道了，还不要骂死我了。再说，我要是去说了，以后我怎么跟学军处。"

洪解放说道："不管怎么样，你都得帮我去说一趟。你要是不去，承包液化气项目的事我以后也不帮你了。"

吴红芳只好找到学军她妈，说道："婶，我跟你说件事，你别骂我。"她鼓起勇气表达了洪主任的想法。

学军母亲说道："他洪解放凭什么跟我离婚，孩子都是我一个人带大的，家里什么事也指望不上他。不就是一个供销社破主任吗，还是副的，什么都要看孔主任的脸色。离就离，我不信离了我活不了。你跟他说，明天在民政所等我，我跟他换证。"

洪解放在镇民政所门口一直不见大芹的身影。他与大芹有21年婚姻，他实在找不出什么甜蜜的回忆值得留念，现在两人别说爱，就是性，也早无踪影了。如果说早些年还因为他军人的身份，供销社领导的身份，大芹对他有敬重、关心、喜爱的成分，那么近几年来，随着票证时代的结束，随着大芹的收入成倍地翻涨，他的工资甚至不及大芹的零头，大芹眼神与语气中的傲慢与日俱增，他与她画上一个句号对双方来说未尝不是一件好事。虽然他思想上未做好与蒯玲玲结合的准备，却做好了与大芹离婚的准备。

此时，学军母亲杨大芹正在找孔文富哭诉："孔主任，老洪最听你的了，最听组织的了，我不离婚，打死我也不离婚，我决不让那狐狸精得逞。你救救老洪，救救我，救救我们一家。"

孔文富送走杨大芹，立即叫田小宝去镇民政所请洪解放。孔文富说道："老洪，忍忍吧，100对夫妻，90对凑合，现在大芹她不想离婚，这个婚就离不成，你不忍又怎么办？小蒯那么有钱，你跟她走，我看不太合适。"

洪解放在主任办公室一声不吭，默默地回到自己的办公室，他关上门，一根接一根地抽着香烟，把自己埋在烟雾之中。一直到天擦黑，他才打开办公室门，他要去找点东西填饱肚子，但还是不由自主地来到车站，空空的小车站已经被夜幕笼罩住。他想象着蒯玲玲临走时失落的神情，喃喃地说道："走了好。对不起，我让你失望了。"

三天后，洪解放收到蒯玲玲的来信：

我是不是一个很贱的女人？我想我不是的。

我梦中的男人就像你一样，穿着黄军装，高高大大的。记得我跟你说过我是怎么嫁了瘸腿前夫的。我的母亲是一个地主的女儿，她的未婚夫是石城中山大学的学生，新中国成立前稀里糊涂随国民党去了台湾，这就苦了我的母亲。新中国成立后她不得已嫁给了一个农民，并且有了我。我的性格随我的母亲，"文革"时我的农民父亲大义灭亲，揭发我母亲私下保留了她那逃亡到台湾的未婚夫照片，说这是念念不忘反攻大陆的罪证，为此划清与我母亲的界线，跟我的母亲离了婚。

母亲带着我无家可归，急得生了病。当我们母女俩来到镇上，是我那瘸腿前夫的父亲收留了我们，请医生帮我母亲治病。母亲病好了，我那瘸腿前夫的父亲说："你们要是没有地方去，不妨就留在我这里，我看你女儿也不小了（当时我15岁），我的儿子也没有婚配，如不嫌弃，我们两家结亲吧。"

母亲看看我，我看看对面的瘸腿，我那时对男女之事还不太懂，只是想他怎么能是我的男人呢？我那瘸腿前夫的父亲见此情况立即说道："不结亲也不要紧，你母女俩暂时要没地方去，就在这住下，小玲玲我送她去学一门裁缝手艺，将来吃饭应该没问题。"他越是这样说，我母亲越是过意不去，她又看看对面大我8岁、腿有残疾、人还老实的青年，一狠心，应允了这门亲事。她知道我心不甘、情不愿，在她看来当时的处境只能这样。

我清楚记得我与你第一次见面的情形：我惊呆了，这不就是我梦中的男人吗？他终于出现了。你老婆说："怎么不认识我了？我，小藕，这是我男人，刚转业分配在供销社，担任大楼经理，总要有一条能穿出去的裤子。"我连忙说："那是的，只是姐夫这身材穿什么都好看。"

这之后，每次你骑着自行车上下班时我都想在门口看看你，看着你的背影离去，你的自行车铃声我都能分辨出来。如果哪天你没有从我门口过，我就会怅然若失，大脑中会有许多稀奇古怪的想法，担心你是不是病了。每次有男人来做新衣服时，我就想给你做一套，想着你穿上一定好看。尽管如此，我不敢有任何非分之想，在你面前我只有自卑，只有仰望。我知道我们之间的差距：虽然不再讲成分了，可你端的是铁饭碗，我是泥巴饭碗，你是国家干部，我是个体户。

如果说我有一点奢望，就是哪怕有一次与你的肌肤之亲，也不枉这些年我在西河街担的这不要脸的名声，想起这些我耳热脸红。改革开放的政策使我逐渐有了做人的尊严，这种愿望就越来越强烈。当我看到你与你的妻子并不恩爱，我甚至问自己：我有没有权利去得到你的感情，有没有可能成为你的妻子，如果菩萨保佑我让其成为现实，我会去九华山还愿，据说九华山的菩萨是很灵验的。

当我从台湾继承遗产回来，我成了春谷县最富有的女人，我认为这真是菩萨在显灵了，我开始行动，我立即与我的瘸腿前夫办理了离婚手续，给了他两万块钱，让他做了他期盼的万元户，赎回了我的人身自由。我的前夫离开我时说："我知道你想干什么，可是你会失望的，根据我对洪主任的了解，他不属于你，他属于他的供销社，他属于他的党。"我说："不管怎么样，我都要试试。"

看来我的前夫是对的，你不属于我，这一刻，我的心反而踏实了。我离开了西河，我不想在这里待下去了，我要找到属于我的那个人，我要开始我的新生活。

当我离开你的时候，我想说的是，你要学会照顾你自己。你不仅对女人是迟钝的，你对你自己的生存状态也是迟钝的，不关心的。过去你年轻，你有一定的权力，你的生存状态没有问题，随着你年龄的增长，权力的失去，我确实替你担心，如果你遇到问题，别忘记来找我。

蒯玲玲这一次是彻底地离开他了。二十年前也有一个女孩给他写信，离开了他。内容记不清了，只记得一句话：这辈子我们做不了夫妻了，下辈子我希望我有这个运气成为你的妻子。那一次，即使他老婆不在部队闹，他也没有这份勇气，接受军长女儿的求爱。这一次他终于有了勇气，但老婆这一关他还是过不了，老婆不再一哭二闹三上吊，但仍然有办法对付他。他在老婆面前问道："现在，你已经不需要我了，为什么还不放过我？"

老婆的回答很干脆："我丢不起这人。"

"你丢不起人，难道我就要陪着你？"

李志朝来到孔文富办公室，说道："孔主任，麻烦你帮我批个条子。"孔文富看了看条子，一张要在批发部批五台14寸黑白电视机的借条。

孔文富说道："志朝，根据新一轮改革方案，供销社租壳卖瓢，门市部各个柜台独自经营，供销社目前只有两个实体：一个是批发部，一个是才上的液化气项目。这两个实体要养活20多名的退休职工和9名在职的员工。根据现在信用社贷款难的情况，批发部做出了不管谁拿货一概现金结算的规定，张经理抹不开面子，才把皮球踢到我这里，你说你这个条子我怎么能批？"

拿不到货，就做不成生意，李志朝这些天赌钱的手气特别背。反正他就一个女儿，不需要存钱，口袋有两个钱，老婆也管不住他，他便在麻将桌上赌运气。他知道批发部现金进货的规定，想要耍赖皮，见孔主任不松口，说道："孔主任，我申请退休，我今年45了，王桂兰41岁就退了，拿工资享清福，不像我们现在忙得要死，还挣不到钱。"孔文富说道："退休不是你想退就能退的，你要是有这个批文，我也照样给你开工资。"

李志朝不得不出新招，说道："主任，我可是你的铁杆，前不久，潘主任在欢喜酒店请客吃饭，据说去了两桌人，他们要联名告你，我就没去。"李志朝那天家里有事，确实没去，不过他向潘主任保证："潘主任，你们做什么，都算我一个。"这句话，他当然不会在孔文富面前说。

孔文富说道："告……告什么？我不怕他们告，我有什么东西让他们告？"他看看李志朝，心想如果一个人成了孤家寡人，都说你不好，也是麻烦事，于是说道："志朝，你能坚持正义，我很感动，我破例给你签这张条子，你货一出手务必把款子还回来，另外，在外面不要说货是在批发部赊的，是我给你签的条子。"李志朝连连答应，心里却想：孔老头也有软肋，看来这招好使，货到谁手谁便是老子。

张承宗端详着李志朝手中的条子，李志朝说道："放心，不会是假

的。"张承宗吩咐李建农把李志朝的货发了，心想："老孔这是怎么了？现金提货是他自己立的规矩，怎么自己给破了？这前不久，还把李建农给调进来，照这样下去，批发部也得倒。"

李建农是今年年初调进批发部的，他是因为替周大发背黑锅，被周大发给辞了，并在周大发的请求下，孔文富特批调进来的。

孔文富说道："好人让你做了，便宜让你占了，包袱让我背。"周大发连声说道："主任的情我领了，去年没结清的承包款我马上结清。"周大发承包了农资门市部后不久，出人意料地让李建农担任会计。他让会计李小俊去做销售，说李小俊一副俊面孔不在外面跑业务都亏了。女人听不得人夸。李建农说："我哪会做会计？"

周大发说道："你没有听人讲过，说你行你就行，不行也行。你只要把学棋的功夫用在学会计上肯定行。"会计最重要的素质是什么，就是让领导放心。他看中的是李建农听话，不会耍滑使刁，更重要的是他让李建农怎么记账，李建农便怎么记账。周大发承包3年，年年都让县物价检查给通报，擅自将农资产品涨价，给农民增加负担。周大发在孔文富面前诉苦："我不涨价怎么行，不涨价就完成不了你给我的承包任务。"

孔文富心里清楚，周大发说的是这两年农资的销售环境比过去差了，镇上好几家诸如种子站、农技站之类，都被允许销售化肥、农药了。"年年都被亮黄牌，县上说你总不能屡教不改，这样的承包人不能再干了。"周大发解释："提价我有责任，但主要责任还是会计，我在外面接洽业务，家里主要交给会计负责。"周大发把责任推给李建农，并把李建农辞退了。

272

董家根接到海城电话很奇怪，小易是从不往西河打电话的，电话那头小易哭兮兮的，说她爸爸出事了，被检察院的人带走了，并说检察院很可能要来西河外调。小易在电话中说了许多，董家根满脑子却是这以后海城进货找谁的疑问。张承宗不敢怠慢，拉着董家根去见孔文富。孔文富头都大了，批发部的两大支柱，先是肖志强另立山头，接着便是小易父亲出事，总是不好的消息，这批发部还怎么办？

前不久，镇经理部丁小林那边，海城他那个"官二代"朋友被抓了，孔文富幸灾乐祸了一番，以为家用电器批发这一块再没有竞争对手了，没想到自己这一块也栽了。愁归愁，易区长对西河有恩，检察院来西河决不能对易区长不利，董家根说："送点大米、土特产之类应该不会影响易区长的，也就是前年小易儿子周岁时包了600元的红包，现在财务那里有一张白纸发票，怕检察院查账看到。"孔文富说道："我来想办法处理这件事，易区长出事的消息不要外传，以免有的人生事，检察院来人我们口径一致，就说只送了点土特产，保护易区长。"

尽管早有思想准备，但见到海城来的大盖帽，董家根还是紧张得不行，一场询问下来，董家根衣服湿得可以拧出水来。他语无伦次地就两句话："易区长没有收我们的好处，不信你们查账，我们是什么都有账的。"

大盖帽问道："是你们没送易子明好处，还是易子明没收你们的好处？"孔文富当时在场，知道董家根平时偷五偷六，见了大盖帽压不住阵，说道："我们不知道易区长犯了什么错误，可我们送了两袋大米，他还折了钱给我们，就因为他女儿下放在我们西河，我当时是五七干事。他是诚心诚意帮我们。"

大盖帽继续问道："我们看了你们账簿，你们两斤菜油、两斤茶叶都记账了，可是易子明的外孙过周岁，你们难道什么礼物都没送？账簿上什么记载也看不到。"孔文富看了看董家根，见他不吱声，说道："小董事后跟我提起过，说不记得这个日子，错过了，我叫他去问问小易，想补上，因为易区长对我们帮助太大了，可是易区长坚决不同意，只好算了。"

检察院的人走后，董家根赶紧给小易回电话，说道："我们啥也没说，请检察院人吃了饭，还陪他们到新四军军部看了看，检察院的人说，易区长没什么大事，你们放心。"小易连声说谢谢。

张大群找张承宗，请求调到批发部，说道："叔，我不想搞液化气了，吴红芳干事气人，招人也好，做事也好，从不与我商量。"张承宗早就料到液化气项目一山不容二虎，大群怎能甘居吴红芳之下，他也正缺人手，便说道："你找孔主任，他说行便行。"

大群在孔文富面前保证，以后芳姐有什么事，他随叫随到。孔文富想：批发部仍然是供销社的主要生财之道，现在货源急需有人开拓，便拍拍大群的肩膀，说道："行，你到批发部去。"

张大群说道："主任，我还有一个请求，能不能给我一个星期的假，学习外面的批发市场与批发部是怎么搞的，也不辜负领导对我的信任与期望。"

孔文富说道："给你三天时间，以后边干边学。"张大群心想，三天怎么够，交通又不方便，还没出去就得往回跑，但看主任态度很坚决，只好说道:"好吧,三天后我向你汇报。"

同事们对张大群一来批发部就得到主任特批既羡慕又嫉妒,玩三天,回来还可以领出差补助,真是天大的好事,就是家根也没有过这个待遇。董家根这些天像霜打的茄子,蔫了。张承宗发火道:"都干好自己的活,谁想出差,找主任特批。"张大群第四天上班,首先到主任那里报到,报告自己的行程与出差体会:

"三天的时间实在不够用,只到了邻省的乌桥及江城的小商品批发市场,昨晚赶回县城,已经没有车回西河,只好两条腿走,到西河时,镇上已看不见一盏灯火了。早就听说邻省乌桥是国内有名的批发市场,江城一天两班客车,乘客一色的进货商人。"大群进批发部时,首先想到的便是去乌桥看看,取取经。

"这以前只知道批发就是走量,商品怎样走量,到了乌桥方知道走量的方法与路子。一是要有稳定的客户;二是从厂家直接进货;三是降低自己的利率。批发商的走量必须要把握商品的走势,批发提前进货,走在市场的前头,看得准。看不准,就麻烦了,货死了,钱也死了。关于进货,我这里有个不成熟的想法,批服装有市场,以前是过年了到裁缝那里去做衣服,这以后主要是买成品服装。乌桥的服装式样都漂亮得很,地摊小贩都在卖服装。还有儿童用品,现在独生子女都娇贵得很,吃、穿、用的商品都走俏。我们围绕这几个方面进货生意不会差。要保证这一切,必须要有现金,现在都在伸手找银行贷款,我们要在银行抓紧贷一些款出来,防止以后贷不到钱。"

看着大群手舞足蹈,孔文富心里不舒服,但也觉得他说得不错,事不宜迟,孔文富着手找农行贷款。农行新主任是吴红芳的中学同学,说道:"这事哪用得着主任亲自来?叫你们小吴来就行了。"孔文富不敢怠慢,吩咐吴红芳道:"吴会计,你这几天把手头事放下来,不管用什么方法,一定要找你那个同学贷15万元的款,10万元给批发部,5万元你们液化气做流动资金,钱贷不到,液化气站你交给别人做吧。"

吴红芳还是第一次听到孔主任在她面前放狠话,她收拾了一下自己,赶紧去见黄大头。黄大头同窗时老实得很,没想到坐到主任的位置,便开始油嘴滑舌,甚至动手动脚,说:"班花,那时候我们可是连正眼都不敢瞧你,在你旁边蹭蹭衣裳边兴奋得半宿睡不着,供销社红的时候你头都不看两边的。"吴红芳心想:"你要不是银行主任,我现在也不会用眼睛扫你。"黄大头的那双色眯眯的眼睛也是让她不想干出纳的原因之一，但今天必须赔着笑脸去。

在黄大头办公室，她说道："老同学，你非要难为我干什么，你让我们主任不好过，主任就叫我不好过。"黄大头起身说道："谁叫你这些天都不来见我，让我不好过。"

她说道："你现在胆子肥，等会儿我去找你家佳宁，你等着晚上跪搓衣板吧。"

黄大头笑道："我家佳宁早在外面说过，大头在外面拈花惹草说明他有魅力。"

遇到这样的死皮白赖，吴红芳只好说道："老同学，这次你一定要帮我的忙。"

黄大头说道："放心，供销社我只认你这个老同学，别人来都不好使。"

"走，中午了，我请你吃饭去。"吴红芳与黄大头来到酒店。

"你想吃什么？"

"我想吃什么，你还不知道？"黄大头用嘴努向她胸部。

"你就没有正形。"吴红芳做生气状。

"男人不坏，女人不爱。"

吴红芳说道："老同学，说正经的，这次你一定要帮我。"

黄大头问道："你们打算贷多少？"

吴红芳说道："15万。"

"15万？贷不了，最多只能贷5万。银行不是过去的银行，供销社也不是过去的供销社，我手头就这点钱，我这个唐僧肉，谁不想吃？"

"5万肯定不够，你要是不贷15万给我，我死定了。"

"你死定了与我有什么相干？"

"我们是老同学。"

"我老同学多着呢，都来找我贷，我就是做江城市银行行长也不行。"看着吴红芳失望的神情，黄大头说道："不过，你要是愿意圆我的一个梦，我们之间有了更亲密的关系，那也不是不可能。"见吴红芳不说话，他继续说道："这样吧，吃完饭，你回去做一份贷款报告交给我，我在县城找个地方，在那里帮你们搞定。"

大群到批发部后，张承宗最关心的是大群能不能弄到烟批发的指标，因为肖志强货源充足，糖、烟、酒批发的客户大多都流到肖志强那里去了。大群想起他的一个同学春节时碰到他问他假烟敢不敢卖，说假烟的利润是真烟的10倍以上，他当时不做批发，也就回绝了，现在他觉得不妨试试。

张承宗说道："主任早先明确说过，批发部不能进假货，个体户做假没关系，我们是集体，不能砸了集体的牌子。"肖志强的批发部一开张，就有人向他建议过用假烟来跟肖志强竞争，被主任否决了。大群想，这时候还想护着集体的牌子，能赚几个钱是几个钱，但主任的意思他是无法改变的。

得知西河中学要采购校服，张大群在第一时间向张承宗报告，他叔问他有没有跟孔主任汇报，大群说总不能做什么事都要找领导汇报。他叔说跟领导多汇报总不会坏事，并说："你先找西河中学洽谈，我去孔主任那里。"

孔文富问道："既然是大群的想法，大群自己怎么不来我这里？"张承宗替侄子打掩护道："大群要我跟主任汇报，说运动服的利润高，可以从西河中学开始，把周围的中小学校服的生意都接下，赚的钱不比液化气少。"孔文富被说动了，让大群放手去干。

大群信心满满，介入后才发现拿下这单生意并不容易。镇经理部也盯上了这块肉，并且学校里有老师在校长面前说，肥水不流外人田，既然外人能赚这笔钱，我们自己为什么不能做这单生意？校长的底气足了，要大群先报价。大群想几家一竞争，多赚钱是不可能了，只得在原计划的报价上降了5个点。

校长说："我回去跟班子成员再研究研究。"大群预感这单生意要黄，谁不知道干部口中的研究研究是句托词，他想潘主任曾经是镇上的文教干事，不妨请他出面问问情况。潘有志早就听说孔文富有意培养张大群，说不定一两年后供销社主任姓张，跟孔文富之间的不对付不能迁移到下一任，他这个欢喜酒店还要托新主任照顾，他早就想讨好大群，大群说明来意后，潘有志立即起身陪他去找贾校长。

虽然贾校长不是潘有志在任的时候提的校长，但潘有志来了，贾校长也不得不出面。贾校长说道："老领导，有什么事你打电话来说一声不就行了，还要亲自跑一趟。"潘有志说道："我老了，现在是你们年轻人的时代，大群拽我来就是想请校长看在过去的薄面上，照顾供销社的生意。"

贾校长说道："不是不给老领导的面子，确实有点难，经理部不知从哪里得来的消息，也想做这笔生意，你也知道经理部那是镇上的亲儿子，镇长都打来电话，他们开的价与你们相同。我要是让你们做，怎么跟镇上交代，你们总得给我个理由。"

一句话噎住了潘有志与张大群。孔文富得知信息后，说道："想要一个理由还不简单，教师节眼看就要到了，供销社给教师每人备一份礼品，甚至你可以跟他们说，以后每个教师节我们都给他们备礼品。"张大群在与贾校长接洽后反馈信息说："贾校长他们同意校服这单生意给供销社，他们不要礼品，要求把礼品折成钱，给每个教师自己去买东西。"孔文富说道："也只好按他们的要求做，这单生意照这样哪有利润？老师们要这要那，他哪知道我们现在发工资都难，大群，你要想办法堤外损失堤内补，把礼品钱给找回来。"

礼品钱还真找回来了，大群下面做的两件事，让孔主任忧心的员工的两个月工资轻易地解决了。这两件事，对大群而言既有运气的成分，也有见识的因素。

为了降低成本，大群亲自去宜城色织厂进布做运动服，拉了一车布在仓库门口下货。张承宗在指挥下货时看见了一大堆火柴，一问，居然有一吨重，他不解地问大群，说："进这么多火柴干什么？"大群说道："你要想进这种布，你就得要这些火柴。商家把滞销的商品搭了卖有什么办法？"张承宗头皮子发麻，这些火柴销到猴年马月？虽然火柴不值钱，但也要占用资金。

他怎么也没想到这一吨火柴很快畅销一空，居然给供销社赚了好几千块钱，商场就这样，今天滞销明天就可能畅销。这一吨火柴的畅销让张承宗对自己的侄子服了，让大群在批发部站稳了脚跟。

第二十八章　谁接这副摊子

"你真以为权力左右不了你的财富？我只是不作为、不愿意
作为罢了。我有多次机会可以把你打得永远翻不起身来，但我都
放你一马，那是因为我惜你是个人才。"

易区长被查后，海城的家用电器进货渠道便断了，库存的货也没了。
张承宗说："小董，你跑了这么多年海城，难不成在厂方没结交一个朋
友？"董家根说："每次都是小易爸爸打招呼后我去取货，他们看的是易区
长的面子，我跟他们都没有进一步的交往，谁想到易区长会下台。现在我
没办法。"张承宗不好意思伤害董家根，他听说丁小林在董家根的帮助
下，把海城的进货路子打开了。镇经理部目前仍然有海城家用电器现货。
他只好寄希望于大群，示意他想想办法。大群成了张承宗手上唯一一张牌
了，这种情势下，大群只好表示他出差到厂家碰碰运气。大群出差的第一
站是金州，金州的金狮自行车式样与价格都还不错。

没想到金州厂家竟然不接待他，说他规格不够，厂家接待对象至少是
县工业品公司一级的。他说他们批发部以前也看介绍信、看单位，现在只
认钱，谁有钱，货就批给谁。对方显然不以为然，说一个乡镇批发部自然

可以什么都不看，可是他们这样的大公司是不可能什么人都接待的。

　　他在金州街头踌躇了一阵，很快便决定去金州城郊供销社碰碰运气，看看同行能否帮他一下。城郊供销社主任姓曹，40多岁模样，并没有因为他年轻，且只是一个普通采购员而对他不重视，说："现在乡镇供销社大都不行了，你们还在坚持真不容易，所谓同病相怜，我们现在也几乎是一块空牌子了。"

　　曹主任说他恰巧认识金州银狮自行车厂的供销科长，表示愿意帮他牵线搭桥。他说："去科长那里送点什么？"曹主任说："明天你到市场去买100斤猪吃的细糠，后天是星期天，我带你去他家。"大群不解，送礼还有送糠的？曹主任说道："送礼不在礼品的贵重，而在于合乎被送人的心意。礼品贵重了，有的人心理负担很重，他反而不愿、不敢帮你的忙。金州银狮自行车厂的供销科长是个转业军人，家在农村，送点好糠让他喂猪，他高兴得很，这一高兴，你的机会便有了。"真是听君一席话，胜读十年书，大群觉得受益匪浅。大群照此办理，果然敲开了银狮自行车厂的大门。

　　大群返回西河之前，答谢曹主任，请他吃饭。曹主任说道："饭我就不吃了，现在供销社的日子都不好过，能省则省。我这里还有一些甲氨磷的库存，你要是能够帮我们消化掉，也算是互相帮忙了。"原来是2吨多甲氨磷，大群大喜，这是打土蚕的农药，对方不知道，这里积压的废品在西河却是紧俏的商品，前不久，乡下的一个亲戚还问过他，有没有甲氨磷卖？大群喜形不露于色，说曹主任帮了他这样大的忙，他怎么也要帮曹主任。

　　周大发耳朵尖，听说大群在常州弄来了甲氨磷，便要求让给农资门市部卖，孔文富说道："你们是猫见不了腥，想要卖甲氨磷可以，把前年的承包款交清了。"周大发看主任一脸严肃，怏怏地退出门外，他承包农资门市部三年，至今只交了一年多的承包款，每次主任来收承包款时，他总是想办法推辞。

　　送走周大发，孔文富极力回忆刚才有一件什么事没办，让周大发给耽搁了。他感觉最近的记忆差多了，他已经60岁了，该是他退休的时候了，可谁来接这个摊子？

　　不久前，洪解放、潘有志都在场，他说道："我们在一起共事也快10年了，每次都是你们请我吃饭，这次也让我做一回东。请大家来就是想说几句话，商量个事。我已经60岁了，这个主任我不想做了，我累了，想休息休息。洪主任正当盛年，我也知道这以后生意可能不大好做，但还不至于一百来号人没有饭吃。国家也不可能不管供销社。"

"孔主任，这万万使不得，我洪解放几斤几两多大的能耐我自己最清楚，我就是一个跑龙套的主，眼睁睁着供销社被一步步逼向市场，找市场要饭吃，这个摊子我可是真收拾不了。"

"潘主任，你看你是不是把这个摊子接过来？你可是一直想接的。"

潘有志笑了，他曾经对没有当上供销社主任、党支部书记耿耿于怀，可现在居然对权力一点兴趣都没有了，现在只想挣钱。过去人说，有钱能使鬼推磨，这样的历史又要循环了吗？只听他说道："我想接了吗？谁说我想接这副摊子？你60岁我不也60岁了，你60岁想休息了，我是50岁就想休息了。我凭什么干？在家带带孙子，看看饭店，工资一分不少。你要是不想干了，你不要找我，你到县社找孟主任，我帮不了你的忙。"

潘有志不想干，孔文富还不放心把供销社交给他呢。这副不大不小的烂摊子恐怕只有张大群能接。想到大群，他想起来该做什么事了，给张大群打电话。之前吴红芳来，说液化气瓶用完了，要去宜城进货，上次是大群进的货，这次她去，请大群帮她打个电话。她已经找过大群，现在大群到批发部几件事做得都很出色，怕他翘尾巴，她要主任亲自对大群嘱咐几句。大群在电话那头回答得很好，说："主任放心，芳姐交办的事我哪敢怠慢，我马上打电话给宜城的刘经理。"

没过几天，吴红芳上门告状，说大群不是东西。孔文富说道："不要急，慢慢说。"吴红芳说道："宜城跑了个空，不知大群跟刘经理说了什么，这个姓刘的一开始不见，见了面又不大搭理人，还让货涨了价，说要买就买，不买算了。"

孔文富说道："不会呀，大群在我面前一再表态支持你的工作。"

吴红芳说道："肯定是我抢了他的位置，他心里不服。听说你要培养大群做接班人，这个人两面三刀，不像我们头脑简单有口无心，主任你得防着点。"在一个下属面前不发表对另一个下属的意见是孔文富的做人原则，孔文富问道："宜城没有拿到货，你准备怎么办？"吴红芳说道："宜城回来时，松林说他有个战友在天河油田，在那里应该能拿到货，我准备叫松林陪我去一趟。"

吴红芳从天河油田装了一车液化气罐回来。车子一路颠簸，吴红芳一

280

香樟树下

脸疲惫没有笑容。她在盘算，这次天河之行应该是失败的，只是为了避免放空，她才装了货，按照这个价格，她与现在订的客户做一罐子生意还要倒赔5毛钱。她这才觉得做液化气项目，担任液化气站长可能是一步错棋。她当时想得太简单了，幸亏她没有把退路堵死，她如果不做液化气了，还可以做她的出纳去。

谁都想做生意赚钱，作为中间商真能赚到钱必须要有可靠的上游渠道与稳定的下游渠道。吴红芳总结自己短暂的液化气经营经历，她发现这上与下两个渠道她都没有抓住，她只有松手、放弃。过去做实物负责人的时候，她对自己还信心满满，觉得在供销社没有摆不平的事情，只要她愿意出手。正是这种信心让她在别人的怂恿下接手液化气站，而几个月的经营经历，似乎摧毁了她的信心。她感到在进货时她放不下身段，无法低眉顺眼地与供货商打交道，用松林的话说："芳姐你不会磨，要慢慢磨。"而在与客户打交道时，她也缺乏应有的热情与耐心。推广液化气在她看来很简单，这东西烧起来多方便，又清洁卫生，但她没有想到她们做了许多次示范，没有人不叫好，可是真掏钱下订单，却往往寥寥。说什么烧灶柴火不要钱，烧煤球炉也习惯了，其实就是觉得贵了。烧锅做饭要花一个人半个月的工资，甚至有人说瓶子里突然没有气还没有饭吃，听说瓶子又容易爆炸，还是旧东西方便。她们开始的计划是一个月至少要拿下100户订单，可是她一个月下来这个计划的一半也没有完成。

不想做可以，得找一个退下来的理由，凭吴红芳的智商她也只能找这样的理由：她向孔主任报告，液化气站她不敢做了，这事风险太大，有人要害她，把烧着的草把子扔进了装液化气瓶的库房里，幸亏发现得早，差点爆炸人就没了。她自己都惊讶表演得如此逼真，她赶紧把钥匙丢给主任转身便走，临走时说她已经打110报警，请单位派人接待，她要去医院，心脏实在受不了。孔文富打电话给张大群，要他直接去液化气站等候田小宝共同调查事故原因。

不一会儿，田小宝与张大群到孔主任办公室汇报情况。田小宝说道："派出所人走了，他们人手不够，要我们自己调查。这事确实很严重，草把子幸亏没烧着，烧着了麻烦就大了。这事必须要查，看谁敢这么胆大。"

张大群说道："派出所的意思是，既然草把子没有烧起来，损失没有产生，就让我们自己来处理这事。依我看，这事难调查，对液化气站经营有意见的人多了去了，草把子上的手纹凭我们也查不出，这事也只能算了。"

田小宝诧异地看看大群，他怎么能说算了呢？派出所民警临走时说，以后当心点就行了，这不是明显地提示是吴红芳自编自导的假案嘛。平时吴红芳仗着与主任的姻亲关系，不把他当回事，因此他想查清此案让吴红芳出出糗。他以为张大群也会与他意见相同，因为大群在液化气项目上是被吴红芳给挤出来的。

孔文富说道："你们忙你们的去，我再想想。"

听说有人烧液化气站，液化气站站长不干了，那些液化气开户的客户因为交了开户费，担心吃亏，便去液化气站抢液化气钢瓶，有些人没有抢到，便把电话砸了，这事很快便传到孔文富那里。孔文富赶紧把张大群喊来，要他去收拾液化气站一摊子事，大群说道："吴会计干不好的事我怕我也不行。"

孔文富说道："有什么条件你说。"干事提条件，没有条件不干事，对此他是很上火的，他年轻时干事哪有什么条件，领导让干没有二话，现在提条件人多了，他也只好认了。大群说道："主任信任我，我哪敢有什么条件，我只是怕我把摊子收拾好了，又有人来接我。再就是现在开户这么难，主任能不能给一些开户政策，每发展一个新户头，奖励100块钱。"大群知道，这时候提的条件，孔文富是不会不答应的。有100块钱奖励的指标，他办事方便得多了。

张承宗找来，说："大群刚刚干顺手，你又把他支走了，批发部怎么办？"孔文富说道："没办法，总不能液化气站刚搞起来就瘫掉，批发部再挖挖潜力。"张承宗知道找主任是白说，主任定下来的东西是改变不了的，但他到主任面前表这个态是必须的，将来批发部倒了不是他的责任。

张承宗走后，孔文富心中把大群这个主任接班人否了：年轻人太滑头了，不行。他心中又闪出了另外一个人选，虽然他觉得可能性不大，他还是叫田小宝去把他请到自己的办公室。

"二华，请坐，你第二次写的入党申请书有一年多了，组织上找你谈一次话。"

二华恭敬地坐下来，对眼前的老人，他心中存有一份敬意。

"二华，支部讨论过你的申请书，分歧意见还不少，有的问共产党到底是穷人党，还是富人党；有的说你又想赚钱，又想入党，不能好事都让你一人占了；有的干脆说你超计划生育，一票否决。你怎么看同志们的意见?"

二华小心说道："我以为共产党既是穷人党也是富人党，共产党的现今政策就是让一部分人先富起来。说起超计划生育，我特别感谢孔主任，只给了我一个象征性的罚款，这里我要向组织检讨，我违反了国家政策。可入党是我从小就有的愿望与追求，赚了钱，是党的政策好，使我的入党愿望更强烈。"

"说得好，二华，你在职的时候，组织上就已经把你列为培养对象，你停薪保职后，虽然中断了对你的培养，但组织上对你还是比较了解的。万建梅多次在我面前说你支持她工作，有什么活动你都赞助。共产党的政策是先富帮后富，如果组织上希望你不再停薪保职，而是把供销社领导的担子给担起来，你怎么想?"

"不行，不行，我没有那个能力。"

"怎么不行? 谁也不是天生干主任的命，都是边干边学。我今年60岁了，干不动了。"

"主任，你身体好着呢，我要是能干，镇经理部要我去干经理我不就去了?"

"镇经理部怎么能与我们供销社比呢?" 孔文富听了觉得恼火，嗓门大了，"二华，你不要狂，你真以为权力左右不了你的财富? 我只是不作为、不愿意作为罢了。我有多次机会可以把你打得永远翻不起身来，但我都放你一马，那是因为我惜你是个人才。" 见二华要解释，他摆摆手说："你回去再想想，我下午要去镇上开一个会。"

孔文富要去参加镇上的拆房让基拓宽马路美化环境会议，新来的镇党委书记发话了，必须单位一把手出席。镇上的会一般都是洪主任出席，镇上书记说道："不要以为你们的官帽子在县里，镇上的会议你们想叫谁来就谁来，甚至派个文书来糊弄政府。" 孔文富想，我早就巴不得有人拿掉头上的帽子。可今天的会他还必须要去，据说供销社办公楼在拆房让基拓宽马路图纸内，他必须为补偿问题与镇上交涉。

他想往后坐，可是鲁书记叫住他要他前排坐。高书记调到县城去了，鲁书记来了。以前镇上开会坐前排那是因为供销社在镇上的地位，今天他坐前排无疑是因为他的年龄。会场上除了他60出头，没有别人。过去村里的老书记可能有他这样的年龄，现在村里干部一色的小年轻，镇书记40岁不到，村里干部年纪能大吗?

孔文富明显感到会场干部人数多了起来，他在镇上做干事时，镇干部会议不过二三十人，现如今至少多出一倍，七站八所，满眼是所长、站长。沈老三现在也是工商所的副所长了，所长不在家，他代所长出席会议，因为当年被供销社友好逐出，才有他今天的地位。见到孔文富，他很是客气，坐到孔文富旁边的位置上，敬了一支红塔山给他。沈老三对身边的丁小林说道："丁总，你要散喜烟吧？"沈老三话里有话，孔文富听说了丁小林最近有些麻烦：一是中央要求各级政府与经营机构脱钩，这样他镇经理部就要改牌子；二是赵兰珍去经理部后，丁小林不小心把她肚子弄大了，小三在逼宫呢。孔文富知道沈老三在向自己示好，可是跟这些晚生后辈坐在一起，他心里仍不是滋味。

　　有了情绪，汪小满宣读文件，鲁书记讲话，孔文富脑子怎么都集中不起来。他早就知道他现在的办公楼要拆迁，既然城镇要规划，马路要拓宽，办公楼拆迁那也是挡不住的，听汪小满与鲁书记的意思，镇上的拆房让基工程居然与反和平演变有关，与讲政治有关，孔文富觉得这扯得也太远了，但看看下面的干部一个个记得很认真，他的笔记本却只有几个字。不过，他记下了鲁书记最后一句话："各个单位必须无条件服从镇党委决定，在规定时间内，完成规定要求的拆迁。党委决不允许讨价还价。"

　　他还能说什么呢？叫二华不要在他面前狂，在镇党委面前他也同样不敢狂、不能狂！

284

第二十九章　香樟情殇

　　供销社学我们农村分田到户搞改革，我看这条路走不通，蛋糕越做越小，你再大的本事也分不好。

　　一来办公室，田小宝就赶过来问道："主任，听说办公楼拆迁昨天会议定下来了？"
　　"定下来了。"
　　"那香樟树怎么办？"
　　"能怎么办？"孔文富记得昨天散会时鲁书记在他面前说："你们办公楼前的香樟要是没人愿意买，就要尽快砍掉，不许影响工程进度。"
　　党委的权威是不容置疑的。田小宝默默走了。
　　洪解放进了办公室，说道："昨天下午你散会后，没有来办公室，二华来了。他说他知道下午镇上开会，要拆我们办公楼，门口这两棵百年香樟要处理。他说他们这一般年龄的人从小在香樟树下玩大，对香樟树特有感情，他愿意出钱把香樟树买下，移栽到他公司门口。他说不能让香樟树就这么砍了。他特别要我在你面前说，你昨天教训他教训得对，只是他既不愿意得罪权力，也不愿意走近权力。他只想做一个逍遥者。"

"好一个逍遥者！他愿意出多少钱？"

"他说价格由我们开。"

"年轻人牛得很，不就是口袋有两个钱。"昨天与二华的谈话，看来没有什么效果，显然二华是不想接他的班。这一点他也可以理解，他要是二华，恐怕也不愿意担这副担子。他只得硬着头皮撑下去，只是他现在还没有心情去处理香樟树。

孔文富决定在批发部开一个员工会议，商量批发部开拓什么新项目，应对市场竞争的不利局面。见大家都不说话，董家根站起来说道："现在的供销社是姥姥不疼，舅舅不爱，只有自个救自个。我有个亲戚在锡城，前不久来信打听我们这里木材好不好买，锡城那边'包产到户'以及乡办企业，农民日子好过了，家家户户都在建新房子，木材紧俏，不知木材生意能不能做？"孔文富说："我们也要解放思想，只要不犯法，什么生意都可以做。江浙农村的今天就是我们省农村的明天。我们西河地处皖南山区，有木材的资源，做木材生意有这个条件，前段时间我在西岭村，他们夏书记要与我们合伙做木材生意我没有答应，当时没有想到可以把木材卖到锡城去。小董，你先去锡城看看，在当地找一个合作伙伴，过几天我再亲自去考察一下。"

董家根问道："合作伙伴是不是一定要供销社呢？"孔文富说道："最好是供销社同行，如果锡城那边没有供销社做木材生意，个体户也可以。"

孔文富要田小宝打电话给西岭村的夏书记，约他到镇上谈木材生意合作的事，结果小夏书记与老夏书记一同来了。在工农菜馆里，小夏书记说："我今天不在这里吃饭，张老板，就是你们供销社那个张二华，这小子收购我们那里的丹皮发了财，最近要跟我们合作，我们负责种植，他负责收购，我要跟他去谈协议。张老板的这条路子我看是你们供销社改革的路子，把蛋糕做大，大家才有饭吃，你们现在学我们农村分田到户的改革，我看这条路走不通，蛋糕越做越小，你再大的本事也分不好。"

看着沉思的孔文富，老夏书记连忙带着满脸歉意："怎么能让你们请我们吃饭，事情颠倒了，破费了。既然孔主任这样客气，夏书记你坐会再走。"看得出来，老夏书记对供销社请他吃饭甚为感激。

孔文富说道："小夏书记说得对，蛋糕做大了，才好分。我们这次与西岭的木材合作也是想做大蛋糕，以后还有一些举措。"他停下看看洪解放、田小宝，见两人不接话头，便继续说道："不过，那是他们的事了，我老了，干一天是一天，尽我的责任罢了。"酒席上，孔文富想与西岭商量木材能不能赊账的问题，小夏书记不像老夏书记好说话，口气坚定地说道："这不行，农民最现实，他们不见兔子不撒鹰，你不给钱，他们是不会让你把木材扛走的。山场最近都分到了农民手里，我们与你们做生意的木材都是从农民手中拿真金白银换的，你不给现钱，我哪里有木材给你？"小夏书记承诺，只要钱到位，保证各种手续都由他西岭负责，不要供销社烦神。

到哪里去弄流动资金？他打电话把吴红芳找来。吴红芳不做液化气项目了，仍然回去当她的出纳。她庆幸当初没有把出纳给辞掉，听说又要她去找黄大头贷款，她急了，这次恐怕什么招都不灵了。供销社在黄大头那里有33万多元的贷款，账没有清呢。上次张大群又给孔文富出主意，说："我们现在的款子不能再从银行账上走，银行回收资金的力度大，一走就被他们给截下来了。"

孔文富觉得也是，自此后供销社的业务脱离了银行的管控，黄大头找了她好多回，她请示孔主任时，孔主任只是要她在黄大头那里打哈哈，弄得黄大头发火道："你们供销社真把我当冤大头了，每天你们批发部3000多元的流水都不从我们账上走，以后你们一分钱也休想贷到！"

孔文富说道："农行33万多元的账，其中有5万多元是镇上好几次抗洪救灾赊的物资钱。吴会计，你到政府走一趟去把这些账清一下。现在我们要与西岭合伙做木材生意，西岭看中的是你的渠道与资金，你没有资金，他那个小夏书记比鬼还精，他才不买你的账。"

吴红芳说道："主任，你还不晓得我的本事？5万多块钱的狗肉账我哪有那本事要来，恐怕必须主任亲自出马。"说完便走了，临离开时又补了一句："主任，你还得提防大群这个人，上次我进液化气罐的事，就是他在里面使的坏。"

吴红芳居然不听他的调动？！张大群小心眼，他知道，早有人在他面前反映说张大群卖液化气，要客户只记大群面孔，有没有公章无所谓，有问题他大群用私人财产担保。当前的情况他也只能让大群折腾，眼前他最着急的是从哪里找到钱。到镇上讨账看来只有亲自出马，他知道镇上的钱不好要，不然也不会账挂了几年都没去要。明知要不到他也得试一试，他决定去政府一趟，政府大院他熟，很快便来到镇长办公室。

汪小满见了他说："孔主任，你是稀客，见面就找我要钱？不要跟我哭穷，谁不知道供销社在镇里是首富。"孔文富赔着笑脸说道："镇长你还在取笑我，工资都发不出来了。"汪小满说道："几百块钱我还好解决，几万块钱我解决不了，你去找鲁书记，他是一把手。"

孔文富只得找鲁书记，鲁书记说："胡闹，书记什么时候管钱了？钱的事不要烦我。"尽管岁数不大，但书记的威严不可抗拒，他只好又回到汪小满的办公室。汪小满这次居然耍起赖来，说道："防汛麻包这些东西确实是我打电话、签字叫人拖来的，可这些东西用于各个村，你不能只找我镇长要，哪天开村长、书记会，你到会上要。"他哭笑不得，总不能在镇长办公室赖着不走。他回到自己办公室生闷气，董家根来问主任弄到钱没，他一顿骂，说："钱是你管的事吗？"董家根看到情形不对，怏怏地走了，并把办公室的门带上。

洪解放与张承宗一道进来，洪解放说道："老孔，王桂兰得瘤子了。"刘德草去巢城后，张承宗接了工会主席一职，因为洪解放管工会，所以张承宗找了洪解放一起来向孔文富汇报，商量捐款与资助的事。按照以往的惯例，职工得了大病，工会组织每个员工捐五到十块钱，单位再包二百块钱。现在承包了，员工自顾自了。孔文富说道："我们先到王桂兰那里看看去。"

王桂兰明显消瘦了，听见王桂兰轻言细语地感谢领导来看她，孔文富真有点不习惯。他看了看田小宝，在丈母娘面前没有丝毫表情。他听说过王桂兰曾经揪住她女婿的衣领，甩一记响亮的耳光，说道："什么意思，生个女儿你不高兴？不是我女儿不生儿子，是你没用，老田家命该断子绝孙。你不要女儿，我带回家去养，走，走。"

谁都知道王桂兰上班的时候几乎跟供销社每个员工都吵过嘴、干过架，用她的话说，这个社会是人怂被人欺，马怂被人骑。她儿子张进城年龄小顶不了职，她在孔文富办公桌上躺着不下来，非要孔文富当场答应她，帮她儿子到县社去说情。也不知道什么时候王桂兰信了基督教，性格变了，由张牙舞爪变得轻言细语。王桂兰与基督教八竿子打不着，怎么就信了基督教？孔文富猜这可能与王桂兰的儿子张进城被公安局抓起来判了刑有关。

王桂兰说道："想想我以前，自己都好笑，什么事都爱出个头、逞个强，现在我听主的，不要管我了，随主召我去。"

孔文富看着王桂兰明显消瘦的脸，说道："这不行，有病就得上医院。进城婚姻大事还没办，你怎么能随主走呢？钱，我想办法去弄，单位现在有困难，但总会有办法的。"

钱村李党委找到潘有志，他要买那两棵香樟树，说只要帮他摆平香樟树的事，他保证钱村人上镇里吃饭，定点饭店就是欢喜酒店。潘有志思忖："钱村离镇上近，人来客往的来镇上吃饭是常事，要是把钱村的客源套牢，那欢喜酒店的生意就不愁了。"

潘有志说道："李党委，你看你说哪里话，你找我办事，下命令就是了，我的最大优点就是领导发话朝东我们决不朝西。只是我想不通两棵树值得李党委花这么大代价费这么大的神吗？"

李党委解释："其实我无所谓，只是我大哥要建什么阴宅，又找了个瞎子算了一卦，说非要这两棵百年香樟才能镇得住邪气，保得住财富。说实话，我不大信这个，瞎子不就是瞎吹嘛。"

潘有志说道："早听说阴宅在江浙那边时兴，谁有钱不想折腾？我有钱，先建阳宅，再建阴宅，关键是我现在没钱。只不过，李党委，这阴宅的事你千万不能在老孔面前提起，现在不是重视教育吗，你就说把香樟树移栽在村小学校门口，等把合同签了后，你再调整他也没办法了。"

李党委说道："我这不是把潘主任当自家人才如实说的，我听我侄女李萍萍说，潘主任人好，够朋友，不像老孔那样寡妇脸不近人情。我希望你跟老洪联手，现在范主任调去县城了，任何决议你们不都是二比一。"

潘有志说道："供销社的事李党委还不是很清楚，老孔这个人专横跋扈，老洪又很软弱，即使我把老洪争取过来，二比一也不管用。李党委的事我会百分百尽力，但你还是要直接找老孔的。"

"老孔那里我不去，我不想看他那张寡妇脸，我叫镇长去找。"李党委走后，潘有志想想谁去找孔文富说合适，他想起李聚财来。

两年前，因为孙女没有人带，李聚财便从西岭到镇上照看孙女，让媳妇荷花专心卖菜，老婆留在西岭帮大儿子照应家务，顺便种点小菜，夫妻分居两地倒也没有什么。儿子、媳妇房子小，李聚财在秦国富房间支个床，晚上去睡个觉，日子就这样凑凑合合过来了。

这天，李聚财刚刚躺下，准备睡了，潘有志进来，说道："老代表，这么早睡得着？""潘主任，我这不是没事嘛，你找秦大学？他在里屋。"潘有志道："没事，找你吹吹牛。"李聚财起身，给潘有志端凳子，秦国富从里屋出来打招呼，潘有志说道："老秦，我跟老代表说几句话，你忙你

的，随意。"

潘有志说道："老代表，退休工资就要发不出来了，你知道吗?"

"你说怎么办?"

"现在有人打算出5万块钱，买办公楼前的香樟树，你是老代表，你要用你的影响力，找孔主任反映反映，有了5万块钱，几年的退休工资就不成问题了。"

李聚财对孔文富说道："孔书记，香樟树是我当年奉老王书记指示，从西岭移栽过来的。在供销社成立那天，我一锹土一锹土植下的，我对它的感情恐怕西河没有一个人比得上，现在修路，供销社要不了它，干脆卖了得了，这样给我们供销社救救急，缓口气。我听说钱村李党委出5万块钱，把香樟树栽在他们村小学门口，这不怪好的嘛。"

汪小满走进孔的办公室时，孔文富连忙站起来说道："镇长，什么重要的事，你一个电话我们不就办了，还要亲自来。"

汪小满说道："要是别的人我一个电话可能管用，孔大主任你，不亲自来不行。"

孔文富说道："镇长，你这是批评我。"

汪小满说道："我也是替别人当说客，有人看中了你的香樟树。"

孔文富说道："没想到我的两棵香樟树吃香得很，都想要，张二华，我们供销社出去的富人，说要用3万块买这两棵树。"

汪小满说道："那不行，树不能给他，给他我找你算账。张二华小东西，上次超计划生育，听说还口出狂言，说什么反正没有工作，不怕开除。你们不找他算账我找他。按道理罚他十万八万不为过，可你们只罚了他一千，看来他钱多烧得慌。我来罚他。这次是李党委要你的香樟树，李党委从来没有找我办过事，这个面子你要给我。开什么价，你尽管说。"

孔文富说道："你这样说，叫我说什么呢? 走，我请你吃饭。"

汪小满说道："饭免了，谁不知老孔请人吃饭两菜一汤，我还有事，只要这事不给弄砸，就算请我吃饭了。"

田小宝来到主任办公室，说道："孔主任，我写了一首祭香樟树的诗，你给我指点指点。"孔文富打开，诗是这样写的:

你是我生命中不可磨灭的记忆，
多少次童年的快乐是在你树下演绎，

多少回爱情的私语被你躯干隐蔽。
你已是我生活中不可缺少的部分，
原以为你会万古长青，
不曾想你却先我而去，
没有你的日子我哪有乐趣？

第三十章　英雄莫问出处

　　面对市场出现的这些弄潮儿，孔文富惊愕：真是英雄莫问出处？

　　洪解放对孔文富说道："老孔，你这段时间不是一直想找流动资金做木材生意吗？刚才二华在我面前夸口，供销社要是找不到钱，他可以借给我们，只是要你亲自上门，以你个人名义打借条。"孔文富听到有人愿意借钱，好情绪来了，只是要他私人打借条，他不爽，问道："供销社借钱，凭什么要我私人打借条？难道不相信供销社这个香饽饽了？"

　　洪解放说道："他说他只相信你个人。"

　　孔文富不高兴了，吼道："他是不是以为供销社要倒了，以后没有人还钱给他。你告诉他，供销社永远不会倒，他要借就借，不借拉倒。"

　　董家根从锡城回来立即向孔文富汇报，说联系好了，做木材的个体户老板非常欢迎孔主任去考察。孔文富想，那就先到锡城散散心，钱的问题回来再解决。可是还没动身，派出所就打来电话，要他去派出所领人，孔文富说："怎么什么事都找我，难不成我不在西河，供销社就关门了？"

　　电话那头派出所王所长赔笑："孔主任，别生气，谁叫你是一把手呢？我们有事不找一把手找谁？"

孔文富只得赶往派出所，只见吴劲耷拉着脑袋，闭着眼睛坐在派出所会客室拐角，眼皮上方明显一块乌肿。王所长说："你们这个吴劲冲得很，拿刀就要砍人，这是他砍人的刀，抓到派出所后要他写个保证书，说不写检查送他去吃牢饭，他居然说吃牢饭比没有饭吃强，孔主任你听听这是什么话。"

听王所长介绍，吴劲与几个同事在酒店喝酒，一个同事说："照这样搞，供销社要倒。"李跃进说："倒了好，倒了我们自己开店，别人有饭吃，我们也不会饿着肚子。"吴劲与他杠上了："说什么屁话，供销社倒了，你有什么好处，到时我们没有饭吃，都到你家吃。"李跃进说："凭什么到我家吃，你是我大头儿子？"吴劲说："你怎么骂人？"李跃进说："不仅骂你，老子还要打你。"一拳头便打在吴劲的眉骨上，吴劲吃了亏，便去酒店厨房抄了一把菜刀。"我们民警正好路过，就把两人带到所里，本来想把两人教育教育放了，都是一个镇上的，早不见晚见，可是这个吴劲非要出去后继续找李跃进拼命。这就不得不请你来了。"

孔文富拍拍吴劲肩膀，说："小吴，我们走。"吴劲睁眼看到主任，一把抱住孔文富，哭道："主任，供销社真要倒了？供销社倒了我怎么办？"孔文富说道："小吴，你说什么，供销社怎么会倒？"王所长笑道："刚才还凶得很，现在居然哭了，孔主任，还是你有办法。"吴劲也觉得有些难为情，松开主任，与主任一道准备离开派出所。王所长说道："主任，我们为你们忙了一下午，不请我们吃个饭？"

孔文富说道："下次吧。"王所长道："主任，你已经说过多少回下次了，难怪别人叫你老抠。"

孔文富回到办公室，女儿孔松月跟进来，说下个月的工资恐怕发不了了。前几天，孔文富要孔松月去几个商办厂及农资门市部核对账目，把他们所欠的承包款收回来，自汽水厂与外地联营，供销社不再给刘德草开工资，供销社的那套设备也无偿给刘德草使用，现在商办厂尚有轧米厂、印刷厂与草帽厂。

1986年孔文富与他们签订了承包合同，第一年他们都足额上交了承包款，第二年就以经营困难为由开始拖欠承包款。当时孔文富农副产品收购做得风生水起，不缺钱，加上商办厂员工大多是家属子弟，承包款不交肉也烂在锅里。农资门市部也是这种情况。可现在供销社缺钱，不但没办法做生意，甚至发工资都困难，孔文富就不得不打承包款的主意。

可孔松月回来说一无所获，孔文富大怒，说："我来打电话。"第一个电话便是打给周大发，孔文富自己都诧异今天怎么这样激动，开口就要周大发送一万块钱来，要不然明天他就换农资门市部的承包人。周大发在电话那头解释："主任，我真没有钱，不信你问松月。"周大发还想解释，只听电话那头啪地挂了。

孔松月离开农资门市部时，周大发要她带上两瓶柳浪春与一条阿诗玛，求她回去在她爸爸那儿说几句好话。看来孔松月没有说上话。孔文富一通电话发过火后，他吩咐松月不要走，等人送钱来。果然，周大发、老蒯与其他两个承包人前后脚来了。周大发送来3000块，商办厂各1000块，都说想尽办法才凑这些钱。孔文富说道："你们都是属核桃的，要砸着吃。老子日子不好过，你们的日子也就不好过，你们还要想办法给老子找钱。"

孔文富自己很吃惊，什么时候开始说话老子来老子去的，说完示意他们赶紧走人。他把3000块钱交给松月，让她先给在职职工发工资，退休职工的工资等一等，又叫张承宗来拿2000块钱给王桂兰瞧病，剩下的1000块钱他去锡城出差用。孔文富盘算好了，如果木材生意谈好了，再给退休的补发工资。

锡城的木材市场在城东。孔文富与董家根到锡城时天已擦黑，两人来不及吃晚饭，上了最后一班公交车。车没开一会，司机说车坏了，赶他们下车，两人只好下车步行往城东赶。有一当地人跟他俩一道，说哪是车坏了，分明是司机不想开了找借口。董家根说："没有人管这事吗？"当地人说："谁管这样的小事？你们是外地人吧，这样的小事在城里几乎天天发生，领导能管得过来？"走到岔路口，一边是苏州方向，一边是常熟方向，当地人说："木材市场往苏州方向，前边不远，我要往这边拐了。"

木材市场打烊了，他俩只好住下，第二天吃过早饭便去找姓武的老板。武老板一身的肥膘肉，前额上一块刀疤，一看就不是一个善茬。武老板见他们来了，立即热情地迎上来，说："孔主任吧，孔主任早，我就喜欢跟你们公家做生意，只有私人赖公家的账，不会有公家赖私人的账。"

武老板带孔文富参观了他的卖场。好大一块卖场，堆着各式的木料，有松木、杉木、樟木，大料、小料，打家具的、盖房子的，应有尽有。

孔文富说道："武老板生意做得这样大，看来做的时间不短了。"

武老板说道："不长，不长，也就一年多。这个卖场一个小兄弟转给我的，我这小兄弟也是你们供销社的，是他承包的。"

孔文富问道："武老板原来在哪里高就？"

"高就？"

董家根打断道："英雄莫问出处。"董家根听他老表说过，武老板一年前刚从监狱出来，脸上的刀疤便是打架留下的，这个卖场是他赌钱从小兄弟那里赢来的。这件事他没有跟孔主任介绍。

孔文富见董家根使的眼色也就不往下问了。木材生意对孔文富来说比较陌生，因此武老板讲的术语，什么圆、方之类，他听了觉得费劲，董家根之前来过一趟，有些了解，就在一旁做讲解员。

武老板说道："这15个厘米的盖房子做大梁的杉木料不好弄，你们有没有把握？"

董家根说道："我们孔主任是春谷县综合改革的带头人，市人大代表，你们要什么料我们保证供什么料。"

孔文富批评道："小董，话不要说得这么满，我们回去试试看。"

武老板说道："领导就是领导，行，大梁料你们有多少，我销多少，保证你们有钱赚。"提到定金，武老板说道："这由你们定，但如果你们供不了货，丑话说在前头，我要你们双倍退还我的定金。"

孔文富说道："那就收5%的定金吧。"他对货到后只付60%的款不满意，要到别处看看。

武老板立即拉下脸来，说道："这里都是这样的付款方式，一次结清，这一条街谁有这么多的资金？在我这里做不成生意，别处没有谁有胆子接你的单子。"

赤裸裸的威胁。

董家根忙着调解："孔主任，他说的不假，这里的门店我都转过了，付款方式都这样。武老板的店是这里最大的，做生意又厚道。"武老板是他老表介绍的，孔主任挪到别家去谈生意他没法跟老表交代。

武老板也忙着下台阶，说道："孔主任，你看大老远地来，怎么着我也得请你吃顿饭，生意做不做无所谓，走，喝酒去。"

孔文富回到西河，才知道合同签得有问题，直径15厘米的杉木料不好弄。

老夏书记说道："这种料找我们没有用。"

董家根说道："老书记，东山你们不是有一块很大的杉木林吗？"

"东山的杉木林地是我们的地，可不归我们管，这种规格的料由林业局直接管，即使你弄到手，只怕也运不出去。"

孔文富说道："那就一点办法也没有？"

"一点办法都没有。"

这就不仅仅是赔偿定金的问题，还关系到孔文富在西河的威信。孔文富决定立马去县城找林副县长。一有事情就找林县长，办完事情在林县长那里只有两句不咸不淡的感谢话，他也感到这样不妥。给女县长送什么呢？好送的东西女县长不一定要，女县长想要的东西他弄不来，弄来了又报不掉。他还是拽范小亮一道。上次他帮范小亮收蚕茧，关系改善了不少。

"最近怎么样？看起来好像瘦了点。"见了范小亮他寒暄道。

范小亮诉起苦来："日子不好过。县里建缫丝厂看中的是当地蚕茧的资源优势，这一优势在计划经济时没问题，可现在计划越来越弱，市场越来越强，每次收蚕茧就像打仗一样，这你知道，我们与江浙一带厂家的收购战越来越没有胜算了。我们的设备、技术、管理都比他们差，现在资金也跟不上了，只好想办法集资。"

见范小亮停不下来，孔文富只好打断他的话，说明自己的来意。

范小亮说道："林县长上中央党校学习去了，她在家恐怕这一次也帮不上你的忙。"见孔文富惊愕的神情，他继续说道："县城里传开了，林县长党校学习回来就要提拔为鸠汕县县长，都说人走茶凉，估计林业局不会买她的账，林业局那里你们去过没有？"

孔文富说道："都说林业局这一关不好过，不敢去呢。"

范小亮说道："正常的程序总是要先走走的，不行再想其他办法。你们先去林业局，回头我告诉你一个人，你们找他保证行。"

孔文富说道："老范，卖什么关子？听你的，先走正常程序，你把人告诉我，省得你又多准备一顿中饭。"

范小亮说道："此人是春谷县城的名人，虽然只是拖拉机厂的普通工人，却有地下组织部长的称呼，凭着他姐夫春谷县委书记的招牌，别人办不成的事到他那里都不是事。"

孔文富与董家根在范小亮这里不敢喝酒，吃了中饭便去了林业局。林业局一个副局长接待了他俩。副局长一听找他批木材计划，说道："你以为你是谁？甭说你，就是局长、县长甚至县委书记来，他也弄不来木材计划。"

从林业局出来，孔文富对董家根说道："你回去，把张大群给我叫来。"

张大群来了后说道："我看在美丽华大酒店摆一桌，把林业局的头头脑脑都请上，不是有句话嘛：酒杯一端，政策放宽。"

孔文富说道："我也找了林业局办公室主任，想请他帮我们张罗一桌酒席，他说不可能的事你忙活什么，吃了也白吃。"

张大群说道："那只好找范厂长说的老猫，碰碰运气。不过老猫那儿我一个人去怎么样？领导出面可能不方便，你给我尚方宝剑，回来时我再详细汇报。"

大群领了尚方宝剑，拎了两瓶酒。见了老猫，果然一对猫眼，小，但贼亮。大群虽然自来熟，但毕竟是乡镇上的，见老猫这样的名人心中底气不足，只是往老猫家一瞅，两间小平房，家里连沙发都没有，他又担心老猫是不是徒有虚名。老猫沏了茶招呼他坐，大群放下酒，递了根烟，问道："老叔，木材计划能不能搞到？"

"木材计划有点难，再难也难不倒我，我专门做那些别人做不了的事。"老猫颇为得意，"只是我的收费贵。"老猫递来一张江浙一带时兴的纸片。

大群一看，头衔是：帮你服务公司经理。

大群说道："那是应当的，我听说了老叔单位拖拉机厂倒了，开公司挣钱养活自己理所当然。别人做不来的事，当然收费贵。"大群是个活络人，这种顺杆子爬的话他比谁都会说。

这边孔文富在饭店等得焦急，好不容易大群回来，孔文富急切地问道："怎么样？"

大群答道："他答应帮我们弄。"

孔文富关心对方收多少钱。大群说2000，见孔文富皱眉头，大群道："这2000块钱可以记入成本，所以我就没还价了。关键是他能不能弄来。"

孔文富说道："记入成本势必提高价格，这木材价格高了卖不掉不也成问题吗？"

张大群说道："这我倒没想到，只好大料少赚点钱，小料椽子多赚点，两边凑凑。"

也只好这样了。孔文富说道:"这木材买卖你还得帮我盯着点,锡城武老板那个人我不放心,我怕小董弄不过他。有句话说能者多劳,供销社能人本来就不多,有的自己下海做生意去了,有的忙自己承包的柜台去了,有的调走了,现在我只有指望你了。液化气厂最近怎么样?"

张大群说道:"人们习惯了烧煤炉,烧柴火,液化气入户费有点高,推广难度不小,我上次找主任请求每推一台灶奖100块钱还没兑现呢。"

孔文富说道:"兑现,兑现,这不,这段时间现金紧张。你现在是液化气推广与木材销售两边都张罗。你没忘吧,你是我主任助理。"

没过两天,林业局那秃头办公室主任打来电话,孔文富接的。秃头主任在电话那头说道:"你们真牛,局里要我通知你们,赶紧起草一份建家属楼的报告。"

孔文富给弄得莫名其妙,眼下饭都没有得吃了,哪还有心思盖家属楼?

秃头见没有反应,不如意了,说道:"你们还要不要木材计划了?"

孔文富立即说道:"要要要,我马上叫人起草报告。"

董家根拿着盖家属楼的申请报告说道:"这地下组织部长的名号真不是虚名,都搞不定的事情他却搞得定。只是计划弄到后得有现金才能提到货,主任,你得赶紧给我们找钱。"

孔文富早就想着找钱的事了,他要田小宝通知张二华,说请他来有事商量。

二华以为主任又要劝他接手供销社,说道:"主任,我考虑过了,我实在没有能力接这副担子。"

孔文富说道:"现在不是叫你接担子,是找你借5万块钱,我听洪主任说你要我私人出一份借条,你相信不相信组织?我这么大年纪说走就走了,就是不走还能干几年?可是组织一直都在,共产党在。现在是组织找你借钱,你借不借?"

张二华说道:"我只是说说,组织找我借钱我怎么会不借呢?"说完他便跑回家抱来满满一麻袋钱,说道:"主任,点点,3万块,我手头只有这些现金,麻烦你打张条子给我,盖公家的公章也行。"

孔文富心里想道:跟我讨价还价,我借5万,你给3万,还惦记我的香樟树,我还不起你的3万,你就要拿香樟树抵账。现在急用钱,管不了这些。他喊道:"田文书,把公章拿过来,写一张条子给二华。"

第三十一章　改革的阵痛为啥只痛我们

　　　　一辈子跟着党，遇到困难不要慌。自食其力也很好，政府迟早办法想。

　　这天一早，孙小凤来找李聚财，说："你还有心在家喝茶，这个月的退休金领不到了。"孙小凤平时爱一惊一乍，东家长、西家短，搬弄是非，李聚财不喜欢跟她打交道，每次她来，李聚财头都懒得抬，孙小凤也不在意。今天只见孙小凤特别气愤："老代表，这件事你不领着我们去吵，去闹，这日子没法过了。"

　　"领不到退休金了？"李聚财这段时间正为钱闹心。他大儿子承包西岭门市部赔了钱，他把自己的所有钱都贴了进去，才保住儿子没有进监狱。在小儿子这里，虽然不用他的钱，但男人口袋里总不能一个子都没有。他不抽烟，可每天半斤烧酒铁打不动，孙女上街，有时要吃个小糖、冰棍什么的，有退休金这些都没问题，如果没有退休金，他想象不出这日子怎么过？

　　一拨退休职工迅速在李建农家聚齐，七嘴八舌地表达着自己的愤怒：改革的阵痛为什么只痛我们这些人？一辈子跟着共产党，临到老了无人养。欺负人不是这样欺负的。不知是谁说的，"城里人早就有人在闹，听说省委大院都被人堵了。他们闹我们为什么不闹？"

李聚财领着他们直奔孔文富办公室，孔文富去了锡城，有人嚷嚷找洪解放，孙小凤说洪解放管屁用，去孔文富家，中午、晚上就在他家吃，不让我们有饭吃，让他也没好日子过。这帮老人转而去孔文富家，只见门上了锁，隔壁邻居说陈会计早晨上北京她大儿子那里带孙子去了。

孙小凤咬牙切齿道："好阴的孔文富，后院早安排好了。"失去了攻击目标，一群人不知该干什么，有的说上县城找县领导，有的说县领导不管用，浪费车票。李聚财掏掏口袋，说："我只有一趟车票钱。"有人说："老代表，你过去是我们的代表，现在仍然是我们的代表，你不去县城怎么行？没有车票钱，我们借给你，鸟无头不飞。"

李聚财等请愿者在县社见到老韩主任，县供销总公司韩总经理，退休员工们在县城怯生生的不敢造次，只有李聚财见过世面，李聚财习惯叫韩主任。韩主任说他明天就退了："红头文件都下了，你们叫我老韩吧。"李聚财说："那怎么行，韩主任永远是韩主任。"老韩说看到退休职工一个个拿不到工资，他心里也难受，新主任还没到任，拿不到工资的事还得找孔主任。老韩主任答应新主任上任后，他会把西河供销社退休职工发不出工资的事反映一下。

李聚财等人离开总公司办公楼，有人觉得一句话没说就走了，这车票钱花得不值，要再回去理论，孙小凤说道："走吧，一个个见领导屁都不敢放，现在放，迟了。下次新主任上班了再来，这次就当交个学费。"回西河已经没有班车了，只有这几年兴起来的大蓬车在路边拉客，孙小凤说道："老代表，你的车钱我付了，记得回去还我。"

路况不好，但是因为挤在一辆车上，空隙小，反而不怎么颠，有人说，感觉大蓬车比班车还舒服些。李聚财坐在前排，他家是第一个到，车没停稳，他就跳了下来，没站住，跌了个狗啃泥，同事们赶紧下车来关切地问他有没有受伤。他爬起来，拍拍手说："没事没事，你们走吧。"吩咐惊恐的车主把车子开走。

李聚财第二天早晨下不了床，小腿肿得像馒头。媳妇卖菜去了，建农说道："我找那个开车的人去。"李聚财拦住儿子，说道："是我自己跳的车，与人家一毛钱关系都没有。"建农道："那我们去医院。"李聚财说道："你老子我没那么娇气，我在床上躺两天，程程这两天你带她上班，跟你们张经理说我有点不舒服。到时你给我送点吃的就行了。"

伤筋动骨100天，李聚财在床上躺了一个月，实在是躺不下去了，他瘸瘸拐拐地下了地。其间孙小凤来探望过几次。孙小凤他们在孔主任那儿闹过了、骂过了，得到的仍然是那句话，"有了钱，立即给大家发工资"，空头支票一张。有的说不如各自回去开个什么店，自个救自个。闹的人散了。

孙小凤每次来都给他说一些外面的新鲜事，前两次还在说肖志强的糖、烟、酒批发怎么怎么赚钱，说肖志强提着一蛇皮袋的大钞去进货。这一次说肖志强进的烟被查抄了，说是内部分赃不均狗咬狗。每次都是孙小凤眉飞色舞，李聚财静静地听，不插话，也不打断。孙小凤说累了，就走了。

这些天他有事没事跟秦国富聊几句，这之前他不大乐意跟秦国富说话，他晚上也就是来睡个觉，第二天一早叠好被子便走人。床上躺久了，总想找个人说说话，那天他竟然主动与秦国富搭讪。秦国富说道："老代表，你别动，要什么东西我帮你拿。"李聚财说道："秦大学，忙倒没有什么要你帮的，只是心里有几句话堵得慌，你是我们西河最有学问的人，你给分析分析，基层社真的要倒了？"

秦国富看着李聚财诚恳的样子，说道："瞧这架势长不了，过去基层社一家吃的饭现在你瞧瞧多少家，各家各户在门口摆个小摊甚至在马路上放个凉床或铺一块布就可以做生意了，这么多的人与基层社抢饭吃，基层社还有饭吃？凭谁当主任，恐怕都不行。再说银行，以前基层社那是座上宾，银行主任见了孔主任头点得像鸡吃米，现在孔主任请黄大头吃大餐，黄大头还不乐意呢。基层社没有银行做后台，什么事也甭想干得好。"

李聚财说道："我就搞不懂，以前多好，买什么都凭票，多有秩序，哪像现在一切乱糟糟的。"

秦国富说道："几家欢喜几家愁，你可能听说了，张耀光到处说，他儿子张二华下班在家数钱数得手发酸。要是计划经济，他张二华就是通天的本事也挣不到那么多钱。就是一家子，你喜欢计划经济，你媳妇喜欢商品经济。我们都知道，你媳妇许荷花没有正式工作，农村户口，你，还有你老婆，都有点瞧不起她。可是你瞧现在她卖菜赚了钱，你一家子谁还给她冷脸子看？你老婆在外面不是一口的'我家荷花能干，我家建农有福气'。"

李聚财惊讶：自己家里那些破事秦国富都知道，大学生就是有水平。

李聚财继续说道："改革搞得我们都没有饭吃了，工资也拿不到了，难道国家不管我们了？"

秦国富说说道："国家管国，家的事情管不了，即使想管，我估计最近顾不上。当然家穷了，国也富不了。我老子给我起的名字叫国富，国富不容易，只有国富，国家才有力量保护子民。"

李聚财问："那国家什么时候管？"

秦国富道："瞧这架势不少于十年吧。"

李聚财说："十年后我都不在了。"

秦国富说："不会的，你老身板硬实着呢。"

李聚财还想说下去，看秦国富打哈欠了，手表指着九点多了，今晚聊得够久，该睡觉了。

等李聚财脚可以落地的时候，孙女习惯了跟着她爸爸，李聚财去抱，程程躲到爸爸身后，显得与爷爷生疏了。

建农说道："爸，程程我带着没事，你老养养歇歇。"

李聚财思忖总要谋个事做，手里总得有两个零钱给孙女买糖果。他在镇上转了几圈，见上街头一个瘸子补鞋生意不错，他决定买个补鞋机，在下街头门口摆个修鞋摊。媳妇那里有钱他是张不开口的，他把老伴的金耳环从家里偷出来交到女儿手里，要她给他50元钱，然后又到县城扛回补鞋机，把自己心爱的烫酒壶卖了，换回一些补鞋的材料。

老代表摆摊补鞋在西河那是大新闻，媳妇许荷花说："爸，要你在家享享福你不干，你要做事也要做自己熟悉的事，摆摊也不能摆个修鞋摊，摆个烟摊、糕饼摊、水果摊。熟悉的你干吗不做，补鞋你做得了？不如你帮我做，我早就想扩大卖菜的规模。"

李聚财打断她的话，说道："机器补又不用我手补，再说，我看了，这下街头，没有一家补鞋的。卖菜我搞不来。"他不想跟媳妇搅和在一起。

孙小凤跑来踢着补鞋机，说："老代表，你不要工资了？"

李聚财说："我要人家不给，只能自食其力、自力更生。"

李聚财的名人身份给鞋摊做了广告，到鞋摊看热闹与修鞋的人不少。补鞋虽然是机器补，可机器还得人操作，他没有干过针线活，那针脚他自己有时都看不下去。这时，李聚财会说："补好了，拿走吧，不收钱。"

有一次，一个中年妇女跑来指责他，说："你会不会补鞋？看看，一边高一边低，怎么穿？"他看了针脚，确实是他补的鞋，只是补鞋用的橡胶皮没有挫均匀，这样穿在脚上肯定不舒服，他只好说："对不起了，我口袋里只有2毛钱，赔你。"中年妇女看他头发花白，满脸歉意，反而不好意思接这2毛钱，拎着鞋走了，边走边嘟囔："算我倒霉，不会修还逞能。"

媳妇吃晚饭时给他倒酒，知道他每天好这么一口，顺便问他："爸，一个多月了，本钱赚回来没有？"他不好意思地摇摇头，不敢承认这些天只挣了2块多钱，买皮子的钱还没挣回来。补了一段时间，手艺长进了，可是来补鞋的人渐渐少了，再就是他眼睛不行，穿针线的时候常常穿不进去。

他开始怀疑摆鞋摊的决策了。媳妇说："爸，我还是那句话，你要是想做点事，就帮我在山里收些山货，你在西岭一带熟人多、信誉好，山货我来卖，我们联手把生意做大。"

建农说道："不行，不行，爸这个年纪山货怎么收得动。"

李聚财说道："收倒是收得动，只是当时退休的时候看别的退休工人做生意，抢供销社的饭吃我不乐意，我要是也这样，心里不得劲。"

媳妇说道："爸，供销社都不给你发工资了，你还想这些。"

李聚财说道："再等等。"

媳妇再次劝他在家歇着，累了一辈子该享享福，凭她的生意甚至建农都可以不上班，言下之意他与建农只要把程程带好，挣钱的事不需要他们考虑了。媳妇的话引起他的警惕：儿子建农工资可能也拿不长了。他不但不能歇，他补鞋之外，还得找一件事做，他决定烤山芋卖，上午烤山芋，下午补鞋。他要建农去生资门市部帮他弄一个油桶，花了两天时间，他的作品成功了，油桶糊成了烤山芋的灶。媳妇许荷花说："爸，你真能。"孙女程程拍手欢呼："我们有烤山芋吃了。"空气中弥漫着烤山芋甜甜的香味。

秦国富看他每天忙忙碌碌，一早起来，晚上收工又迟，说道："老代表，别把身体累坏了。"他说不碍事。秦国富说道："你搞的跟上班时一样忙了。"李聚财说道："不同，不同，上班时，我是为共产党忙，现在，我是为自己忙。"秦国富看李聚财一脸认真，知道辩也无用，忙说道："不一样，不一样。"自个儿躺下睡了。

已经好几个月没有发工资了，对张承光来说，生活上没有问题，儿子二华养着他呢，只是听说供销社要倒了，情感上他有些难受。张承光来到百货大楼，只见大楼里零零散散几个顾客。张承光跑到门外，央求过路人："到大楼来买东西吧。"

有的人没有停下来，走了过去，有的人说："大楼东西贵，我们在外面店买。"

张承光说道："大楼东西虽然贵一点，但大楼东西真。"

很少有人理睬这个老头。张承光走进大楼，来到他过去站的柜台，拿起抹布把玻璃上的灰擦掉，把物价局核过的价格标签放端正。他发现有件成品服装的扣子掉了，他从早有预备的针线盒里拿出针线，把扣子缝上。

柜组承包人刘彩云走过来，说道："张师傅，我来。"

刘彩云是张承光的徒弟，张承光默默地继续缝着扣子。退休后，这座大楼、这个柜台已经与张承光没有关系了，但张承光觉得他的根还在这座大楼，还在这个柜台。之前，刘彩云建议二华把整个大楼承包下来，把内部结构重新调整、重新装修，吸引顾客，可二华说时机还不成熟，再等等。等到哪一天？难道要等到自己死吗？儿大不由父。他叹了一口气，以后完全要靠儿子养了。

第三十二章　谁是香樟树的新主人

寒山寺庙宇有段对话。

拾得曰：世间有人，笑我骂我，诽我谤我，辱我打我，嫉妒我，中伤我，非礼我，以及种种不堪我，当如何？

寒山子对曰：只是听他任他，忍他让他，躲他避他，漠然他，不理他，一味由他。再待几年，汝且看他。

真的要把香樟树移到别处去，李聚财心里还是不舍得。这两棵香樟曾经救过新四军战士，一次日军偷袭，如不是香樟替老主任挡了子弹，老主任可能命丧黄泉。因此老主任临终时对他说："老李，你可是我培养的人。"

李聚财连忙应道："我是你培养入的党，又在你保举下当了先进工作者，以后又做了县、市、省三级人大代表。"

老主任说道："我最后交给你一个任务，帮我看好那两棵百年香樟。"

他曾经拍过胸脯，说保证完成任务，人在树在，人不在树也在。

这两棵香樟见证了西河供销社成立。老主任命他把香樟从西岭移栽到镇上，那是一个春寒料峭的早晨，香樟栽好后，鞭炮响起来，锣鼓敲起来，西河供销基层合作社的牌子挂起来，多少人激动得热泪盈眶。他还记得三年自然灾害时，樟树叶、樟树皮成了附近村民及基层社同事的药材甚至口粮。

晚上他跟秦国富聊起香樟树的事，秦国富说道："西河香樟恐怕这次是保不住了。"

李聚财说道："秦大学，你主意多，帮我谋划谋划有没有办法把香樟保住。"

秦国富说道："现在对香樟树最有发言权的是孔主任，孔主任当下最关心的是职工的工资。除非你有能耐给这些职工发工资。"

李聚财说道："我哪有那么大本事？挣钱难。"这些天他体会到挣钱不容易。

秦国富说道："那要看你怎么挣钱，你烤山芋，一天是挣不了什么钱，可你如果去卖山货，那挣的钱就多了去。你在西岭收山货本钱都不要，只凭你这张老脸，你把收的山货给你媳妇卖，你就是又一个张二华了。"

李聚财说道："发不发财我无所谓，关键是我要护住香樟树。儿媳妇早就要求我与她合伙做生意，我明天一早去找她商量商量。"

媳妇许荷花说道："一下子给供销社那么多的人发工资，哪能发的过来？收山货又不是收黄金。再说我们做生意要两棵香樟树干吗？"

李聚财说道："荷花，这两棵香樟你不要也得要，你要了，你爸给你打一辈子长工，你叫干啥就干啥。"

许荷花说道："爸，你容我再想想。"

媳妇许荷花第二天进县城去了。

第三天媳妇许荷花来告诉他，她已经与蒯玲玲谈好了，合伙办一个山货公司。许荷花早在学生时代就跟蒯玲玲有来往，她是蒯玲玲最早的模特，许荷花做衣服，只要付布料钱，免手工费。后来许荷花卖菜，蒯玲玲买菜总是照顾许荷花的生意，而许荷花也总是以成本价收费，两人便成了忘年交。蒯玲玲离开西河后两人虽然没有接触过，但许荷花还是知道一点蒯玲玲的动向，听说她开了一家舒而雅制衣公司，当老板了。许荷花带着碰碰运气的心态，看蒯玲玲能否投资自己的项目，这样才可以在短期内把生意做大，满足老公公加盟所提出的不合理要求。

李聚财说："不要叫什么公司名号，你看看县城里头那些个皮包公司，把公司的名号都弄坏了。我看还是叫合作社好。你看，你与蒯玲玲是资金的合作，我与你是供货与销售的合作，这不都是合作。以前基层社强调合作就办得好，现在弄什么承包，你防着我，我防着你，没有合作了，生意就做不好了。至于合作社起什么名字，我晚上再请教秦大学，他学问高。"

秦国富说道："就叫老百姓合作社。"

李聚财说道："这个名字对我的口味。"

合作社设在哪里呢？许荷花提出租个门脸，李聚财心里惦记着香樟树，说他去附近生产队弄块地。许荷花不信他公爹——一个过气的劳动模范、人大代表，如今退休在家烤山芋卖的老职工有这么大能耐。不服不行，三天后，李聚财要媳妇数800块钱给他，他在镇子西头买了一块地，盖3间大瓦房，门面、住房都解决了，两棵香樟树可以移栽在门口。

媳妇许荷花说道："爸，有了地有了房，我们可以长期打算了，你找孔主任谈香樟树的事吧。只是合作社刚起步，出不了多少钱。"

李聚财来到孔文富办公室，孔文富忙起身说道："老代表，有事？"

李聚财说道："我心里老记挂着这两棵树。这李党委的款子到没到账？"

孔文富说道："还没呢，5万块钱不是个小数。"

李聚财说道："我想问问，如果职工买这两棵树价钱能不能便宜点？"

孔文富说道："张二华提出买，他给3万，老代表，怎么你也想买？"

李聚财说道："想买当然想，只是拿不出那么多钱。你总不能全看钱吧，这两棵树当初是我亲自移栽的，老主任命令我从西岭把它们刨起来移栽到这里。"

孔文富说道："可现在它是供销社的财产。在商言商，不依价我依什么呢？"

李聚财失望地走出办公室。

晚上，秦国富见李聚财闷闷不乐，问他也不吱声，一连几天都这样。秦国富说道："你是不是因为香樟树买不着心里难受？我替你想想办法。"

李聚财说道："5万块，估计我儿媳妇拿不出来。"

秦国富说道："按道理我不应该给你出这个主意，看你这样我心里难受。你只要依我说的办，我保你只要出5万块的一半就可以拿下香樟树。这些钱你媳妇出得起。"李聚财半信半疑，听秦国富说完如何去办这件

事，心想，果然读书人主意多，当初他也叫两个儿子好好读书，可两个儿子都不争气，没有考上大学。

第二天，李聚财找孙小凤爆料李党委建阴宅，要用百年香樟镇阴气的事。孙小凤一听火气便冒上来，说道："老子最恨有钱人嘚瑟，这辈子有钱还想着下辈子有钱，好事让你一家占着。说，要我怎么办？不过，话说回来，他买我们香樟树，我们不就有工资发了？"李聚财说道："谁买香樟树都会给钱的，只是不能让我们的吉祥树给私人镇阴宅。"

孙小凤说道："老代表，我去把它弄黄。"

汪小满打来电话，话筒里的火气冲了出来："老孔，你怎么变卦了？"

孔文富平静地说道："镇长，我变卦了？"

"没有变卦就好，这是商品社会，谁给的钱多，你卖给谁。他愿意镇阴宅你管他呢。老孔，我跟你说，这事你要是办不好，以后，你们供销社不要找我办事了。"汪小满那头挂了电话，孔文富放下电话一连串地自问道："还共产党的镇长，这样子帮有钱人？我供销社的吉祥树，能给你镇阴宅？不帮我供销社办事，你什么时候帮我们办过事？"

回到家里，冷锅冷灶，孔松瑶去部队探亲，老伴去北京带孙子，一种前所未有的孤独感笼罩在屋子里，他不想吃饭，摊开信纸，给儿子松涛写信。这么多年来，他没有朋友、没有同盟军，他以前只知道工作，想办法赚钱，几十号人的吃喝拉撒他要管，突然，他不知道该做什么了，好像断电了，他累了，他想休息，他想找人倾诉，他只有一个倾诉对象，那就是他的大儿子，当年春谷县城的文科状元，他的骄傲。

松涛这几年也在孤独中，所不同的是儿子是精神孤独，他是情感孤独。儿子这一代知识分子关心国家大事，忧国忧民，学潮结束后，儿子有一封信：

> 父母大人：接到父母来信，知道你们很关心儿子这段时间的情况，你们担心北京学生闹得这么凶，好多老师都卷入其中，儿子是否也跟在后面。现在各地都在搞清查，据说到过天安门广场的学生与老师都要到有关部门讲清楚，儿子一次也没有去过天安门。学生闹的时候，我们系里党总支书记经验丰富，他要我这个团总支书记每天在他身边，他说学生闹归学生闹，我们两个党、团书记不反对也不参与，学生要你表态你也不作声。书记这样讲

了，我只得照办，这样学生运动结束，我用不着讲清楚。对这场运动究竟怎么看，我想过了几十年会有一个公正的评价。现在闹事的学生领袖与幕后的组织者大部分跑到国外去了。我对有些人说的"中国人民主意识差，你让他民主他也不会的"看法不以为然，民主需要实践，你不让他实践，他永远提高不了民主的素质。可话又说回来，手中只要有点小权力的人，都不愿意与自己的下属讲民主，自己说什么就是什么，多爽，我做辅导员或现在的团总支书记，也是这样。民主就是替民做主，所谓当官不为民做主，不如回家卖红薯。不知爸爸你怎么想？

当前的全民经商，儿子也是不以为然。他刚坐下，真停电了，一片漆黑。最近老是停电，自1983年西河通电以来，用电人多了，用电的负荷高了，电能似乎承受不了了，小镇的停电人们也习以为常。他只好起身出去走走。

第三十三章　有钱大家赚

　　西河国退民进很成功，公家没吃亏，私人占了便宜，有钱大
家赚，社会很稳定。

　　县联社是春谷县综合改革试点，西河供销社是县联社综合改革的试
点，眼下各地都在推广中小企业的国退民进。县供销总公司已经打电话询
问过几次，问西河在国退民进方面有没有进展，说县里已经有很多家企业
卖给私人了，催促西河这方面快出经验。孔文富想不妨把酱豆业拿出来试
试，酱坊与豆坊在一个门脸里，双方争人争地皮，每天闹事。他也没有这
个精力去处理他们的争端，不如社会招标，出售酱豆业，凭那么大的一个
院子以及门面，招标收的钱还能给供销社经营提供资金支持。他与洪解放
商量了，这次不论谁中标，一律现金交易。

　　洪解放说道："主任，你有没有想过，假如是社会上的人中标，酱豆
业里几个老员工你打算怎么安排？"

　　孔文富说道："这确实是个事，这样，在招标文书上明确规定，谁中
标，谁负责安排老职工。"

　　晚上，秦国富家，李聚财与秦国富聊天。秦国富问道："老代表，你

还没有跟孔主任谈香樟树的事吧?"

李聚财答道:"你不是说叫我等几天吗?"

秦国富说道:"现在机会来了,你原来有香樟树却没有地方栽,你总不能把香樟树弄到西岭去。正好酱豆业出售,那里有个大院子,香樟树移到院子里应该没有问题。"

李聚财问道:"酱豆业出售,谁都可以买?"

秦国富说道:"招标,谁中标就卖给谁。"

李聚财说道:"香樟树花钱我儿媳妇就有点不乐意,再买酱豆业,我怕她不会同意的。"

秦国富说道:"老代表,这你就不懂了,酱豆业拿下,不是让她花钱,而是让她赚钱。西河的豆制品口感不错,在周围乡镇有名气,只要推广,不愁销。你儿媳妇原来只准备做山货,现在加上酱豆业,一条牛是赶,几条牛也是赶,这个道理她还不懂?要不,我陪你一道去跟你儿媳妇说。"

秦国富陪李聚财来到许荷花家,许荷花招待他俩坐下,抱歉地说:"秦老师,你看地方就这么点大,我老公公还得打扰你一段时间。"

秦国富说道:"我相信许总要不了两年住房就会有大的改变。老代表住我那里,两个人热闹,只怕以后还没有这个机会呢。"

许荷花说道:"秦老师真会说话。"

说起酱豆业招标,许荷花说道:"我听说了这个事,能中标当然好,可我听说这标不容易中,中了也不大好干。这豆制品的大师傅是张承祖,张承祖虽然是个老实人,可他老婆却是有名的刁蛮,更可怕的是张承祖的儿子那在西河是出了名的混混,据说他早放出风来,谁要是跟他家争标,他叫谁吃不了兜着走。还有,张承祖的女婿是你们供销社的文书,招标的材料他管着,标底他不比我们清楚?秦老师你说我掺和有用吗?"

秦国富说道:"你们收购、销售山货必须有一个货场,酱坊、豆坊的院子正是一个好货场。你们要是想拿到这一标,我可以帮帮你们,帮你们设计一个有竞争力的标书,帮你们出谋划策怎么对付张进城那小子。我不要你们报酬,只要你们替我保守秘密,不把我卖了就行了。"

李聚财说道:"那是必须的,怎么能把你卖了?秦大学,等公司办起来后,你就来这里上班,供销社看起来也不景气了。你这样大的学问闲着也可惜了。"

秦国富说道："老代表，我们不是室友吗？帮帮忙那是应当的，以后到哪里去，以后再说吧。"

张进城此刻也没歇着。他从牢里出来，丢了工作，虽然老妈总在唠叨，他也没觉得有什么，那么点工资，还不够一顿酒钱，哪里挣不到。他先是帮人讨债，干了一段时间，母亲找出他藏起来的那把砍刀，说："儿呀，你整天砍砍杀杀，干脆用砍刀把老娘砍死了算了，你在牢里那几年，知道你老娘过的什么日子吗？老娘求你正正经经做份事情，找个女孩子，成个家。"他只好把砍刀收起来，到县城里摆起了地摊，在这里结识了他的女朋友。女朋友说："现在别人都开公司，做有头有脸的生意，你摆地摊，赚几个辛苦钱，有本事你弄个公司开开，对外好歹是个老板，我也是个老板娘。"

张进城说道："开公司那不是小菜一碟，要不是耽误了老子几年，老子早就是大老板。正好我爸单位酱豆业招标，我把标拿下，搞个豆制品公司，你等着。"

张进城找到他姐夫田小宝，说道："小宝，你们供销社酱豆业的标，你要给我，不给我以后你没有好日子过。"

田小宝说："老五，你抬举我了，标给哪个，主任说了算。我帮你跑跑腿差不多。"

张进城说道："我不管，你把标底给我弄出来，有标底就不愁不中标。"

他又找到二华，说道："张老板，你找几个人帮我围标，还要借点钱给我。"

围标，张二华知道怎么回事，就是参与投标，充个数，帮助他人合法中标。二华说道："要我围标没关系，只怕另有实力的人想中标。"

张进城咬牙切齿地说道："敢！我借他个胆也不敢与我争。"

二华笑笑，说道："行，到时你要我做什么我就做什么。当哥的这个忙是一定要帮的。"

在张进城的要求下，规定的投标日一结束，马上开标定标，以免出什么状况。许荷花是最后投的标。

孔文富没有参加今天的开标，他对洪解放说："我去一下西岭，西岭大料出山的事还没有搞定，老夏带信来叫我去一趟。怎么听说小蒯也想来凑热闹，张进城那小子不太好对付，大差不差谁中标都行，你怎么办我都同意。"

洪解放没来得及张口，孔文富已经拎着包走出了办公室。昨天蒯玲玲打电话来，说今天中午请他吃饭，不管中不中标，中标是庆祝酒，不中标是友情酒。他当时想反正有老孔在前面挡着，谁中标老孔把着关，他就应了蒯玲玲。他也想蒯玲玲，不能成为夫妻，朋友还是可以做的。老孔今天突然把定标的事交给自己，他真有点不知所措。推迟定标显然不行，投标人都在会议室坐着。他走进会议室，谁的标底高谁中标，只能这样。

突然闯进来投标的蒯玲玲、许荷花让张进城始料不及。他在县城帮人讨债时知道女裁缝生意做大了，春谷县城最大的混混今天居然成了她身边的保镖，张进城控制今天招标的信心受到打击。他瞥了二华一眼，二华眼光与他对接了一下，意思很明显，今天的形势不容乐观。女裁缝绝对是有备而来，她的团队居然来了6个人，其中还有一个日本人，叫什么鬼田。二华是围标，本就不打算中标，神情轻松。张进城是一心一意要中标，此刻焦躁不安，他没想到小小的西河酱豆业招标，居然有这么强大的竞争对手，他的标做得也太随意了，用烟盒子纸写了标底，装在一个信封里给了田小宝，信封的口都是田小宝封的，当然标底也是田小宝透露给他的。

结果很快就出来了。二华的标底是3.8万，张进城的标底是4万，蒯玲玲、许荷花的标底是4.5万，洪解放宣布："蒯玲玲、许荷花中标。"张进城坐不住了，骂咧咧地出了门，甩下一句话："等着，在西河这地方，老子不信玩不过你们。"

中午，蒯玲玲在欢喜酒家摆了一桌。蒯玲玲先给大家介绍日本友人，说鬼田他老子过去在春谷这一带打仗，欺负过老百姓，他老子要儿子来帮他赎罪。"鬼田擅长蘑菇种植，听我说我们搞农业合作社，他要入股。"李聚财没想到小鬼子竟成了他合作社的股东，内心里对小鬼子有种天然的抵触，只见许荷花一脸兴奋，他也不好说什么。

只听蒯玲玲说道："非常高兴老代表能出山与我们一道做生意，荷花当初找我，问我愿不愿意投资，我一听说老代表出山，二话没说就同意了。我敢说西河30岁以上的人，没人不知道老代表的，凭他这张脸，西河的生意就好做多了。"蒯玲玲的这番话让老代表听了心里很受用。

蒯玲玲举起酒杯，继续说道："整个西河一摊子就交给荷花、鬼田先生与老代表了，希望你们合作愉快。不过张家的这个小五子不是善茬，他肯定会给你们找麻烦的。你们要有思想准备。"

蒯玲玲的保镖说道："蒯总，你发句话，我灭了他。"

坐在下首的成小勇说道："蒯总，你放心，这里有我，张进城敢闹我治他。"成小勇被许荷花请上了桌，他要表达一下忠诚。

秦国富说道："各位，和为贵，打打闹闹影响做生意。有钱大家赚，我以为许经理不妨安慰一下张进城。张进城这个人有两个缺点，一是脾气坏，再就是手脚不干净，但他干事没得说。不如在合作社里成立一个豆制品公司，公司经理让张进城干，酱坊的业务让他暂时代管着。许经理只要派人把账管住就行了。老代表家建农不是在农资门市部干过会计吗？我看就叫他在豆制品公司做会计管账。"

众人都说这个主意好。豆制品生意做了，酱豆业这个货场又发挥了作用，张进城又不闹事，真是一箭三雕。

孔文富骑着个自行车来到西岭。西岭的大料、小料都出不了山，老夏书记催他过来。他心里有数，这是要他再缴一笔买路钱。有县林业局的批条，出山是官方批准的，还要给什么钱？他心里骂道。见了面，老夏书记说道："老孔，这位是森工站的王同志，你老催我发货，森工站的同志有话要说，你们当面锣当面鼓，省得我这个中间人传话传不清。"

森工站王同志说道："孔主任，是这样，我们站长今天去县城了，委托我代表森工站说几句话。我们森工站的日子不好过，几个人偎在西岭这山旮旯，上不靠天，下不挨地，物价又涨得这么厉害，就凭几个死工资，别说养家糊口，就是养自己都困难。你看孔主任你们日子好过，赞助我们几个钱如何？"

孔文富说道："我们供销社现在日子也不好过，你们还有死工资，我们连死工资也没有了，要不然也不会到西岭做这桩木材生意。"

王同志说道："供销社日子没有以前好过，这我们知道，可木材弄出去卖了肯定赚大钱。这批木材的批文上说供应你们家里搞基建，结果你们运到外地去了，如果我们得不到一点好处，保不定我们中有人把这事反映到局里去，弄得大家不好看。有钱大家赚嘛。"

有钱大家赚，孔文富耳朵里听到的却是雁过拔毛，他还能说什么呢？

第三十四章　天下没有不散的筵席

据内部人士透露：国退民进将成为十四大后中小企业工作总方针，中小企业逐渐私有化，乡镇基层供销社有可能要退出历史舞台。

董家根从锡城回来，孔文富看他神情不对，忙问结了多少钱，董家根说一分钱也没结到。孔文富说怎么回事，协议不是写得清清楚楚，货到先付60％的货款，余款3个月结清。董家根说武老板要他下次再去讨钱，年底了，手头紧。

孔文富跳起来，说道："他手头紧，我们手头就不紧了？怎么一点信用都不讲！为了这批货，我们呕心沥血，求爷爷拜奶奶，结果呢，他一句没钱打发我们，难道协议一点用都不起？"

董家根像一个犯错的孩子，杵在那儿不敢出声。

孔文富找到张承宗，要他抓紧去一趟江城，孔文富说道："你有没有听人说，老孬子已经从牢里放出来了，要是这样，看我们从漠北运回来的瓜子他能不能收下。快去快回。"

张承宗说道："好，好，我这就去江城。我知道这个月的工资等这笔钱。"

　　这批瓜子是上半年孔文富与内蒙古人做大米生意带回来的。提起这大米生意，孔文富也是一肚子苦水。鲁南酒厂不再要大米后，他想方设法给大米找下家。漠北的这个生意伙伴是一个蜂农提供的，蜂农全国满地跑，信息多，孔文富买蜂蜜喜欢跟他们拉拉话。联系上漠北生意伙伴后，他就忙着到江城弄火车皮，陪吃陪喝赔笑脸，坐着闷罐车到了漠北城，对方收了大米后，钱不够，用一车皮瓜子抵账。对方说得好："你们江城有个'孬子'，年年到我们这里采购瓜子，你这瓜子保证拉回去就销。"他想也是。可不曾想回到春谷，才知道"孬子"犯案了，有好多罪名，什么作风腐化、偷税漏税、雇工剥削等，瓜子厂也被封了。他想这下完了，几万块钱的瓜子打了水漂。没想到后来"孬子"被放出来了，而且冠上了改革的先锋称号。

　　李志朝又想来赊电视，孔文富说道："志朝，你上次赊的电视钱据说还没结，再说批发部现在自己都没电视批发，哪有电视赊给你？我不是说你，志朝，你们五金柜组是大楼门市部五个柜组中受个体户冲击最小的柜组，生意最好做，你要是赚不到钱，其他柜组日子就没法过了。有人说你一天到晚都在赌钱，赚的两个钱都送给别人了，你这样不行。"

　　"不赊就不赊，啰嗦什么。"李志朝扭头便走了，临走时还把门给"咣"地带上。十年来还从来没有人敢这样跟他孔文富说话，给他脸色看。"文革"期间的那个李志朝又回来了？给他脸色看他又能如何呢？

　　吴劲又来找他，说李萍萍叫他明日不要来上班了，一副可怜委屈的样子。这个当年县剧团的演员，因为剧团精简被分到西河供销社，这次他又面临着再次被精简，这次精简他能去哪儿呢？张大群负责液化气站后，日杂柜组就由李萍萍负责了，当初李萍萍死活不要吴劲，说："既然自由组合，组织为什么要干预我？"

　　孔文富说道："小李，你是要求进步的女同志，你要为组织分忧。"

　　李萍萍说道："孔书记，你不知道吴劲一个人不能当班，卖东西把钱算错，看东西把东西看丢。这样的人是我的累赘。我日杂本来就不好过日子，添个累赘生意还做不做？"

　　孔文富说道："小李，你不能用老眼光看人，那是以前的吴劲，现在吴劲也有进步，砸破了铁饭碗，吴劲也会珍惜这份工作的。"

　　李萍萍勉强同意接受吴劲，只是说道，要是吴劲干不好，她还会叫吴劲走的。

孔文富问吴劲怎么回事，吴劲说道："我早上上班迟了一点，后来泡茶时又不小心把水瓶打了，李萍萍说走吧走吧，不要我到她那里上班了，去政府上班，一杯茶一张报纸。"吴劲央求孔文富帮他到镇上说说，跟万建梅一样，谋个政府差事。

孔文富说道："你以为你是谁？你以为我是谁？"看着吴劲无助的样子，孔文富只得答应他再去找李萍萍做做工作。

李萍萍说道："孔书记，吴劲的事情你就不要过问了，你能管他多长时间？"

李萍萍的直率，孔文富是领教过的，他知道对方说他老了，他不生李萍萍的气。

李萍萍继续说道："吴劲你不让他吃吃苦，改不了懒散、做事不用心的毛病。这次我是下了决心赶吴劲走。其实承包的柜组一个个都在换人，只不过他们换他们自己家里人，我要找一个能干事的人，你知道，大楼所有的柜组，日杂最难做。"

孔文富知道李萍萍说的是实话，新一轮柜组承包租壳卖瓤后，有的效益好，有的效益一般。无论效益好坏，承包人纷纷开始了柜组私有化的算计。他们有的是通过武力、谩骂这样粗野的方式把合作的同事赶走，有的把同事气走，有的用欲进先退的方式把同事骗走。这些被弄走的人也曾经来找过他，他说："找我没用，自己想办法吧，你们看许荷花，市场卖菜都能发财，不就说明了只要勤快，是饿不死人的。"

在被弄回家的人中，周晓兰当初是够强势的。前不久他在路上碰到拎着一篮子洗好的衣服的周晓兰，惊讶她的表现，因为过去的家务都是她家老黄承包，现在家庭地位明显发生了变化。周晓兰解释说，她现在不上班了，专职在家做家务，带孙子，挣钱的事交给老黄，老黄白天在教室上课，晚上在家辅导学生，老黄一个人挣钱就够了。那些被挤下岗的人也都没找他这个主任要饭吃，各自想办法找饭碗去了。大趋势在这里，找他这个主任有什么用呢？

孔文富本来就对说服李萍萍不抱希望，只是为了给吴劲一个说法。他回头对吴劲说道："现在都不听我的了，你还是自己想办法找点事做吧。"

想什么办法？他真的什么事也不会做。主任是说过没有饭吃到他家吃饭，可主任自己家的锅都是冷的。吴劲只得怏怏地走了。

张承宗回来报告，"孬子"答应收瓜子，只是最近没有现款支付。孔文富说道："那就等一等，你看市面上这么多三角债，还是一手交钱一手交货的付款方式好。"

张承宗临走时跟孔文富诉苦："镇上又多了一家日杂批发，加上之前的布匹批发、烟酒批发，以及经理部的批发，小小的西河居然有5家批发部，生意是越来越难做了。关键是没有人在外面跑业务，大群你调他去做液化气，现在叫董家根跑业务，他面子薄，见人说话便脸红，不是跑业务的料，看来我要出去跑了，这些年我一直在家守着，我这出去，家里又没有人管事，主任得给我想想办法。"

批发部就这么几个人，都是柜组承包不要的人，拿工资的时候出来了，干事的时候指望不上。他到哪里去弄人？他只能头痛医头、脚痛医脚。

发工资的时间到了，哪里弄钱发工资呢？孔文富要吴红芳找张大群，先在液化气站客户开户款里支点钱，把这个月的工资开了再说，吴红芳说道："大群这个人，主任不亲自走一趟是拔不出来钱的。"孔文富想想也是，他也应该去大群的液化气站看看。

大群出去跑业务，大群把他的堂妹、田小宝的老婆张小芹从草帽厂调到这里当会计，替他管家。张小芹得知孔主任要调款子，说道："这事我做不了主，要等我哥回来，你放心，我哥在外喝酒再晚都要赶回来，他怕我嫂子。"孔文富只得叮嘱小芹，大群回来后记得通知他找主任。

可是一连三天大群都没有露面，分明没把他放在心中，吴红芳天天来催，说靠工资吃饭的人吵死了，说没有工资怎么过？孔文富听烦了，吼道："吵什么吵，我不也是靠工资吃饭的人，迟几天发工资要死了？跟他们说，没有钱发工资的日子还在后头。"

洪解放听了这边动静大，以为吵架了，过来劝道："没事，没事，今天晚上我上大群家，把工资的事搞定。"

大群问道："孔主任老糊涂了，这才起步，流动资金给抽走了，液化气站还办不办？"

洪解放说道："液化气站肯定要办下去，老孔只是救一下急，仓库里的葵花籽马上可以出手，到时把款子打给你。"

大群说道："谁不知道到处都是钱紧，单位还欠二华3万块，我这几千块出去八成就打了水漂。要是单位硬要从液化气站支钱，不妨定一个协议，当时单位垫资了1000块钱，我现在出3000块，把液化气站买断，以后液化气站与单位没一毛钱关系了。"

洪解放说道："这事我做不了主，待我请示老孔后给你回话。"

孔文富很生气，说道："每一次都跟我讨价还价，回来回来，不要他干了。"

洪解放说道："你不要他干，谁干？液化气这个新生事物还只有他干。"

孔文富沉默了半天，说道："老洪，容我再想想。"

田小宝过来，请求停薪留职，他要下海。孔文富看了看对面耍笔杆子号称诗人的田小宝，拍拍他单薄的身板，说道："你想下就下，不用跟我说的。二华当年下海不就发了大财，下海也是给单位做贡献，单位少开一个人的工资。只是没有停薪留职这个政策了，下海也就不要回来了，回来，基层社还在不在都难说。"孔文富把田小宝请出去，关上门，他要一个人想一想。

这几天他脑子里一直在想以后基层社还存不存在的问题。他从抽屉里拿出儿子松涛的信，这是两天前来的信。前些年儿子的信都让他给烧了，他总觉得儿子字里行间有些反动，担心白纸黑字会给儿子及他的家庭带来麻烦。而最近儿子的情绪好像有所恢复。儿子有句话他印象特深：机制不灵的基层社迟早要退出历史舞台，谁也救不活。早点退下来吧，不要做无用功了。

全民皆商，他这个半路经商，凭着一股政治热情进入商界的老人，当年他没有技术、没有经验，也没有胆怯。计划经济的那一套，他还行，只要操弄权力，做起事来游刃有余，居然在不长的时间，成了商业的精英。今天面对市场，他感到非常吃力，明显的体力不济、精力不济，有玩不转的感觉。白纸黑字的协议有人想不遵守就不遵守，不遵守你也拿他没办法。每办一件事都要用钱开道，甚至公开伸手要钱，没有丝毫的掩饰，他还不习惯这些。

改革，这是他最纠结的一个词。他在政府工作时对买什么都要票证，对农民卖个老母鸡也可能被冠上投机倒把罪名是反感的，因此他到供销社的第一件事就是把收购山芋粉被扣押在供销社办公室的老杜给放了。他也在职工大会上多次强调职工要准备找食吃，不要净等着别人喂自己。可是他对基层社要像农民承包田地那样却不看好。农村的改革让农民获得了种田的自主权，接地气，并有了相应的成果。可供销社改革只有少数人认

可，大多数人都有失败感，而没有获得感，他们的参与是无奈的。

他累了，疲倦了，确实应该如儿子所说，坚决尽快地从商界退下来。两年前他就跟县联社的韩主任申请退休，韩主任说："你退我们不反对，可你要把接班人找好。"想接班的他不愿意交，他看好的接班人不愿意干，就这么拖下来。他觉得再也不能拖了，谁想干让谁干，反正自己是不干了。他要想一个办法，把肩上的担子卸掉。也许他走了会影响一些人的生活，但是如大群说的：你管得了他们一时，你能管得了他们一生？也许正因为你以前不敢放手，害怕他们找不到食，而让他们失去了机遇，让他们蹉跎了人生。

天黑得早，他开灯，发现停电。他打开办公室门，夜幕已经降临。他决定去小饭馆吃饭。小饭馆的生意仍然不错，一支支蜡烛提供着光亮，他走进大头饭馆，下了一碗面条。大头饭馆就是原来的工农兵饭馆，现在给大头买断了，改为大头饭馆。吃完面条，大头不收他的面条钱，他硬是把钱塞给大头老婆。大头老婆说："这就不好意思了，还收主任的钱。"他离开大头饭馆，清楚记得10年前他上任不久，有一次下班迟了，路过工农兵饭馆，硬是被当时的饭馆负责人老魏拖进去喝酒，一瓶高粱大曲就着花生米就被两人分了，如今二两白酒他都怕，时光过得真快。

他又回到办公室，点亮一支蜡烛，拿出信笺，写了一封匿名信状告自己，在夜幕中把它放进邮箱。他抬头注视着满天的星斗，想道："当年我自告奋勇来到经济第一线，如今我从经济第一线退却（其实就是逃跑，是逃兵），当年我是光明正大，虽然有不同声音议论，但我自己为自己点赞、骄傲。如今我偷偷摸摸写自己的匿名信，把自己给废掉，我为自己而羞愧。我没有完成自己的承诺，让员工致富，甚至他们比过去贫穷，工资都开不出。"虽然这不完全是自己的责任，但有部分是自己的责任。他唯一原谅自己的，就是他到年纪了，该退休了。

他想到自己今后的生活，北京是去不了，去了没有住的地方。小女儿随军去了，到女儿、女婿那儿先住一段时间，别人能活我为什么不能活？好死不如赖活着。小草能从石头缝里钻出来，顽强地生存，我比小草总要强吧。

第三十五章　新主任上任

> "傅主任说了，今后西河供销社就由我承包了，我只对县社
> 负责，对傅主任负责。西河谁当主任，谁当书记，我说了算。老
> 洪，你就专门做党务，帮我做做群众的思想政治工作。"

当晚，潘有志便摆下庆功酒，祝贺成小勇做了西河供销社主任。成小
勇举起酒杯说道："秦老师，我首先敬你。你把县社主任的脉掐得准准
的，他就是想找人收拾西河烂摊子，给他缴管理费。我这才坐上主任这把
交椅的。以后你一定要辅助我，你当我的副主任，就这样定了。"

秦国富不愿给这个末代主任做副手，推辞道："成主任，你今天的表
现太完美了，你是真人不露相。我给你出出点子还差不多，副主任就不当
了，我帮你推荐一个人做副主任——张大群。"

"不行，不行。这个张大群，我见了就烦，你看他傲的，好像西河少
了他就不转了似的。"

潘有志说道："小勇，你现在是领导了，要有领导的气度。我觉得秦
大学推荐的张大群可以考虑。张家在西河供销社那是大户，张家老弟兄四
个都在供销社里，现在小一辈又有十多人，大群要是帮你，你以后在西河

那是想干什么就干什么。"

成小勇说道："听干爹的，让大群做副主任。只是，干爹，你要给我当供销社书记，帮我把把关。"

潘有志说道："把什么关？孔文富不干了，我干有什么意思，我都60周岁了。我之前想当书记，那是不服一口气，都是镇上的干事，凭什么主任叫孔文富干？现在他灰溜溜下台了，你上台了，我高兴，我还干什么书记？你叫洪解放做吧，书记现在也不是好当的。"

第二天一早，成小勇起来跟李小俊说道："快点给我弄点吃的，伺候我走马上任。"

李小俊说道："走马上任好稀罕，别人不当的主任，你还当是财气。"李小俊兜头泼他一盆凉水，要给自己老公清清火，接着说道："我的大主任，怎么着也得先把儿子伺候好让他上学再给你弄。"

到了办公室，张大群已经在办公室门口候着，昨天晚饭后他就叫人带信给大群，说今天上班召见他。见到大群恭恭敬敬的样子，他找到了主任的感觉。他学着领导的派头，上前紧握住大群的手，说道："张主任，以后你就是我的副手，我们合作愉快。"

张大群愕然，他刚刚在洪主任办公室没有听说要他做主任的事。

成小勇说道："你放心，跟着我干，不会让你吃亏的。你以后在外面跑跑业务。这边的办公室要拆，办公室都要搬到大楼上去，在那边我给你弄一间办公室。你先忙你的事去，我去找洪书记说个事。"

成小勇来到洪解放办公室，说道："傅主任说了，今后西河供销社就由我承包了，我只对县社负责，对傅主任负责。西河谁当主任，谁当书记，我说了算。老洪，你就专门做党务，帮我做做群众的思想政治工作。"

洪解放说道："成主任，你提谁做副主任我没有意见，年轻人有闯劲，西河供销社眼下确实需要年轻人带头，闯出一条路。只是成主任还不是党员，谁当书记，这要开支部会议决定。"

"你们支部开会我当然不管，不过我要结果，结果就是你洪主任当书记。你们抓紧时间把会开了，把结果向我汇报一下。我去批发部看看。"

"批发部仓库的钥匙在哪里？张经理，你把它打开，我要进去看看。"

"钥匙在洪主任那里，孔主任说只有洪主任才可以打开。"

"西河供销社现在我是主任，你们去找一个老虎钳，把锁给我撬了。"

退休职工听说新主任已经上任，孙小凤便带着一帮人找到成小勇，孙小凤知道成小勇吃软不吃硬，说道："成主任当主任我们退休的都举双手拥护，县社傅主任来，我们退休的跟他反映，要他换年轻的当领导，年轻的干劲足，果然他采纳了我们的意见。成主任，你最关心我们老同志了，我们这些人都没饭吃了。"

成小勇说道："孙快嘴，你不要给我灌迷魂汤，我们商量过了，今后你们退休的有什么事找洪书记。"

李党委来找成小勇，说起香樟树一事。成小勇说："没问题。不就是喝酒吗？你摆一桌，酒喝完了，我给你签字。"

李党委说道："总喝酒没意思，醉了还伤身。哥带你去县城，让你开开洋荤。"

李党委叫来一辆桑塔纳，请成主任坐上去，两人便来到县城一个洗浴中心。成小勇奇怪李党委把自己带到澡堂子干什么，还一个人一个房间。洗澡上来，只见一个年轻的女孩三步一摇地扭进来，白嫩的奶子清清爽爽，他慌了神，手足无措，女孩笑道："老板第一次来，不要紧张，你朋友已经帮你付了钱，他在隔壁房间正快活，我们也来。"说完女孩子脱掉自己内衣，赤条条地立在面前。他可是除了李小俊，从没碰过别的女子。"来都来了，李党委敢弄，我有什么不敢。不花钱玩女人，不玩白不玩。"

事毕之后，李党委说道："怎么样，这玩意比喝酒有意思吧？"

成小勇说道："这种地方你也敢来？"

"我什么地方不敢去？党委、书记，都是他们硬要我干的，这年头挣两个钱，快活快活，谁知道以后什么情况？"

洪解放见成小勇与李党委签香樟树的合同，把成小勇拉到一边，小声说道："成主任，有件事情要跟你汇报一下，香樟树转让的合同孔主任已经与许荷花签了。一个姑娘是不能许两个婆家的。"

"有话大点声，李党委也不是外人，他是我们领导。"成小勇继续吼道："你说香樟树的合同签了，交没交定金？白纸黑字我也没看到。李党委可是一把给了我3万块定金，我是主任，我想跟谁签就跟谁签。孔主任签的又没有交定金，不算。"

李聚财拿了合同过来，上面果然有孔文富的签字，并盖了红彤彤的大印。成小勇说道："你们没有交钱，空口说白话怎么行？"

李聚财气得手直抖，说道："成主任，你怎么能这样？这上面不是写得清清楚楚，从明年2月份起，退休职工的工资由我们合作社支付，这不就是钱吗?"

"孔主任定的东西,你们去找孔主任,以前的事我管不着。总公司傅总跟我说得明明白白,你们有意见可以到总公司告我。"

说完他离开办公室,来到欢喜酒店,他现在一天三餐都在这里吃饭。潘有志说:"县社3万块钱管理费你还没有交吧,县社的红头文件始终不下,就在等你的3万块呢。明天是1992年的最后一天,你得把钱给人家送过去。"

成小勇说道:"干爹,你不说我倒忘了。只是眼瞅着就要发工资了,在职的还有10来号人,退休的有20多人指着这钱发工资呢。总不能上台的第一个月就没有工资给人家?"

"现在哪头重要你要搞清楚,职工不发工资也不是我们一个地方。"

"干爹说得是。我明天就给总公司送去,红头文件不下我这个主任怕也当不稳。只是干爹你这个月的工资恐怕也没了。"

"我工资没有就没有,我也不指望这两个钱过日子,当初幸亏开了这家饭店,要不我也像有些职工人家揭不开锅了。等你江山坐稳了,我的工资不就来了。"

成小勇从县城赶回来已经是晚上10点钟了,老婆李小俊在看电视剧,见到醉醺醺的丈夫,赶忙倒了一杯水。

成小勇得意地问道:"老婆,你知道我是怎么回来的?傅总亲自找车把我送回来的。你看看,你看看,县社发的任命书,大红钢印。当年肖妈妈说他儿子是驸马,多少人羡慕眼红。这下别人要眼红你这个皇后,我的皇后。"说完抱起自己的老婆啃起来。

两人缠绵了片刻,李小俊说道:"成大主任,新官上任三把火,你准备烧哪几把火?"

"烧火?哪几把火?"

李小俊当过几天教师,自认为在供销社圈子里算一个文化人,她有义务给丈夫出谋划策:"我以为首要的是不养闲人。"

"哪些是闲人?"

"洪主任算第一闲人。"

"洪主任是书记,不算闲人。"成小勇酒喝多了,但头脑是清醒的,特别是当年洪解放在门市部做过经理,对他有所关照。

"秦国富这个物价员要不要无所谓。"

　　"秦大学出谋划策用得上。"成小勇心里早已经把秦国富看作他日后的谋士，他知道自己几斤几两。

　　"主办会计与出纳可以不要。我一个人就可以了。"

　　"这样别人会说我们开夫妻店呢。"

　　"这个不能开，那个不能少，你以后拿什么给他们发工资？一天到晚说什么都听我的，哄我的是不？开夫妻店有什么关系，你不是说了，傅总说西河由你全权负责。"

　　"全权负责，全权负责，我的皇后，我要睡了。"成小勇感觉累了，眼睛实在睁不开了。